D0896151

MARÉE D'ÉQUINOXE

Cilla & Rolf Börjlind

MARÉE D'ÉQUINOXE

TRADUIT DU SUÉDOIS
PAR CARINE BRUY

ÉDITIONS DU SEUIL
25, bd Romain-Rolland, Paris XIVe

COLLECTION DIRIGÉE
PAR MARIE-CAROLINE AUBERT

Titre original : Springfloden
Éditeur original : Norstedts
© Cilla & Rolf Börjlind, 2012
ISBN original : 978-91-1-304168-1

ISBN : 978-2-02-109391-9

© Éditions du Seuil, février 2014, pour la traduction française

www.seuil.com

... tandis que la nuit tombe, inexorable.

C. Vreeswijk

Prologue

La différence du niveau de la mer entre marées basse et haute à Hasslevikarna, sur l'île Nordkoster, est normalement de cinq à dix centimètres, sauf lors des grandes marées ; un phénomène qui se produit lorsque le soleil et la lune sont alignés avec la terre. À ce moment-là, l'écart est de presque cinquante centimètres. Une tête humaine mesure environ vingt-cinq centimètres.

La nuit prochaine serait celle de la grande marée.

Mais pour l'instant, la marée était basse.

La pleine lune avait aspiré en arrière la mer récalcitrante bien des heures auparavant, dévoilant une longue étendue humide. Le sable était parcouru de petits crabes luisants qui scintillaient dans la lumière bleu acier. Les murex se cramponnaient de toutes leurs forces aux rochers. La vie sous-marine savait que, avec le cycle, la mer reviendrait.

Les trois silhouettes sur la plage le savaient également. Elles savaient même quand cela se produirait, en l'occurrence un quart d'heure plus tard. Les premiers rouleaux d'écume viendraient lécher le rivage et mouilleraient ce qui avait séché, et bientôt la pression des flots qui grondaient au loin pousserait une vague après l'autre jusqu'à ce que la marée ait atteint son pic.

Cette grande marée qui recouvrait le fond d'à peu près cinquante centimètres.

Mais ils avaient encore du temps. Le trou qu'ils creusaient était presque prêt. D'un diamètre de soixante centimètres, il plongeait à la verticale sur environ un mètre cinquante. Le sable épouserait parfaitement le corps. Seule la tête dépasserait.

Celle de la quatrième silhouette.

Un peu à l'écart, immobile, les mains liées.

Ses longs cheveux bruns flottaient dans la brise légère, son corps nu brillait, aucune émotion ne transparaissait sur son visage sans maquillage. Seuls ses yeux révélaient une étrange absence. Elle observait les préparatifs de la fosse. L'homme qui creusait sortit la pelle du trou, jeta le sable sur le tas à côté et se retourna.

Il avait fini.

Vue de loin, depuis les falaises où le petit garçon s'était caché, la scène du rivage baigné de clarté lunaire offrait un spectacle d'une étrange sérénité. Ces silhouettes sombres là-bas, sur la plage, de l'autre côté, que faisaient-elles ? L'enfant l'ignorait, mais il entendait le tumulte de la mer qui approchait et vit qu'on poussait la femme nue sur le sable mouillé, en apparence sans qu'elle résiste, et qu'on l'ensevelissait dans le trou.

Il se mordit la lèvre inférieure.

L'un des hommes pelletait du sable. La matière gorgée d'eau se refermait tel du ciment frais autour du corps de la femme. La fosse ne tarda pas à être comblée. Lorsque les premiers flots déferlèrent sur la grève, seule la tête de la femme dépassait. La mer imprégna ses longs cheveux, lentement ; un crabe se coinça dans une mèche brune. Elle fixait la lune, silencieuse.

Les silhouettes s'éloignèrent dans les dunes. Deux d'entre

elles semblaient inquiètes, irrésolues, la troisième paraissait calme. Toutes observaient la tête solitaire éclairée par la lune sur la grève.

Et attendaient.

La grande marée arriva assez brusquement. La hauteur des vagues augmentait à chaque mouvement de l'onde qui balayait le crâne de la femme et pénétrait dans sa bouche et son nez. Sa gorge s'emplissait d'eau salée. Quand elle se tortillait pour y échapper, une nouvelle lame l'atteignait au visage.

L'une des silhouettes se rapprocha d'elle et s'accroupit. Leurs regards se croisèrent.

De sa cachette, le petit garçon pouvait observer la montée du niveau de l'eau. La tête disparaissait, resurgissait et était à nouveau engloutie. Deux des silhouettes étaient parties, la troisième remontait la plage. Soudain, il entendit un cri effroyable. C'était la femme dans le trou qui poussait ce hurlement primitif. Le cri se propagea au-dessus de la baie plate et fit écho sur la falaise où se trouvait l'enfant, avant que la vague suivante ne submerge la tête et que le cri ne s'éteigne.

Alors le petit garçon s'élança.

La mer monta et s'immobilisa, noire et miroitante. Sous la surface, la femme ferma les yeux. La dernière chose qu'elle sentit, ce fut un coup de pied léger et tendre à l'intérieur de son ventre.

1

Été 2011

Vera la Taupe disposait de deux yeux sains et d'un regard qui aurait pu paralyser un gerfaut en plein vol. Elle voyait très bien. En revanche, elle discutait comme une taupe fouit : elle commençait par présenter son point de vue, puis se frayait un passage en force en envoyant valser tous les arguments qu'on lui opposait.

Une taupe, donc.

Mais appréciée.

Elle était campée dos au soleil couchant, dont les derniers rayons glissaient au-dessus de Värtafjärden, rebondissaient sur Lidingöbron et se faufilaient jusqu'au parc de Hjorthagen, juste assez pour produire une belle auréole de contre-jour autour de la silhouette de Vera.

– C'est de ma réalité qu'il s'agit !

L'ardeur avec laquelle elle plaidait sa cause aurait impressionné n'importe quel groupe parlementaire, même si sa voix éraillée aurait paru incongrue dans l'hémicycle. Ses vêtements aussi peut-être : un T-shirt bariolé assorti d'une jupe en tulle élimée. Et ses pieds nus. Mais là, ce n'était pas face à un hémicycle qu'elle se tenait, mais dans un parc près de Värtahamnen, et quatre sans-abri dans des états divers, éparpillés sur des bancs, au milieu de chênes, de frênes et de taillis, faisaient office de députés. Parmi eux Jelle, le grand taciturne ; il était assis seul, plongé dans ses pensées. Sur un autre banc étaient installés Benseman et Muriel, une jeune camée en provenance des cités de Bagarmossen, un sac du supermarché Coop sur les genoux.

Sur le banc d'en face, Arvo Pärt piquait du nez.

À l'orée du parc, dissimulés par d'épais buissons, deux jeunes hommes silencieux aux habits sombres étaient accroupis, les yeux rivés sur les bancs.

— Ma réalité et pas la leur ! Et puis quoi encore !

Vera la Taupe tendit le bras vers un point sur l'horizon.

— Ils débarquent comme ça et ils commencent à tambouriner sur la caravane. J'ai à peine mis mes dents qu'ils sont plantés devant la porte ! Trois types ! Et ils me zieutent de la tête aux pieds ! C'est quoi, ce bordel ? que je leur ai dit. Et vous savez ce qu'ils m'ont répondu ?

« On est de la commune. Votre caravane doit disparaître.

— Pourquoi ?

— Le terrain va être réquisitionné.

— Pour quoi faire ?

— Une piste éclairée.

— Une quoi ?

— Un terrain de sport, il va être construit juste ici.

— C'est quoi, cette histoire, putain ? Je peux pas bouger ce truc ! J'ai pas de bagnole !

— Ce n'est malheureusement pas notre problème. Elle doit avoir disparu pour lundi prochain. »

Vera la Taupe reprit son souffle et Jelle en profita pour bâiller, discrètement, car Vera n'appréciait pas qu'on bâille au milieu de ses harangues.

— Vous vous rendez compte ? ! Rappliquent trois gratte-papier qui ont grandi au fond d'une armoire à archives dans les années cinquante et m'annoncent que je dois plier les gaules ! Parce qu'une bande de gros sacs va venir brûler sa graisse pile là où je crèche ? Vous comprenez que je me sois foutue en rogne !

– Oui, siffla Muriel, dont la voix n'était qu'un filet rocailleux ; elle évitait toujours de s'exprimer quand elle n'avait pas sa dose.

Vera rejeta sa maigre tignasse blond vénitien en arrière et repartit de plus belle.

– Mais c'est pas une putain de piste de sport, le problème, c'est tous ceux qui promènent leurs petits rats en peluche et que ça dérange que quelqu'un comme moi vive là, dans leur quartier de péteux. Je fais tache dans leur réalité bien proprette ! Voilà ce qu'il y a ! Ils s'en branlent, de nous !

Benseman se pencha légèrement en avant.

– Mais dis, Vera, on pourrait imaginer qu'ils…

– Allez, on y va, Jelle ! Viens !

Vera fit quelques enjambées résolues et donna un coup dans le bras de Jelle. Elle se fichait comme d'une guigne de l'opinion de Benseman. Jelle se leva, haussa légèrement les épaules, puis la suivit. Où, personne ne le savait vraiment.

Benseman esquissa une grimace résignée, il connaissait sa Vera. Les mains tremblantes, il alluma un mégot en piteux état et décapsula une bière. Ce bruit ramena Arvo Pärt à la vie.

– Maintenant être amusant, déclara-t-il.

Pärt était originaire d'Estonie et baragouinait un suédois tout à fait personnel. Muriel suivit Vera des yeux, puis se tourna vers Benseman.

– Je crois quand même qu'il y a beaucoup de vrai dans ce qu'elle a dit, dès qu'on rentre pas pile poil dans les cases, on doit dégager… Tu crois pas ?

– Si, c'est sûrement ça…

Benseman venait du nord du pays et était surtout connu pour sa poignée de main inutilement ferme et ses blancs d'yeux jaunis qui marinaient dans l'alcool. Il était grand, parlait un dialecte à couper au couteau et avait une haleine rance qui filtrait par à-coups entre ses quelques dents rescapées. Dans une vie antérieure, il avait été bibliothécaire à Boden, se construisant une solide culture et vouant un non moins solide intérêt aux boissons alcoolisées. Toute la gamme, depuis la liqueur de framboise jusqu'à la gnôle maison. Une dépendance qui en l'espace d'une décennie avait envoyé sa vie sociale par le fond et lui-même dans une camionnette volée à Stockholm. Il y traînait désormais sa misère, mendiant et volant à l'étalage ; une épave à tous points de vue.

Mais cultivé.

– … nous vivons de la charité qu'on veut bien nous faire, déclara Benseman.

Pärt opina et tendit le bras vers la bière. Muriel sortit un sachet et une cuillère. Benseman réagit sur-le-champ.

– Tu n'étais pas censée arrêter cette merde ?

– Je sais. Je vais le faire.

– Quand ça ?

– Je vais arrêter !

Ce qu'elle fit, sans attendre. Non pas qu'elle ait renoncé à son fix, mais parce qu'elle venait d'apercevoir les jeunes types qui se rapprochaient en se faufilant entre les arbres. L'un d'eux portait un blouson à capuche noir, son copain, un vert foncé. Ils avaient tous les deux un pantalon de survêtement gris, des rangers noires et des gants.

Ils étaient en chasse.

Le trio de SDF réagit au quart de tour. Muriel attrapa son sachet et partit en courant. Benseman et Pärt lui emboîtèrent le pas en titubant. Mais Benseman se rappela la bibine de réserve qu'il avait planquée derrière la corbeille à papier. Elle pouvait faire la différence entre veille et sommeil cette nuit. Il fit demi-tour et, pour son malheur, trébucha devant l'un des bancs.

Son sens de l'équilibre n'était pas au top.

Sa capacité de réaction non plus.

Alors qu'il essayait de se relever, il reçut un puissant coup de pied en pleine face et retomba sur le dos. Le gars au blouson noir se dressait juste devant lui. Son copain avait sorti un portable et enclenché la caméra.

C'étaient les prémices d'une raclée d'une rare brutalité. Filmée dans un parc où personne ne pouvait entendre les cris à part deux témoins terrorisés, cachés derrière un buisson, bien loin de là.

Muriel et Pärt.

Même à cette distance, ils pouvaient voir le sang couler de la bouche et de l'une des oreilles de Benseman, et entendre ses gémissements étouffés à chaque coup de pied qui atteignait son diaphragme ou son visage.

Encore et encore.

Et encore.

Ils n'eurent pas à endurer la vision des rares dents de Benseman qui s'enfonçaient dans ses gencives et transperçaient ses joues, mais ils virent le grand gaillard du Nord cherchant à protéger ses yeux.

Ses yeux qui lui servaient à lire.

Muriel pleurait, silencieusement, l'intérieur de son bras constellé de piqûres plaqué sur sa bouche. Elle tremblait de tout son corps décharné. Pärt finit par saisir la main de la jeune fille et l'éloigna de cette scène répugnante. Ils ne pouvaient rien faire. Enfin si, ils pouvaient prévenir la police. Ça, on peut le faire, pensa Pärt, et il attira Muriel en hâte vers Lindigövägen.

Il leur fallut attendre de longues minutes avant de voir la première voiture s'approcher. Pärt et Muriel se mirent à héler et à agiter les bras alors qu'elle se trouvait encore à une cinquantaine de mètres, ce qui poussa le conducteur à faire une embardée sur la chaussée et à s'éloigner à vive allure.

— Espèce de sale porc ! beugla Muriel.

Le conducteur suivant était accompagné de son épouse, une dame coquette dans une belle robe couleur cerise. Vivement contrariée, elle fit de grands gestes dans la voiture.

– N'écrase pas ces drogués ! N'oublie pas que tu as bu !

La Jaguar grise les dépassa donc sans s'arrêter.

Lorsque l'une des mains de Benseman fut broyée, les derniers rayons du soleil s'étaient éteints sur Värtafjärden. Le gars au portable éteignit la caméra et son copain récupéra la bière laissée orpheline par leur victime.

Puis ils partirent en courant.

Il ne restait que la pénombre et le grand gaillard du Nord sur le sol. Sa main brisée grattait légèrement le gravier, ses paupières étaient fermées. *Orange mécanique* fut la dernière pensée qui se fraya un chemin dans son cerveau. Mais de qui était ce film, bon Dieu ?

Puis sa main cessa de bouger.

2

La couette avait glissé, révélant sa cuisse nue. La langue râpeuse et chaude remonta sur sa peau et la chatouilla. Elle bougea dans son sommeil. Quand le léchage céda la place à un petit mordillement, elle se redressa et repoussa le chat.

– Non !

Ce mot ne visait pas l'animal, mais le réveil. Elle ne s'était pas réveillée… En outre, son chewing-gum était tombé du montant de son lit et s'était collé dans ses longs cheveux noirs. Situation de semi-crise.

Elle bondit hors du lit.

Une heure de retard et tout son emploi du temps de la matinée était sous pression. Sa capacité à agir sur différents fronts était mise à l'épreuve. Surtout dans la cuisine : son pain grillé commença à cramer pendant que son café au lait chauffait, son pied droit nu marcha dans du vomi de chat translucide et un représentant, excessivement familier, débuta la conversation en l'appelant par son prénom, lui assurant qu'il ne s'agissait pas de lui vendre quoi que ce soit, mais uniquement de lui offrir un cours génial en gestion budgétaire.

Situation de crise presque à son summum.

Olivia Rönning était encore stressée lorsqu'elle déboucha au pas de course sur Skånegatan. Sans maquillage, ses longs cheveux relevés à la va-vite en un vague chignon. Sous sa veste légère couleur café qu'elle avait boutonnée, on apercevait un T-shirt jaune à l'ourlet effrangé. Un jean délavé tombant sur une paire de sandalettes éculées complétait sa panoplie.

Aujourd'hui aussi, le temps était au beau fixe.

Elle marqua un temps d'hésitation au moment de choisir une direction. Qu'est-ce qui était le plus rapide ? Par la droite. Elle partit au trot tout en jetant un coup d'œil aux gros titres dans la vitrine du magasin du coin : « NOUVELLE AGRESSION CONTRE UN SDF ! »

Olivia accéléra le pas vers sa voiture. Elle devait se rendre à l'école de police de Sörentorp, dans le quartier d'Ulriksdal. À vingt-trois ans, Olivia avait entamé son troisième semestre. Dans six mois commencerait son stage au sein d'un commissariat du secteur de Stockholm.

Dans un an, elle serait titularisée.

Légèrement essoufflée, elle atteignit sa Ford Mustang blanche et sortit ses clés. Cette voiture était un héritage de son père, Arne, décédé d'un cancer quatre ans plus tôt. Il s'agissait d'un cabriolet de 1988, avec sièges en cuir rouge, boîte automatique et quatre cylindres en ligne qui vrombissaient comme un V8. La prunelle des yeux de son père pendant de nombreuses années. Un joyau également pour Olivia. La voiture n'était pourtant pas de première fraîcheur. Olivia était obligée de fixer la lunette arrière avec de l'adhésif à chaque manipulation de la capote et la carrosserie présentait pas mal de rayures. Mais elle passait son contrôle technique à peu près sans accroc.

Elle aimait cette voiture.

En quelques gestes, elle rabattit la capote, puis s'installa derrière le volant. Là, l'espace de quelques secondes, elle percevait toujours la même odeur. Pas celle du cuir, mais celle de son père ; le coupé sentait Arne. L'espace de quelques secondes, puis cette sensation s'évaporait.

Elle brancha ses écouteurs sur son portable, sélectionna Bon Iver, démarra et prit la route.

Les vacances d'été approchaient.

*

Le nouveau numéro de *Situation Stockholm,* le journal des sans-abri, était arrivé. Le numéro 166. Avec la princesse Victoria en une et des interviews des Sahara Hotnights et de Jens Lapidus.

La rédaction du 34 Krukmakargatan grouillait de sans-abri venus chercher leurs exemplaires du nouveau numéro. Ils devaient payer vingt couronnes, soit la moitié du prix au numéro, et ils gardaient le produit de la vente.

Un arrangement simple, et qui faisait la différence pour beaucoup d'entre eux.

L'argent qu'ils en retiraient leur maintenait la tête hors de l'eau. Certains le dépensaient pour satisfaire leur addiction, d'autres pour rembourser des dettes, la majorité tout simplement pour s'offrir leur casse-croûte quotidien. Et pour préserver une certaine dignité.

Mais c'était quand même un travail et pour lequel ils étaient payés. Ils ne s'adonnaient ni à la cambriole, ni à la fauche, ni au racket de retraités. Ça, certains d'entre eux ne s'y résolvaient que si les choses partaient en vrille. La plupart mettaient un point d'honneur à faire leur travail de vendeurs.

Un boulot passablement difficile.

Certains jours, ils restaient sur leur lieu de vente habituel dix à douze heures d'affilée et plaçaient à peine un journal. Qu'il pleuve, neige ou vente. Dans ces cas-là, il était bien éprouvant de retourner dans son trou, le ventre vide, et d'espérer s'effondrer de sommeil avant d'être gagné par les crampes d'estomac.

Aujourd'hui, donc, était le jour de la parution du nouveau numéro. Normalement, c'était un grand moment pour tous ceux présents dans la pièce. Avec un peu de chance, ils vendraient un maximum d'exemplaires dès le premier jour. Mais ce n'était pas la joie dans le local.

Bien au contraire.

Ils étaient en pleine réunion de crise.

Un de leurs camarades avait été salement passé à tabac la veille. Benseman, le type du Nord, celui qui avait lu tant de bouquins. Il souffrait d'innombrables fractures. Sa rate avait éclaté et les médecins avaient lutté toute la nuit pour stopper d'importantes hémorragies. Le réceptionniste s'était rendu à l'hôpital le matin.

— Il va survivre… mais nous ne sommes apparemment pas près de le revoir ici.

Ils hochèrent légèrement la tête. Compatissants. Tendus. C'était la quatrième agression perpétrée contre des sans-abri. Des SDF, comme les appelaient les médias. Et toutes selon le même scénario. De jeunes types avaient traqué l'un d'entre eux jusqu'à l'un des endroits qu'il fréquentait et lui avaient flanqué une sacrée dérouillée. En filmant toute cette saloperie avant de la mettre en ligne.

C'était peut-être ça le pire.

Tellement humiliant. Comme si les SDF jouaient seulement le rôle de punching-ball dans un vidéolynchage.

C'était d'autant plus odieux que les quatre victimes étaient des vendeurs de *Situation Stockholm*. Était-ce un hasard ? Il y avait environ cinq mille sans-abri à Stockholm et seule une fraction d'entre eux étaient des vendeurs.

— Est-ce que c'est précisément nous qu'ils visent ?

— Pourquoi ils feraient ça, bordel !

Il n'y avait évidemment pas de réponse. Pas encore. Mais cette perspective était suffisamment angoissante pour ébranler l'assemblée déjà secouée.

— Je me suis dégoté une bombe lacrymo, dit Bo Fast.

Tout le monde le regarda. Cela faisait plusieurs années qu'on avait cessé d'appeler cet idiot par son nom. Bo brandissait sa bombe pour tous ceux qui voulaient la voir.

— C'est illégal, tu sais, dit Jelle.

— Comment ça ?

– Ce genre de trucs.

– Et c'est légal peut-être de se faire tabasser ?

Jelle n'avait pas de bonne réponse à ça. Il se tenait près d'un mur, Arvo Pärt à côté de lui. Vera était un peu plus loin. Pour une fois, elle n'avait pas pris la parole. Elle s'était complètement effondrée quand Pärt avait appelé pour lui dire ce qui était arrivé à Benseman, quelques minutes à peine après qu'elle et Jelle avaient quitté le parc. Elle était persuadée qu'elle aurait pu empêcher l'agression si elle était restée. Jelle était loin d'en être aussi sûr.

– Mais, putain, qu'est-ce que tu aurais bien pu faire ?

– J'aurais cogné ! Tu sais comment j'ai envoyé au tapis ceux qui ont essayé de nous chourer nos portables à la Saint-Jean !

– Ils étaient complètement bourrés et l'un d'eux était presque nain.

– Mais tu m'aurais bien filé un coup de main, non ?

Ensuite, ils s'étaient séparés pour la nuit. Maintenant, ils étaient là. Et Vera gardait le silence. Elle acheta une liasse de journaux, Pärt fit de même, Jelle n'avait pas les moyens d'en prendre plus de cinq.

Ils sortirent ensemble et Pärt se mit soudain à pleurer. Il s'appuya contre la façade rugueuse et leva une main crasseuse devant son visage. Jelle et Vera le considéraient. Ils comprenaient. Il était là, avait assisté à la scène et n'avait absolument rien pu faire.

Il encaissait le contrecoup.

Vera posa avec précaution un bras autour de ses épaules et attira sa tête contre la sienne. Pärt était un homme fragile.

En réalité, il s'appelait Silon Karp, était le fils de deux réfugiés estoniens et était originaire d'Eskilstuna. Mais au cours d'un trip à l'héroïne, il avait vu une photo du compositeur sur un vieux journal dans une vitrine de Brunnsgatan et avait été frappé par l'incroyable ressemblance physique entre lui et Pärt. Il avait vu son double, tout simplement.

Un fix plus tard, il s'était glissé dans sa peau et y était toujours. Il était Arvo Pärt. Depuis, il se présentait sous le nom de Pärt. Et comme ses fréquentations se fichaient du tiers comme du quart du nom réel des gens, il était devenu Pärt.

Arvo Pärt.

Il avait travaillé comme facteur, distribuant le courrier dans les banlieues sud, mais des nerfs fragiles et une passion dévorante pour les produits opiacés l'avaient entraîné dans ce qui était désormais son existence déracinée. Comme sans-abri vendeur de *Situation Stockholm*.

À présent, il pleurait contre l'épaule de Vera la Taupe, sans retenue, sur ce qui était arrivé à Benseman, sur toute cette merde, toute cette violence. Mais il pleurait surtout parce que la vie était ce qu'elle était.

Vera caressa ses cheveux emmêlés et releva les yeux vers Jelle qui baissa les siens sur son paquet de journaux.

Et qui s'éloigna.

*

Olivia franchit les grilles de l'école à Sörentorp et se gara immédiatement sur la droite. Sa voiture détonnait au milieu des berlines gris anthracite de toutes marques. Ce n'était pas pour lui déplaire. Elle jeta un coup d'œil au ciel en se demandant s'il convenait de rabattre la capote, mais s'abstint.

– Et s'il commence à pleuvoir ?

Olivia se retourna. Ulf Molin. Un garçon de son âge et de sa promo. Il avait le chic d'apparaître près d'Olivia sans qu'elle s'en aperçoive. Là, il avait surgi derrière sa voiture. Il ne me filerait pas le train, des fois ? pensa-t-elle.

– Eh bien, il faudra que je rabatte la capote.

– En plein milieu d'un cours ?

Olivia ne releva même pas. Elle prit sa veste et commença à s'éloigner. Ulf la suivit.

– Est-ce que tu as vu ça ?

Ulf se rapprocha d'elle et lui tendit sa tablette clinquante.

– C'est l'agression cette nuit, contre un sans-abri...

Olivia lorgna vers l'écran et vit un Benseman en sang massacré par de multiples coups de pied.

– ... c'est encore une fois sur le même site, commenta Ulf.

– Trashkick ?

– Oui.

Ils en avaient discuté la veille, à l'école, et tous avaient été secoués. Un de leurs enseignants leur avait expliqué que le premier film et une adresse internet avaient été placés sur 4chan.org, un site fréquenté par des millions de jeunes. Le film et l'adresse avaient assez rapidement été effacés, mais beaucoup avaient eu le temps de voir l'URL et elle s'était propagée. Elle menait au site Trashkick.com.

– Mais ils ne peuvent pas le fermer ?

– Il est sans doute hébergé par un obscur serveur américain. La police doit avoir du mal à le localiser pour le faire bloquer.

Exactement ce que leur avait expliqué leur enseignant le jour précédent.

Ulf baissa sa tablette.

– C'est le quatrième film qu'ils mettent en ligne... complètement pervers.

– Les agressions ou la mise en ligne ?

– Euh... les deux.

– Et selon toi, qu'est-ce qui est pire ?

Elle savait qu'elle n'aurait pas dû engager le dialogue, mais le bâtiment de l'école se trouvait à quelques centaines de mètres et Ulf lui avait emboîté le pas. En outre, elle aimait forcer les gens à exprimer leurs pensées. Pourquoi ? Elle l'ignorait. Peut-être était-ce sa manière de garder ses distances.

La stratégie de l'attaque.

– Je crois que c'est un tout, répondit Ulf. Ils perpètrent

les agressions pour les diffuser. S'ils ne pouvaient pas les mettre en ligne, ils ne le feraient peut-être pas.

Bien, se dit Olivia. Une longue phrase, un raisonnement cohérent, une réflexion intelligente. S'il lui collait moins aux basques et réfléchissait davantage, il remonterait indéniablement de quelques échelons dans son entourage particulièrement peu fourni. De surcroît, il était athlétique et mesurait une demi-tête de plus qu'elle. Avec des cheveux bruns bouclés.

– Qu'est-ce que tu fais ce soir ? On se boit une bière ou un truc comme ça ?

Là, il retomba à son niveau habituel.

La classe était presque pleine. La promotion d'Olivia comptait vingt-quatre élèves répartis en quatre groupes. Ulf ne faisait pas partie du sien. Åke Gustafsson, leur instructeur, se tenait devant le tableau. Un homme d'une cinquantaine d'années avec une longue carrière dans la police. Il jouissait d'une grande popularité au sein de l'école. Trop prolixe au goût de certains. Charmant, estimait Olivia. Elle appréciait ses sourcils, du genre touffus, qui semblaient dotés d'une vie propre, au ras des yeux. Il brandissait un dossier. Une pile de copies du même document était posée sur la table à côté de lui.

– Comme nous allons nous séparer dans quelques jours, j'ai de mon propre chef, en marge du programme, pensé à vous donner un devoir pour les vacances d'été, totalement sur la base du volontariat. Ceci est une compilation de diverses vieilles affaires de meurtres non résolus commis en Suède. Je les ai réunies moi-même et je me suis dit que vous pourriez en choisir une et procéder à votre propre analyse de l'enquête, voir ce que l'on aurait pu faire différemment avec les méthodes policières actuelles, la technique de l'ADN, l'analyse géographique, les écoutes électroniques, etc. Cela vous donnerait un aperçu de la manière dont on peut effectuer un travail de type *Cold Case*. Des questions ?

– Ce n'est donc pas un devoir obligatoire ?

Olivia jeta un regard en biais à Ulf. Il fallait toujours qu'il pose des questions pour le plaisir de les poser. Åke n'avait-il pas déjà dit que c'était facultatif ?

– C'est purement sur la base du volontariat.

– Mais cela sera un plus pour notre dossier si nous le faisons ?

À la fin du cours, Olivia alla chercher un dossier. Åke lui fit signe d'approcher et désigna le document dans sa main.

– Ton père a travaillé sur l'une de ces affaires.

– Vraiment ?

– Oui. Je me suis dit que ce serait sympa de l'inclure.

Olivia s'installa sur un banc à bonne distance de l'école, à côté de trois hommes. Tous étaient silencieux, et pour cause : ils étaient en bronze. L'un d'eux représentait Bildsköne Bengtsson, un bandit notoire de la Belle Époque.

Olivia n'avait jamais entendu parler de lui.

Les deux autres étaient Tumba-Tarzan et l'agent Björk*. Ce dernier avait un béret de policier sur les genoux. Quelqu'un avait posé une canette de bière vide dessus.

Olivia ouvrit son dossier. Pour tout dire, elle n'avait pas eu l'intention de consacrer ses vacances d'été à un devoir. Mais elle avait trouvé là un prétexte pour quitter la salle et ne pas avoir à supporter Ulf.

Åke avait piqué sa curiosité.

Son père avait participé à l'une des enquêtes.

Elle feuilleta rapidement le dossier. Il s'agissait de résumés très succincts. Quelques données sur les circonstances

---

* Zumba-Tarzan était un cambrioleur suédois des années cinquante. L'agent Björk est un policier inventé par Astrid Lindgren, la créatrice de Fifi Brindacier, jeune héroïne de romans pour enfants.

du crime, les lieux, les dates et les enquêtes. Olivia avait une bonne connaissance de la terminologie policière. Elle avait entendu ses parents discuter d'affaires judiciaires à table durant toute son enfance et son adolescence. Maria, sa mère, était pénaliste.

Le cas qui l'intéressait était dans les derniers. Arne Rönning était mentionné comme l'un des principaux responsables de l'enquête.

Inspecteur à l'illustre Rikskrim, la brigade criminelle.

Son père.

Olivia releva les yeux et laissa errer son regard. L'endroit était d'une extraordinaire sérénité. L'école se situait dans un vaste espace de verdure préservé, avec des pelouses bien entretenues et de beaux secteurs boisés qui s'étendaient jusqu'à Edsviken. Tout était aéré et paisible.

Elle songea à Arne.

Elle l'avait aimé, du fond du cœur, et maintenant il était mort. À cinquante-neuf ans. C'est injuste, se dit-elle. Puis les mêmes pensées revinrent. Celles qui la tourmentaient, souvent, et qui lui causaient une douleur presque physique. Celles relatives à sa trahison.

Envers lui.

Leur relation avait été étroite et harmonieuse jusqu'à la fin de son adolescence, puis elle l'avait trahi quand il était subitement tombé malade. Elle avait filé à Barcelone pour perfectionner son espagnol, bosser, se marrer... s'éclater !

J'ai fui, pensa-t-elle. Même si je ne l'ai pas compris à ce moment-là. Je me suis débinée parce que je n'avais pas la force d'encaisser le fait qu'il soit malade, que son état pouvait empirer, qu'il pouvait effectivement mourir.

Et c'était arrivé. En l'absence d'Olivia. Alors qu'elle se trouvait toujours à Barcelone.

Elle se souvenait encore de l'appel de sa mère.

– Papa est mort cette nuit.

Olivia passa la main sur ses yeux et pensa à sa mère.

Durant la période affreuse qui avait suivi le décès de son père, après son retour d'Espagne, Maria était anéantie et murée dans son chagrin. Un chagrin qui ne laissait aucune place aux sentiments de culpabilité et à l'angoisse d'Olivia. Elles avaient alors marché sur des œufs, s'évitant, se taisant, comme si elles craignaient que le monde entier ne se craquelle si elles dévoilaient ce qu'elles ressentaient.

La situation s'était apaisée, mais elles ne l'évoquaient toujours pas.

Bien au contraire.

Son père lui manquait vraiment.

– Tu as trouvé une affaire ?

Ulf venait furtivement de se matérialiser à côté d'elle.

– Oui.

– Laquelle ?

Olivia baissa les yeux vers son dossier.

– Un meurtre sur Nordkoster.

– À quand remonte-t-il ?

– 87.

– Pourquoi l'as-tu choisi ?

– Et toi, tu as trouvé quelque chose ? À moins que tu t'en fiches ? Ce n'est de toute façon pas obligatoire.

Ulf esquissa un sourire et s'installa sur le banc.

– Ça te dérange si je m'assieds ici ?

– Oui.

Olivia était très douée pour éconduire les gens. En outre, elle voulait se concentrer sur l'affaire qu'elle venait de découvrir.

L'affaire de son père.

Résumée de manière si accrocheuse par Åke qu'Olivia voulut en apprendre davantage.

Elle prit sa voiture pour se rendre à la Bibliothèque royale et descendit au sous-sol, dans la salle dédiée à la consultation des articles de presse sous forme de microfiches. La responsable de cette section lui montra comment se repérer dans le classement sur les étagères et quel lecteur elle pouvait utiliser. Tout était minutieusement classé. Chaque journal publié depuis les années cinquante avait été microfilmé. Il suffisait de choisir une publication et une année, de s'installer devant un appareil et de se mettre au travail.

Olivia commença par un journal local qui couvrait Nordkoster. *Strömstad Tidning.* La date et le lieu du meurtre figuraient dans le dossier. Lorsqu'elle enclencha la fonction de recherche, il ne s'écoula que quelques secondes avant qu'un gros titre racoleur n'apparaisse à l'écran : « MEURTRE MACABRE SUR UNE PLAGE DE KOSTER ! » La nouvelle avait passionné l'auteur de l'article, qui fournissait bon nombre d'informations factuelles sur le site et la chronologie.

Olivia était accrochée.

Elle consacra l'heure suivante à éplucher le *Bohusläningen* et le *Hallandsposten,* puis elle décrivit des cercles de plus en plus larges. Les quotidiens de Göteborg. Les journaux du soir de Stockholm. Les grandes publications couvrant l'ensemble du royaume.

En prenant des notes.

Fébrilement. Jusqu'au moindre détail.

Cela avait vraiment fait grand bruit, dans tout le pays. Pour plusieurs raisons. Il s'agissait d'un meurtre d'une sophistication cruelle commis par des inconnus contre une jeune femme enceinte. Aucun suspect n'avait été identifié. On ignorait même le nom de la victime.

L'affaire demeurait une énigme.

Olivia était de plus en plus fascinée. Par l'affaire en tant que cas d'étude, mais surtout par le meurtre en lui-même. Ce qui s'était joué, une nuit baignée de clarté lunaire, à Hasslevikarna sur Nordkoster. Cette manière démoniaque de tuer une femme nue et enceinte.

Au moment de la marée.

La marée ?

Une pure torture, pensa Olivia. Une forme extrême de noyade. Lente, diabolique.

Pourquoi de cette façon ?

Pourquoi cette mise à mort spectaculaire ?

L'imagination d'Olivia se mit en branle. Existait-il des aspects occultes ? Des adorateurs de la marée ? Des fanatiques de la lune ? Le meurtre avait eu lieu tard le soir. S'agissait-il d'une forme de sacrifice ? Un rite ? Une secte ? Le fœtus était-il censé être découpé et sacrifié à quelque divinité sélénite ?

Maintenant, on se calme, s'enjoignit-elle.

Olivia éteignit l'appareil, se pencha en arrière et regarda son calepin couvert d'annotations : une mixture de faits et de spéculations, de vérités et de suppositions, d'hypothèses plus ou moins crédibles émises par divers reporters spécialisés dans les affaires criminelles et autres criminologues.

Selon une « source digne de confiance », on avait découvert des traces de drogue dans le sang de la femme. Du Rohypnol. C'est la drogue classique des violeurs, pensa Olivia. Mais la femme était à un stade très avancé de sa grossesse. Alors, pourquoi ?

D'après la police, on avait retrouvé une veste de toile sombre dans les dunes. Des cheveux du cadavre étaient pris dans l'étoffe. Où était le reste de ses vêtements si cette veste lui appartenait ? Les meurtriers les avaient-ils emportés en oubliant la veste ?

On avait recherché l'identité de la femme à l'échelle internationale, en vain. C'est bizarre qu'une femme enceinte ne manque à personne… songea-t-elle.

À en croire la police, la victime avait entre vingt-cinq et trente ans et était peut-être d'origine sud-américaine. Qu'entendait-on par « d'origine sud-américaine » ? Quelle zone recouvrait cette appellation ?

Un garçon de neuf ans qui, selon un reporter local, s'appelait Ove Gardman, avait été témoin de toute la scène sur la plage. L'enfant avait couru chez lui pour prévenir ses parents. Où était-il à présent ? Était-il possible de le contacter ?

D'après la police, la femme était inconsciente, mais encore en vie à l'arrivée des parents d'Ove sur la plage. Ils avaient tenté de la réanimer, mais elle était morte quand l'hélicoptère des secours s'était posé. À quelle distance habitaient-ils ? Combien de temps avait-il fallu à l'hélicoptère pour intervenir ?

Olivia se leva. Son cerveau était moulu par toutes ces impressions et ces questions. Elle vacilla.

Elle était restée assise longtemps et ses jambes étaient ankylosées.

Olivia s'installa au volant de sa voiture et sentit son ventre gargouiller. Une fringale qu'elle calma avec une barre hyperprotéinée sortie de la boîte à gants. Elle était restée plusieurs heures dans la salle de lecture et fut surprise quand elle consulta l'horloge. Le temps avait disparu là-bas. Cette vieille affaire de la plage la captivait. Pas uniquement parce que Arne avait travaillé dessus – cela lui ajoutait un piment d'ordre privé –, mais à cause de tous ses ingrédients étranges. Un détail l'avait particulièrement frappée : on n'avait jamais identifié la femme assassinée. Elle était encore anonyme aujourd'hui. Depuis toutes ces années.

Olivia était intriguée et voulait en savoir plus.

Si seulement son père avait encore été en vie, qu'aurait-il pu lui raconter ?

Elle sortit son portable.

Åke Gustafsson et une femme d'âge moyen se tenaient à côté du bâtiment de l'école de police, sur l'une des vastes pelouses. La femme était originaire de Roumanie et gérait le service de restauration de l'établissement. Elle offrit une cigarette à Åke.

– Il n'y a plus tant de gens que ça qui fument, de nos jours, déclara-t-elle.

– Non.

– C'est sans doute ces histoires de cancer.

– Probablement.

Puis ils fumèrent.

À la moitié de sa cigarette, le téléphone d'Åke sonna.

– Excusez-moi, c'est Olivia Rönning. Bon, j'ai choisi ce meurtre sur Nordkoster et j'allais…

– Je m'en doutais, l'interrompit-il. Ton père a participé à l'enquête et…

– Mais ce n'est pas pour ça.

Olivia voulait laisser le côté sentimental de côté. Il s'agissait d'elle et de maintenant. Cela n'avait rien à voir avec son père. En tout cas à l'égard de son instructeur. Elle avait choisi un sujet de devoir et elle allait s'en acquitter à sa manière. Elle était comme ça.

– Je l'ai choisi parce que je trouve l'affaire intéressante, poursuivit-elle.

– Mais très difficile.

– Oui, et voilà pourquoi je vous appelle. Je voudrais consulter l'original du dossier d'enquête. Où se trouve-t-il ?

– Sans doute aux archives centrales de Göteborg.

– Ah bon ? Dommage.

– Mais tu n'y aurais de toute façon pas eu accès.

– Pourquoi ?

– Parce que c'est un meurtre non résolu qui n'est pas prescrit. Aucune personne extérieure au groupe d'enquête n'a accès à un dossier en cours.

– Je vois… Qu'est-ce que je fais alors ? Comment trouver davantage d'informations ?

Silence dans le combiné.

Olivia était au volant de sa voiture, le portable contre l'oreille. À quoi réfléchit-il ? Elle vit une contractuelle se rapprocher de sa démarche reconnaissable entre toutes. Zut, elle était garée sur une place réservée aux handicapés. Elle démarra à l'instant où Åke reprit la parole.

– Tu pourrais essayer de parler à celui qui dirigeait l'enquête, déclara-t-il.

– Il s'appelait Tom Stilton.

– Je sais.

– Où peut-il être ?

– Aucune idée.

– Au commissariat ?

– Je ne pense pas. Mais contacte Olsäter, Mette Olsäter. Elle est inspecteur à la Criminelle et ils ont beaucoup travaillé ensemble. Elle saura peut-être.

– Je la trouve où ?

– À la Rikskrim, bâtiment C.

– Merci !

Olivia mit les voiles au nez et à la barbe de la contractuelle.

*

– *Situation Stockholm* ! Tout nouveau numéro ! Les dernières infos sur la princesse Victoria ! Soutenez les sans-abri !

La voix de Vera la Taupe n'avait aucune difficulté à se faire entendre des cohortes de bobos qui transhumaient vers les halles de Söder pour y truffer à profusion leurs sacs de nourriture et camelote en tout genre. Elle semblait provenir tout droit de la grande scène du Théâtre national. Une variante quelque peu fatiguée de Margaretha Krook au mieux de sa forme. Même regard acéré, même autorité naturelle et un charisme auquel on ne pouvait se soustraire.

Elle vendait bien.

La moitié de sa liasse était déjà partie.

Arvo Pärt ne s'en sortait pas aussi bien. Lui n'écoulait rien. Il était adossé à un mur pas très loin. Ce n'était pas son jour et il n'avait pas envie d'être seul. Il lorgnait du côté de Vera. Il admirait sa force. Il en connaissait un rayon sur ses nuits sombres, comme tous les membres de son entourage. Pourtant, à la regarder, on aurait cru que le monde entier lui appartenait. Une sans-abri. À moins de considérer une caravane miteuse des années soixante comme un logement.

Pour Vera, c'en était un.

— Je ne suis pas sans abri, ainsi qu'elle l'avait déclaré à un client qui lui avait acheté un journal et voulait se montrer à côté d'elle. Je suis entre deux résidences.

Ce qui était en partie vrai : Vera figurait sur la liste des attributions prioritaires de logement, un projet politique pour améliorer la situation des sans-abri de Stockholm. Avec un peu de chance, elle obtiendrait un appartement à l'automne, lui avait-on affirmé. À l'essai. Si son comportement donnait satisfaction, on étudierait l'éventualité de le lui allouer de manière définitive.

Vera avait l'intention de bien se conduire.

Elle le faisait toujours. Enfin presque. Elle avait sa caravane et touchait une pension de retraite anticipée d'environ quatre mille couronnes par mois. Elle rabotait toutes les dépenses et cela couvrait le strict nécessaire. Le reste, elle le récupérait dans des bennes.

Elle ne manquait de rien.

— *Situation Stockholm* !

Elle avait vendu trois exemplaires supplémentaires.

— Tu comptes rester ici ?

Jelle avait surgi de nulle part avec ses cinq exemplaires et s'était planté à deux pas de Vera.

— Oui. Pourquoi ?

— C'est l'emplacement de Benseman.

Les vendeurs avaient chacun un lieu de vente attitré en ville. Une carte en plastique accrochée à leur cou indiquait leur nom et leur emplacement. Celle de Benseman portait les mentions « Benseman/Halles de Söder ».

– Benseman ne l'occupera sans doute pas avant un bon moment, répliqua Vera.

– C'est sa place. On t'a autorisée à le remplacer ?

– Non. Et toi ?

– Non.

– Qu'est-ce que tu fabriques ici alors ?

Jelle ne répondit pas. Vera fit un pas dans sa direction.

– Ça te dérange que je me poste ici ?

– C'est un bon emplacement.

– Oui.

– Est-ce qu'on peut le partager ? s'enquit Jelle.

Vera esquissa un sourire et l'observa. Mais il s'empressait toujours de détourner le regard. Il baissa les yeux. Vera se planta juste devant lui, s'accroupit et essaya de croiser son regard par en dessous. Autant essayer d'attraper une truite à mains nues. Sans espoir. Jelle se détourna en se tortillant comme une anguille. Vera lâcha alors son fameux rire rauque, qui mit aussitôt en fuite quatre familles avec enfants en bas âge dans leurs poussettes au design racé.

– Jelle ! vociféra-t-elle.

Pärt fit mine de se décoller du mur. Du rififi dans l'air ? Il savait que Vera avait du caractère. Mais il ignorait presque tout de Jelle. On disait qu'il venait de l'archipel, d'un îlot lointain. Rödlöga, selon quelqu'un. Jelle serait le fils d'un chasseur de phoques ! Mais on racontait tant d'histoires et si peu étaient fondées. Il était en train de se prendre le bec avec Vera devant les halles.

À moins qu'il ne s'agisse d'autre chose.

– Pourquoi vous chamaillez-vous ?

– On se chamaille pas, rétorqua Vera. Jelle et moi, on s'accroche jamais. Je dis les choses clairement et lui, il regarde ses pieds. Pas vrai ?

Vera se tourna vers Jelle, mais il n'était plus là. Il avait déjà pris le large d'au moins quinze mètres. Il n'avait pas l'intention de se brouiller avec Vera pour l'emplacement de Benseman. En réalité, il se fichait bien de l'endroit où Vera vendait ses journaux. C'était l'affaire des responsables de la publication.

Il avait cinquante-six ans et se moquait de tout, pour être franc.

*

Olivia roulait en direction de Söder en ce début de soirée estivale. La journée avait été intensive. Un démarrage sans douceur, puis elle s'était pris la tête avec Ulf Molin comme d'habitude, et enfin était tombée sur cette affaire de meurtre. Qui s'était soudain imposée à elle. Pour différentes raisons.

Les heures passées à la bibliothèque l'avaient lessivée.

Les événements avaient vraiment pris une tournure étrange. Ce n'était pas du tout ce qu'elle avait prévu. Elle attendait avec impatience les vacances d'été après une période aussi dure que chargée. École la semaine et boulot au dépôt de Kronoberg le week-end. Elle avait décidé de se détendre. Elle avait réussi à économiser un peu d'argent qui allait lui permettre de se maintenir à flot quelque temps et de s'offrir peut-être un voyage. Par ailleurs, elle n'avait pas eu de relation sexuelle depuis presque un an. Elle pensait également y remédier.

Et puis ça ?

Elle allait peut-être quand même faire l'impasse sur ce travail qui n'était pas obligatoire ? C'est alors que Lenni l'appela.

Lenni était sa meilleure amie depuis le lycée. Une fille qui cherchait désespérément quelque chose à quoi s'accrocher pour ne pas couler. Comme à l'accoutumée, elle voulait aller en ville pour voir ce qui se passait, de crainte de rater un événement. Elle avait rameuté quatre autres copines pour ne pas manquer Jakob, le garçon auquel elle s'intéressait à ce moment-là. Elle avait lu sur Facebook qu'il comptait se rendre au Strand près de Hornstull dans la soirée.

– Il faut que tu viennes ! Ça va être super-cool ! On se rejoint chez Lollo à 8 heures et...

– Lenni.

– Oui ?

– Ce n'est pas possible, je dois... j'ai un devoir à faire, il faut que je m'en occupe ce soir.

– Mais Erik, le pote de Jakob, sera là et il a demandé de tes nouvelles plusieurs fois ! En plus, il est super-mignon ! Absolument parfait pour toi !

– Mais ce n'est pas possible.

– Nom de Dieu, ce que tu peux être chiante, Olie ! Tu aurais vraiment besoin de te secouer !

– Une autre fois.

– C'est ce que tu dis à chaque fois ces temps-ci ! D'accord, mais ne me reproche rien si tu rates quelque chose !

– C'est promis. J'espère que ça marchera avec Jakob !

– Oui, croise les doigts ! Bisous !

Lenni raccrocha sans même laisser à Olivia le temps de lui répondre. Elle était déjà ailleurs, là où il se passait quelque chose.

Pourquoi avait-elle refusé alors qu'elle songeait justement aux hommes quand le téléphone avait sonné ? Était-elle vraiment devenue aussi chiante que Lenni l'affirmait ?

Un devoir ?

Pourquoi avait-elle donné cette excuse ?

Olivia remplit la gamelle du chat et nettoya sa litière. Puis elle s'installa devant son ordinateur portable. Elle avait envie d'un bain, mais un bouchon dans le siphon provoquait une inondation chaque fois qu'elle vidait la baignoire et elle n'avait pas le courage de s'y coller ce soir. Elle verrait ça demain. Une tâche de plus sur la liste des « choses à faire demain », qu'elle avait avec habileté repoussées à plus tard pendant une grande partie du printemps.

Elle ouvrit Google Earth.

Nordkoster.

Elle était fascinée par la possibilité d'être chez soi et d'approcher des bâtiments, presque au point de regarder par les fenêtres, dans le monde entier. Elle avait toujours l'impression de jouer aux espions quand elle se livrait à cette activité. Ou de commettre un acte de voyeurisme par l'intermédiaire de son écran.

Mais, là, elle ressentait une excitation d'une autre nature. Plus elle zoomait sur l'île, le paysage, les sentiers, les maisons, plus elle se rapprochait de son but, plus les vibrations s'intensifiaient. Puis elle arriva à destination.

À Hasslevikarna.

Sur la partie septentrionale de l'île.

On dirait une petite anse, pensa-t-elle. Elle zooma le plus possible. Elle voyait les dunes de sable et la plage. Cette plage où on avait enterré la femme enceinte était devant ses yeux, à l'écran.

Grise, granuleuse.

Olivia fantasma immédiatement sur le lieu précis.

Où la femme avait-elle été ensevelie ?

Était-ce là ? Ou là ?

Où avait-on retrouvé la veste ?

Et où était le petit garçon qui avait assisté à toute la scène ? Était-ce dans ces rochers à l'ouest de la plage ? Ou à l'est, à l'orée de la forêt ?

Tout à coup, elle s'aperçut que l'impossibilité de se rapprocher davantage l'irritait. Elle sentait presque le sable sous ses pieds.

Être là-bas.

Mais elle ne pouvait pas avancer plus loin. Elle quitta le site. Elle allait s'octroyer une bière. Une de celles dont Ulf lui avait rebattu les oreilles deux ou trois fois. Mais elle allait la boire chez elle, sans avoir à se frotter à ses camarades et aux clients d'un pub.

Seule.

Olivia appréciait le célibat. Un choix qu'elle avait fait. Elle n'avait jamais eu de problèmes avec les garçons, au contraire. Durant toute son enfance, on l'avait mise en valeur. D'abord avec toutes les photos d'elle en délicieuse fillette, puis avec la collection de films de vacances tournés par Arne dont la jeune Olivia était toujours la star. Par la suite, il y avait eu les nombreux regards qui la suivaient. À une époque, elle s'amusait à porter des lunettes noires et à observer les réactions de tous les hommes qu'elle croisait. Elle voyait leurs yeux se tourner dans sa direction et ne la lâcher que lorsqu'elle était hors de vue. Elle s'était vite lassée de ce jeu. Elle connaissait ses atouts et cela lui procurait un sentiment de sécurité.

Elle n'avait pas besoin de chasser.

À la différence de Lenni.

Olivia avait sa mère et son appartement. Deux pièces parquetées peintes en blanc. En réalité, elle le sous-louait à un cousin qui travaillait en Afrique du Sud. Il devait y rester deux ans. Pendant ce temps, elle occupait son logement et utilisait ses meubles.

Et puis elle avait Elvis. Le chat qui était resté après une relation passionnelle avec un Jamaïcain sexy qu'elle avait rencontré au Nova Bar de Skånegatan. Il avait d'abord mis sa libido sens dessus dessous avant qu'elle n'en tombe amoureuse.

Devant lui, elle racontait l'inverse.

Pendant près d'un an, ils avaient voyagé, ri et fait l'amour ensemble, puis il avait rencontré une amie originaire de la même région que lui. Pour reprendre ses termes. Qui était allergique aux chats. Le matou était donc resté à Skånegatan. Olivia l'avait baptisé Elvis quand le Jamaïcain avait déménagé. Lui l'appelait Ras Tafari en référence à Haïlé Sélassié, le négus des années trente.

« Elvis » correspondait davantage aux goûts d'Olivia.

Désormais, elle aimait autant ce chat que la Mustang.

Elle finit sa bière.

Elle était bonne.

Mais il s'agissait de bière forte, et en s'apprêtant à en ouvrir une deuxième elle se souvint qu'elle n'avait pas déjeuné. Ni dîné. Quand elle était occupée, elle oubliait les repas. Elle ressentait un léger roulis à l'intérieur de son crâne. Allait-elle courir chercher une pizza ?

Non.

Un léger tangage était agréable.

Elle emporta la seconde bouteille dans sa minuscule chambre et se jeta sur le couvre-lit. Un long masque en bois gris-blanc était accroché au mur opposé. L'un des objets africains de son cousin. Elle ne parvenait toujours pas à déterminer si elle aimait ou non ce masque. Certaines nuits, elle se réveillait d'un cauchemar et voyait la clarté lunaire se refléter sur elle depuis la bouche blanche du masque. Cela faisait un effet bizarre. Le regard d'Olivia glissa vers le plafond et elle réalisa qu'elle n'avait pas touché à son mobile depuis plusieurs heures. Plus que surprenant de sa part ! Ce téléphone faisait partie de son équipement de base. Elle se sentait nue s'il n'était pas dans sa poche. Elle vérifia ses mails, ses textos, le calendrier et finit par atterrir sur le site de la chaîne SVT. Quelques informations avant de sombrer dans l'inconscience, parfait !

— Mais quelles mesures comptez-vous prendre ?

— Je ne peux pas les dévoiler ici.

Celui qui ne pouvait pas révéler quelque chose au journal télévisé s'appelait Rune Forss. Il était commissaire de police à Stockholm et avait une cinquantaine d'années. On lui avait confié la mission d'enquêter sur les passages à tabac répétés de sans-abri. Forss n'a pas dû hurler de joie, pensa Olivia. Il paraissait de la vieille école. Cette génération qui considérait que beaucoup ne pouvaient s'en prendre qu'à eux-mêmes. Dans à peu près tous les domaines. Surtout lorsqu'il s'agissait de dérouillées et encore plus quand il était question de personnes incapables de se remonter les manches, de se trouver un boulot et de se comporter comme tout le monde.

Dans la plupart des cas, ils ne pouvaient donc en vouloir qu'à eux-mêmes.

Une attitude qui n'était en aucun cas enseignée à l'école de police, mais dont tous connaissaient l'existence. Quelques condisciples d'Olivia avaient déjà été contaminés par cette rhétorique.

– Allez-vous vous infiltrer parmi les sans-abri ?

– Nous infiltrer ?

– Oui. Adopter leur comportement. Pour remonter jusqu'aux auteurs de ces faits.

Lorsqu'il eut enfin compris la question, Rune Forss réprima difficilement un sourire.

– Non.

Olivia éteignit son téléphone.

*

Dans une version embellie, l'un de ces sans-abri aurait été assis sur une simple chaise au chevet d'un homme grièvement blessé. Ses mains se seraient déplacées sur la couverture du patient pour essayer de lui apporter une once de consolation. Cependant, dans la vraie version, le personnel de la réception de l'hôpital avait appelé la sécurité à la seconde où Vera la Taupe avait traversé le hall en direction des ascenseurs. Les vigiles l'avaient rattrapée dans un couloir à proximité de la chambre de Benseman.

– Vous n'avez pas le droit d'être ici !

– Pourquoi pas ? Je viens juste rendre visite à un ami qui...

– Venez tout de suite avec nous !

Et Vera avait été éjectée.

Un euphémisme pour décrire la manière profondément

gênante et d'une brutalité gratuite dont les vigiles traînèrent une Vera vociférante dans le grand hall devant un public ébahi, avant de la jeter dans la rue alors qu'elle leur énumérait tous ses droits en tant qu'être humain. Selon sa version à elle.

Elle sortit donc dans la nuit estivale.

Elle commença alors son long périple vers sa caravane dans la forêt Rien de Solna.

Seule.

Une nuit où de jeunes hommes violents rôdaient et où Rune Forss s'était endormi sur le ventre.

La femme qui mangeait un gâteau à la crème avait des lèvres généreusement tartinées de rouge, une foisonnante tignasse grise hirsute et du coffre. C'est ainsi que son mari s'était un jour exprimé : « Mon épouse a du coffre. » Ce qui signifiait qu'elle était très volumineuse. Un fait qui la tourmentait à certaines périodes et à d'autres pas. Quand elle en était gênée, elle tentait de diminuer son volume et obtenait des résultats à peine visibles. Le reste du temps, elle jouissait de ce qu'elle était. Là, elle était installée dans son spacieux bureau du bâtiment C de la Rikskrim et dégustait un gâteau. Elle suivait un bulletin d'informations à la radio d'une oreille distraite. Une société du nom de MWM, Magnuson World Mining, venait d'être désignée comme entreprise suédoise de l'année à l'étranger.

– Cette annonce a suscité de vives protestations dans différents milieux. Les méthodes d'extraction du coltan employées par l'entreprise au Congo ont provoqué de violentes critiques. Voici la réponse qu'y a apportée Bertil Magnuson, son directeur.

La femme éteignit la radio. Le nom de Bertil Magnuson ne lui était pas inconnu : elle l'avait rencontré dans le cadre d'une affaire de disparition dans les années quatre-vingt.

Elle tourna les yeux vers un portrait posé au bord de son

bureau. Jolene, sa fille cadette. La jeune fille lui souriait, les lèvres entrouvertes et le regard énigmatique. Elle était atteinte de trisomie 21 et avait dix-neuf ans. Ma Jolene adorée, pensa la femme, que te réserve la vie ? Elle tendait la main vers le dernier morceau de gâteau lorsqu'on frappa à la porte. Elle se hâta de le cacher derrière quelques dossiers avant de lancer :

— Entrez !

La porte s'entrebâilla et une jeune femme passa la tête. Elle avait un léger strabisme et ses cheveux étaient attachés en un chignon noir négligé.

— Mette Olsäter ? s'enquit le chignon ébouriffé.

— De quoi s'agit-il ?

— Puis-je entrer ?

— De quoi s'agit-il ?

Le chignon parut se demander si cela signifiait qu'elle pouvait entrer ou non. Elle s'arrêta sur le seuil de la porte à moitié ouverte.

— Je m'appelle Olivia Rönning et je suis élève à l'école de police. Je cherche Tom Stilton.

— Pourquoi ?

— Je prépare un devoir sur une enquête qu'il a dirigée autrefois et j'aurais besoin de lui poser quelques questions.

— De quelle affaire s'agit-il ?

— D'un meurtre à Nordkoster en 1987.

— Entrez.

Olivia s'avança et ferma la porte. Elle n'osa pas s'asseoir, sans y avoir été invitée. La femme était non seulement d'une corpulence impressionnante, mais sa renommée n'était plus à faire.

Inspecteur à la Criminelle.

— Quel genre de devoir est-ce ?

— Nous devons examiner d'anciennes enquêtes pour voir ce qui pourrait être fait différemment aujourd'hui, avec les méthodes modernes.

– Un exercice de type *Cold Case* ?

– Quelque chose comme ça.

Un ange passa. Mette lorgna du côté de son gâteau. Elle savait que la jeune femme risquait de le voir si elle s'asseyait, raison pour laquelle elle la laissait debout.

– Stilton ne travaille plus chez nous, déclara-t-elle sans plus d'explication.

– Ah bon, d'accord. Mais depuis quand ?

– Est-ce pertinent ?

– Non, je... Il pourrait peut-être répondre à mes questions quand même, non ? Même s'il ne travaille plus ici. Pourquoi est-il parti ?

– Pour des raisons personnelles.

– Que fait-il à présent ?

– Aucune idée.

On dirait l'écho des paroles d'Åke Gustafsson, pensa Olivia.

– Savez-vous où je peux le trouver ?

– Non.

Mette Olsäter fixait Olivia, impassible. Le signal était on ne peut plus clair : en ce qui la concernait, la conversation était terminée.

– Merci quand même, conclut Olivia.

Elle s'aperçut qu'elle avait effectué une révérence presque imperceptible en s'éloignant vers la porte. À mi-chemin, elle se retourna vers Mette.

– Vous avez un peu de... crème ou quelque chose comme ça sur le menton.

Puis elle se hâta de sortir.

Mette s'empressa de s'essuyer le menton.

Rageant.

Mais amusant, aussi. Cela allait bien faire rire Mårten, son mari, ce soir. Il adorait les situations embarrassantes.

En revanche, elle était moins amusée par l'idée que cette Rönning soit en quête de Tom. Elle ne le localiserait sans doute pas, mais la simple évocation de son nom avait retourné les tripes de Mette. Elle n'aimait pas qu'on secoue cette partie de son anatomie.

Mette était analytique par nature. Une brillante enquêtrice à l'intellect surpuissant et à la capacité de synchronisation sidérante. Ce n'était pas de la vantardise, c'était une réalité qui l'avait amenée à la position qu'elle occupait désormais. Elle était l'une des enquêtrices criminelles les plus aguerries du pays.

Elle gardait la tête froide quand certains de ses collègues plus sensibles se perdaient dans des émotions hors sujet. Mais elle avait des tripes qu'il était possible de retourner. Dans de rares circonstances. Des circonstances qui touchaient presque toujours à Tom Stilton.

Olivia avait quitté le bureau de Mette avec un sentiment de… de quoi, d'ailleurs ? Elle ne savait pas très bien. Comme si cela avait perturbé cette femme qu'elle s'enquière de Tom Stilton. Pourquoi ? Il avait dirigé l'enquête sur le meurtre de Nordkoster pendant un certain nombre d'années avant qu'elle soit classée. À présent, il ne travaillait plus dans la police. La belle affaire ! Elle pouvait sans doute trouver ce Stilton par ses propres moyens. Ou laisser tomber si les recherches se révélaient trop compliquées. Mais pas tout de suite. Pas encore. Il y avait d'autres pistes pour obtenir des informations, maintenant qu'elle était dans les locaux de la police.

L'une d'elles se nommait Verner Brost.

Et elle se retrouva à trotter dans un couloir sans âme, sept mètres derrière lui.

— Excusez-moi !

L'homme s'arrêta un instant. Il approchait des soixante ans et s'apprêtait à prendre un déjeuner un peu tardif. Il ne transpirait pas la bonne humeur.

— Oui ?

— Olivia Rönning.

Olivia le rejoignit et lui tendit la main. Elle qui avait une poignée ferme eut l'impression de serrer une viennoiserie toute molle. Verner venait d'être nommé chef du groupe Affaires classées de Stockholm. Il était expérimenté, avait de réelles compétences et juste ce qu'il fallait de cynisme ; un bon fonctionnaire dans l'ensemble.

— J'aimerais seulement savoir si vous travaillez sur l'affaire de la plage.

— L'affaire de la plage ?

— Le meurtre de Nordkoster, 1987.

— Non.

— Vous connaissez cette affaire ?

Brost observa cette jeune femme qui ne tournait pas autour du pot.

— Je la connais.

Olivia ignora le ton volontairement distant.

— Pourquoi n'est-elle pas à l'ordre du jour ?

— Ce n'est pas motivé.

— Motivé ? Que voulez-vous dire par là ?

— La demoiselle a-t-elle déjeuné ?

— Non...

— Moi non plus.

Verner Brost tourna les talons et poursuivit en direction de la cantine du commissariat.

Et on dit qu'il ne faut pas jouer au chef, pensa la demoiselle Olivia en se sentant infantilisée.

Pas motivé ?

— Que voulez-vous dire par « pas motivé » ?

Olivia suivit Brost, quelques pas derrière lui. Il fonça jusqu'au réfectoire et mit une assiette et un verre de bière presque sans alcool sur un plateau sans ralentir la cadence. Il s'installa à une table et se mit à manger avec la plus grande concentration. Olivia s'assit en face de lui.

Elle saisit tout de suite que cet homme voulait juste se nourrir, vite fait, bien fait. Protéines, lipides, glucides.

Olivia patienta quelques instants avant de répéter sa question. Son attente ne dura guère. Brost engloutit son repas à une vitesse impressionnante, puis il se cala contre le dossier en dissimulant à peine un rot.

– Que voulez-vous dire par « pas motivé » ? demanda-t-elle à nouveau.

– Je voulais dire qu'il n'y a pas de raison de rouvrir ce dossier, répondit Brost.

– Pourquoi ?

– Quel est votre niveau de connaissances ?

– J'en suis à mon troisième semestre à l'école de police.

– Faible donc.

Mais il le dit en souriant. Son appétit était satisfait. Il pouvait prendre un moment pour converser. Peut-être réussirait-il à se faire offrir un gâteau à la menthe avec le café.

– Pour que nous reprenions une affaire, il faut que nous puissions disposer d'un élément qui n'était pas disponible précédemment.

– Une analyse ADN ? Une analyse géographique ? De nouveaux témoignages ?

Elle a quand même quelques connaissances, songea Brost.

– Ce genre de choses, ou un nouvel indice technique, ou la découverte d'une information qui aurait échappé aux inspecteurs de l'époque.

– Mais ce n'est pas le cas dans l'affaire de la plage ?

– Non.

Brost lui adressa un sourire indulgent. Olivia le lui rendit.

– Voulez-vous du café ? s'enquit-elle.

– Avec plaisir.

– Quelque chose pour l'accompagner ?

– Un gâteau à la menthe serait le bienvenu.

Olivia ne tarda pas à revenir. À peine le café était-il sur la table qu'elle posait la question.

– C'est Tom Stilton qui a dirigé cette enquête, non ?

– Oui.

– Savez-vous où je peux le trouver ?

– Il n'est plus dans la police. Depuis de nombreuses années.

– Je sais, mais se trouve-t-il en ville ?

– Je l'ignore. À une époque, des rumeurs disaient qu'il était parti à l'étranger.

– Ah bon… aïe… dans ce cas, le localiser risque d'être difficile.

– Sûrement.

– Pourquoi a-t-il quitté la police ? Il n'était sans doute pas si vieux que ça, si ?

– Non.

Brost remuait son café dans l'intention manifeste d'éviter de croiser le regard d'Olivia.

– Alors pourquoi est-il parti ?

– Pour des raisons personnelles.

Là, je devrais m'arrêter, se dit Olivia. Ces raisons personnelles ne la regardaient pas. Elles ne concernaient en rien son devoir.

Mais Olivia était Olivia.

– Comment était le gâteau à la menthe ? demanda-t-elle.

– Exquis.

– Quel genre de raisons personnelles ?

– Ignorez-vous la signification de « raisons personnelles » ?

Le gâteau à la menthe n'était pas si exquis que ça, pensa-t-elle.

Olivia quitta le commissariat de Polhemsgatan irritée. Elle n'aimait pas les situations bloquées. Elle s'installa dans sa voiture, sortit son ordinateur portable, ouvrit un moteur de recherche et tapa « Tom Stilton ».

Plusieurs articles apparurent. Tous étaient liés à des affaires policières, sauf un. Il s'agissait d'un reportage relatif à un incendie survenu sur une plate-forme pétrolière au large de la Norvège, en 1975. Un jeune Suédois avait accompli un exploit et sauvé la vie de trois ouvriers norvégiens. Le Suédois s'appelait Tom Stilton et avait vingt et un ans.

Olivia téléchargea l'article, puis entreprit de chercher des informations personnelles.

Vingt minutes plus tard, elle était sur le point de renoncer. Elle avait exploré l'annuaire électronique Eniro. Pas de Tom Stilton. Les autres recherches n'avaient rien donné non plus. Même sur le site qui répertoriait les anniversaires en Suède. Elle tenta sa chance sur le registre des immatriculations sans nourrir trop d'espoirs. Bredouille.

Cet homme n'existait pas.

Peut-être avait-il quitté le pays, comme Brost l'avait mentionné ? Serait-il occupé à boire des cocktails en Thaïlande en se vantant de ses enquêtes policières devant des Barbies complètement camées ?

Était-il gay ?

Non. En tout cas pas à l'époque, car il avait été marié à la même femme pendant dix ans. Marianne Boglund, médecin légiste pour la police scientifique. Olivia l'avait constaté lorsqu'elle finit par découvrir Stilton dans le registre des impôts.

Il était là.

À une adresse sans numéro de téléphone correspondant.

Elle nota l'adresse.

*

Aux antipodes, dans une petite ville côtière du Costa Rica, un vieil homme se vernissait les ongles. Il était assis sur la véranda d'une maison assez originale et s'appelait Bosques Rodriguez. Il apercevait l'océan d'un côté et la forêt vierge qui escaladait une paroi rocheuse de l'autre. Il avait vécu toute son existence au même endroit, dans cette même maison. Jadis, on le surnommait « le vieux cafetier de Cabuya ». Il ignorait le sobriquet qu'on lui attribuait désormais. Il retournait très rarement à Santa Teresa où se situait son ancien établissement. Il estimait que ce lieu avait perdu son âme. Sans doute à cause des surfeurs et des touristes qui débarquaient et faisaient grimper les prix de tout ce qui pouvait être augmenté.

Y compris l'eau.

Bosques esquissa un sourire.

Les étrangers achetaient des bouteilles d'eau en plastique à des tarifs indécents avant de les jeter, puis ils placardaient des affiches où ils encourageaient tout le monde à veiller à l'environnement.

Le grand Suédois de Mal Pais n'est pas comme ça, pensa Bosques.

Pas du tout.

Les deux enfants restaient silencieux sur le sable sous un palmier agité par le vent, le dos tourné à l'océan Pacifique. Un homme était assis un peu plus loin, un ordinateur portable fermé sur les genoux. Il était installé dans un fauteuil en bambou devant une maison basse à la peinture bleu et vert écaillée, une espèce de restaurant où l'on vendait à intervalles réguliers le poisson qu'il avait lui-même pêché et de l'alcool.

En ce moment, il était fermé.

Les enfants connaissaient l'homme. C'était un de leurs voisins en ville. Toujours gentil, il jouait avec eux et plongeait pour leur rapporter des coquillages. Là, ils comprenaient qu'ils devaient se taire. L'homme était torse nu et portait un short clair. Nu-pieds. Ses cheveux blonds brillaient et des larmes coulaient sur ses joues hâlées.

– Le grand Suédois pleure, chuchota l'un des garçons d'une voix qui disparut, emportée par le vent tiède.

Son camarade acquiesça.

L'homme à l'ordinateur pleurait. Depuis de nombreuses heures. D'abord, dans sa maison en ville, juste avant l'aube, puis il avait eu besoin d'air et était descendu sur la plage. Maintenant il faisait face à l'océan.

Et il continuait à pleurer.

Plusieurs années auparavant, il avait atterri ici, à Mal Pais, sur la péninsule de Nicoya, au Costa Rica. Quelques maisons le long d'une côte poussiéreuse. L'océan d'un côté et la forêt vierge de l'autre. Rien au sud. Au nord, Santa Teresa et d'autres villages. De vrais paradis pour les routards : de longues plages fantastiques pour le surf, des chambres bon marché et de la nourriture encore moins onéreuse.

Et personne pour vous poser de questions.

Idéal, avait-il pensé à son arrivée. Pour se cacher. Et prendre un nouveau départ.

Incognito.

Sous le nom de Dan Nilsson.

Avec un pécule qui lui suffit tout juste à se maintenir à flot jusqu'à ce qu'on lui propose de devenir guide dans la réserve naturelle toute proche. Cabo Blanco. Ce boulot lui convenait à la perfection. Avec son quad, il y était en une demi-heure et grâce à ses excellentes capacités linguistiques, il pouvait s'occuper de la plupart des touristes qui arrivaient jusque-là. Pas très nombreux au début, davantage au cours de la dernière année et désormais suffisamment pour lui procurer du travail quatre jours par semaine. Les trois autres, il fréquentait la population locale. Jamais des touristes ou des surfeurs. Il n'aimait pas l'eau et n'avait aucun intérêt pour la fumette. Il était parfaitement mesuré, presque invisible, un homme sans passé.

Il aurait pu se faufiler dans n'importe quel livre de Graham Greene.

Il pleurait, assis dans un fauteuil en bambou, son portable sur les genoux. Et deux petits garçons qui n'avaient pas la moindre idée de ce qui rendait le grand Suédois si triste s'inquiétaient non loin de lui.

– On lui demande ce qu'il a ?

– Non.

– Il a peut-être perdu quelque chose que nous pourrions retrouver.

Ce n'était pas le cas.

Il venait de prendre une décision. Enfin. À travers ses larmes. Une décision qu'il n'avait jamais cru devoir prendre un jour. Jamais. Maintenant, il l'avait fait.

Il se leva.

Le premier objet qu'il récupéra fut son pistolet, un Sig Sauer. Il le soupesa un instant, puis jeta un coup d'œil par la fenêtre. Il ne voulait pas que les gamins le voient. Il savait qu'ils l'avaient suivi, légèrement en retrait. Ils le faisaient toujours. Ils l'attendaient dans les buissons. Il se rendit dans sa chambre et referma la lucarne. Non sans difficulté, il déplaça le lit en bois de quelques centimètres. L'une des dalles du sol était descellée et il la souleva. Elle dissimulait un sac en cuir qu'il prit. Il déposa le pistolet dans la cavité, puis replaça la dalle. Il agissait avec précision et efficacité. Il savait qu'il ne devait pas se laisser divertir, se mettre à réfléchir et risquer de changer d'avis. Il emporta le sac en cuir dans le séjour, alla jusqu'à son secrétaire et y prit une feuille de format A4. Remplie du haut en bas. Il la plaça dans le sac.

Un autre objet s'y trouvait déjà.

Lorsqu'il quitta son domicile, le soleil avait atteint la cime des arbres et se déversait sur sa galerie sans prétention. Le hamac se balançait mollement dans la brise sèche et il comprit qu'il y aurait beaucoup de poussière sur la route. Vraiment beaucoup. Il chercha les gamins des yeux. Ils étaient partis. Ou cachés. Un jour, il les avait découverts sous une couverture à l'arrière de la maison. Il avait cru qu'il s'agissait d'un gros varan et s'était faufilé pour soulever la couverture avec prudence.

– Que fabriquez-vous ici ?

– On joue aux varans !

Il s'installa sur son quad, le sac dans une main, et se mit en route pour Cabuya, un village voisin.

Il allait rendre visite à un ami.

Il y a maison et maison, et puis il y avait celle de Bosques. Un spécimen unique. À l'origine, il s'agissait d'une cabane de pêche en bois, bricolée par le père de Bosques, longtemps auparavant. Deux petites pièces. Puis la famille s'était agrandie, rapidement, et le père Rodriguez s'était mis en tête d'ajouter une extension à sa cabane à chaque nouvelle naissance. Peu à peu, l'accès au bois légal s'était tari et le patriarche avait dû improviser, pour reprendre ses termes. Il avait construit avec ce qui lui tombait sous la main : des dalles de plastique, des morceaux de contreplaqué et du grillage de tous acabits. Parfois du bois flotté ainsi que les restes d'un bateau de pêche désarmé. Le père Rodriguez s'était réservé l'étrave. Une excroissance côté méridional dans laquelle on pouvait se faufiler pour se perdre dans une mauvaise liqueur en lisant Castaneda.

Mais c'était le paternel.

Rodriguez Junior, en l'occurrence Bosques, s'était au fil des ans retrouvé seul dans la maison. Son orientation sexuelle l'avait privé d'enfant et son dernier amant était mort quelques années auparavant.

Bosques avait soixante-douze ans et il y avait bien longtemps qu'il n'entendait plus les cigales. Mais c'était un bon ami.

— Que suis-je censé faire avec le sac ? demanda-t-il.

— Tu le remettras à Gilberto Lluvisio.

— Mais c'est un policier, non ?

— Justement, répondit Dan Nilsson. Je lui fais confiance. Il me fait confiance. Parfois. Si je ne suis pas de retour le 1er juillet, remets ce sac à Lluvisio.

— Que doit-il en faire ?

— Veiller à ce qu'il arrive entre les mains de la police suédoise.

— Comment ça ?

— C'est écrit sur un papier à l'intérieur.

– D'accord.

Bosques versa du rhum dans le verre de Nilsson. Ils étaient installés dans ce qui, faute de terme architectural approprié, pouvait être qualifié de véranda, à l'avant de l'étrange maison. Nilsson s'était débarrassé du plus gros de la poussière de la route avec de l'eau tiède. Il repoussa une nuée d'insectes d'un geste de la main et porta le verre à ses lèvres. Nilsson était un homme très mesuré et Bosques avait été surpris quand il lui avait demandé s'il avait du rhum. Du coup, il observait le grand Suédois avec une certaine curiosité. La situation sortait de l'ordinaire, et pas seulement à cause du rhum. Quelque chose dans le comportement du Suédois l'intriguait. Il le connaissait depuis son tout premier jour dans la région. Nilsson avait loué la maison de sa sœur à Mal Pais, puis la lui avait peu à peu rachetée. Cela avait marqué le début d'une relation longue et étroite. L'orientation sexuelle de Bosques n'avait jamais déteint sur Nilsson, le problème n'était pas là. En revanche, quelque chose dans l'attitude du Suédois avait attiré Bosques.

Nilsson ne tenait jamais rien pour acquis.

Bosques non plus. La vie lui avait appris à faire preuve de prudence à l'égard des choses. Car tout peut disparaître du jour au lendemain. Aussi longtemps que c'est là, tant mieux. Après, tant pis.

Comme Nilsson.

Il existait. Bien. Va-t-il bientôt disparaître ? s'interrogea soudain Bosques.

– S'est-il produit quelque chose ?

– Oui.

– Quelque chose dont tu veux parler ?

– Non.

Dan Nilsson se leva et regarda Bosques.

– Merci pour le rhum.

– De rien.

Nilsson resta debout devant Bosques. Assez longtemps

pour que ce dernier se sente obligé de se lever. Nilsson le prit alors dans ses bras. Ce fut une vigoureuse étreinte, comme celles que les hommes se donnent en hâte quand ils vont être séparés. Mais la particularité de celle-ci était qu'ils ne s'étaient jamais étreints avant.

Et ne le feraient plus jamais.

*

La radio qu'on entendait appartenait à Vera la Taupe. Un petit transistor déniché dans un tas d'ordures sur Döbelnsgatan, avec une antenne. Son boîtier était cassé, mais il fonctionnait. Ils étaient réunis dans le parc de Glasblåsar et écoutaient le programme *Radio de l'ombre,* une heure hebdomadaire destinée aux sans-abri. L'émission du jour était consacrée à la dernière agression. La réception n'était pas fameuse, mais tout le monde comprenait de quoi il s'agissait. Benseman. La dérouillée filmée. Et du fait que des sadiques se baladaient à la recherche de nouvelles victimes.

Parmi eux.

Pour les tabasser et diffuser les images de leur forfait sur le net.

Une position pas franchement agréable.

— Il faut qu'on se serre les coudes ! s'exclama Muriel.

Quand elle était shootée, elle se sentait capable de prendre la parole. Pärt et les quatre autres assis sur les bancs la regardèrent.

— Comment ça, se serrer les coudes ?

— Rester ensemble ! Pour qu'ils ne puissent pas… pour que personne ne se retrouve seul et qu'ils ne puissent pas s'en prendre à lui… seul…

Muriel se hâta de baisser la voix en constatant que tous l'observaient. Elle fixa le sol. Vera s'avança et caressa ses cheveux emmêlés.

5 6

– Bien pensé, Muriel, il ne faut pas que nous restions seuls. Quand nous sommes isolés, nous avons peur et ils le sentent tout de suite. Ils sont comme des chiens. Ils flairent ceux qui ont la trouille et s'attaquent à eux.

– Exactement.

Muriel redressa légèrement la tête. À une autre époque, elle aurait volontiers adopté Vera comme mère. Une mère qui lui aurait caressé les cheveux et l'aurait défendue quand on lui marchait sur les pieds. Elle n'en avait jamais eu.

Maintenant, il était trop tard.

Maintenant, il était trop tard pour la plupart des choses.

– Vous avez entendu que les flics ont monté une brigade rien que pour pourchasser ces porcs ?

Vera regarda autour d'elle et vit que certains acquiesçaient. Avec une tiédeur manifeste. Les occupants des bancs avaient tous une expérience personnelle des flics, vieille ou récente, et aucune ne donnait matière à un enthousiasme délirant. Aucun ne croyait un instant que les flics puissent consacrer davantage que le strict nécessaire à la protection des sans-abri pour contenter les médias. Ils savaient que dans la liste des priorités ils n'étaient pas au sommet.

Ils n'étaient même pas au bas.

Ils étaient au verso d'une serviette avec laquelle Rune Forss s'essuyait la bouche après avoir dévoré un kebab.

Ça, ils le savaient.

*

La salle de l'école de police était presque pleine. En ce dernier jour de cours ils recevaient des membres du SKL, le laboratoire national de sciences criminelles basé à Linköping, pour une conférence sur les techniques et méthodes forensiques.

Une longue conférence. Ponctuée de pauses pour que les étudiants puissent interroger les intervenants.

– Des voix se sont élevées pour réclamer que nous fichions davantage de personnes, quelle est votre opinion sur le sujet ?

– Nous estimons que c'est une évolution positive. En Angleterre, même les cambrioleurs sont fichés et la police dispose donc d'un énorme registre ADN.

– Et pourquoi ne le faisons-nous pas ici ?

C'était Ulf qui avait posé la question, comme d'habitude.

– Le problème, si toutefois on estime que c'en est un, est notre législation qui protège les droits de l'individu. Nous n'avons pas l'autorisation de créer de tels fichiers.

– Pour quelle raison ?

– Pour des raisons d'intégrité.

Et ainsi de suite pendant plusieurs heures d'affilée. Olivia revint à la vie quand les dernières évolutions des techniques d'analyse ADN furent abordées. Elle posa même une question, ce qu'Ulf nota avec un léger sourire.

– Peut-on déterminer la paternité en prélevant l'ADN d'un fœtus ?

– Oui.

La réponse était concise et émanait d'une des conférencières, une femme rousse qui portait une robe très sobre d'un gris délavé. Une femme qui avait retenu l'attention d'Olivia dès qu'elle s'était présentée.

Elle s'appelait Marianne Boglund et était expert au SKL.

Il lui avait fallu quelques secondes pour faire tilt, mais elle avait ensuite parfaitement saisi de qui il s'agissait : l'ex-femme de Tom Stilton.

Et elle était là, sur l'estrade.

Olivia se demandait si elle allait tenter le coup. La veille, elle était passée à l'adresse censée être celle de Stilton et avait constaté qu'aucune personne de ce nom n'y habitait.

Elle décida de se lancer.

À 14 h 15, l'intervention prit fin. Olivia avait vu Marianne Boglund suivre le professeur Åke Gustafsson dans son bureau après la conférence. Elle était restée dans le couloir et attendait. Depuis longtemps.

Devrait-elle frapper ? Elle hésitait.

Sa frustration sexuelle enflammait son imagination. Elle les envisageait déjà en train de faire l'amour !

Elle frappa.

– Oui ?

Olivia ouvrit la porte, les salua et demanda si elle pouvait s'entretenir une minute avec Marianne Boglund.

– Juste un instant, lui répondit Åke.

Olivia hocha la tête et referma la porte. Il ne se passait rien de particulier de l'autre côté. Regardait-elle trop de films ? Ou était-ce parce que Boglund était une femme au pouvoir de séduction indiscutable et que les sourcils d'Åke Gustafsson frétillaient ?

Marianne Boglund sortit dans le couloir et lui tendit la main.

– En quoi puis-je vous être utile ?

Sa poignée de main était ferme et sèche, ses yeux très froids, ce n'était à coup sûr pas une femme qui parlait volontiers de sa vie privée. Olivia regrettait déjà son initiative.

– J'essaie de localiser Tom Stilton.

Silence. Vraiment sans espoir.

– Personne ne sait où il se trouve et je voulais juste vous demander si vous saviez où je peux le joindre.

– Non.

– Pourrait-il avoir déménagé à l'étranger ?

– Aucune idée.

Olivia hocha légèrement la tête, lui adressa un bref merci, se retourna et s'éloigna dans le couloir. Marianne resta immobile. Elle suivait la jeune femme du regard. Soudain, elle fit un pas vers elle, puis se ravisa.

Les réponses de Marianne Boglund tournaient dans la tête d'Olivia. Force était de constater que plusieurs personnes lui avaient fait les mêmes. Elles étaient visiblement exactes. En tout cas, en ce qui concernait ce Stilton. Elle se sentait dépitée.

Et légèrement honteuse.

Elle s'était immiscée dans la vie privée de quelqu'un. Les yeux de Boglund avaient brillé d'un éclat particulier lorsqu'elle avait mentionné Stilton. Un éclat qui lui disait de ne pas s'en mêler.

Que fabriquait-elle ?

– Qu'est-ce que tu trafiques ?

Ce n'était pas ses pensées intérieures qui se manifestaient à voix haute mais Ulf, bien sûr. Il la rattrapa alors qu'elle se dirigeait vers sa voiture et lui adressa un sourire.

– Comment ça ?

– De l'ADN sur un fœtus ? Pourquoi voulais-tu savoir ça ?

– Simple curiosité.

– C'est par rapport à l'affaire de Nordkoster ?

– Oui.

– De quoi s'agit-il ?

– D'un meurtre.

– Ça, j'avais compris.

Et elle ne m'en dira pas plus, pensa Ulf, comme d'habitude.

– Pourquoi te montres-tu toujours aussi secrète, bordel ?

– Tu trouves ?

– Oui.

Olivia fut prise au dépourvu. Tant par l'aspect personnel de la question que par ce qu'elle impliquait. Comment ça, secrète ?

– Que veux-tu dire ?

– Que tu te dérobes toujours, d'une manière ou d'une autre. Tu as toujours une excuse ou un…

– Tu veux dire pour aller boire une bière ?

– Entre autres. Tu ne te joins jamais à nous. Tu poses des questions, tu réponds, puis tu t'en vas.

Que cherchait-il ? Tu poses des questions, tu réponds, puis tu t'en vas ?

– Il faut croire que je suis comme ça.

– On dirait, oui.

Olivia aurait pu se comporter comme à l'accoutumée et s'en aller, mais elle songea soudain à Molin senior. Ulf était le fils d'un des chefs les plus importants de la Criminelle, Oskar Molin. Au début, cela avait dérangé Olivia, sans qu'elle comprenne bien pourquoi. Peut-être parce qu'il avait plus de chances de réussir que le reste de la classe. Mais c'était stupide, car il était soumis aux mêmes obligations que tous ses camarades. En outre, on semblait lui mettre beaucoup de pression à la maison. Mais, par la suite, il aurait sans doute plus de facilités à monter dans la hiérarchie. Avec un père qui pourrait lui aplanir les plus gros obstacles.

Peu importait.

– Tu es en contact avec ton père ?

– Oui, bien sûr. Pourquoi me demandes-tu ça ?

– Je recherche un ancien de la Criminelle qui ne travaille plus dans la police et dont personne ne semble savoir où il se trouve. Tom Stilton. Ton père est peut-être au courant de quelque chose ?

– Stilton ?

– Oui. Tom.

– Je peux me renseigner.

– Merci.

Olivia monta dans sa voiture et s'éloigna.

Ulf resta planté sur place et secoua la tête. Olivia était une femme compliquée. Pas arrogante, mais compliquée. Qui gardait ses distances, toujours. Il avait essayé de l'inviter à boire une bière avec d'autres camarades, mais elle trouvait toujours une excuse. Elle devait bosser, s'entraîner ou faire tout ce que les autres devaient faire également, sans que cela les empêche de prendre un verre. Un peu secrète, se dit Ulf. Mais mignonne, avec un léger strabisme, de belles lèvres pulpeuses, le dos toujours droit et sans maquillage.

Il n'avait pas l'intention de renoncer.

Olivia non plus. Ni pour l'affaire de la plage, ni pour cet enquêteur disparu. Peut-être existait-il un lien entre sa disparition et cette affaire ? Peut-être avait-il découvert quelque chose ? L'avait-on empêché de poursuivre ses investigations et était-il parti à l'étranger ? Mais pourquoi ? Il avait démissionné pour des raisons personnelles. Était-ce la raison de l'éclat particulier dans les yeux de Boglund ?

Olivia se rendit compte qu'elle s'égarait. C'était l'inconvénient d'être née douée d'imagination et d'avoir grandi avec des parents qui discutaient de leurs enquêtes en cours autour de la table familiale. Elle cherchait toujours une conspiration. Un lien.

Un mystère avec lequel s'endormir le soir.

La voiture blanche s'engagea sur Klarastrandsleden. La musique qui sortait des haut-parleurs – les Deportees – était sourde et lancinante. Olivia aimait les paroles qui faisaient sens.

En passant devant la colline aux lapins, elle sourit intérieurement. Son père ralentissait toujours à cet endroit. Il jetait un coup d'œil à sa fille dans le rétroviseur et l'interrogeait :

– Combien y en a-t-il aujourd'hui ?

Et la petite Olivia comptait avec délice.

– Dix-sept ! J'en ai vu dix-sept !

Olivia évacua ce souvenir et accéléra. La circulation était beaucoup plus fluide que d'habitude. Les vacances avaient commencé et certains citadins étaient déjà partis à la campagne. Elle se mit à penser à leur résidence secondaire de Tynningö, la propriété de famille où elle avait passé les étés de son enfance, avec Maria et Arne, dans un paysage de carte postale où ils se sentaient à l'abri de tout. Un lac, des écrevisses, des cours de natation et des guêpes.

Arne était parti à présent, les écrevisses aussi. Il ne restait plus qu'elle et sa mère. Et la propriété, qui était si étroitement liée au bricolage d'Arne, à ses parties de pêche et aux innombrables activités qu'il inventait le soir. Il se transformait en un autre père là-bas. Un papa gâteau qui avait du temps pour tout ce qui était exclu à la maison-travail, comme elle appelait leur domicile de Rotebro, où elle avait grandi. Là, il n'y avait que des calepins, des obligations, des coups de fil et des « pas maintenant, Olivia, on verra ça plus tard ». À leur résidence d'été, c'était toujours le contraire.

Mais Arne n'était plus là désormais. Il restait juste Maria et ce n'était pas vraiment la même chose. Pour elle, la propriété était plutôt devenue une corvée, un lieu à sans cesse entretenir afin qu'Arne n'en eût pas honte. Mais il était mort, non ? Il se moquait de savoir si la peinture de la façade s'écaillait, non ? Pas Maria. Olivia trouvait parfois que ses réactions relevaient de la névrose. Elle avait le sentiment que sa mère était obligée de se tenir occupée là-bas pour contrôler quelque chose. Peut-être faudrait-il qu'elle évoque le sujet ? Peut-être devrait-elle...

– Oui ?

Son téléphone avait sonné.

– Salut, c'est Ulf ! J'ai parlé à mon paternel, au sujet de ce Stilton.

– Déjà ? Bien. Merci ! Qu'a-t-il dit ?

– Aucune idée... voilà ce qu'il m'a répondu. Par contre, il était au courant de l'affaire de Nordkoster.

– Ah bon.

Le silence se fit. Olivia s'était engagée sur Centralbron. Que dire de plus ? Merci ? Pour quoi ? « Aucune idée » ?

– Merci quand même.

– Il n'y a pas de quoi. Si tu as besoin d'une aide quelconque, tu n'as qu'à m'appeler.

Olivia raccrocha.

*

La sœur de Bosques avait conduit Dan Nilsson à Paquera, de l'autre côté de la péninsule. Il avait pris le ferry pour Puntaneras, puis un taxi jusqu'à San José. C'était cher, mais il ne voulait pas rater l'avion.

Il descendit du taxi devant Juan Santamaria, l'aéroport international de San José. Il n'avait pas de bagages. Il faisait chaud et humide. Sa fine chemise était auréolée de larges taches de sueur. Un peu plus loin, des touristes tout juste débarqués se pressaient, ravis de cette chaleur. Le Costa Rica ! Enfin, ils étaient arrivés !

Nilsson entra dans le bâtiment.

– Quelle porte est-ce ?

– La six.

– Merci.

Il se dirigea vers les contrôles de sécurité. Il n'avait jamais voyagé dans ce sens. Il était simplement entré dans le pays. Voilà bien longtemps. À présent, il s'apprêtait à le quitter. Il essayait de rester dans sa bulle. Il y était obligé. Il fallait qu'il s'empêche de réfléchir. Ne pas envisager plus d'une phase à la fois. D'abord, l'étape sécurité, puis ce serait celle de la porte et ensuite il serait à bord de l'appareil. Une fois qu'il serait là, cela n'aurait plus d'importance qu'il craque, il s'en sortirait. Au bout du périple commencerait la phase suivante.

La suédoise.

Il se tortillait sur son siège.

Comme il s'y attendait, il s'était effondré une fois dans l'avion. Son armure s'était fissurée et le passé s'y était immiscé.

Petit à petit.

Lorsque les hôtesses au sourire professionnel eurent accompli leur mission et que les lumières s'éteignirent enfin, il s'endormit.

Du moins le croyait-il.

Son activité onirique était difficilement assimilable à du

sommeil, elle s'apparentait plus à de la torture. Avec des ingrédients douloureusement concrets.

Une plage, un meurtre, une victime.

Tout tournait autour de cela.

Et tout tournerait autour de cela.

*

Olivia avait entrepris de régler le problème de canalisation bouchée de la salle de bains. Avec un dégoût grandissant, elle avait récupéré, à l'aide d'une brosse à dents et d'un tournevis emprunté, un boudin gris-noir de plusieurs centimètres d'épaisseur. Un boudin de cheveux qui avait obstrué l'évacuation. Elle avait été encore plus écœurée lorsqu'elle avait constaté qu'une partie de ces cheveux ne lui appartenait sans doute pas. Ils devaient s'être accumulés depuis de nombreuses années. Elle porta le boudin jusqu'à la poubelle en le tenant du bout des doigts et s'empressa de nouer le sac après l'y avoir déposé.

Elle alla consulter ses mails.

Spam. Spam. Spam. Puis son mobile sonna.

C'était sa mère.

— Je ne te réveille pas tout de même ?

— Il est 8 heures et demie.

— On ne sait jamais avec toi.

— Que veux-tu ?

— À quelle heure dois-je venir te chercher demain ?

— Pardon ?

— As-tu acheté du ruban adhésif de masquage ?

Ah oui, Tynningö… Maria l'avait appelée quelques jours plus tôt pour lui expliquer qu'il était temps de s'occuper de la façade exposée au soleil, celle qui souffrait le plus. Celle qu'Arne entretenait avec un soin tout particulier. Elles allaient la repeindre pendant le week-end. Elle n'avait à aucun moment demandé à Olivia si elle avait d'autres projets.

– Ce n'est pas possible.

Olivia chercha en vitesse une excuse.

– Comment ça, ce n'est pas possible ? Qu'est-ce qui n'est pas possible ?

Un dixième de seconde avant qu'elle ne se trahisse, ses yeux tombèrent sur le dossier à côté de son ordinateur portable. L'affaire de la plage.

– Je dois me rendre à Nordkoster ce week-end.

– À Nordkoster ? Que vas-tu faire là-bas ?

– C'est... pour l'école, un devoir.

– Mais tu ne peux pas le faire le week-end prochain ?

– Non, c'est... j'ai déjà réservé le billet.

– Mais tu dois pouvoir le...

– Et sais-tu en quoi consiste ce devoir ? Il s'agit d'une enquête sur laquelle papa a travaillé ! Dans les années quatre-vingt ! C'est drôle, non ?

– Comment ça ?

– Que ce soit la même affaire.

– Il a travaillé sur des tas d'affaires.

– Je sais, mais quand même.

La conversation fut brève. Maria parut comprendre qu'elle ne pourrait pas obliger sa fille à venir à la campagne. Elle prit donc des nouvelles d'Elvis et raccrocha.

Olivia se précipita sur le site des chemins de fer suédois.

*

Jelle était resté seul toute la journée. Il avait vendu quelques journaux, s'était rendu à la Nouvelle Communauté sur Kammargatan où il avait pu se nourrir pour une somme modique. Il s'était tenu à l'écart, ce qu'il faisait le plus souvent possible. À part Vera et éventuellement deux ou trois autres sans-abri, il s'abstenait de tout contact. Depuis plusieurs années, il s'était créé une bulle de solitude. Un isolement, tant physique que mental. Il avait découvert un espace vide intérieur dont il s'efforçait de ne pas sortir. Un espace vide exempt de tout passé. Tout ce qui était révolu et ne serait plus jamais. On lui avait diagnostiqué des troubles mentaux. Il domptait sa psychose à coups de médicaments, pour pouvoir fonctionner cahin-caha. Ou survivre, pensait-il. Il s'agissait sans doute plutôt de cela. Se traîner du réveil à l'endormissement, en ayant aussi peu de contacts avec le monde extérieur que possible.

Et aussi peu de pensées que possible.

Et surtout rien sur ce qu'il était jadis. Dans une autre vie, un autre univers, avant que la foudre ne s'abatte pour la première fois et ne balaye une existence normale en déclenchant une réaction en chaîne qui avait débuté par un effondrement, par le chaos, pour aboutir à son premier épisode psychotique. Et l'enfer qui s'était ensuivi. La personne qu'il était devenue avait méthodiquement détruit chacune de ses relations sociales. Pour pouvoir couler. Lâcher prise.

Tout laisser tomber.

Cela faisait six ans, pour être précis. Pour Jelle, cela faisait bien plus longtemps. Pour lui, chaque année écoulée avait brouillé toute mesure rationnelle du temps. Il évoluait dans un néant atemporel. Il récupérait des journaux, les vendait, mangeait de temps à autre et cherchait des endroits protégés pour dormir. Des endroits où on lui ficherait la paix. Où personne ne se battait, ne chantait ni ne faisait de cauchemars bruyants. Peu auparavant, il avait déniché une ancienne cabane en bois à moitié effondrée et isolée, à l'extérieur de la ville.

Il pourrait y mourir, quand son heure viendrait.

C'est là qu'il se rendait.

*

L'écran de télé était fixé à un mur de la pièce austère. Un assez grand modèle. Il était désormais possible de se procurer un quarante-deux pouces pour une bouchée de pain. Surtout dans des magasins pas trop regardants sur la provenance des marchandises. L'écran avait été acquis frauduleusement et deux garçons portant des blousons à capuche le regardaient. L'un d'eux zappait avec fébrilité. Soudain, l'autre réagit.

– Regarde ça !

Le zappeur était tombé sur une chaîne où les cris d'un homme étaient couverts par le bruit de coups.

– Putain, c'est le mec du parc ! C'est la vidéo qu'on a filmée avec notre portable, bordel !

Quelques secondes plus tard, une présentatrice apparut à l'écran et introduisit le sujet d'une émission de débats.

– Ces images étaient un court extrait d'un des films violents et objets de polémiques sur le site Trashkick. Dans un instant, nous en discuterons plus en détail.

Elle fit un geste du bras en direction des coulisses.

– Voici une journaliste bien connue qui se consacre aux graves problèmes de société depuis de nombreuses années, les toxicomanes, les escort-girls, les trafics en tout genre… En ce moment, elle travaille sur une série d'articles sur la violence des jeunes… Je vous présente Eva Carlsén !

La femme athlétique qui fit son entrée dans le studio portait un jean et une veste noirs ainsi qu'un T-shirt blanc et des chaussures à talons moyens. Ses cheveux blonds étaient relevés. Elle approchait de la cinquantaine et connaissait son sujet. Elle s'imposait sans difficulté.

Carlsén s'installa dans un des fauteuils du plateau.

– Bienvenue. Il y a quelques années, vous avez écrit un ouvrage documentaire très remarqué sur ce qu'on appelle le business des escort-girls en Suède, un terme pour désigner la prostitution de luxe, mais vous vous concentrez aujourd'hui sur la violence juvénile. Vous débutez votre série d'articles ainsi…

La présentatrice leva un journal.

– « L'angoisse est la mère du mal et la violence est l'appel à l'aide de l'enfant égaré. C'est l'angoisse qui est le terreau de la violence juvénile gratuite à laquelle nous assistons aujourd'hui. L'angoisse de grandir dans une société qui n'a pas besoin de vous. »

La présentatrice baissa le journal et considéra Carlsén.

– Ces mots sont forts. Notre société va-t-elle si mal que ça ?

– Oui et non. Quand j'écris « la violence juvénile gratuite », je fais évidemment référence à une violence spécifique, infligée par des individus particuliers, dans un sens limité. Tous les jeunes ne se livrent pas à la violence ; il est question en réalité d'un groupe assez restreint.

– Mais, quand même, nous avons tous été choqués par les films mis en ligne où des sans-abri sont passés à tabac avec la plus grande brutalité. Qui sont les auteurs de tels actes ?

– Ce sont des enfants meurtris, au plus profond d'eux-mêmes, des enfants bafoués, des enfants qui n'ont jamais eu la chance de développer un sens de l'empathie à cause de la trahison du monde des adultes. Maintenant, ils retournent ce mépris vers des personnes qu'ils estiment encore moins dignes qu'eux, en l'occurrence les sans-abri.

– Putain, les conneries qu'elle peut sortir !

C'était le garçon au blouson vert qui avait réagi. Son copain tendit la main vers la télécommande.

– Attends ! Je veux écouter.

Sur l'écran, la présentatrice secoua légèrement la tête.

– À qui la faute alors ? demanda-t-elle.

– Nous sommes tous coupables, répondit Carlsén. Tous ceux qui ont contribué à créer une société dans laquelle des jeunes peuvent se sentir si exclus de tous les mécanismes de protection sociale qu'ils en perdent leur humanité.

– Et comment y remédier, d'après vous ? Est-il possible d'y remédier ?

– C'est une question politique. Il s'agit de déterminer à quoi notre société veut employer ses ressources. Je ne peux que décrire ce qui se produit, les raisons pour lesquelles cela se produit et quels effets cela a.

– Ces films répugnants sur internet ?

– Entre autres.

À ce stade, le jeune homme appuya sur la télécommande. Lorsqu'il la posa sur la table, un tatouage apparut sur son avant-bras.

Deux lettres entourées d'un cercle : KF.

– Comment s'appelait la bonne femme ? s'enquit son copain.

– Carlsén. Il faut qu'on se tire à Årsta maintenant !

*

Edward Hopper aurait pu peindre cette scène s'il avait encore été en vie, suédois, et s'il s'était trouvé à l'est de Stockholm dans une zone boisée près de Järlasjön cette nuit-là.

Il aurait capturé l'étroit cône de lumière provenant de l'unique lampe au sommet d'un poteau métallique, cette douce lumière jaune qui tombait sur le long chemin désert, le bitume, le vide, les ombres vertes émoussées de la forêt et, juste à la limite du halo, le personnage solitaire, un homme, grand, en piteux état, légèrement voûté, qui se dirigeait peut-être vers la lumière, ou peut-être pas... Il aurait aimé ce tableau.

Ou pas.

Peut-être aurait-il été dépité de voir son modèle quitter le chemin et disparaître dans la forêt ? En laissant un chemin désert à la grande déception du peintre.

Le modèle qui avait disparu s'en fichait.

Il se dirigeait vers son antre nocturne. La cabane en bois à moitié effondrée derrière un ancien dépôt d'engins de chantier. Là, il disposait d'un abri contre la pluie, de murs contre le vent et d'un sol contre le froid glacial. Pas d'éclairage, mais à quoi cela lui aurait-il servi ? Il connaissait les lieux. En revanche, il avait oublié sa propre apparence depuis des années.

Il dormait ici. Dans le meilleur des cas.

Dans le pire, comme cette nuit-là, ses démons s'immisçaient en lui. Ceux qu'il ne voulait pas voir débarquer. Il ne s'agissait pas de rats, de blattes ni d'araignées ; en ce qui le concernait, les bestioles pouvaient gambader à leur aise. Ce qui s'immisçait venait de l'intérieur.

De ce qui s'était passé bien longtemps auparavant.

Et il était incapable de le gérer.

Il ne pouvait le tuer avec une pierre ou l'effrayer en parlant à haute voix. Il ne pouvait même pas s'en débarrasser d'un cri. Il avait beau essayer, cette nuit-là aussi, essayer de déchirer ce qui débarquait à coups de cris, il savait que ce serait en vain.

On n'élimine pas le passé avec un cri.

Même pas avec un cri ininterrompu d'une heure. Cela ne fait qu'esquinter les cordes vocales. Après, on prend ce qui aide et en même temps détruit.

On avale des médicaments. Haldol et Valium.

Qui tuent ce qui s'infiltre et étouffent le cri. Et mutilent encore plus la dignité.

Puis on se déconnecte.

*

En apparence, rien n'avait changé à Hasslevikarna, vingt-trois ans plus tard. C'était toujours un bel endroit paisible. Quiconque venait en profiter aujourd'hui pouvait difficilement imaginer ce qui s'était produit à l'époque.

À cet endroit précis, cette nuit-là, lors de la grande marée.

*

Il sortit du hall des arrivées à Landvetter, vêtu d'une courte veste en cuir noir et d'un jean de même couleur. Il s'était changé dans les toilettes. Il avait les mains vides et se dirigea vers la file de taxis. Un immigré encore mal réveillé émergea de la première voiture et lui ouvrit la portière arrière.

Dan Nilsson monta.

– La gare centrale.

Il devait prendre un train pour Strömstad.

*

Dès sa sortie du port, la houle avait fait tanguer le *Kostervåg*, un grand bateau rouge. Elle s'intensifiait de minute en minute. Toute la mer du Nord était agitée. Lorsque la vitesse du vent approcha les neuf à dix mètres par seconde, Olivia commença à avoir la nausée. Elle était rarement sujette au mal de mer. Elle avait beaucoup navigué sur l'embarcation de ses parents, certes surtout dans l'archipel, mais même là, le vent peut souffler. Et quand il y avait de très grands creux, ils avaient raison d'elle.

Comme en cet instant.

Elle chercha les toilettes des yeux. Sur la gauche. La traversée n'était pas très longue, elle devrait donc s'en sortir. Elle avait acheté un café et une brioche à la cannelle, comme on le faisait sur ce genre de bateaux, puis elle s'était assise près de l'une des grandes baies vitrées. Elle était curieuse de découvrir cet archipel, si différent de celui qu'elle connaissait, à l'est. Ici, les rochers étaient bas, polis et sombres.

Dangereux, pensa-t-elle, lorsqu'elle vit les flots se briser sur un récif proche et à peine visible.

Mais pour le pilote, ce doit être la routine, songea-t-elle. Trois allers-retours par jour pendant l'hiver et au moins vingt en cette saison. En juin. Olivia tourna les yeux vers l'intérieur du ferry. Il avait beau s'agir d'un des premiers bateaux de la journée, les voyageurs étaient très nombreux. Des insulaires qui rentraient chez eux après une nuit de travail à Strömstad, des estivants et quelques passagers venus pour la journée.

Comme elle.

Enfin presque.

Elle allait passer la nuit sur place. Pas davantage. Elle avait réservé un chalet dans un village de vacances au milieu de l'île. Assez cher, car on était en pleine saison. Elle regarda à nouveau dehors. Au loin, elle aperçut une côte sombre. La Norvège, sans doute. Si près ? se demanda-t-elle à l'instant même où son mobile sonnait. C'était Lenni.

– On te croyait morte ! On était sans nouvelles de toi depuis des plombes ! Où es-tu ?

– Je suis en route pour Nordkoster.

– Mais encore ?

La géographie n'était pas le point fort de Lenni, qui savait à peine placer Göteborg sur une carte vierge. En revanche, elle avait d'autres talents dont elle voulait entretenir Olivia. Ça s'était super-bien passé avec Jakob. Ils formaient quasiment un couple désormais et projetaient d'aller au festival Peace & Love ensemble.

– Erik est rentré avec Lollo l'autre soir, mais il t'avait réclamée avant !

Ravie d'apprendre que j'étais son premier choix, se dit Olivia.

– Que vas-tu faire là-bas ? Sur cette île. Tu as rencontré quelqu'un ?

Olivia lui fournit quelques explications, pas toutes, car l'intérêt de Lenni pour les détails de ses études était plutôt limité.

– Attends, on sonne à la porte ! l'interrompit Lenni. C'est sans doute Jakob ! On se rappelle, Olie ! Passe-moi un coup de fil quand tu rentres !

Lenni coupa la communication alors que le bateau se rapprochait du détroit entre les îles de Koster.

Il accosta au ponton ouest, à la pointe sud de Nordkoster.

Les incontournables triporteurs des insulaires étaient garés sur le quai. La première livraison de la journée était arrivée.

Olivia en faisait partie.

Elle mit pied à terre et sentit le sol tanguer. Elle manqua perdre l'équilibre et il lui fallut quelques secondes pour comprendre que le quai ne bougeait pas. C'était elle qui vacillait sur ses jambes.

– Beaucoup de houle ?

La femme qui avait posé la question se dirigeait vers elle. Une dame âgée aux cheveux gris vêtue d'un long imperméable noir. Son visage buriné avait dû rester tourné vers la mer la majeure partie de sa vie.

– Pas mal.

– Betty Nordeman.

– Olivia Rönning.

– Vous n'avez pas de bagages ?

Olivia souleva son sac de sport. Elle ne restait qu'une nuit.

– Juste ça.

– Vous avez prévu une tenue de rechange ?

– Non. Pourquoi ?

– Comme vous pouvez le sentir, le vent souffle et il ne va faire que se renforcer. S'il se met à pleuvoir, nous allons avoir droit à un véritable enfer. Vous ne pensiez quand même pas passer tout votre temps dans le chalet ?

– Non, mais j'ai un pull supplémentaire.

Betty Nordeman secoua légèrement la tête. La vie ne leur apprenait rien, à ces continentaux. Au prétexte que le soleil brillait sur Strömstad, ils embarquaient avec un maillot de bain et un tuba pour tout équipement, et, une heure plus tard, ils étaient obligés de se précipiter chez Leffe pour acheter des vêtements de pluie, des bottes et Dieu sait quoi encore.

– On y va ?

Betty se mit en marche et Olivia la suivit. Pas question de traîner. Elles passèrent devant des piles de casiers sur le quai.

– Ce sont des casiers à homards ?

– Oui.

– On en pêche beaucoup ici ?

– Pas autant qu'avant. Maintenant, ils ont décidé que nous n'avions plus droit qu'à quatorze homards par pêcheur. Avant, on pouvait en prendre autant qu'on voulait. Mais c'est tout aussi bien, car les homards ont presque disparu dans le secteur.

– Dommage. J'aime bien ça.

– Pas moi. La dernière fois que j'en ai goûté était la première. Depuis, je me contente de crabe. Eux, ils aiment le homard !

Betty montrait quelques énormes yachts amarrés au ponton plus loin.

– Des Norvégiens. Ils naviguent jusqu'ici et achètent tous les homards que nous pêchons. Ils ne vont pas tarder à acheter tout Nordkoster.

Olivia éclata de rire. Elle imaginait sans mal la tension qui pouvait exister entre les riches Norvégiens et les anciens de l'île. De si proches voisins.

– Mais la saison de pêche ne commence qu'en septembre, alors ils vont devoir patienter jusque-là... ou en importer d'Amérique, comme il l'a fait une fois, Magnuson.

– Qui est-ce ?

– Je vais vous montrer en passant.

Elles se dirigèrent vers des maisons en bois le long de l'eau. Des cabanes de pêche rouge et noir. Le restaurant de la plage. Quelques maisons coquettes avec un mélange d'artisanat kitsch de l'archipel et de vieux filets. Et puis la laverie de Leffe. Et la poissonnerie de Leffe.

Les quais de Leffe.

La terrasse de Leffe.

– Ce Leffe semble toucher un peu à tout, non ?

– Oui. Nous le surnommons AT, « absolument tout ». Il a grandi dans la partie orientale de l'île. Un jour, il est allé à Strömstad et a été pris d'un mal de tête. Depuis, il ne bouge plus d'ici. Voilà, on y est !

Elles s'étaient éloignées du port. Des maisons de toutes tailles bordaient l'étroit chemin. Elles étaient dans l'ensemble bien entretenues, propres et repeintes. Maman apprécierait, pensa Olivia. Betty lui indiqua une impressionnante et magnifique maison d'architecte implantée à flanc de coteau et donnant sur la mer.

— C'est la maison de Magnuson. Bertil Magnuson, vous savez, le propriétaire de l'entreprise minière. Il l'a construite dans les années quatre-vingt, au noir. Il n'avait pas la moindre autorisation et ensuite il a payé pour éviter les ennuis.

— Comment ça ?

— Il a emmené les gars de la commune, leur a offert une centaine de homards en provenance d'Amérique et le problème a été réglé. Les règles ne sont pas exactement les mêmes pour les continentaux que pour nous.

La promenade se poursuivit vers la partie moins peuplée de l'île. Betty jouait la guide et Olivia écoutait. Betty était bavarde. Olivia faisait de gros efforts pour retenir qui avait pêché du homard en douce, fricoté avec la femme d'un autre ou négligé l'entretien de son jardin.

Des infractions plus ou moins graves.

— Et c'est là que vivait son associé, celui qui a disparu.

— L'associé de qui ?

Betty lança un regard à Olivia.

— De Magnuson, celui dont je vous ai parlé tout à l'heure.

— Ah bon. Et qui a disparu ? Magnuson ?

— Non, son associé, je vous ai dit. Je ne me souviens plus de son nom. En tout cas, il a disparu. On a dit qu'il avait été enlevé ou tué, si ma mémoire est bonne.

Olivia s'arrêta.

— Mais comment ça ? Cela s'est passé ici ?

Betty sourit en voyant la curiosité d'Olivia.

– Non, c'était quelque part en Afrique et il y a un sacré paquet d'années.

Mais l'imagination d'Olivia s'était mise en branle.

– Quand a-t-il disparu ?

– Ce devait être dans les années quatre-vingt.

Olivia fut prise de vertige. Pouvait-il y avoir un lien ?

– Était-ce la même année que le meurtre de cette femme ? À Hasslevikarna.

Betty s'arrêta soudain et fixa Olivia.

– C'est pour ça que vous êtes ici ? Pour faire du tourisme criminel ?

Olivia essaya de déchiffrer l'expression de Betty. La question l'avait-elle perturbée ou n'était-ce qu'une impression ? Olivia lui expliqua en deux mots la raison de sa venue sur l'île. Qu'elle était élève à l'école de police et qu'elle travaillait sur un devoir relatif à l'affaire de la plage.

– Je vois. Vous allez entrer dans la police.

Betty scruta Olivia, l'air incrédule.

– En effet, c'est mon intention, mais je n'ai pas encore fini mes…

– Oui, il faut de tout pour faire un monde.

Betty ne tenait pas plus que ça à connaître le détail des études d'Olivia.

– Non, il n'a pas disparu la même année que le meurtre sur la plage.

– Quand a-t-il disparu ?

– Longtemps avant.

Olivia éprouva une légère déception. Mais que s'imaginait-elle ? Qu'elle allait découvrir un lien entre une disparition et le meurtre alors qu'elle venait à peine d'arriver à Nordkoster ? Un élément qui aurait échappé à la police durant toutes ces années ?

Elles croisèrent quelques familles à vélo que Betty salua avant de reprendre la parole.

– Aucun des habitants de l'île n'a oublié ce meurtre de

la plage. C'était affreux. Il a pesé sur nous pendant des décennies.

– Vous vous trouviez ici quand ça s'est produit ?

– Oui, bien sûr. Où aurais-je été ?

Betty considéra Olivia comme si elle n'avait jamais entendu une question aussi stupide. Olivia s'abstint donc de mentionner qu'il existait un monde entier en dehors de Nordkoster et que Betty aurait pu être n'importe où. Elle eut ensuite droit à une longue harangue sur ce que Betty avait fait quand l'hélicoptère-ambulance était arrivé et quand l'île avait été envahie par des policiers et des badauds.

– Ensuite, ils ont entendu tous ceux qui étaient présents sur l'île et je leur ai évidemment dit ce que je pensais qu'il s'était produit.

– Et que croyiez-vous ?

– Des satanistes, des racistes, des anarchistes. C'était sûrement quelque chose en istes, voilà ce que je leur ai dit.

– Des cyclistes ?

Il fallut plusieurs secondes à Betty pour comprendre la plaisanterie d'Olivia. Se moquait-elle d'une vieille insulaire ?... Puis elle éclata de rire. De l'humour citadin. Il fallait le prendre comme il était.

– Voilà le village de vacances !

Betty désignait une rangée de chalets jaunes un peu plus loin. Eux aussi bien entretenus. Repeints avant la saison, disposés en fer à cheval au bord d'une belle prairie.

Juste derrière apparaissait la lisière d'une forêt sombre.

– Désormais, c'est mon frère Axel qui le gère. C'est auprès de lui que vous avez réservé.

Elles se rapprochèrent des habitations et Betty se lança dans une nouvelle série d'explications. Sa main glissait de chalet en chalet.

– Oui, toutes sortes de gens ont habité ici, vous savez...

Olivia observa les maisonnettes. Toutes portaient un

numéro en laiton fraîchement astiqué. L'ordre régnait chez les Nordeman.

– Vous souvenez-vous de ceux qui résidaient ici quand le meurtre a été commis ?

Betty Nordeman fit une grimace.

– Quand vous avez une idée en tête, vous… Oui, je m'en souviens effectivement. Du moins pour certains d'entre eux.

Betty pointa le doigt vers le premier chalet de la rangée.

– Celui-ci, par exemple, était occupé par un couple d'homos. À l'époque, ces choses étaient vraiment cachées, pas comme aujourd'hui, où tout le monde sort du placard. Ils prétendaient être ornithologues, mais j'ai bien vu qu'ils n'observaient rien d'autre qu'eux-mêmes.

Deux homos auraient-ils pu tuer la femme sur la plage ? Enfin s'ils l'étaient vraiment, bien sûr, car il aurait pu s'agir d'un leurre, non ?

– Au numéro deux, pour autant que je me le rappelle, il y avait une famille. Oui, c'est ça. Une mère, un père et deux enfants qui couraient partout et effrayaient les moutons dans les pâtures. L'un des mouflets s'est blessé sur la clôture et les parents étaient sacrément retournés. Ils considéraient que le paysan était responsable. Dieu en punit certains sans attendre le purgatoire, me suis-je dit. Je sais que le quatre était vide. Le cinq, lui, était habité par un Turc. Il est resté ici longtemps, plusieurs semaines. Il portait toujours un fez rouge. Il avait un bec-de-lièvre et zézayait beaucoup. Mais il était agréable et poli. Il m'a même fait un baisemain un jour.

Betty se mit à rire à l'évocation de ce souvenir. Le cerveau d'Olivia évaluait le Turc poli. La victime avait les cheveux sombres. Était-elle turque ? Kurde ? Était-ce un meurtre d'honneur ? Les journaux avaient supputé qu'elle pourrait avoir été originaire d'Amérique latine, mais sur quels éléments fondaient-ils cette hypothèse ? Betty fit un signe de tête en direction du chalet numéro six.

– Et là, malheureusement, il y avait deux drogués. Mais

je ne veux pas de ça, alors je les ai jetés dehors. J'ai dû nettoyer tout le chalet après leur passage. Une honte ! J'ai retrouvé des seringues usagées et des serviettes maculées de sang dans la corbeille.

Des narcotiques ? Elle avait lu que la femme avait du Rohypnol dans le sang. Y avait-il un lien ? Olivia n'eut pas le temps de poursuivre ses réflexions car Betty reprit aussitôt la parole.

– Mais quand j'y réfléchis, je les ai sûrement virés avant le meurtre… Oui, car après ils ont volé un bateau et ils ont rejoint le continent. Pour se réapprovisionner en drogues, si vous voulez mon opinion.

Et cette piste partit en fumée.

– Quelle incroyable mémoire vous avez ! s'exclama-t-elle.

Betty reprit son souffle et se délecta de ce compliment.

– Oui, c'est sans doute vrai, mais nous avons également un registre.

– Mais quand même !

– Je m'intéresse à mes semblables. C'est dans ma nature, tout simplement.

Betty regarda Olivia, de toute évidence contente d'elle-même, puis désigna un chalet éloigné portant le numéro dix.

– Et celui-là était occupé par cette dinde de Stockholm. Elle a d'abord habité ici puis sur l'un des yachts de luxe norvégiens dans le port. C'était une vraie traînée. Elle s'exhibait devant ces pauvres gamins qui vendaient les homards sur le ponton. Les yeux leur sortaient presque de la tête. Mais elle aussi a été entendue par la police !

– Et leur a-t-elle appris quelque chose ?

– Euh, ça, je ne sais pas. Ils l'ont d'abord interrogée ici, puis ils l'ont emmenée à Strömstad pour poursuivre son audition là-bas. C'est Gunnar qui me l'a raconté.

– Qui est-ce ?

– Gunnar Wernemyr, un policier. Maintenant, il est à la retraite.

– Comment s'appelait-elle, la traînée ?

– Elle s'appelait... ah, comment déjà ? Comme celle qui s'est mise avec le Grec après, Onassis.

– Euh ?

– Jackie... Jackie Kennedy. Voilà comment elle s'appelait, la traînée, Jackie. Le reste, je ne m'en souviens pas. Voici votre chalet !

Betty accompagna Olivia jusqu'à la porte.

– La clé est accrochée à l'intérieur. Si vous avez besoin de quelque chose, Axel habite là-bas.

Betty montrait du doigt une maison en fibrociment sur une colline. Olivia ouvrit la porte et posa son sac de sport à l'intérieur. Betty n'avait pas bougé.

– J'espère que cela vous conviendra.

– Ce sera parfait !

– Très bien. Nous nous verrons peut-être au port ce soir. AT va jouer du trombone au Strandkanten si vous atterrissez là. Au revoir !

Betty s'éloignait quand Olivia se rappela soudain ce qu'elle avait eu l'intention de lui demander depuis le début sans réussir à en placer une.

– Madame Nordeman !

– Betty.

– Betty... Je me demandais juste, c'est bien un petit garçon qui a vu ce qui se passait sur la plage, non ?

– C'était Ove, le fils des Gardman. Ils habitaient dans les bois là-bas, expliqua Betty en désignant la forêt sombre. La mère est décédée à présent et le père est en maison de retraite à Strömstad, mais Ove a conservé la maison.

– S'y trouve-t-il en ce moment ?

– Non, il est en voyage. Il est... ah, comment ça s'appelle... biologiste marin, mais il vient ici de temps à autre pour vérifier que tout va bien dans la maison, quand il est en Suède.

– D'accord, merci !

– Au fait, Olivia, n'oubliez pas ce que je vous ai dit au

sujet du temps. La situation va empirer d'heure en heure, alors ne vous aventurez pas du côté des falaises au nord. Pas seule. Si vous voulez aller là-bas, Axel pourra peut-être vous accompagner. C'est dangereux là-haut, si on s'égare.

Betty s'éloigna. Olivia resta immobile à l'observer. Puis elle tourna les yeux vers la maison occupée par son fils. L'idée qu'un type inconnu lui serve de garde du corps parce qu'il y avait du vent lui semblait légèrement comique.

*

Il avait acheté une valise à Strömstad, l'un de ces modèles à roulettes et poignée rétractable. Lorsqu'il monta à bord du bateau assurant la liaison avec Koster, il avait l'air d'un banal touriste.

C'était bien un touriste, mais pas n'importe lequel.

Le voyageur était un homme qui luttait contre un chaos croissant dans sa poitrine depuis Göteborg et qui n'avait pas réussi à se maîtriser jusqu'à maintenant.

Au moment où il avait embarqué.

Il savait qu'il n'était plus très loin et qu'il lui fallait se dominer. Ce qu'il allait faire ne laissait aucune place à la faiblesse. Il devait se blinder.

Quand le bateau prit la mer, tout en lui était lisse, froid et distancié. À l'image des falaises devant lesquelles il passait. Soudain, il pensa à Bosques. À leur étreinte.

*

Olivia s'était étendue sur le lit du chalet. Elle avait mal dormi dans le train. Elle s'étira et inspira la légère odeur de moisi qui flottait. Peut-être pas de moisi, songea-t-elle, plutôt de renfermé. Son regard glissa sur les cloisons nues. Pas un tableau, pas une affiche, pas même un ancien flotteur en verre. Betty ne serait jamais interviewée par un magazine de décoration. Axel non plus, s'il était responsable de l'aménagement. Elle leva à nouveau la carte qu'elle avait achetée avant de prendre le bateau à Strömstad. Une carte de l'île assez détaillée, où figuraient les noms de nombreux lieux-dits. Des noms étranges. Des noms passionnants. Skumbuktarna, à l'extrême nord-ouest, rien que ça. « La baie obscure » ! Et un peu plus loin, Hasslevikarna.

Son but.

Le lieu du meurtre.

Car elle était venue pour cela. Se rendre sur la scène du crime et voir à quoi elle ressemblait.

Du tourisme criminel ? Peut-être. Mais il fallait qu'elle aille sur cette plage. L'endroit où une jeune femme seule avait été enterrée et noyée.

Enceinte.

Olivia laissa la carte retomber sur sa poitrine et glissa dans ses rêveries, vers Hasslevikarna, la plage, l'eau, la marée montante, la pénombre, la femme nue dans le sable, le petit garçon, quelque part dans l'obscurité, et les assassins ; trois selon le dossier d'enquête qui se fondait sur ce témoignage. Mais quel crédit porter à cet enfant ? Cette scène affreuse s'était déroulée dans la pénombre et loin de lui ; comment être sûr qu'il avait bien vu ? Un gamin de neuf ans terrorisé en pleine nuit ? Ou n'avait-on pas pris ces considérations en compte ? Était-on parti du principe qu'il avait bien vu ? L'avait-on tout simplement accepté faute de disposer d'autres éléments ? Et s'ils étaient cinq ? Une secte ?

Son imagination s'était à nouveau emballée.

Ce n'était pas particulièrement constructif.

Elle se leva, consciente que l'heure était venue.

Elle allait faire du tourisme criminel.

Betty avait vu juste pour la météo. Le vent s'était bel et bien renforcé de quelques nœuds et la température avait chuté de manière sensible.

Olivia eut du mal à ouvrir la porte du chalet pour sortir.

Elle se referma en claquant sans qu'elle y ait touché. Son pull supplémentaire n'était pas de trop. Le vent plaquait ses cheveux sur ses yeux et il commençait à bruiner. Mais pourquoi n'ai-je pas pris d'imperméable, bon sang ? Est-ce permis de faire preuve d'autant d'amateurisme ! La faute à l'esprit continental, comme l'aurait dit Betty. Olivia jeta un coup d'œil vers la maison d'Axel.

Non, il y a des limites.

Elle choisit un sentier qui s'enfonçait dans la forêt sombre.

La forêt très luxuriante était inexploitée depuis des décennies. Des branches sèches et dures, entremêlées, presque noires, interrompues çà et là par des clôtures à moutons.

Elle suivit le sentier. Le vent n'y soufflait pas aussi violemment et la pluie n'était pas trop forte. Dans un premier temps, Olivia s'était protégé la tête avec la carte avant de se rendre compte de sa stupidité. Cette carte était sa seule possibilité de trouver les endroits qu'elle cherchait.

Elle voulait d'abord se rendre jusqu'à la maison du petit garçon. Ove Gardman. D'après Betty, elle devait se situer là, dans la forêt, ce dont Olivia commençait à douter. Elle ne voyait que d'épaisses broussailles, des troncs d'arbres couchés et des clôtures.

Soudain, elle apparut.

Une maison en bois noir toute simple. Deux étages, au beau milieu de la forêt, dans une clairière, au ras d'une falaise et sans jardin. Elle l'observa. L'habitation semblait abandonnée et quelque peu fantomatique. En tout cas dans ces circonstances-là : une semi-tempête et la nuit tombante. Olivia frissonna. Pourquoi voulait-elle voir cette maison ? Elle savait pourtant que l'enfant, ou plutôt l'homme qu'il était devenu, âgé aujourd'hui de trente-deux ans, n'était pas là. Betty le lui avait indiqué. Elle secoua la tête, mais sortit son mobile et prit quelques clichés de la maison. Je pourrai peut-être les joindre à mon dossier, se dit-elle.

La maison d'Ove Gardman.

Elle l'appellerait quand elle rentrerait au chalet.

Il lui fallut environ une demi-heure pour rejoindre Skumbuktarna.

Olivia comprit alors les mises en garde de Betty. Rien ne la protégeait de la mer ici. La pluie se déversait à présent à flots des nuages noirs. Le vent s'enroulait autour des falaises. Les immenses vagues de la mer du Nord se précipitaient vers les rochers et se dressaient en approchant des terres. Elle n'aurait pu estimer de combien de mètres.

Elle s'accroupit derrière une formation rocheuse et observa la mer. Elle se croyait en sécurité. Mais une vague géante déferla et s'enroula autour de ses jambes. En sentant le reflux glacé attirer son corps, Olivia fut saisie de panique et cria.

Si elle n'était pas tombée dans un creux, elle aurait été emportée par les flots.

Mais elle ne prit pas le temps de se faire ce genre de réflexion, elle se mit à courir, de toutes ses forces. Pour s'éloigner de la mer et s'enfoncer dans les terres.

Elle courut encore et encore jusqu'à ce qu'elle trébuche sur un tas de pierres. Elle se retrouva à plat ventre contre le sol, le front barré d'une écorchure.

Il s'écoula pas mal de temps avant qu'elle ne se retourne au-dessus de Skumbuktarna pour contempler la mer démontée et mesurer l'étendue de son idiotie.

Trempée jusqu'aux os, elle se mit alors à trembler de tout son corps.

*

Pour une soirée trombone avec AT, il n'y avait pas grand monde dans le restaurant par ailleurs renommé. Strandkanten. Quelques insulaires attablés devant des verres de bière, AT dans un coin et puis Dan Nilsson.

Il était installé à une table tout au fond de la salle, près de la mer. Les rafales chargées de pluie fouettaient la vitre. Il était directement venu ici à la descente du bateau. Non qu'il ait eu faim, soif ou qu'il ait voulu s'abriter du mauvais temps.

Juste pour rassembler ses forces.

Toutes les forces qu'il avait.

Il savait qu'on risquait de le reconnaître ; il avait possédé une résidence secondaire ici voilà bien des années, mais il était obligé de prendre ce risque.

Il était assis devant un verre de bière. Lors d'une pause dans son récital, l'une des serveuses chuchota à AT : « On dirait un policier, le type près de la fenêtre », et AT répondit que son visage lui était vaguement familier. Mais Nilsson ne l'entendit pas. Il avait la tête ailleurs. Plus au nord sur l'île.

Il s'y était déjà rendu.

Et il allait y retourner ce soir-là.

Puis il irait ailleurs.

Et quand ce serait fait, il en aurait fini.

À moins que ce ne soit le contraire.

Il l'ignorait.

Il était venu pour tirer au clair cette affaire.

*

Outre le fait qu'elle était trempée jusqu'aux os, que son front saignait et qu'elle était à moitié en état de choc, Olivia avait subi une catastrophe pire encore : elle avait perdu la carte. À moins que la vague ne l'ait emportée. Elle ne savait pas comment elle allait s'en sortir. Nordkoster n'est pas une grande île par un mois de juin chaud et ensoleillé, mais lorsque le vent se déchaîne, qu'il pleut des hallebardes et que le soleil disparaît, elle l'est assez pour qu'on s'y égare.

Surtout pour un continental qui, à l'instar d'Olivia, n'y est jamais venu et se perd au milieu de ces bosquets, de ces landes et devant ces falaises qui se dressent soudain.

Elle était au milieu de nulle part. Avec une forêt sombre

face à elle et des rochers glissants derrière. Et comme son mobile avait bu la tasse et s'était éteint, elle n'avait plus qu'à avancer au hasard.

Elle choisit donc une direction. Puis une autre.

*

Dan Nilsson n'hésita pas quant au trajet à emprunter, même si le jour avait bien décliné en raison de l'orage. Il n'avait pas besoin de carte. Il traîna sa valise à roulettes sur le chemin gravillonné, bifurqua vers l'intérieur des terres et emprunta un sentier.

Il savait qu'il menait là où il devait aller.

Le premier endroit.

*

En temps normal, Olivia n'avait pas peur du noir. Elle avait dormi seule dans leurs maisons depuis sa plus tendre enfance, à Rotebro et à la campagne. Elle trouvait au contraire que la nuit avait quelque chose d'apaisant quand elle tombait et que tout s'effaçait, la livrait à elle-même.

Seule.

Elle l'était aussi à cet instant. Mais elle était seule dans un milieu inconnu. Le tonnerre grondait et des trombes d'eau s'abattaient. Elle voyait à peine à quelques mètres devant elle. Rien qu'une alternance d'arbres et de rochers. Elle glissait sur la mousse, trébuchait sur des pierres, se faisait gifler par des branches et tombait dans de profondes ornières. Puis elle entendit un bruit. Le mugissement du vent ne l'effrayait pas, ni la mer qui rugissait autour de l'île, car au moins elle pouvait la localiser. Mais les autres bruits ? Ces hurlements étouffés qui déchiraient les ténèbres. S'agissait-il de moutons ? Ils n'émettaient quand même pas des sons pareils, si ? Et ce cri strident qu'elle avait perçu entre les arbres quelques secondes plus tôt, d'où provenait-il ? Il n'y avait quand même pas un enfant dehors ! Tout à coup, elle entendit à nouveau le cri, puis encore une fois, plus près. Elle se plaqua contre un tronc et fixa l'obscurité. Étaient-ce des yeux là-bas, au loin ? Une paire d'yeux ? Jaunes ? Des hulottes ? Y avait-il des hulottes sur Nordkoster ?

C'est alors qu'elle vit l'ombre.

Un éclair envoya un rai de lumière dans la forêt et révéla une ombre qui se faufilait entre des arbres, à quelques mètres à peine, lui sembla-t-il.

Et la terreur la saisit.

La lueur disparut aussi vite qu'elle était apparue et les ténèbres régnèrent de plus belle. Elle ignorait ce qu'elle avait vu entre les arbres. Un être humain ?

*

L'homme qui tirait sa valise à roulettes dans la forêt touffue était concentré. La pluie avait plaqué ses cheveux blonds sur son visage. Peu lui importait. Il avait affronté des conditions météo bien pires que celles-là, à l'autre bout de la terre. Avec de tout autres missions. Des missions bien plus désagréables, de son point de vue. Il avait accumulé certaines connaissances pratiques. Il ne savait pas si elles lui serviraient cette fois-ci.

Il n'avait aucune expérience de ce type de missions.

*

Bien sûr, elle n'avait vu les lieux que sur la carte, ou sur Google Earth, mais quand les nuages chargés de pluie se décidèrent à s'enfoncer dans les terres pour laisser apparaître un clair de lune froid, elle les reconnut.

Hasslevikarna.

Elle errait, perdue depuis un bon moment. Ses vêtements

étaient trempés. La plaie sur son front avait cessé de saigner, mais elle tremblait de tout son corps et elle n'était arrivée jusqu'ici que par hasard. Là où elle voulait se rendre à l'origine. Il y avait une éternité de cela.

Elle avait à présent d'autres raisons de trembler.

L'étrange lumière bleue diffusée par le ciel créait une ambiance singulière au-dessus de la baie. La marée basse était vraiment basse. La plage semblait ne jamais prendre fin. Elle commençait au niveau des dunes et s'étendait très loin jusqu'à la mer.

Elle s'approcha du bord de la grève, s'assit sur un gros rocher, puis essaya de visualiser l'étrange scène.

C'était donc ici que ce meurtre horrible s'était produit ?

La plage était devant ses yeux. L'endroit où la femme nue avait été ensevelie.

Elle passa une main sur les rochers près d'elle.

Était-ce ici que le petit garçon se trouvait lorsqu'il avait assisté à la scène ? Là où elle était assise ? Ou était-ce de l'autre côté de cette plage étirée où elle apercevait d'autres rochers ? Elle se leva et c'est alors qu'elle le vit.

Un homme.

Il émergea de la forêt loin de là, avec un… Que transportait-il ? Une valise à roulettes ? Olivia s'accroupit et se cacha derrière le rocher. L'homme lâcha sa valise et se mit à marcher sur le sable sec, en direction de la mer. Lentement, de plus en plus loin. Soudain, il s'arrêta, très loin. Il s'immobilisa et regarda la lune. Puis il baissa les yeux vers le sable avant de les lever à nouveau. Le vent fouettait ses cheveux et sa veste. Il s'accroupit et inclina la tête, comme s'il priait, puis il se redressa. Olivia plaqua ses poings serrés contre sa bouche. Que signifiait ce comportement ? Là ? À mi-chemin de la mer ? Alors que la marée était basse, un soir de pleine lune ?

Qui était-ce ?

Était-il fou ?

Combien de temps l'homme resta-t-il là ? Cela aurait pu être trois minutes comme un quart d'heure. Olivia l'ignorait. Tout à coup, il revint sur ses pas. Lentement, jusqu'à sa valise. Il se retourna une dernière fois et regarda en direction de la mer.

Puis il disparut dans la forêt.

Olivia resta où elle était. Assez longtemps pour avoir la certitude que l'homme s'était éloigné.

Enfin, s'il ne s'était pas arrêté en chemin.

*

Ce n'était pas le cas. Il s'était dirigé vers le second lieu où il devait se rendre, le plus important. Le premier était un hommage. Le second était plus concret.

Là, il allait agir.

Bien sûr, il savait où elle se situait, cette maison verte, mais il ne se souvenait pas de la haie si dense qui l'entourait. Une bonne surprise, car elle le protégeait des regards. Personne ne le verrait de l'extérieur.

Il vit de la lumière dans l'habitation, ce qui le perturba. Il y avait des gens à l'intérieur. Il allait être obligé de se faufiler le long de la haie pour atteindre l'autre côté. Jusqu'à l'endroit où il devait aller.

Il avança avec précaution, sa valise à la main. Il s'efforçait de marcher en silence. La pénombre l'empêchait de bien voir où il posait les pieds. Presque arrivé au niveau de la maison, il entendit une porte s'ouvrir de l'autre côté. Il se plaqua contre la haie et une grosse branche lui frappa le visage. Il se tint complètement immobile. Soudain, un enfant déboucha du coin de la maison en courant, à dix mètres de lui. Le gamin éclata de rire et se colla au mur. Jouait-il à cache-cache ? Nilsson retint sa respiration. Si l'enfant se retournait et regardait dans sa direction, il était perdu. La distance n'était pas si grande que ça.

– Johan ! appela une femme.

Le petit garçon se recroquevilla légèrement et tourna la tête, vers la haie. L'espace d'un instant, Nilsson eut l'impression que leurs regards se croisaient. L'enfant ne bougea pas.

– Johan !

La femme se faisait plus insistante. Tout à coup, le gamin se détacha du mur, se remit à courir et disparut derrière la maison. Nilsson resta dans la haie jusqu'à ce qu'il entende la porte se refermer. Le silence revint. Il attendit plusieurs minutes avant de reprendre sa progression.

*

Elle aurait pu mourir dans la forêt. De froid ou d'une autre cause digne de faire les gros titres, pensa-t-elle. Cependant elle survécut, même si ce ne fut pas à porter à son crédit, mais à celui d'Axel.

Lorsqu'elle finit par s'effondrer sur un bloc de pierre mouillé, à bout de forces, elle entendit une voix.

– Vous vous êtes égarée ?

Un grand type aux épaules carrées, cheveux courts et regard intense se tenait à un mètre d'elle. Devant son apparence dégoulinante, il n'avait pas besoin qu'elle lui réponde. Et elle s'en abstint.

– Qui êtes-vous ? demanda-t-elle.

– Axel. Ma mère m'a dit que je ferais mieux de partir à votre recherche. Elle est passée devant le chalet et vous n'étiez pas revenue. Vous vous êtes perdue ?

C'est le moins qu'on puisse dire, pensa Olivia, je me suis autant paumée qu'il est possible de le faire sur cette satanée île.

– Oui, avoua-t-elle.

– Bien joué.

– Comment ça ?

– Se perdre sur cette île. Elle n'est pas si grande que ça.

Axel aida Olivia à se relever et l'observa.

– Vous êtes tombée dans la mer ?

Tombée dedans ? Près de Skumbuktarna ? Était-ce ainsi qu'ils qualifiaient ça, les insulaires ? Qu'on tombait dedans ? Alors que la moitié de cette putain de mer du Nord se jetait sur vous ?

Drôles de gens.

– Est-ce que vous pouvez m'aider à rentrer ?

– Bien sûr. Prenez ma veste.

Axel enroula sa grande veste épaisse et chaude autour d'une Olivia frigorifiée et la guida à travers la forêt broussailleuse jusqu'au chalet jaune. Il lui proposa alors de lui apporter à manger.

Un héros, pensa Olivia, enroulée dans une couverture sur le lit et tenant une assiette de ragoût, c'est une personne qui vous sauve la vie, qui ne dit pas grand-chose et se contente d'agir.

Comme cet Axel Nordeman.

– Est-ce que vous êtes l'un des pêcheurs de homards ? avait-elle demandé, plus ou moins sur le ton de la plaisanterie.

– Oui, avait-il répondu, sans développer.

Rien à voir avec Ulf Molin.

Avec la nourriture, la chaleur et le fait d'avoir survécu, Olivia récupéra ses forces. Tout comme son mobile, grâce à un sèche-cheveux.

Après avoir consulté ses messages et ses mails, elle se souvint qu'elle devait téléphoner à Ove Gardman. Elle avait déjà essayé de le contacter la veille, dans le train de nuit, mais était tombée sur son répondeur. Elle consulta l'heure, à peine 10 heures. Elle composa le numéro et n'obtint à nouveau que sa boîte vocale. Elle laissa encore un message en le priant de la rappeler dès que possible. Puis elle raccrocha et fut prise d'une violente quinte de toux.

Sans doute une pneumonie, se dit-elle.

*

Les préoccupations de Nilsson étaient tout autres. Il était accroupi, la valise à côté de lui. Il apercevait la maison verte loin derrière lui. Plus aucune lumière n'y brillait.

Au prix d'un effort non négligeable, il poussa la pierre sur le côté. Il avait déjà retiré la plus petite. Il observa le trou qu'il venait de dégager. Une cavité profonde, conforme à ses souvenirs. Il l'avait lui-même creusée. Il y avait bien longtemps de cela. Pour parer à toute éventualité.

Il jeta un coup d'œil à la valise à roulettes.

*

Soudain, la fatigue la submergea. Olivia n'était plus qu'une masse dépourvue d'énergie. Elle payait le prix de ses errances désespérées. Elle trouva à peine la force de se débarrasser de la couverture et de se glisser dans le lit. La lampe de chevet diffusait une lumière chaude dans la pièce et elle se sentit partir. Lentement… et son père lui apparut.

– Cela aurait pu mal se terminer.

– Je sais. C'était stupide.

– Cela ne te ressemble pas. D'habitude, tu contrôles la situation.

– Je tiens ça de toi.

Arne sourit et Olivia sentit les larmes couler sur ses joues. Il avait l'air si maigre, comme il devait l'être sur la fin, alors qu'elle se trouvait à Barcelone, en fuite.

– Dors bien.

Olivia ouvrit les yeux. Était-ce Arne qui avait prononcé ces mots ? Son visage et son front étaient très chauds. De la fièvre ? Il ne manquait plus que ça. Ici, dans un chalet de la côte occidentale loué pour une seule nuit. À quel point est-ce isolé ? Que vais-je faire ?

Axel ?

Il n'était peut-être pas encore couché. Il avait dit qu'il vivait seul là-haut. Il jouait peut-être à un jeu vidéo. Un pêcheur de homards ? Sûrement pas. Mais s'il venait lui demander si le repas était bon ?

– C'était très bon.

– Bien. Avez-vous besoin d'autre chose ?

– Non, tout va bien, merci. Sauf un thermomètre, peut-être.

– Un thermomètre ?

Puis les choses se seraient enchaînées, et une fois la lampe éteinte, ils auraient tous les deux été nus. Nous nous réchaufferions agréablement, pensa Olivia, fiévreuse.

*

Vera la Taupe avait assisté à un match de foot. BK Situation avait joué contre l'équipe d'un centre de désintoxication de Rågsved. La partie s'était achevée sur un score de 2-0 en faveur de Situation. Pärt avait marqué les deux buts.

Cela allait le porter pendant longtemps.

Vera et Jelle profitaient de la chaleur de la nuit. Le match s'était déroulé sur le terrain de Tanto. À cause de longues discussions avec l'arbitre et d'atermoiements après la partie, ils n'avaient pas quitté les lieux avant 11 heures bien sonnées. On approchait de minuit.

Pärt était content, il avait marqué deux buts. Vera était contente, elle avait trouvé un flacon de vernis noir dans une poubelle du côté de Zinken. Jelle allait comme ci, comme ça. Mais comme cela arrivait de plus en plus souvent, personne n'y prêtait attention. Deux bienheureux et un semi-dépressif qui marchaient dans la nuit.

Vera avait faim et suggéra de passer par Dragon House, le resto chinois de Hornstull. Elle venait de toucher son allocation mensuelle et voulait régaler ses camarades moins bien lotis. Mais ce projet tourna court. Pärt n'osait pas entrer et Jelle n'aimait pas la cuisine chinoise. Le repas de fête se constitua finalement de saucisses diverses avec leur accompagnement à la baraque Abrahams Grill de Hornsgatan. Une fois sa volumineuse portion engloutie, Pärt esquissa un sourire.

– Ça fait du bien.

Puis ils se remirent à déambuler sur Hornsgatan.

– Est-ce qu'on sait comment va Benseman ?

– État stationnaire.

Un homme de très petite taille sans épaules avec un catogan hirsute et un nez pointu les dépassa en trottinant. L'homme lorgna du côté de Jelle sans s'arrêter.

– Salut ! Situation ? demanda le nabot d'une voix particulièrement stridente.

– Un peu mal aux dents.

– D'accord. À plus !

Et la demi-portion s'éloigna.

– Qui c'était, ce mec ?

Vera suivait le catogan des yeux.

– Le Vison, répondit Jelle.

– Le Vison ? C'est qui ?

– Un type que je connais d'avant.

– Un sans-abri ?

– Non, pas que je sache. Il a une piaule à Kärrtorp.

– Et tu ne peux pas crécher chez lui dans ce cas ?

– Non.

Jelle n'avait pas l'intention de squatter chez le Vison. L'échange qu'il venait d'avoir avec lui résumait assez bien la relation qu'ils entretenaient.

Aujourd'hui.

Jelle savait ce qui allait suivre.

– Tu peux crécher dans la caravane sans problème, annonça Vera.

– Je sais. Merci.

– Mais tu ne le veux pas ?

– Non.

– Et tu préfères crécher où ?

– Je trouverai une solution.

Ils avaient eu ce dialogue plusieurs fois ces derniers temps, Vera et lui. Il ne s'agissait pas de dormir dans sa caravane. Ils le savaient tous les deux. Il s'agissait de quelque chose dont Jelle n'avait pas trop envie, et le meilleur moyen de ne pas blesser Vera était de décliner l'invitation.

De cette manière, il esquivait également l'autre chose.

Pour le moment.

*

Olivia se retourna dans le lit du chalet. Elle ne cessait de plonger dans des rêves décousus dus à la fièvre pour aussi vite en émerger. Tantôt elle était sur la plage d'Hasslevikarna, tantôt à Barcelone. Soudain, elle sentit une main glacée effleurer son pied nu au bout du lit.

Elle bondit !

Son coude fit basculer le chevet et la lampe tomba par terre. Elle se plaqua contre la cloison et scruta la pièce – vide. Elle repoussa la couverture. Les violentes palpitations de son cœur la faisaient haleter. Avait-elle rêvé ? Bien sûr qu'elle avait rêvé, quoi d'autre ? Il n'y avait qu'elle ici. Le chalet était vide.

Elle s'assit sur le bord du lit, ramassa la lampe de chevet et s'efforça de se calmer. Prendre de longues inspirations, comme Maria le lui avait appris quand elle était petite, lorsqu'elle faisait un cauchemar. Elle s'essuyait le front quand elle entendit un bruit. Comme une voix, à l'extérieur.

Devant sa porte.

Axel ?

Olivia s'enroula dans la couverture, marcha jusqu'à la porte et l'ouvrit – à deux mètres d'elle se tenait un homme avec une valise à roulettes. L'homme de Hasslevikarna.

Olivia claqua la porte, la ferma à clé et se jeta sur la seule fenêtre. Elle baissa le store tout en cherchant une arme quelconque du regard.

On frappa à la porte.

Olivia fit le silence complet. Elle tremblait de tout son corps. Axel l'entendrait-il si elle criait ? Sans doute pas. Le vent couvrirait sa voix.

On frappa à nouveau.

Olivia, le souffle court, s'avança avec précaution jusqu'à la porte.

Silence.

– Je m'appelle Dan Nilsson, excusez-moi de vous déranger.

Dan Nilsson ?

– Que voulez-vous ? s'enquit Olivia.

– Mon mobile ne capte pas et il faut que j'appelle un bateau-taxi, j'ai vu qu'il y avait de la lumière et… auriez-vous un portable à me prêter ?

Elle en avait un, mais l'homme dehors l'ignorait.

– Ce ne sera qu'une courte communication, reprit-il. Je peux la payer.

Payer pour une brève communication sur un portable ? Pour appeler un bateau-taxi ? Olivia hésitait. Elle aurait pu mentir en lui disant qu'elle n'avait pas de téléphone et lui demander de s'en aller. Ou l'envoyer à Axel. En même temps, la curiosité la gagnait. Que faisait-il à Hasslevikarna ? Planté sur la plage à marée basse et au clair de lune ? Qui était-il ? Comment Arne aurait-il réagi ?

Il aurait ouvert la porte.

Ce que fit également Olivia. Elle entrebâilla la porte et lui tendit son portable.

– Merci, dit Nilsson.

Il prit l'appareil, composa un numéro et demanda qu'un bateau-taxi vienne le chercher au ponton ouest. Il y serait dans un quart d'heure.

– Merci du service, répéta-t-il.

Olivia récupéra son appareil. Nilsson commença à s'éloigner.

Olivia ouvrit alors la porte en grand.

— Je vous ai vu à Hasslevikarna ce soir.

Olivia se tenait dans la lumière de la lampe lorsque Nilsson se retourna. Il cligna des yeux, comme s'il était interloqué. Pendant quelques secondes.

— Que faisiez-vous là-bas ? demanda-t-il.

— Je m'étais perdue et je me suis retrouvée là.

— Un bel endroit.

— Oui.

Silence…

— Et vous, que faisiez-vous là-bas ?

Il n'avait en aucun cas l'intention de répondre.

— Bonne nuit.

Nilsson s'en alla, l'image d'Olivia gravée sur la rétine.

*

AT était assis sur le quai en contrebas du Strandkanten, le trombone rangé dans son étui noir à côté de lui. La soirée avait été longue et il avait un peu trop levé le coude. Il lui fallait maintenant dessoûler. Il allait ouvrir une fumerie le lendemain. La fumerie de Leffe. Du poisson tout juste fumé pour les continentaux, ce serait sans doute une affaire lucrative. L'insulaire bourru à côté de lui était sobre. Il assurait le service de nuit du bateau-taxi et avait reçu une réservation pour une course quelques instants auparavant.

— Qui ça ?

— Quelqu'un de l'intérieur.

Intérieur pouvait signifier n'importe quel lieu entre Strömstad et Stockholm.

— Tu es censé toucher combien pour ça ?

— Deux mille.

AT se livra à une estimation et compara avec la fumerie.

Le taux horaire auquel il aboutit n'était pas en faveur de la fumerie.

– C'est lui ? demanda AT en désignant d'un mouvement de la tête un homme en veste de cuir et jean noir qui s'approchait.

Un homme qui en avait terminé avec Nordkoster.

Qui allait à présent passer à une autre étape.

À Stockholm.

*

Olivia avait fini par s'endormir, la lumière allumée, la porte fermée à clé et le nom de Dan Nilsson sur les lèvres.

L'homme de Hasslevikarna.

La fièvre s'empara d'elle pour le reste de la nuit. Pendant des heures. Soudain, un gémissement s'échappa de sa bouche grande ouverte. Un gémissement inquiétant. De la sueur froide dégoulinait de chacun de ses pores et ses mains se crispaient au-dessus d'elle. Une araignée sur le rebord de fenêtre derrière elle observait le drame en train de se jouer dans le lit. Cette jeune femme qui essayait en vain de s'extraire d'un puits de terreur.

Elle finit par en émerger.

Elle se souvenait du cauchemar dans ses moindres détails. Elle était ensevelie sur une plage. Nue. La mer était basse, la lune brillait et il faisait froid. La mer commençait à monter, se rapprochait de plus en plus. L'eau se précipitait vers sa tête, mais en guise d'eau il s'agissait de milliers de crabes noirs qui se ruaient sur son visage et dans sa bouche ouverte.

C'est alors qu'elle avait gémi.

Olivia se leva brutalement du lit en haletant. Elle agrippa la couverture d'une main, essuya la sueur sur son visage et scruta le chalet. Toute la nuit n'avait-elle été qu'un rêve ? Cet homme était-il vraiment venu ? Elle ouvrit la porte. Elle avait besoin d'air, d'oxygène et envie d'uriner. Elle sortit dans l'obscurité. Le vent avait sensiblement faibli. Elle descendit les marches et s'abrita derrière un buisson. C'est alors qu'elle la vit, un peu sur sa gauche.

La valise à roulettes.

Elle s'en approcha et balaya les alentours du regard. Elle ne vit rien. Ou plutôt personne. Du moins pas Dan Nilsson. Elle s'accroupit devant la valise, tira la fermeture Éclair d'un bout à l'autre et souleva avec délicatesse le couvercle.

Elle était vide.

*

Vue d'une certaine distance, la caravane grisâtre pouvait paraître digne d'une carte postale. Dans son écrin de verdure nocturne de la forêt Rien, à l'écart de Pampas Marina, à Solna, avec sa lumière jaune tamisée qui provenait du hublot ovale.

Mais, à l'intérieur, l'image n'avait plus rien de féerique.

La caravane avait vraiment connu des jours meilleurs. À une époque, le réchaud à gaz contre la cloison fonctionnait ; désormais, il était carbonisé. À une époque, la bulle de plexiglas au plafond laissait passer la lumière ; désormais, elle était recouverte de mousse. À une époque, la porte avait été dissimulée par un rideau de longues franges en plastique colorées ; désormais, il n'en restait plus que trois, en lambeaux. À une époque, elle avait servi aux rêves de vacances d'une famille avec deux enfants de Tumba ; désormais, elle appartenait à Vera la Taupe.

Au début, elle l'avait nettoyée, souvent. Mais à mesure de ses trouvailles dans les poubelles, le niveau d'hygiène avait considérablement baissé. À présent, des colonnes de fourmis déambulaient çà et là au milieu du bric-à-brac et des perce-oreilles nichaient dans différents recoins.

Mais, pour dormir, elle était quand même mieux là que dans des passages piétons souterrains ou des caves à vélos.

Elle avait décoré les murs d'articles consacrés aux sans-abri et d'affichettes qu'elle dénichait à droite et à gauche ; au-dessus de l'une des couchettes était accrochée une feuille de papier sur laquelle était représenté un harpon – on aurait dit un dessin d'enfant –, et au-dessus de l'autre, une citation découpée : « Ce ne sont pas les marginaux qui doivent intégrer la société, mais ceux qui y sont enfermés qui doivent en sortir ! »

Vera applaudissait.

Pour l'instant, elle était installée devant l'antique table en formica et se vernissait les ongles en noir. Le résultat était aléatoire.

À cette heure de la nuit, tout allait toujours de travers. L'heure de la veille. Vera veillait souvent ; elle attendait que la nuit et ses crampes se passent. Elle osait rarement s'endormir. Lorsqu'elle finissait par s'assoupir, il s'agissait davantage d'une forme d'écroulement. Elle sombrait ou plongeait alors dans une sorte de léthargie.

Cela faisait longtemps que ça durait.

Il s'agissait d'un problème psychique, comme pour tant d'autres autour d'elle. Un psychisme qui avait été blessé et mutilé bien longtemps auparavant. Deux choses l'avaient blessée en particulier. Mutilée même. Le trousseau de clés l'avait blessée. Les coups portés par son père avec le trousseau gris avaient laissé des cicatrices blanches visibles sur son visage et d'autres invisibles dans son âme. Ces corrections arrivaient plus souvent qu'elle ne le méritait, estimait-elle, ignorant qu'un enfant ne mérite jamais qu'on le frappe avec un trousseau de clés. Elle endossait la culpabilité d'une partie des coups. Elle savait qu'elle était une enfant difficile.

Mais elle ignorait, à ce moment-là, qu'elle était une enfant difficile dans une famille dysfonctionnelle, avec deux parents qui n'avaient qu'un exutoire : leur fille Vera.

Le trousseau l'avait blessée.

Mais ce qu'avait vécu sa grand-mère l'avait mutilée.

Vera aimait sa grand-mère et sa grand-mère l'aimait.

À chaque coup de trousseau que Vera recevait, sa grand-mère rétrécissait.

Impuissante et effrayée par son propre fils.

Jusqu'à ce qu'elle n'en puisse plus.

Vera avait treize ans lorsque le drame était arrivé. Elle était allée rendre visite à sa grand-mère dans sa ferme de l'Uppland avec ses parents. L'alcool fit ses ravages habituels et, au bout de quelques heures, la vieille femme sortit. Elle n'avait plus la force de voir et d'entendre cette misère. Elle savait ce qui allait se produire : le trousseau de clés. Lorsqu'il fit son entrée en scène, Vera parvint pour une fois à s'échapper et courut chercher sa grand-mère.

Elle la trouva dans la grange. Suspendue à une grosse corde enroulée autour de la poutre maîtresse.

Ce fut un choc, mais pas le seul. Ses parents complètement ivres étaient hors d'atteinte. Elle dut donc se débrouiller. Elle détacha sa grand-mère de la poutre et l'étendit sur le sol. Elle pleura. Elle resta à côté de son corps pendant des heures, jusqu'à ce que ses canaux lacrymaux soient asséchés.

Cela l'avait mutilée.

Voilà ce qui empêchait Vera d'étaler son vernis noir tout juste trouvé avec autant de précision qu'elle l'aurait voulu. Il débordait. En partie parce que sa vision était obscurcie par le souvenir de sa grand-mère, mais aussi parce qu'elle tremblait.

Cela arrivait lorsqu'elle pensait à Jelle.

Lorsque la veille était difficile. Elle pensait à lui, à ses yeux ; il y avait quelque chose en eux qui avait retenu son attention, dès leur première rencontre, dans les locaux du journal. Il ne regardait pas, il voyait. Vera avait l'impression qu'il la voyait, par-delà son apparence usée, telle qu'elle aurait pu être si elle avait été mieux armée et n'avait pas atterri en mauvaise compagnie pendant sa descente aux enfers, d'établissements en institutions.

C'était comme s'il voyait l'autre Vera. La Vera forte,

l'originelle. Celle que l'État-providence, s'il avait encore existé, aurait dû traiter en citoyenne.

Mais il n'existe plus, pensait Vera, ils l'ont complètement mis à bas. Enfin, nous avons quand même la loterie du Code postal !

Elle esquissa un sourire et constata que l'ongle de son auriculaire était impeccable.

*

L'homme allongé sur le lit s'était fait faire deux ou trois incisions sur le visage, discrètes, histoire de supprimer des poches sous les yeux. Dans l'ensemble, il était intact. Sa chevelure grisonnante était courte et dense ; elle était coupée tous les cinq jours. Il entretenait le reste de son corps dans sa salle de gym privée, un étage plus bas.

Il avait suspendu son processus de vieillissement.

Du lit double de sa chambre, il voyait la tour Ceder-grenska toute proche, le célèbre amer surplombant Stocksund dont la construction avait été lancée à la fin du XIXe siècle par l'inspecteur des eaux et forêts Albert Gotthard Nestor Cedergren pour épater la galerie.

Lui résidait sur Granhällsvägen, plus près du rivage, dans un bâtiment beaucoup moins imposant. À peine quatre cent vingt mètres carrés avec vue sur la mer, mais il fallait s'en contenter. Et puis il disposait également de sa petite perle sur Nordkoster.

Pour le moment, il était étendu sur le dos et se faisait masser par le lit ; un doux et luxueux massage sur tout le corps. Avec une attention spéciale pour son entrecuisse. Une faveur qui valait bien les vingt mille couronnes sup-plémentaires déboursées.

Il savourait l'instant.

Il allait rencontrer le roi aujourd'hui.

« Rencontrer » n'était peut-être pas le terme approprié. Il

allait assister à une cérémonie à la Chambre du commerce où le monarque serait l'invité d'honneur. Lui serait l'invité numéro deux. La cérémonie était en effet organisée à son intention. On allait lui remettre le prix de l'entreprise suédoise la plus prospère à l'étranger durant l'année précédente, ou une formulation de ce genre, en tant que fondateur et P-DG de Magnuson World Mining AB.

MWM.

Bertil Magnuson, c'était lui.

– Bertil ! Qu'est-ce que tu penses de celle-là ?

Linn Magnuson entrait dans la chambre, vêtue de l'une de ses robes de créateur. Celle, très belle, couleur cerise, qu'elle avait portée l'autre soir.

– Elle est ravissante.

– Tu trouves ? Est-ce qu'elle ne sera pas un peu trop... tu sais...

– Provocante ?

– Non, trop simple ? Tu sais bien quelles personnes seront présentes.

Bertil savait. À peu près. La crème de la vie économique de Stockholm, quelques aristocrates, quelques politiciens bien choisis, pas de niveau gouvernemental, mais presque. Il aurait aimé qu'Erik Grandén fasse une apparition. Sa présence conférait toujours un surcroît de prestige. Malheureusement, Erik ne viendrait pas. Il venait de lui envoyer un message sur Twitter : « Bruxelles. Réunion avec des décideurs de la commission. Espère avoir le temps de passer chez le coiffeur. »

Erik prenait toujours soin de son apparence.

– Et celle-ci ? demanda Linn.

Bertil s'assit dans le lit, non pas pour admirer la nouvelle présentation de son épouse – une tenue rouge et blanche hors de prix qu'elle avait dénichée au Chic insolite sur Sibyllegatan –, mais parce que sa vessie devenait pressante.

Il avait souvent été incommodé ces derniers temps. Les détours aux toilettes devenaient plus fréquents que ce que l'emploi du temps d'un homme de son importance ne permettait. Une semaine plus tôt, il avait rencontré un professeur de géologie qui l'avait terrorisé en lui confiant qu'il avait été frappé d'incontinence à soixante-quatre ans.

Bertil en avait soixante-six.

– Je pense que tu devrais mettre celle-là, répondit-il.

– Vraiment ? Oui, peut-être. Elle est exquise.

– Toi aussi.

Bertil posa un léger baiser sur la joue de Linn. Il lui aurait volontiers donné plus. Elle était d'une beauté extraordinaire pour ses cinquante ans bien sonnés et l'amour qu'il lui portait était sans limites, mais sa vessie l'obligea à quitter la pièce.

Il se sentait nerveux.

C'était un grand jour pour lui, à de nombreux égards, et encore davantage pour MWM, son entreprise. Depuis l'annonce du prix, les critiques contre leurs opérations de prospection au Congo avaient gagné en ampleur. On protestait, pétitionnait et manifestait de tous côtés. On dénonçait ses méthodes douteuses, l'exploitation, les infractions aux droits de l'homme et tout ce qu'on pouvait inventer.

D'un autre côté, dès que des Suédois s'en sortaient bien à l'étranger, les critiques pleuvaient. Pour MWM, les affaires étaient florissantes. La petite entreprise qu'il avait un jour fondée avec un collègue était devenue un conglomérat multinational de sociétés réparties partout dans le monde.

MWM était un gros poisson désormais.

Il était un gros poisson.

Avec une vessie un peu trop petite.

*

Elle s'était réveillée, dans le chalet, bien après l'heure où elle était censée le libérer. Axel ne s'en était pas préoccupé. Olivia avait mis ça sur le compte de la fièvre et de ses vêtements trempés. Lorsqu'elle avait tenté de lui expliquer que d'habitude elle se réveillait très tôt, il lui avait demandé si elle ne voulait pas rester une nuit de plus. Elle y était disposée, d'un certain côté, le même que lui, mais d'un autre, elle savait qu'elle devait rentrer.

Du côté du chat.

Le confier au voisin, un original qui bossait au Pet Sounds, avait nécessité moult négociations, mais il avait fini par accepter.

Pour deux nuits.

Trois, ce n'était pas possible.

– Dommage, j'avoue que je serais bien restée, répondit-elle.

– Vous avez aimé l'île ?

– J'apprécie beaucoup l'île. Une météo pourrie, mais je reviendrai volontiers.

– Ce serait chouette.

Seuls les vrais pêcheurs de homards s'expriment ainsi, pensa-t-elle en remontant Badhusgatan à Strömstad, et elle sentit que sa gorge enflait à nouveau. Elle se rendait chez un policier à la retraite. Gunnar Wernemyr. L'homme qui selon Betty Nordeman avait auditionné Jackie, la « traînée » de Stockholm. Olivia avait trouvé le numéro de Wernemyr sur Eniro et l'avait appelé avant d'embarquer à Nordkoster. Il s'était montré très cordial. Il n'avait rien contre le fait de rencontrer une jeune élève de l'école de police, tout retraité qu'il était. En outre, il avait compris en moins de trois secondes de quelle Jackie de Stockholm Olivia parlait : celle qui avait à voir avec le meurtre de Hasslevikarna.

– Elle s'appelait Jackie Berglund. Je me souviens très bien d'elle.

Juste avant qu'elle ne bifurque à droite, sur Västra Klevgatan, son mobile sonna. C'était Åke Gustafsson, son instructeur.

– Comment les choses se passent-elles pour toi ?

– Avec l'affaire de la plage ?

– Oui. Tu as mis la main sur Stilton ?

Stilton ? Elle n'y avait plus pensé ces dernières vingt-quatre heures.

– Non, mais j'ai parlé à Verner Brost de la section Affaires classées et il m'a dit que Stilton avait démissionné pour raisons personnelles. Tu es au courant ?

– Non. Enfin si.

– Oui ou non ?

– Il a démissionné pour des raisons qui restent privées.

– D'accord. À part ça, je n'ai pas beaucoup progressé.

Elle réservait le récit de ses aventures sur Nordkoster pour un hypothétique compte rendu détaillé, plus tard.

Wernemyr habitait un bel immeuble ancien, au premier étage, avec vue imprenable sur le port. Märit, son épouse, avait préparé du café et fit prendre à Olivia une cuillerée d'un sirop brunâtre pour sa gorge.

Ils s'étaient installés dans la cuisine verte, qui n'avait sans doute pas été rénovée depuis le début des années soixante. Des chiens en porcelaine, des photos des petits-enfants et des pélargoniums Mårbacka roses se disputaient la place sur l'appui de fenêtre. Les clichés éveillaient toujours la curiosité d'Olivia. Elle désigna l'un d'eux.

– Ce sont vos petits-enfants ?

– Oui. Ida et Emil. La prunelle de nos yeux, expliqua Märit. Ils viennent la semaine prochaine et restent pour la Saint-Jean. Je suis impatiente de pouvoir m'occuper d'eux.

– Oh, n'exagère pas, intervint Gunnar en riant. D'habitude, tu es également très contente quand ils retournent chez eux.

– Oui, je l'avoue, c'est parfois assez intensif. Comment va votre gorge ?

Märit observait Olivia avec compassion.

– Mieux, merci.

Olivia prit une gorgée du café qu'on lui avait servi dans

une belle porcelaine ornée de roses ; sa grand-mère possédait un service semblable. Puis ils discutèrent de la formation des jeunes policiers, tous les trois. Märit avait travaillé aux archives de la police de Strömstad.

– Maintenant, ils ont tout centralisé. Ils ont fermé le service et tout réuni à Göteborg, expliqua-t-elle.

– C'est sans doute là que se trouve le dossier relatif à l'affaire, ajouta Gunnar.

– Oui, confirma Olivia.

Elle espérait qu'il ne se montrerait pas trop soucieux du secret de l'enquête et qu'il se livrerait un peu sur la question. Après tout, beaucoup d'eau était passée sous les ponts.

– Alors, que voulez-vous savoir sur Jackie Berglund ?

Pas si confidentiel que ça, se dit Olivia, et elle demanda :

– Combien de fois l'avez-vous auditionnée ?

– Je l'ai interrogée à plusieurs reprises, ici, au commissariat. Elle avait déjà été entendue à Nordkoster et cela avait apporté des éléments intéressants.

– Pourquoi l'avez-vous amenée ici ?

– À cause de ce yacht de luxe. Vous êtes au courant ?

– Pas vraiment.

– Eh bien, cette Jackie était apparemment une escort-girl.

Une pute de luxe, pensa Olivia, en langage clair de Rotebro.

– Vous savez, une de ces prostituées de luxe, précisa Märit, dans un langage de Strömstad tout aussi limpide.

Olivia sourit. Gunnar poursuivit :

– Elle se trouvait à bord d'un yacht de luxe norvégien en compagnie de deux Norvégiens qui ont quitté l'île juste après le meurtre. Ou du moins ont tenté de le faire, car l'un de nos bateaux les a arrêtés un peu plus loin en mer, a vérifié d'où ils venaient et les a ramenés vers l'île. Comme les Norvégiens étaient complètement ivres et Jackie Berglund sous l'empire de substances autres que l'alcool, on les a transportés tous les trois ici afin que nous puissions les entendre une fois qu'ils auraient repris leurs esprits.

– Et c'est vous qui avez conduit les interrogatoires ?

– Oui.

– Gunnar était le meilleur spécialiste des techniques d'interrogatoire de la côte Ouest.

Märit fit ce commentaire davantage comme un constat que comme une fanfaronnade.

– Qu'avez-vous mis en évidence ? s'enquit Olivia.

– L'un des Norvégiens a déclaré qu'ils avaient entendu un avis de tempête pour le lendemain à la radio et qu'ils avaient donc quitté l'île pour regagner leur port d'attache. Le second a prétendu qu'ils n'avaient plus d'alcool et qu'ils voulaient retourner dans leur pays pour s'en procurer.

Des versions complètement différentes, se dit Olivia.

– Et Jackie Berglund, comment a-t-elle expliqué leur départ ?

– Elle a dit qu'elle ignorait tout des raisons pour lesquelles ils avaient pris la mer et qu'elle n'avait fait que les suivre.

– « La navigation n'est vraiment pas mon truc », lança Märit en imitant l'accent de Stockholm.

Olivia fixa Märit.

– C'est comme ça qu'elle s'est exprimée, cette Berglund, nous en avons ri quand tu es rentré à la maison et que tu me l'as raconté, tu t'en souviens ?

Märit sourit à Gunnar, qui paraissait gêné. Communiquer des informations obtenues au cours d'un interrogatoire à son épouse était loin d'être conforme au règlement.

Olivia s'en moquait.

– Mais qu'ont-ils dit au sujet du meurtre lui-même ? demanda Olivia.

– Sur ce point-là, ils étaient d'accord : aucun d'entre eux ne s'était rendu à Hasslevikarna, que ce soit le soir du meurtre ou avant.

– Était-ce vrai ?

– Nous ne pouvons l'affirmer à cent pour cent, puisque l'affaire n'a jamais été résolue. Mais rien ne nous permettait de les relier à la scène du crime. Êtes-vous de la famille d'Arne Rönning, au fait ?

– C'est mon père. Enfin, c'était.

– Nous avons lu qu'il nous avait quittés, commenta Gunnar. Toutes nos condoléances.

Olivia hocha la tête et Märit sortit un album contenant des photos de la carrière de policier de Gunnar. Sur l'une d'elles, il se tenait à côté d'Arne et d'un autre policier.

– Est-ce Tom Stilton ?

– Oui.

– Ah. Auriez-vous une idée de l'endroit où il se trouve aujourd'hui ? Stilton ?

– Non.

*

Elle avait finalement choisi la rouge cerise. Cette robe la faisait craquer. Simple, mais belle. Elle se tenait en souriant à côté de son mari, à la Chambre du commerce. Elle souriait parce qu'elle était fière de son époux. Elle savait qu'il était fier d'elle aussi. Le déséquilibre professionnel ne leur avait jamais posé problème. Il s'occupait de ses affaires et elle des siennes, et ils étaient tous les deux prospères. Son succès était plus modeste, en comparaison avec le succès mondial de Bertil, mais ce n'en était pas moins un succès. Elle était coach de carrière et son entreprise avait connu un bel envol ces dernières années. Tout le monde voulait réussir sa carrière et elle savait comment s'y prendre. Elle en avait appris une partie auprès de Bertil, il avait davantage d'expérience que la plupart, mais elle ne devait l'essentiel de ses connaissances qu'à elle-même.

Elle était compétente.

Si bien que lorsque le monarque suédois se pencha en

avant et la complimenta pour sa tenue rouge cerise, il ne s'agissait pas d'une forme de politesse indirecte à l'intention de Bertil. Il s'adressait vraiment à elle.

– Merci.

Ce n'était pas la première fois qu'ils se rencontraient. Le monarque et Bertil partageaient un intérêt pour la chasse, surtout celle au lagopède. Ils avaient chassé ensemble à plusieurs reprises et avaient parlé. Enfin, dans la mesure où on peut parler au roi, pensa-t-elle. Ils avaient néanmoins assez parlé pour que Bertil et son épouse soient invités à deux ou trois dîners de moindre envergure avec des personnes du cercle le plus proche de la maison royale. Des repas trop formels au goût de Linn, car la reine n'était pas exactement un boute-en-train, mais cruciaux pour Bertil. Des contacts y étaient établis et cela ne faisait jamais de tort que les gens apprennent qu'on dînait avec le roi de temps à autre.

Linn sourit intérieurement, ce genre de choses était important dans le monde de Bertil, moins dans le sien. En revanche, il était essentiel de mettre d'urgence un terme aux critiques lancées contre MWM. Ces saloperies l'éclaboussaient elle aussi. Sur le trajet pour se rendre à la cérémonie, des personnes brandissaient des banderoles lançant des accusations très déplaisantes à l'égard de MWM. Elle avait constaté que Bertil en était affecté. Il n'ignorait pas que les médias allaient couvrir cette manifestation en même temps que la remise de son prix.

Et sans doute le salir un peu. Dommage.

Linn regarda autour d'elle et reconnut la plupart des invités. Il y avait là toute une brochette de Pirre, Tusse, Latte, Pygge, Mygge ; des noms de ce style. Elle n'avait jamais bien su qui était qui. Dans son monde, on portait des noms moins étranges. Mais elle savait qu'il s'agissait d'alliés de poids pour Bertil. Des personnes avec lesquelles il chassait, faisait de la voile ou des affaires, des membres de son clan. Même si ce n'était pas de famille de sang dont il était question.

Elle savait au moins cela de son mari.

Ils étaient encore amoureux et leur vie sexuelle leur donnait satisfaction. Leurs rapports n'étaient pas si fréquents, mais très satisfaisants quand ils se produisaient enfin.

Satisfaisants, songea-t-elle. Quel mot pour parler de relations sexuelles ! Et elle sourit, à l'instant où les yeux de Bertil se posaient sur elle. Il était chic aujourd'hui. Une cravate mauve, un costume noir simple, raffiné, et ses chaussures italiennes cousues main. Seule sa chemise lui déplaisait : bleu ciel avec un col blanc. C'était peut-être la chose la plus laide qu'elle ait connue. Elle livrait une bataille en règle contre ce type de chemise depuis plusieurs années.

En vain.

Certaines habitudes sont plus difficiles à faire disparaître qu'une cicatrice. Pour Bertil, il s'agissait des chemises bleues à col blanc. Elles représentaient un signe d'appartenance à un groupe auquel elle se sentait complètement étrangère.

Une classe intemporelle. Du moins était-ce ce qu'il imaginait. D'un ridicule achevé, estimait-elle. Et laid.

Bertil reçut son prix des mains du roi en personne. Il fit quelques révérences, lorgna du côté de Linn et lui adressa un clin d'œil. J'espère que sa vessie ne va pas faire des siennes. Ce n'est surtout pas le moment d'avoir à chercher des toilettes, se dit-elle.

– Champagne !

Un bataillon de vestes blanches engagées pour l'événement fit circuler des plateaux de flûtes remplies d'un Grande Cuvée bien frappé. Linn et Bertil en saisirent chacun une et la levèrent.

C'est alors qu'il sonna. Ou pour être plus précis qu'il vibra. Le mobile dans la poche de Bertil.

Il s'éloigna de quelques pas avec sa flûte, attrapa l'appareil et décrocha.

– Magnuson.

Il entendit un dialogue dans le téléphone. Assez bref, mais choquant pour lui. Un extrait d'une conversation enregistrée :

– Je sais que tu es prêt à aller loin, Bertil, mais quand même pas jusqu'au meurtre, si ?

– Personne ne pourra établir un lien avec nous.

– Mais nous, nous savons.

– Nous ne savons rien… si nous ne le voulons pas.

Le dialogue s'interrompit.

Bertil baissa le combiné au bout de quelques secondes, avec l'impression d'avoir le bras paralysé. Il ne savait que trop bien à quoi correspondait cette conversation. Il ne savait que trop bien quand elle avait eu lieu et il ne savait que trop bien à qui appartenaient ces voix.

Nils Wendt et Bertil Magnuson.

C'était Bertil qui avait eu le dernier mot.

« Nous ne savons rien… si nous ne le voulons pas. »

Mais il ignorait qu'elle avait été enregistrée.

– À votre santé, Bertil !

Le roi leva son verre dans sa direction. Avec la plus grande difficulté, Magnuson parvint à l'imiter et à sourire.

Un sourire crispé.

Linn réagit sur-le-champ. Sa vessie ? se demanda-t-elle. Elle s'approcha à la hâte en souriant.

– Si Sa Majesté veut bien m'excuser, je dois lui enlever mon époux quelques secondes.

– Mais bien sûr, bien sûr.

Le roi ne faisait pas le poids. Surtout face à une créature rouge cerise comme Linn Magnuson.

Elle attira alors son mari, visiblement absent, sur le côté.

– Ta vessie ? chuchota-t-elle.

– Comment ? Oui, c'est ça.

– Viens.

Conformément au comportement qu'une femme de poigne

doit adopter lorsque son mari connaît un moment de faiblesse, elle prit le commandement sur Bertil et le pilota jusqu'à des toilettes pas trop éloignées. Il s'y glissa telle une ombre, sans allumer la lumière.

Linn attendit dehors.

Ce qui fut une chance, pour une raison fort simple.

Bertil ne soulagea pas sa vessie.

Il se pencha au-dessus de la cuvette et vomit. Les canapés aussi bien que le champagne et les toasts à la confiture à peine grillés du matin.

Le gros poisson avait rétréci.

*

Le passager voisin lui expliqua que ces sièges trop rapprochés n'étaient pas une bonne idée étant donné la manière dont les bacilles voyageaient dans l'air. Olivia était d'accord avec lui. Elle mettait la main devant sa bouche et son nez chaque fois qu'elle était prise d'une nouvelle quinte de toux violente et s'efforçait de se détourner autant qu'elle le pouvait. Après Linköping, le passager changea de place.

Olivia resta où elle était, à bord de ce train X2000 bringuebalant. Elle ressentait une douleur dans la poitrine et la température de son front devenait alarmante. Elle avait consacré une heure à son mobile et trente minutes à prendre des notes. Puis ses pensées s'étaient focalisées sur Strömstad et Jackie Berglund… « La navigation, ce n'est pas mon truc. » Et quel était ton truc alors, Jackie ? se demanda Olivia. Être payée pour monter à bord d'un yacht de luxe pour te faire sauter par des étrangers en pull folkloriques au moment où une jeune femme est enterrée et noyée à un quart d'heure de l'endroit où se déroule votre orgie ? À moins que… Une nouvelle idée se forma dans le cerveau fiévreux d'Olivia.

Que savait-elle de la femme noyée ?

Soudain, elle s'aperçut à quel point elle avait été influencée par le fait qu'on ignorait tout de cette « pauvre » victime. Et l'image qui en avait découlé d'une jeune femme enceinte sans défense à qui on avait infligé des traitements barbares.

Et si ce n'était pas du tout le cas ?

Après tout, personne ne savait rien sur la victime. Pas même son nom. Et si c'était aussi une escort-girl ?

Mais elle était enceinte ! On se calme, Olivia, il y a des limites.

Vraiment ? À l'école, ils avaient eu un cours sur les sites pornos en ligne. Leur organisation, la difficulté de remonter jusqu'à leur source… Çà et là, pas si rarement, parmi les milliards de films pornos mis à disposition, il existait des sites spécialisés pour « toi qui veux des trucs un peu spéciaux », « *fucking pregnant women* » ? Olivia se souvint de son dégoût. Des relations sexuelles avec des ânes ou des siamoises, soit, c'était juste ridicule. Mais avec des femmes enceintes ?

Il y avait un marché pour cela, hélas. C'était une réalité.

Et si la femme sur la plage était une copine de Jackie ? Engagée précisément parce qu'elle était enceinte. Et puis quelque chose avait mal tourné sur ce yacht de luxe et avait abouti à un meurtre.

Ou alors… Son imagination enfiévrée s'en donnait à cœur joie… Ou alors peut-être que l'un des Norvégiens était le père et qu'elle refusait d'avorter. Elle et Jackie avaient peut-être couché avec eux à d'autres occasions, la victime s'était retrouvée enceinte, avait essayé de faire chanter le Norvégien pour obtenir de l'argent, la situation était partie en vrille et ils l'avaient tuée ?

La sonnerie de son mobile interrompit ses réflexions.

Sa mère voulait l'inviter à dîner.

– Ce soir ?

– Oui. Tu as prévu autre chose ?

– Je suis dans le train, je reviens de Nordkoster et…

– À quelle heure arrives-tu ?

– Vers 5 heures, ensuite je dois...

– Mais tu as une voix terrible ! Tu es malade ?

– Je suis un peu...

– Tu as de la fièvre ?

– Peut-être, je n'ai pas...

– Ta gorge est gonflée ?

– Un peu.

En cinq secondes, les questions inquiètes de Maria avaient ramené Olivia à l'âge de cinq ans. Elle était malade et sa mère s'en souciait.

– À quelle heure ?

– 7 heures, répondit Maria.

*

L'esplanade de Strandvägen est très belle, vue de la mer. Un mélange impressionnant de bâtiments à l'architecture ancienne s'étale le long de la rue. Surtout quand on lève les yeux au niveau des toits. Cet assemblage de tours, de pignons et de façades offre un visage flatteur. Ce qui se cache derrière ce visage est une autre affaire.

La beauté de la rue n'était pas ce qui occupait l'esprit de Bertil Magnuson tandis qu'il longeait le quai. À bonne distance de tous les Pygge, Mygge et autres Tusse. Son épouse était inquiète, mais elle l'avait laissé près de Nybro-plan une fois qu'il lui avait assuré qu'il allait mieux. Cette cérémonie, le roi et cette manifestation à l'extérieur avaient été un peu trop pour lui.

– Tout va bien, avait-il déclaré.

– Certain ?

– Certain. Je dois réfléchir à un contrat que nous allons finaliser mercredi. J'ai besoin de prendre l'air.

Il le faisait souvent quand il devait réfléchir, et Linn était partie de son côté.

Bertil était tendu. Il avait tout de suite compris qui était derrière la conversation enregistrée diffusée dans son mobile.

Nils Wendt.

Un ami très proche à une époque. Un mousquetaire. L'un des trois qui étaient restés fidèles aux autres contre vents et marée à l'école de commerce dans les années soixante. Le troisième était Erik Grandén, désormais secrétaire de cabinet au ministère des Affaires étrangères. Le trio s'était considéré comme une version moderne des héros de Dumas. Ils avaient la même devise : Un pour tous. Leur imagination n'allait pas plus loin. Mais ils étaient persuadés qu'ils allaient conquérir le monde, ou du moins certaines parties de celui-ci. Et ils y étaient arrivés.

Grandén était devenu un prodige de la politique et le président des jeunes modérés à l'âge de vingt-six ans. Bertil et Wendt avaient fondé MWM – Magnuson Wendt Mining –, qui n'avait pas tardé à devenir une société de prospection audacieuse et prospère tant à l'intérieur qu'à l'extérieur du pays.

Jusqu'à ce que les choses tournent mal.

Pas pour l'entreprise, qui avait grandi, aussi bien en taille qu'en capital, et avait été introduite en Bourse au bout de quelques années. Mais pour Wendt. Ou plutôt pour la relation entre Bertil et Wendt. Elle s'était dégradée et Wendt avait fini par disparaître de la photo. « Wendt » avait été changé en « World » – Magnuson « World » Mining.

Maintenant, Wendt était de retour.

Avec une conversation très embarrassante entre lui et Bertil. Si elle était rendue publique, les jours du gros poisson Bertil Magnuson seraient comptés.

À tout point de vue.

Il jeta un coup d'œil du côté de Grevgatan. Il avait grandi dans ce quartier. Il entendait les cloches de l'église Hedvig Eleonora de sa chambre d'enfant. Il était né dans une famille d'industriels. Son père et son oncle en avaient été les fondateurs. Adolf et Viktor. Les frères Magnuson. Ils avaient fondé une société minière de petite taille, mais solide. Dotés d'un flair particulier pour le marché des minéraux, ils étaient passés de la mine locale à l'extraction internationale. Au fil du temps, ils avaient implanté leur entreprise familiale sur la carte du monde et avaient offert à Bertil un matelas d'actions pour se lancer dans les affaires.

Lui s'était montré obstiné et plus audacieux. Il avait contribué à gérer l'entreprise familiale tout en explorant des marchés moins conventionnels. Les frères l'avaient mis en garde. Les marchés exotiques étaient des marchés difficiles, qui impliquaient tractations et accommodements avec toutes sortes de potentats despotiques. Des personnes que les frères ne pourraient jamais fréquenter. Mais les temps changèrent. Son père et son oncle moururent. Dès qu'Adolf et Viktor furent sous terre, Bertil lança une filiale.

Avec l'aide de Nils Wendt.

L'incroyablement doué Wendt. L'un des mousquetaires. Un génie des prospections, des analyses de minéraux et de la structure du marché. Bertil était moins bon dans tous ces domaines. Ensemble, ils étaient devenus des pionniers industriels sur plus d'un continent. L'Asie. L'Australie. Et surtout l'Afrique. Jusqu'à ce que la mécanique se grippe et que Wendt disparaisse subitement à cause d'un événement très déplaisant que Bertil avait refoulé. Sublimé. Nié.

Contrairement à Nils Wendt, de toute évidence.

Car ce devait être Nils qui l'avait appelé et lui avait passé cette conversation. Il n'existait pas d'autres possibilités. Bertil en était convaincu.

Quand il atteignit Djurgårdsbron, il avait formulé une première question dans sa tête : Mais qu'est-ce qu'il veut, bon Dieu ? Ainsi que la deuxième : Davantage d'argent ? Et juste à l'instant où il formulait la troisième : Où est-il ? son portable sonna à nouveau.

Bertil le tint devant lui ou plutôt devant sa cuisse ; des

promeneurs le croisaient, beaucoup avec des chiens, il était dans ce genre de quartier. Il décrocha et plaça le combiné contre son oreille.

Sans rien dire.

Silence.

– Allô ?

C'était Erik Grandén. L'usager compulsif de Twitter qui espérait trouver un coiffeur à Bruxelles. Bertil reconnut tout de suite sa voix.

– Salut, Erik.

– Félicitations pour ton prix !

– Merci.

– Comment était le roi ? En pleine forme ?

– Oui.

– Parfait. Parfait. Vous êtes en train de fêter ça ?

– Non, je… On fera ça ce soir. Tu as trouvé un coiffeur ?

– Pas encore. Celui que je voulais n'était pas disponible. Bizarre. Mais on m'a tuyauté sur un salon où j'espère avoir le temps d'aller avant de prendre l'avion demain. Je t'appelle ce week-end ! Passe le bonjour à Linn !

– Merci. Salut.

Bertil raccrocha et pensa à Erik. Grandén, le troisième mousquetaire. Un gros poisson lui aussi, dans son domaine. Avec un gigantesque réseau de contacts à l'intérieur des frontières du pays et à l'extérieur.

– Fais-le entrer au conseil d'administration.

C'était la mère de Bertil qui lui avait donné ce conseil, après la mort de son mari, quand Bertil lui avait décrit le réseau tentaculaire de relations de son ami Erik.

– Mais il n'y connaît rien en matière d'extraction, avait protesté Bertil.

– Toi non plus. Ce dont tu es capable, c'est de t'entourer de gens compétents. Les bonnes personnes. Pour ça, tu es doué. Fais-le entrer au conseil d'administration.

Bertil avait alors compris que l'idée était excellente.

Pourquoi n'y avait-il pas pensé ? On voit l'arbre, mais pas la forêt. Erik avait été trop proche, que ce soit en tant qu'ami ou mousquetaire. Il était évident qu'Erik devait siéger au conseil d'administration de MWM.

Et il en fut ainsi.

Erik se retrouva donc au conseil d'administration. Il avait accepté comme un service d'ami, au début du moins. Mais comme, au fil du temps, il avait acheté pas mal d'actions de l'entreprise, autant qu'il assume une part des responsabilités. Après tout, il pouvait tirer sur certaines ficelles hors de portée de Bertil. Il était Erik Grandén, lui.

La situation resta ainsi pendant de nombreuses années, jusqu'à ce qu'Erik atteigne un tel niveau de l'échelle politique que son siège au conseil d'administration avait commencé à être problématique. D'autant que cette entreprise privée était pas mal critiquée dans les médias.

Il avait alors démissionné.

Désormais, il gérait ce qui devait l'être en toute discrétion. C'était moins risqué de cette manière. De l'extérieur, ils étaient juste de bons amis. Pour le moment.

Erik ignorait tout de la conversation enregistrée et de son origine. S'il venait à l'apprendre, le lien entre les mousquetaires serait mis à rude épreuve.

Y compris sur un plan politique.

*

Il n'était pas loin de 19 heures. Jelle avait réussi à vendre trois journaux. En quatre heures. Ce n'était pas beaucoup. Cent vingt couronnes, dont soixante pour lui. Quinze couronnes de l'heure. Mais cela lui permettrait d'acheter une boîte de boulettes de poisson. En fait, il ne les aimait pas, c'était la sauce au homard qu'il voulait. D'ailleurs, la nourriture ne l'intéressait pas trop et cela depuis toujours, même à l'époque où il pouvait se permettre toutes sortes d'extras. Pour lui, se nourrir n'était qu'une nécessité. Lorsqu'il n'avait rien à manger, il fallait s'alimenter d'une autre manière. Cela fonctionnait aussi. Son plus gros problème n'était pas la nourriture, mais le logement.

Sa cabane en bois près de Järlasjön commençait à lui taper sur les nerfs. Quelque chose s'était logé entre les cloisons. Quelque chose qui se rappelait à lui dès qu'il entrait. Qui faisait qu'il avait de plus en plus de difficulté à s'y endormir. Les parois ont entendu trop de cris depuis trop longtemps, pensa-t-il, il est temps de déménager.

Enfin, « déménager » si l'on veut. On ne déménage pas d'une cabane dénuée de tout équipement. On s'enfuit.

Il avait l'intention de s'enfuir.

Il réfléchissait à l'endroit où il pourrait aller. Il avait créché dans différents endroits de la ville, parfois dans des centres d'hébergement, mais ce n'était pas son truc. Les bagarres, les mecs bourrés ou camés et le personnel qui vous vire à 8 heures du matin au plus tard. Il avait laissé tomber. Il fallait qu'il trouve autre chose.

– Salut, Jelle ! Tu t'es coiffé avec une grenade ?

Vera la Taupe s'approchait, un grand sourire aux lèvres et un doigt pointé vers les cheveux en bataille de Jelle. Elle avait liquidé la fin de ses exemplaires au niveau de Ringen après lui avoir cédé la place aux halles de Söder sur Medborgarplatsen, l'emplacement de Benseman qui n'était de toute façon pas là. Un bon endroit, croyait-il. Les trois pauvres journaux vendus aujourd'hui nuançaient son jugement.

– Salut, répondit-il.

– Ça marche ?

– Comme ci, comme ça… trois exemplaires.

– J'en ai fourgué trente.

– Super !

– Combien de temps tu comptes rester ?

– Je ne sais pas. J'en ai encore deux.

– Je peux te les acheter.

Il arrivait que les vendeurs s'achètent des exemplaires, pour s'entraider. À prix coûtant, bien sûr, en espérant avoir plus de chance. L'offre de Vera n'avait donc rien d'incongru.

– Merci, mais je...

– ... suis un peu trop fier pour ça, pas vrai ?

– Possible.

Vera éclata de rire et le prit par le bras.

– La fierté ne nourrit pas son homme.

– Je n'ai pas faim.

– Tu as froid.

Vera avait tâté la main de Jelle, qui était froide, ce qui était surprenant car il faisait plus de vingt degrés dehors.

– Tu as encore dormi dans cette cabane la nuit dernière ?

– Oui.

– Combien de temps est-ce que tu vas en avoir la force ?

– Je ne sais pas...

Le silence se fit. Vera observait le visage de Jelle qui avait tourné les yeux vers les halles et les secondes se transformèrent en minute, puis Jelle regarda Vera.

– Est-ce que tu serais d'accord pour que je...

– Oui.

Ils n'en dirent pas davantage. Ce n'était pas nécessaire. Jelle souleva son sac à dos élimé, y glissa ses journaux, puis ils s'éloignèrent. Côte à côte, chacun plongé dans ses pensées quant à ce qui allait se passer. Dans la caravane.

Et quand on est perdu en soi, on ne remarque pas deux jeunes hommes en blouson à capuche sombre qui vous surveillent depuis le jardin de Björn. On ne s'aperçoit même pas qu'ils commencent à vous suivre.

*

Les maisons individuelles rouges de Rotebro avaient été construites dans les années soixante. La famille Rönning était propriétaire du numéro deux. La maison était pimpante et bien entretenue, dans une impasse d'un quartier qui ne comportait que des habitations du même type. Olivia y avait grandi. Elle était fille unique, mais avait eu beaucoup de camarades de jeu. Désormais, la plupart devenus adultes étaient partis vivre ailleurs. Ici, il ne restait presque plus que les parents.

À l'instar de Maria.

Olivia la vit par la fenêtre de la cuisine en arrivant devant le garage. Sa mère juriste, aux origines espagnoles, cette femme à la repartie facile que son père avait aimée plus que tout au monde.

Et réciproquement. Olivia l'avait bien compris. Une atmosphère calme et sensée avait toujours régné dans leur foyer et les disputes avaient été très rares. Des argumentations, des désaccords et des discussions interminables, mais jamais de haine. Jamais rien qui puisse rester dans la tête d'un enfant.

Olivia s'était toujours sentie en sécurité chez elle.

Et importante. Du moins aux yeux d'Arne. Maria était comme elle était. Peut-être pas une mère poule, mais toujours là quand il le fallait. Quand Olivia était malade, par exemple. Comme maintenant : Maria était là, avec sa prévenance, ses recettes et ses exhortations.

Pour le meilleur et pour le pire.

— Que mange-t-on ?

— Poulet à l'ail spécial chef.

— Et qu'est-ce qui est spécial ?

— Ce qui n'est pas dans la recette. Bois ça, lui intima Maria.

— C'est quoi ?

— De l'eau chaude, plus ou moins, du miel et quelques gouttes d'une substance secrète.

Olivia esquissa un sourire et but. Quel était ce secret ? Devinait-elle une pointe de menthe en dépit de son nez encombré ? Peut-être. Sa gorge endolorie accueillit avec soulagement la boisson tiède.

Elles s'étaient installées à la table blanche dans la cuisine d'une propreté irréprochable. Olivia s'étonnait parfois encore de la manière dont sa mère avait adopté les goûts nordiques en matière de décoration. Aucune couleur chatoyante. Tout était blanc et sobre. Adolescente, Olivia avait traversé une phase de rébellion et avait exigé une teinte rouge vif pour les murs de sa chambre. Ils avaient depuis repris un ton beige sensiblement plus neutre.

— Alors, comment c'était à Nordkoster ? s'enquit Maria.

Olivia lui relata des passages choisis de son séjour sur l'île, très choisis. Ceux qui excluaient tout ce qui était important, en fait. Puis elle mangea, et but un peu de bon vin rouge. Du vin rouge avec la fièvre ? avait demandé Olivia quand sa mère l'avait servie. Mais Maria ne s'encombrait pas de telles considérations. Un verre de vin rouge ne fait jamais de mal.

— Vous est-il arrivé, à toi et papa, de parler de l'affaire de Nordkoster ?

— Je ne m'en souviens pas. Mais tu étais bébé à l'époque et nous n'avions guère le temps de discuter.

Percevait-elle une trace de déception dans sa voix ? Non, tu devrais avoir honte, Olivia, ressaisis-toi !

— Est-ce que tu vas travailler sur ça tout l'été ? l'interrogea Maria.

Est-ce qu'elle s'inquiète pour notre chalet de vacances ? Le ruban adhésif de masquage et le décapage de la peinture ?

— Je vais juste vérifier quelques éléments, puis je récapitulerai le tout.

— Que vas-tu vérifier ?

Depuis la mort d'Arne, Maria avait rarement l'occasion de s'installer à la table de la cuisine avec un verre de vin pour discuter d'affaires criminelles. Jamais, en réalité. Elle saisissait donc sa chance.

— Une fille était présente sur l'île au moment du meurtre, une certaine Jackie Berglund, qui a éveillé ma curiosité.

– Pourquoi ?

– Parce qu'elle et des Norvégiens ont quitté l'île sur un bateau juste après le meurtre et je trouve que leurs interrogatoires ont été plus qu'aléatoires.

– À ton avis, ils pouvaient connaître la victime ?

– Peut-être.

– Et elle aurait pu se trouver sur le bateau dès le départ ?

– C'est possible. Cette Jackie était escort-girl.

– Je vois…

Quoi donc ? se demanda Olivia. Que veut-elle dire par là ?

– La victime en était peut-être une aussi alors, poursuivit Maria.

– C'est ce que je me suis dit.

– Dans ce cas, tu devrais parler à Eva Carlsén.

– Qui est-ce ?

– Je l'ai vue dans une émission de débats hier soir. Elle a écrit un livre sur le milieu des escort-girls avant et aujourd'hui. Elle avait l'air très compétente.

Comme toi, pensa Olivia, et elle mémorisa le nom d'Eva Carlsén.

Lorsque, rassasiée et la démarche mal assurée, elle fut obligée d'appeler un taxi, payé par Maria, elle se sentait beaucoup mieux. Si bien qu'elle faillit oublier de poser la question qu'elle avait eue à l'esprit depuis le début.

– Cette enquête a été dirigée par un inspecteur qui s'appelait Tom Stilton, tu te souviens de lui ?

– Tom, oui !

Maria esquissa un sourire à l'évocation de ce nom.

– Il était très doué au squash. Nous avons joué plusieurs fois ensemble. Et puis mignon, style George Clooney. Pourquoi me demandes-tu ça ?

– J'ai essayé de le joindre. Il semble qu'il ait quitté la police.

– Oui, en effet, je m'en souviens. C'était quelques années avant la mort de ton père.

— Et tu sais pourquoi ?

— Non, mais je me rappelle qu'il s'est séparé de sa femme à la même époque. Arne me l'avait dit.

— Marianne Boglund.

— Oui. Comment le sais-tu ?

— Je l'ai rencontrée.

Le chauffeur de taxi descendit de voiture, probablement pour signaler son impatience. Olivia se hâta d'embrasser Maria.

— Au revoir, maman, et un immense merci pour le repas, le médicament, le vin et tout !

Mère et fille s'étreignirent.

*

L'hôtel Oden sur Karlbergsvägen, à Stockholm, était de classe intermédiaire, avec des chambres ordinaires. Celle-ci comportait un lit double, quelques décorations bon marché et une télé fixée sur un mur gris clair. L'émission *Aktuellt* diffusait un reportage sur le prix de la meilleure entreprise de l'année décerné à MWM. Derrière le présentateur en studio apparaissait une image fixe de son P-DG, Bertil Magnuson.

L'homme assis au bord du lit sortait de la douche. Il était à moitié nu, une serviette enroulée autour des hanches et ses cheveux étaient encore humides. Il monta le son.

— Le prix de la meilleure entreprise de l'année à l'étranger décerné à la société minière MWM a suscité de vives réactions parmi les organisations de défense de l'environnement et des droits de l'homme, en Suède comme à l'étranger. La société, qui se consacre à l'extraction de minéraux, a été critiquée au fil des ans pour ses liens avec des pays aux régimes corrompus et dirigés par des dictateurs. Dès les années quatre-vingt, quand MWM s'est implanté en république du Congo, qui était alors le Zaïre, les critiques furent dures. La société était accusée d'avoir gagné les faveurs du président Mobutu à coups de pots-de-vin ; affaire sur laquelle enquêtait, entre autres, le journaliste primé Jan Nyström au moment où il disparut dans un tragique accident, à Kinshasa, en 1984. Aujourd'hui, les méthodes employées par MWM soulèvent toujours des questions. Notre reporter, Karin Lindell, se trouve sur place, dans la partie orientale du Congo.

L'homme assis sur le lit se pencha légèrement en avant. La serviette nouée sur ses hanches glissa par terre. Il écoutait le reportage avec une concentration soutenue. Une journaliste aux cheveux d'un blond très clair apparut dans une fenêtre derrière le présentateur. Elle se tenait devant une zone clôturée.

— Ici, au Nord-Kivu, dans la partie orientale du Congo, l'une des filiales de MWM exploite du coltan, également connu sous le nom d'or gris. Nous ne sommes pas autorisés à pénétrer dans l'enceinte. Les militaires gardent les accès, mais la population locale nous a raconté les terribles conditions de travail du site.

— Selon certaines rumeurs, des enfants seraient employés pour l'extraction. Est-ce exact ?

— Oui. Mais il y a aussi eu des agressions directes envers la population locale. Malheureusement, personne n'ose répondre à nos questions devant la caméra. Ils ont peur des représailles. Une femme m'a même dit : « Lorsqu'on a été violée une fois, on fait en sorte de ne plus protester. »

L'homme assis sur le lit tressaillit et crispa une de ses mains sur le couvre-lit.

— Vous avez qualifié le coltan d'or gris. Qu'entendez-vous par là ?

Karin Lindell présenta un morceau de pierre grise devant l'objectif.

— Ceci ressemble à un caillou sans valeur, mais il s'agit de minerai de coltan. Il permet de produire du tantale, l'un des composants les plus importants de l'électronique moderne. On en trouve notamment dans les circuits imprimés des ordinateurs et des mobiles du monde entier. Ce minerai est donc incroyablement demandé et a fait l'objet d'extraction illégale et de trafic depuis de nombreuses années.

– Mais le site d'extraction de MWM au Congo n'a rien d'illégal, si ?

– Non. MWM est l'une des rares entreprises qui possèdent encore leur ancienne autorisation pour l'extraire. Ils l'ont obtenue auprès du précédent régime dictatorial.

– Quel est l'objet des critiques alors ?

– Comme je vous l'ai dit, exploitation d'enfants et agressions, plus le fait que leurs bénéfices ne profitent pas à la république du Congo. Tout est commercialisé en dehors du pays.

Le présentateur en studio se tourna légèrement vers la photo de Bertil Magnuson à l'arrière-plan.

– Nous avons le P-DG de MWM, Bertil Magnuson, en ligne. Monsieur Magnuson, que répondez-vous à ces informations ?

– Tout d'abord, je trouve que le ton de votre reportage est inutilement sévère et qu'il est manifestement tendancieux. Je ne peux pas commenter les faits en eux-mêmes. Je tiens juste à souligner que notre entreprise est un acteur du secteur des matières premières qui se montre responsable et a une vision à long terme. Par ailleurs, je suis persuadé que la nécessité économique d'une exploitation raisonnée de la nature contribue au recul de la pauvreté dans cette région.

L'homme éteignit la télé et ramassa la serviette sur le sol. Il s'appelait Nils Wendt. Rien de ce qui avait été dit au cours de ce reportage n'était nouveau pour lui. Cela n'avait fait que renforcer sa conviction. Il allait à nouveau s'occuper de Bertil Magnuson.

Une bonne fois pour toutes.

Jelle était déjà entré dans la caravane auparavant, plusieurs fois, de courtes visites. Surtout pour tenir compagnie à Vera quand elle n'allait pas bien. Mais il n'y avait jamais passé la nuit. Cette fois-ci, il allait le faire. Du moins était-ce son intention lorsqu'il y arriva. La caravane disposait de trois couchettes. Une de chaque côté de la table et une en travers, au fond. Cette dernière était trop courte pour Jelle et les autres étaient trop étroites pour qu'on puisse s'y allonger à deux côte à côte.

Mais pas l'un sur l'autre.

Jelle savait ce qui allait se produire. Il y avait pensé durant tout le trajet. Il allait faire l'amour avec Vera la Taupe. Une pensée qui lui était venue dès Medborgar-platsen. Petit à petit, elle s'était transformée en autre chose, avait-il remarqué.

En désir.

Vera avait marché à côté de lui. S'était assise à côté de lui dans le métro. S'était tenue sans rien dire à côté de lui sur le tapis roulant long de soixante-six mètres de Västra Skogen. Lui avait pris le bras pendant la traversée de ce lieu surnommé « Rien » sans jamais prononcer un mot. Il supposait qu'elle pensait à la même chose que lui.

Ce qui était le cas.

Et son corps réagissait. Il changeait de température et devenait chaud à l'intérieur. Elle savait qu'elle avait un beau corps, encore ferme, avec des seins qui n'avaient jamais allaité et étaient suffisamment opulents pour honorer ses soutiens-gorge. Ce qui n'arrivait pas souvent. Son corps ne l'inquiétait pas. Il répondrait présent. Il l'avait toujours fait quand cela avait été nécessaire, ce qui remontait à très longtemps. Elle était donc impatiente et nerveuse.

Elle voulait que ce soit chouette.

– Il y a du carburant dans le placard, là.

Vera désignait un compartiment derrière Jelle. Il se retourna et ouvrit le battant. Une flasque d'Explorer, à moitié pleine, ou vide, question de point de vue.

— Tu en veux ?

Jelle regarda Vera. Elle avait allumé un petit photophore près de la cloison. Il éclairait juste ce qu'il fallait.

— Non, répondit-elle.

Jelle referma le battant et considéra Vera.

— On le fait ?

— Oui.

Vera retira d'abord le haut tandis que Jelle restait immobile, devant elle. Il regarda ses seins. Il les voyait nus pour la première fois et il sentit son membre durcir. Il n'avait pas touché les seins d'une femme depuis plus de six ans. Même pas en pensée. Il n'avait jamais eu de fantasmes sexuels. Et voilà qu'il était assis face à une paire de beaux seins sur lesquels l'éclairage tamisé projetait des ombres. Il commença à déboutonner sa chemise.

— C'est très étroit ici.

— Oui.

Vera retira sa jupe, enleva sa culotte et se pencha légèrement en arrière. Elle était complètement nue. Jelle s'était redressé également nu. Il vit que son membre décrivait un angle qu'il avait presque oublié. Vera entrouvrit les jambes. Jelle se pencha en avant et lui caressa la cuisse. Ils se regardaient l'un l'autre.

— Tu veux qu'on éteigne ? demanda-t-elle.

— Non.

Il n'avait rien à cacher. Il savait que Vera savait de quoi il retournait, qui ils étaient, rien de gênant là-dedans. Si elle voulait qu'il y ait de la lumière, il le voulait aussi. La femme dans la lumière devant lui était ce qu'elle était et il allait lui faire l'amour. En atteignant son entrejambe, il sentit à quel point elle était humide. Il fit glisser deux de ses doigts le long de ses lèvres lisses et Vera serra la main droite sur sa verge. Puis elle ferma les yeux.

Elle avait tout son temps.

Les jeunes hommes étaient accroupis dans l'obscurité, plus loin. Ils savaient qu'on ne pouvait pas les voir. La lumière émanant du hublot ovale de la caravane arrivait tout juste jusqu'à eux, mais elle suffisait pour qu'ils voient bien à l'intérieur.

Vera la Taupe s'allongea sur l'étroite couchette, un coussin sous la tête. Un de ses pieds était posé à terre laissant la place à Jelle pour se faufiler. Il n'eut aucun problème à s'introduire en elle, mais il le fit avec douceur et lenteur, et il entendit Vera lâcher un bref gémissement.

Ils y étaient.

Ils faisaient l'amour.

Leurs corps ondulaient de haut en bas avec de petits à-coups. La couchette limitait leurs mouvements, d'une manière excitante. Jelle dut se retenir pour laisser du temps à Vera.

Dans la pénombre extérieure brillait la discrète lumière jaune de la caméra d'un mobile.

Vera sentit Jelle jouir et y parvint elle aussi, presque à la même seconde. Le dernier spasme agita son corps tandis qu'il était encore en elle. Puis elle déconnecta.

Jelle s'attarda longtemps, jusqu'à ce que son sexe ressorte de lui-même. L'un de ses coudes lui faisait mal. Il s'était violemment cogné contre l'une des parois. Avec précaution, il se redressa et s'assit sur le bord de la couchette. Vera s'était endormie et sa respiration était régulière, d'une régularité qu'il ne reconnaissait pas. Il avait déjà vu Vera dormir, ou plutôt sombrer, il avait veillé à son chevet de nombreuses nuits.

Ici. Dans la caravane. Sans rester dormir.

Des nuits où elle avait lutté pour ne pas craquer. Pour ne pas céder aux vers déchaînés qui se tordaient dans son cœur et voulaient sortir. Il l'avait tenue dans ses bras pendant des heures, lui parlant de lumière et de ténèbres, de lui-même, de n'importe quoi qui puisse la retenir. Cela l'avait souvent aidée. La plupart du temps, elle finissait par sombrer, la tête affaissée sur le torse de Jelle, avec une respiration d'une irrégularité inquiétante.

Là, elle respirait avec une cadence de métronome.

Jelle se pencha au-dessus de son visage et caressa avec délicatesse ses cicatrices blanches. Il était au courant pour le trousseau de clés. Il avait entendu l'histoire plusieurs fois. Chaque fois, il avait senti la même fureur monter en lui.

Faire ça à un enfant !

Il étendit une couverture sur le corps nu de Vera, se leva et s'assit sur l'autre couchette. Un peu absent, il enfila ses vêtements et s'allongea.

Il resta étendu un long moment, puis il se redressa.

Il évita de regarder Vera.

Il referma la porte de la caravane sans faire de bruit. Il ne voulait pas la réveiller, ne voulait pas expliquer ce qu'il ne pouvait expliquer. La raison pour laquelle il s'en allait. Il s'en alla, tout simplement. Le dos tourné à la caravane, droit dans la forêt.

Droit dans Rien.

*

Arrivé à la hauteur de Djurgårdsbron, Bertil Magnuson avait fini par se ressaisir et comprendre qu'il devait agir. Il ne savait pas encore comment. Pas tout à fait. Il commença par éteindre son mobile. Il avait envisagé de changer de numéro, tout de suite, mais il n'ignorait pas les risques que cela comportait. Wendt pourrait alors décider d'appeler à son domicile, et Linn pourrait prendre l'appel. Ce qui ne serait pas très bon.

Ce serait même une catastrophe.

Il se contenta donc d'éteindre son téléphone et de faire l'autruche en espérant que les choses en resteraient là.

Juste la conversation.

Avant de rentrer, il fit un détour par le siège social de Sveavägen. Le personnel avait acheté des fleurs et du champagne. De fait, toute la société avait contribué à l'obtention de son prix. Personne ne mentionna les manifestants en marge de la cérémonie. Ils comprenaient que ce serait mal venu. Leur loyauté était sans faille. Leur emploi en dépendait.

Dans son bureau, il se fendit d'un commentaire par téléphone à un journaliste à propos du reportage consacré à MWM. Un reportage plus que merdique. Après cette intervention, il avait demandé à sa secrétaire de rédiger un communiqué de presse soulignant à quel point MWM appréciait cette récompense qui encourageait la société à poursuivre ses activités d'extraction minière suédoises à l'étranger. Surtout en Afrique.

Prendre le taureau par les cornes.

Il se rapprochait à présent de la villa de Stocksund. Il était tard et il espérait que Linn n'avait pas eu l'idée d'organiser un dîner pour fêter ce prix. Il n'aurait pas la force d'y faire face.

Elle ne l'avait pas fait.

Linn avait prévu un repas en tête à tête sur la terrasse. Elle connaissait son mari. Ils dînèrent dans un relatif silence jusqu'à ce que Linn pose ses couverts.

– Comment te sens-tu ?

Elle lui posa la question sans détacher son regard de la mer.

– Bien. Tu veux dire par rapport à…

– Non, d'un point de vue général.

– Pourquoi me poses-tu cette question ?

– Parce que tu es absent.

Elle connaissait très bien son mari. Bertil était parti ailleurs dès qu'il avait eu son verre de vin à la main. Il était d'habitude capable de faire la part des choses et, une fois chez eux, d'être tout à elle. Là, ils étaient sur un mode privé, intime. En contact l'un avec l'autre.

Ce n'était pas le cas à cet instant.

– Ce sont ces manifestations ?

– Oui.

Bertil avait menti, car la vérité était exclue.

– Ce n'est pas la première fois. Pourquoi t'en soucies-tu cette fois-ci ?

– Ça a l'air pire.

Même Linn l'avait remarqué. Elle avait aussi vu ce reportage sur MWM à la télé plus tôt dans la soirée qui était sans conteste haineux et tendancieux, estimait-elle.

– Y a-t-il quelque chose dont tu veuilles parler ? Quelque chose que nous…

– Non. Pas maintenant, je n'en ai pas la force. Le roi a apprécié ta robe ?

Et la discussion s'arrêta là.

Puis la soirée vira quand même au privé, et à l'intime. Si intime que, comme Linn le pensait toujours, le lit double fut mis à forte contribution. Ce fut bref, mais « satisfaisant ». Et puis Bertil se montra plus entreprenant qu'à son habitude. Comme s'il évacuait quelque chose au lit, se dit Linn. Cela ne lui posait aucun problème, tant qu'il s'agissait de soucis liés à ses affaires et à rien d'autre.

Une fois Linn endormie, Bertil se releva en silence.

Dans son élégant peignoir gris, il se faufila sur la terrasse non éclairée. Il attrapa son mobile et alluma un cigarillo. Il avait arrêté de fumer plusieurs années auparavant, mais il avait acheté un paquet sur le chemin du retour. Sans même y penser. Les mains prises d'un léger tremblement, il ouvrit son portable. Il y avait quatre messages. Les deux premiers étaient des félicitations adressées par des personnes conscientes de l'importance d'être en bons termes avec lui. Le troisième était silencieux. Peut-être quelqu'un qui avait changé d'avis et avait estimé qu'il n'était pas si important d'être dans ses petits papiers, puis venait le quatrième. Un extrait d'une conversation enregistrée.

– Je sais que tu es prêt à aller loin, Bertil, mais quand même pas jusqu'au meurtre, si ?

– Personne ne pourra établir un lien avec nous.

– Mais nous, nous savons.

– Nous ne savons rien… si nous ne le voulons pas. Pourquoi te mets-tu dans un tel état ?

– Parce qu'un innocent a été tué !

– C'est ton interprétation.

– Et quelle est la tienne ?

– J'ai résolu un problème.

Quelques répliques supplémentaires. De la même conversation. Entre les mêmes personnes. Qui discutaient d'un problème qui avait été résolu. Bien des années plus tôt.

Conversation qui en créait soudain un nouveau aujourd'hui.

Un problème que Bertil ne savait pas comment gérer. D'habitude, lorsqu'une complication survenait, il passait un coup de fil et l'affaire était réglée. En téléphonant à divers potentats tout autour du globe, il avait obtenu la résolution de différentes difficultés. Cette fois-ci, il n'avait personne à contacter. C'était lui qu'on appelait.

Il détestait cette situation.

Et il haïssait Nils Wendt.

En se retournant, il vit que Linn l'observait depuis la fenêtre de la chambre.

En un éclair, il cacha le cigarillo derrière son dos.

*

Vera fut réveillée par un bruit. Un bruit qu'elle ne reconnut pas, qui s'immisça dans son sommeil et la poussa à se dresser sur un coude. La couchette d'en face était vide. Le bruit venait-il de Jelle ? Était-il sorti pisser ? Vera se leva et enroula la couverture autour de son corps nu et chaud. Jelle avait dû la recouvrir après qu'ils avaient fait l'amour. Car c'était ça qu'ils avaient fait. L'amour. Vera l'avait vécu ainsi et son âme meurtrie en était réchauffée. Cela lui avait semblé si bien alors que cela aurait pu tellement mal se passer. Elle esquissa un sourire, elle n'allait pas rêver du trousseau de clés cette nuit, elle le savait, puis elle ouvrit la porte.

Elle reçut le coup en plein visage.

Vera recula en titubant et tomba sur l'une des couchettes. Le sang giclait de sa bouche et de son nez. L'un des types entra dans la caravane avant qu'elle ait eu le temps de se relever et la frappa à nouveau. Mais Vera était robuste. Elle se dégagea, se releva en agitant les bras en tous sens et commença à se battre. L'étroitesse des lieux rendit le combat chaotique. Le type cognait, Vera répondait et lorsque le second comparse entra, il comprit que son copain avait besoin d'aide.

Pour neutraliser la vieille.

Ils se retrouvèrent donc à deux contre Vera, soit un de trop. Et comme elle opposait une résistance féroce, elle reçut des coups tout aussi féroces. Pendant une dizaine de minutes avant qu'elle n'encaisse un violent coup de tuyau de gaz sur le nez et ne s'effondre. Quelques minutes de lutte supplémentaires et elle perdit connaissance. Lorsqu'elle finit par s'immobiliser sur le sol, nue et couverte de sang, l'un des types se remit à filmer.

À plusieurs kilomètres de là, un homme seul assis sur le sol d'une cabane en bois délabrée se reprochait sa petitesse. Il avait fui comme un rat. Il savait ce que Vera allait ressentir lorsqu'elle se réveillerait et comment elle le regarderait quand ils se croiseraient et qu'il n'aurait pas de bonne explication. Qu'il n'aurait pas d'explication du tout.

Le mieux serait peut-être qu'on ne se croise plus, songea Jelle.

Quelques feuilles esseulées de l'automne précédent erraient sur le sol, poussées par la brise ; entre les arbres apparaissait la baie scintillante et de l'autre côté s'étalaient rochers et forêt, et quelque part au milieu se trouvait une clairière, une aire de repos, où la commune allait implanter un terrain de sport.

Dès qu'on aurait réussi à se débarrasser de cette caravane miteuse.

Arvo Pärt arriva en boitillant de la forêt qui surplombait la baie ; il avait un peu de mal à marcher. Douleurs consécutives à l'exercice physique. Le match de l'autre jour avait laissé des traces, mais deux buts valaient bien quelques courbatures. Ce n'était pas pour cela qu'il se dirigeait vers le refuge de Vera. Il avait besoin d'être soulagé d'une autre souffrance. La nuit précédente, il avait descendu plusieurs bonnes canettes avec un mec près du lac Trekanten, puis le type était devenu fou furieux.

– T'es pas Arvo Pärt, bordel !

– Qu'est-ce que tu racontes, putain ?

– Arvo Pärt compose de la musique et il est célèbre, alors pourquoi tu racontes que tu t'appelles Arvo Pärt ? T'es cinglé ou quoi !

Arvo Pärt, qui refoulait depuis longtemps et avec soin le fait qu'il s'appelait Silon Karp, avait dans un premier temps vraiment été en colère, puis il s'était pris un poing sur la tronche et avait fini par se mettre à pleurer. Pourquoi ne pouvait-il pas être Arvo Pärt ? C'était pourtant bien ce qu'il était, non ?

Il se dirigeait vers la caravane de Vera. Il était sûr d'y trouver consolation. Vera avait le don pour remonter ceux qui avaient été malmenés.

Avant tout, elle savait qu'il était Arvo Pärt.

– Vera !

Pärt avait frappé deux fois. Maintenant, il criait. On ne

pénétrait pas chez Vera sans y avoir été invité, sinon elle pouvait se mettre dans une colère noire.

Elle l'aurait difficilement pu ce matin-là. Elle ne pouvait rien. Pärt le comprit sur-le-champ lorsqu'il osa enfin ouvrir la porte et découvrit un corps nu étendu dans une mare de sang séché et entouré d'une armée de fourmis.

Il ne reconnut pas son visage.

Son dentier gisait sur le seuil.

*

Olivia se réveilla en forme et sentit que sa gorge allait beaucoup mieux. Le remède de maman, pensa-t-elle. Maria aurait peut-être dû se consacrer à ça. Aux médecines alternatives. Du miel agrémenté d'une goutte de magie. Au lieu de se prendre la tête avec la maison de vacances. Puis elle pensa à Eva Carlsén, la femme que Maria avait vue à la télé et qui avait écrit un essai sur le business des escort-girls.

Carlsén était référencée sur Eniro.

Olivia avait suggéré qu'elles se voient au lieu de discuter au téléphone. Elle préférait un face-à-face. En outre, elle voulait prendre des notes. Elles convinrent de se retrouver à Skeppsholmen ; Carlsén y avait un rendez-vous jusqu'à 11 heures. Elles étaient installées sur un banc, les yeux posés sur les eaux où le *Vasa* avait fait naufrage.

– Est-ce que vous êtes tombée sur le nom de Jackie Berglund ?

– Oui.

Carlsén lui avait parlé de sa recherche sur le milieu des escort-girls. Tout avait commencé lorsqu'une de ses amies lui avait confié qu'elle avait fait ce travail pendant quelques années durant sa jeunesse, ce qui avait éveillé la curiosité d'Eva. Elle n'avait pas tardé à constater que cette activité était toujours aussi prospère. Pour l'essentiel en ligne. Mais il existait également un réseau secret, plus exclusif, dans lequel intervenait Jackie Berglund. Elle dirigeait l'une de ces sociétés d'escort-girls qui n'apparaissent jamais dans les annonces ou sur internet.

– Comment s'appelait sa société ? s'enquit Olivia.

– Red Velvet.

– Elle la dirigeait elle-même ?

– Oui, et la dirige toujours pour autant que je sache. C'est une femme d'affaires très dynamique.

– De quelle manière ?

– Elle a gravi tous les échelons un à un. Elle a elle-même été escort-girl, s'est élevée dans la hiérarchie et a fréquenté pendant un temps Milton, un célèbre pornographe suédois. Puis elle a attiré de nombreuses filles à elle, et a lancé sa propre entreprise.

– Illégale ?

– Limite. L'activité d'escort n'est pas illégale en soi, mais si elle implique des services sexuels organisés, alors elle est classée comme prostitution.

– Et c'était le cas de la sienne ?

– Probablement, mais je n'en ai jamais eu la preuve.

– Vous avez essayé ?

– Oui, mais j'ai eu le sentiment que des gens très haut placés la protégeaient.

– Du genre ?

– Je ne sais pas. J'ai apporté quelques-uns de mes documents, cela vous intéressera peut-être...

– Sûrement, merci !

Carlsén tendit une chemise à Olivia et la regarda.

– Pourquoi vous intéressez-vous à Jackie Berglund ?

– Elle est mentionnée dans une vieille affaire de meurtre sur laquelle je travaille dans le cadre d'un devoir pour l'école, une femme assassinée sur Nordkoster.

– Quand ça ?

– En 1987.

Carlsén réagit vivement.

– Vous êtes au courant ? demanda Olivia.

– Oui, tout à fait. C'est affreux, j'avais une résidence d'été là-bas.

– Sur Nordkoster ?

– Oui.

– Vous y trouviez-vous quand le meurtre a eu lieu ?

– Oui.

– C'est vrai ? Incroyable ! Racontez ! Je m'y suis rendue et j'ai rencontré cette Betty Nordeman qui…

– La femme du village de vacances.

Carlsén esquissa un sourire.

– Oui ! Elle m'a raconté un tas de choses sur les givrés qui occupaient les chalets ; elle était intarissable. Mais racontez !

Carlsén se tourna vers la lagune.

– En fait, j'étais là-bas pour nettoyer ma propriété mise en vente. J'y étais allée pour le week-end. Le soir, j'ai entendu un hélicoptère et j'ai vu qu'il s'agissait d'une ambulance. J'ai pensé que quelqu'un était tombé d'un bateau, mais le lendemain la police est venue et a entendu tous ceux qui se trouvaient sur l'île et… Oh, ce fut assez pénible… Mais on vous a donné cette vieille affaire comme devoir ? La police a l'intention de rouvrir l'enquête ?

– Pas du tout, elle semble totalement enterrée en ce qui les concerne. Je n'arrive même pas à joindre le flic qui l'a menée à l'époque. Mais Jackie Berglund a piqué ma curiosité.

– Était-elle sur place quand c'est arrivé ?

– Oui.

– Que faisait-elle là ?

Olivia lui expliqua que Jackie se trouvait sur l'île au moment du meurtre et que la police l'avait interrogée, mais que cela n'avait rien donné. Carlsén acquiesça d'un hochement de tête imperceptible.

– Cette femme pourrait fort bien avoir été impliquée

dans différentes choses. J'ai également réalisé un entretien avec elle, il y a quelques années, je peux vous envoyer le fichier si vous voulez.

– Ce serait vraiment sympa.

Olivia arracha une feuille de son bloc-notes, y inscrivit son adresse e-mail et la lui donna.

– Merci. Faites attention à vous, déclara Carlsén.

– Que voulez-vous dire ?

– Si vous avez l'intention de fouiner du côté de Jackie Berglund, elle s'entoure de gens fort peu commodes.

– D'accord.

Eva s'apprêtait à se lever.

– Et vous, sur quoi travaillez-vous en ce moment ? s'enquit Olivia.

– J'écris une série d'articles sur la violence des jeunes ou ce qui se manifeste dans ces vidéos sur internet ; des jeunes qui filment des sans-abri qu'ils sont en train de tabasser.

– Je les ai vues… perturbantes.

– Oui. Il y en avait une nouvelle ce matin.

– Tout aussi répugnante ?

– Non, celle-là était encore pire.

*

Toute la nuit, Jelle avait ressassé sa visite dans la caravane et ce n'est qu'à l'aube qu'il avait fini par s'assoupir. Dans la cabane. À présent, il essayait d'instiller un peu de vie dans son corps en buvant un petit noir pas terrible à la Nouvelle Communauté. Il avait décidé de ne pas se défiler. Ce n'était de toute façon pas une bonne idée. Il allait retrouver Vera à Ringen ou à l'endroit où elle s'était installée et lui présenter ses excuses.

Il ne pouvait pas faire grand-chose de plus.

À l'instant où il se levait, son mobile émit un bip. Un

SMS. Il cliqua et lut. La forme était déplorable, mais le fond clair comme du cristal et la signature brève.

Pärt.

De nombreuses pensées avaient eu le temps de traverser l'esprit de Jelle avant qu'il n'atteigne l'orée de Rien. Son imagination s'était précipitée dans les cavités les plus glaciales. Il avait couru par moments et il arrivait à bout de souffle entre les arbres et les rochers. C'est alors qu'il le vit, là-bas, près de la caravane : Rune Forss.

Le policier.

Il avait déjà eu affaire à lui et il savait mieux que quiconque de quel genre d'homme il s'agissait. Forss fumait une cigarette devant la caravane entourée d'un périmètre de sécurité. Jelle se faufila derrière un arbre et s'efforça de se calmer. Son cœur avait battu la chamade au cours de la dernière demi-heure et la sueur dégoulinait à l'intérieur de sa veste. Puis il vit une main lui faire signe entre des buissons à quelques mètres de là.

Pärt.

Jelle le rejoignit. Pärt était effondré de toute sa masse sur une grosse pierre. De la salive et de la morve se mêlaient sur son menton. Il avait retiré son pull. L'intégralité du haut de son corps dénudé, tant son torse que son dos, était tatoué de dessins bleus et rouges. Il essuya son visage désespéré dans son pull. C'était Pärt qui l'avait trouvée et avait appelé les secours. Il était sur place quand la police était arrivée et que Vera la Taupe avait été emmenée en ambulance toutes sirènes hurlantes.

– Elle était en vie ?

– Je crois... oui...

Jelle fixa le sol et ses épaules s'affaissèrent. Au moins elle était vivante. Pärt lui expliqua qu'il avait été entendu par la police. Ils avaient constaté que les violences avaient dû lui être infligées bien des heures auparavant, au cours de la nuit. Jelle comprit que cela devait s'être produit lorsqu'il avait quitté la caravane et disparu.

Sans raison.

Se défilant comme un rat.

Soudain, il se mit à vomir.

Un homme sortit de la caravane. Il s'appelait Janne Klinga et faisait partie de l'équipe de Rune Forss qui enquêtait sur les sans-abri tabassés. La SAT, comme on la surnommait en interne. Klinga se dirigea vers Forss qui fumait.

– Mêmes auteurs ? s'enquit-il.

– Peut-être, peut-être pas.

– Si la femme ne survit pas, ceci deviendra une enquête pour meurtre.

– Oui… mais nous n'aurons pas besoin de changer le sigle, puisque SAT colle aussi avec « sans-abri tués ». C'est une bonne chose.

Klinga le regarda en coin ; il n'appréciait pas Forss plus que cela.

*

En rentrant de son rendez-vous avec Eva Carlsén, Olivia, qui se reprochait de négliger son amie, avait appelé Lenni pour lui proposer de passer un moment ensemble.

Installée à la terrasse du Lotus bleu, elle buvait du thé rouge en songeant à Carlsén et à l'excellent contact qu'elles avaient eu d'entrée de jeu. Comme cela se produit parfois avec certaines femmes. Rien à voir avec sa rencontre avec la glaciale Marianne Boglund. Eva, elle, était accessible et impliquée.

Le classeur assez volumineux qu'Eva lui avait remis était ouvert sur la table devant elle. Un dossier entier était consacré à Jackie Berglund. Olivia commença à le lire en attendant Lenni.

Tu as sacrément progressé depuis les Norvégiens de Nordkoster, pensa Olivia en étudiant le réseau de Jackie. L'offre des escort-girls de Red Velvet était vaste. Pourtant, comme le soulignait Eva dans une note de bas de page, la partie des activités la plus rentable n'était sans doute pas la plus visible. Celle-là empruntait de tout autres canaux.

Et s'adressait à de tout autres clients.

Des clients haut placés, songea Olivia. Elle aurait donné cher pour jeter un coup d'œil au registre des clients de Jackie. Quels noms y aurait-elle découverts ? Certains lui auraient-ils été familiers ?

Elle éprouva une pointe d'excitation semblable à celle qu'elle avait connue quand elle lisait *Le Club des cinq*.

Mais elle opérait seule, avait vingt-trois ans, était inscrite à l'école de police et n'était pas dans un roman. Cependant, elle avait une affaire de meurtre concrète avec un cadavre bien réel et une véritable énigme à résoudre. Une énigme à laquelle son père s'était lui aussi confronté en son temps. Elle s'apprêtait à déballer sa barre énergétique quand Lenni arriva.

— Salut, ma belle, désolée d'être en retard.

Lenni se pencha et étreignit Olivia. Elle portait une robe d'été jaune au décolleté plongeant et s'était généreusement aspergée de Madame, son parfum préféré. Ses longs cheveux blonds étaient resplendissants et ses lèvres brillaient d'un rouge éclatant. Lenni en faisait toujours trop, mais c'était la meilleure amie d'Olivia et la plus loyale.

— Qu'est-ce que tu fais ? Tu rédiges une thèse ?

— Non… il s'agit de ce devoir, tu sais.

Lenni lâcha un soupir sonore.

— Tu n'as pas encore fini ce truc ? J'ai l'impression que tu es là-dessus depuis une éternité.

— Ce n'est pas le cas, mais c'est assez complexe, alors ça prend du…

— Qu'est-ce que tu bois ?

Fidèle à son habitude, Lenni coupait la parole dès que

la conversation l'ennuyait. Olivia l'informa qu'elle buvait du thé. Lenni alla passer sa commande à l'intérieur. À son retour, Olivia avait rangé le dossier relatif à Jackie Berglund et s'était préparée pour un compte rendu exhaustif des derniers rebondissements dans la vie de Lenni.

Elle y eut droit. Dans les moindres détails. Même ceux qu'elle ne tenait pas à connaître. Elle vit des photos de Jakob avec et sans vêtements et entendit parler du chef cinglé de Lenni au boulot. Dans un vidéoclub pour le moment. Olivia riait des commentaires incisifs de son amie. Lenni prenait la vie avec légèreté. Si bien qu'Olivia regretta presque de ne pas s'être rendue à cette soirée quelques jours auparavant.

Puis elles décidèrent de se faire une soirée vidéo. Juste elles deux. Elles regarderaient des films d'horreur en buvant de la bière et en mangeant des toasts au fromage. Et tout serait comme avant.

Avant Jackie Berglund.

*

La bille de la roulette tournait de moins en moins vite. Elle s'arrêta sur le zéro. De quoi ruiner la martingale la plus infaillible qui soit. Enfin s'il en existait. Certains le prétendaient.

Abbas el Fassi n'y croyait pas l'ombre d'une seconde. Il était croupier et avait vu la plupart des martingales défiler. Ici, au casino Cosmopol de Stockholm et dans de nombreux autres établissements de jeux tout autour du monde. Il savait qu'il n'existait pas de martingale susceptible de vous assurer la fortune à la roulette. Il y avait la chance et la tricherie.

Pas de martingale, mais la chance. Et elle pouvait rapporter gros. Trente-six fois sa mise quand on avait joué le zéro et que la bille s'arrêtait dessus. L'heureux gagnant était en l'occurrence un chef d'entreprise qui s'était fait retirer les poches sous les yeux et était tourmenté par un gros problème.

Bertil Magnuson ramassa le tas de jetons, avant d'en extraire le pourboire d'Abbas, selon la coutume. Il en fit également glisser une partie vers l'homme en face de lui. Un ami, Lars Örnhielm, surnommé Latte. Bronzé au solarium et vêtu d'un costume Armani. Latte, ravi, s'empressa de les placer n'importe comment. Il se comporte comme un coq vaniteux, pensa Abbas.

C'est alors que le mobile de Bertil vibra.

Il avait oublié de l'éteindre.

Bertil se leva en le sortant de sa poche et s'éloigna de quelques pas.

Pas assez loin pour qu'Abbas ne le suive des yeux. En croupier professionnel qui se respecte, il ne voyait rien, mais observait tout. L'attention focalisée sur la table, mais des yeux à facettes qui auraient fait pâlir de jalousie une guêpe.

Il vit donc Magnuson, l'un de ses clients réguliers, tenir son portable contre son oreille sans prononcer un mot, mais avec une expression qui ne laissait aucun doute.

Ce qu'il entendait ne lui plaisait pas.

Abbas réfléchit un moment à cette conversation. Elle n'avait pas duré longtemps, mais Magnuson avait quitté le casino immédiatement après. En abandonnant une véritable fortune sur la table. Lars était ahuri que Magnuson s'en aille ainsi. Il réalisa qu'il devrait le suivre. Mais il chercha d'abord à utiliser le capital de Magnuson au mieux et perdit tout en un quart d'heure.

Un coq vaniteux.

Puis il quitta les lieux.

Abbas réfléchissait au coup de fil que Magnuson venait de recevoir. Pourquoi s'était-il éclipsé juste après ? De quoi retournait-il ? De business ? Peut-être, mais Magnuson était son client depuis assez longtemps pour qu'il sache qu'il ne jetait pas l'argent par les fenêtres. Et là il avait abandonné des milliers de couronnes sans hésiter.

Il était juste parti.

Abbas commanda un verre d'eau plate au bar et s'installa à l'écart. Il avait trente-cinq ans, était d'origine marocaine et avait grandi à Marseille. Dans une vie antérieure, il avait vendu des contrefaçons de sacs de grandes marques dans la rue. D'abord à Marseille, puis à Venise. Après une bagarre au couteau qui avait mal tourné, il avait transféré son activité en Suède. Là, Abbas avait également eu des démêlés avec la police. Il avait reconsidéré sa vision de la vie et changé de profession : il avait alors suivi une formation de croupier et découvert le soufisme.

Il était désormais employé permanent au casino Cosmopol.

On aurait dit un adolescent. Des membres fins, le visage rasé de près. Il lui arrivait de souligner ses yeux d'un discret trait de khôl. Il portait toujours des vêtements aux tons sobres, taillés sur mesure et à la perfection. De loin, ils semblaient peints à même son corps.

– Salut !

La fille qui observait Abbas depuis un moment était blonde et un peu seule. Lui aussi paraissait esseulé, alors elle s'était dit que leurs solitudes pourraient se compléter.

– Comment ça va ?

Abbas considéra la jeune femme et lui donna environ vingt ans.

– Je ne suis pas là, répondit-il.

– Pardon ?

– Je ne suis pas là.

– Tu n'es pas là ?

– Non.

– Tu as pourtant l'air d'être là.

La fille esquissa un sourire, dubitative, et Abbas le lui rendit. Ses dents semblèrent encore plus blanches au milieu de son visage basané. Assez bizarrement, sa voix basse couvrait sans problème la musique diffusée à un volume élevé dans le bar.

– C'est juste une illusion, reprit-il.

Il n'est pas net, pensa la fille. Et les types compliqués n'étaient pas son truc. Elle lui adressa un signe de tête et retourna dans son coin.

Abbas la suivit des yeux et songea à Jolene Olsäter, qui avait le même âge et était atteinte de trisomie 21.

Jolene aurait compris ce qu'il voulait dire.

*

Le projecteur s'éteignit dans la salle exiguë du commissariat de Bergsgatan. Rune Forss alluma le plafonnier. Lui et son groupe SAT venaient de visionner la copie d'une vidéo prise au moyen d'un portable et mise en ligne. On y voyait le passage à tabac de Vera Larsson dans la caravane, à Rien.

— Aucune image directe du visage des agresseurs.

— Non.

— Mais le début du film est intéressant.

— Lorsqu'ils ont une relation sexuelle ?

— Oui.

Ils étaient quatre dans la pièce, y compris Janne Klinga. Tous avaient réagi quand la caméra du mobile avait filmé par la fenêtre ovale de la caravane, captant un homme nu au-dessus d'une femme qu'on supposait être Vera Larsson. On apercevait le visage de l'homme, flou, lors d'un rapide mouvement. Trop rapide pour que l'on puisse distinguer ses traits.

— Il faut que nous localisions cet homme.

Ses collègues acquiescèrent. Même s'il n'était pas vraisemblable qu'il ait lui-même frappé Vera Larsson, il n'en demeurait pas moins très intéressant. Il avait dû être sur place plus ou moins au moment de l'agression.

— Envoyez le film aux techniciens et demandez-leur de bosser sur le visage. Il est possible que nous en obtenions une image plus nette.

— Tu penses qu'il s'agit d'un autre sans-abri ? s'enquit Klinga.

– Aucune idée.

– Vera Larsson se prostituait-elle ?

– Pas que nous sachions, répondit Forss. Mais avec eux, on ne sait jamais.

*

Du point de vue d'une série télévisée sur le milieu médical, la chorégraphie était parfaite. La lumière verdâtre, tous les appareils, l'équipe de médecins autour du corps, les infirmières à la périphérie, les termes médicaux échangés à voix basse, la manipulation d'instruments par des mains gantées.

Une banale opération.

De l'intérieur, du point de vue de la patiente, c'était différent : elle ne percevait rien, étant sous anesthésie.

Mais à un autre niveau, celui qui reste encore une énigme pour la science, de lointaines voix et un kaléidoscope d'images, véritable tourbillon de souvenirs, défilaient lentement au plus profond d'elle-même, en cet endroit dont on ignore tout avant d'y être plongé.

Là se trouvait Vera.

Alors que le monde extérieur s'affairait sur son corps, ses organes et tout ce qui était endommagé, Vera était ailleurs.

Seule.

En compagnie d'un trousseau de clés et d'un corps pendu.

Et une enfant blanche comme de la craie qui écrivait dans sa main avec un stylo de chagrin... « ainsi était-ce écrit... », « ainsi était-ce écrit... »

Dehors, loin dehors, se dressait l'hôpital de Söder tel un gigantesque bunker d'un blanc squelettique, avec ses rangées de fenêtres éclairées. Un peu à l'écart du parking se tenait un homme aux longs cheveux, seul dans l'obscurité. Il cherchait une fenêtre sur laquelle fixer ses yeux.

Celle sur laquelle il s'arrêta s'éteignit subitement.

Un silence lourd planait au-dessus du parc de Glasblåsar ce matin-là, comme si le vent avait déposé un tapis de rosée de chagrin sur les gens. Vera la Taupe était morte. Leur bien-aimée Vera était morte. Elle s'était éteinte juste après minuit à cause de la défaillance d'organes éclatés. Les médecins avaient fait leur maximum, avec méticulosité et professionnalisme. Quand le cœur de Vera n'avait plus dessiné qu'un trait plat, les infirmières avaient pris le relais.

Ad mortem.

Silencieux, les sans-abri débarquèrent dans le parc, les uns après les autres, s'adressèrent un signe de tête, frissonnèrent, puis s'assirent sur les bancs. Un rédacteur de *Situation Stockholm* les rejoignit. Vera était vendeuse depuis de nombreuses années. Le journaliste prononça quelques mots poignants sur l'exclusion et décrivit Vera comme une source de chaleur vivante. Tous hochèrent la tête pour marquer leur approbation.

Puis chacun se plongea dans ses souvenirs.

Leur Vera bien-aimée était morte. Elle qui n'avait jamais vraiment atteint la surface, la vie. Qui se battait contre des fantômes et des souvenirs d'enfance malheureux.

Elle ne lâcherait plus jamais son rire aussi soudain que rauque dans le soleil couchant et ne se lancerait plus jamais dans un raisonnement alambiqué sur la négligence de ce qu'elle appelait « la réalité des sauvages ».

La machinerie s'était arrêtée.

Jelle se faufila discrètement à la lisière du parc. Il s'assit sur un banc tout au fond. Une façon claire de marquer l'ambiguïté de sa position : J'ai besoin d'être là, mais un peu à l'écart, gardez vos distances. Il ne savait pas pourquoi il était venu. Ou plutôt si. Ici se trouvaient les seuls qui savaient qui était Vera Larsson. La femme originaire du nord de l'Uppland qu'on avait tuée. Il n'y avait personne d'autre pour se soucier d'elle ou porter son deuil. Il n'y avait que ceux qui étaient assis sur ce cercle de bancs.

Un rassemblement de rebuts de la société. Et lui.

Qui lui avait fait l'amour, l'avait vue s'endormir, avait caressé ses cicatrices blanches, puis s'en était allé, comme un rat couard.

Jelle se leva.

Il avait fini par se décider. Dans un premier temps, il avait cherché au hasard une cage d'escalier abritée ou un grenier, n'importe quoi du moment qu'on lui fichait la paix. Mais au bout du compte il était retourné dans sa vieille cabane en bois près de Järlasjön. Là, il était en sécurité. Là, on ne le dérangerait pas.

Là, il pouvait se bourrer la gueule.

Jelle ne buvait jamais. Il y avait de nombreuses années qu'il n'avait plus connu le goût d'un alcool fort. Mais il avait récupéré un billet de cent et s'était acheté une bouteille de vodka à trente-sept degrés et quatre canettes de bière forte.

Cela devrait suffire.

Il s'affala sur le sol. Quelques grosses racines avaient soulevé le plancher et une odeur de moisi montait de la terre humide. Il avait disposé du carton recouvert de papier journal çà et là, ce qui suffisait en cette saison. L'hiver, il était glacé dès qu'il s'endormait.

Il fixa ses mains. Maigres, avec de longs doigts fins. Elles ressemblent plus à des serres qu'à des doigts, se dit-il, lorsqu'il empoigna la première canette.

Puis la deuxième.

Ensuite, il alterna avec quelques gorgées de vodka. Quand les premiers signes d'ébriété apparurent, il avait déjà énoncé la question cinq fois, à voix basse.

– Mais pourquoi je suis parti, bordel ?

Sans trouver de réponse. Alors il modifia sa question et la posa plus fort.

– Pourquoi je ne suis pas resté, bordel ?

Des formulations très semblables, cinq fois à nouveau et toujours la même réponse : Aucune idée.

Après la cinquième gorgée de la troisième canette, il se mit à pleurer.

Des larmes lourdes et lentes qui coulaient sur sa peau ravagée.

Jelle pleurait.

On peut pleurer parce qu'on a perdu quelque chose ou parce qu'on n'a pas obtenu quelque chose. On peut pleurer pour de nombreuses raisons, futiles ou profondément tragiques, ou sans raison du tout. On pleure aussi parce qu'une fenêtre s'est ouverte sur le passé.

Le désespoir de Jelle avait une cause immédiate. Vera la Taupe. Mais ses larmes puisaient également à des sources plus profondes, il le savait. Des sources liées à l'épouse dont il était séparé, à des amis disparus, mais surtout à la vieille femme sur son lit de mort. Sa mère. Morte six ans auparavant. Il était à son chevet, dans le service d'oncologie. Son corps bourré de morphine reposait immobile sous la fine couverture et la main qu'il tenait s'apparentait à une patte d'oiseau ratatinée. Mais il avait senti ses doigts se crisper légèrement et vu les paupières de sa mère s'entrouvrir pour révéler ses pupilles, tandis que des mots franchissaient ses étroites lèvres desséchées. Il s'était penché très près de son visage, plus près qu'il ne l'avait été depuis de très nombreuses années et avait entendu ce qu'elle disait. Chaque mot. Phrase après phrase.

Puis elle était morte

Et maintenant il pleurait.

Quand l'ébriété le plongea dans un brouillard de souvenirs affreux, le premier cri arriva, et quand les images de fumée, de feu et d'un harpon ensanglanté se présentèrent, il se mit à hurler.

*

Bertil Magnuson passait sans difficulté du français dans le mobile de droite au portugais dans celui de gauche. Il était dans son luxueux bureau de P-DG tout en haut du bâtiment de Sveavägen, avec vue sur la tombe de Palme.

Un vieil objet de haine dans les cercles qu'il fréquentait.

Pas la tombe, mais l'homme qu'on avait placé dessous. Olof Palme.

Quand la nouvelle de son meurtre était tombée, Bertil Magnuson se trouvait dans la boîte de nuit Alexandra en compagnie de Latte et de quelques autres messieurs joyeux tout aussi conservateurs que lui.

– Champagne ! avait crié Latte et il en avait bu.

Toute la nuit.

Vingt-cinq ans s'étaient écoulés et cette affaire restait non résolue, ce qui ne préoccupait guère Bertil. Il était en discussion avec la république du Congo. Un propriétaire foncier près de Walikale exigeait un dédommagement financier d'un niveau déraisonnable. Le chef portugais de l'antenne locale de l'entreprise rencontrait des problèmes. Le représentant français de la société voulait qu'il satisfasse cette exigence, mais Bertil s'y refusait.

– Je vais appeler le chef militaire à Kinshasa.

Il appela et prit rendez-vous pour un entretien téléphonique avec un de ces potentats douteux. Les propriétaires récalcitrants n'étaient pas un gros souci pour Bertil Magnuson. Il trouvait toujours une solution.

Par la méthode douce ou par la méthode forte.

Malheureusement, ni l'une ni l'autre ne résoudrait son véritable problème. La conversation enregistrée.

Il avait constaté qu'il n'était pas possible de remonter jusqu'à la source des appels de Wendt. Cette voie était fermée. Il ne savait pas non plus s'il appelait de l'étranger ou de Suède. Mais il supposait qu'il chercherait à entrer en contact avec lui d'une manière ou d'une autre. Tôt ou tard. Sinon, cette conversation ne rimait à rien, si ?

Ainsi raisonnait Bertil.

C'est pourquoi il appela K. Sedovic. Une personne très fiable. Il le pria de vérifier tous les hôtels, motels, foyers d'immigrants et auberges de jeunesse des environs de Stockholm pour essayer de localiser Nils Wendt. Si toutefois il se trouvait en Suède. Démarche qui avait peu de chances d'aboutir, Bertil en était conscient. Même si Wendt était en Suède, il ne résidait pas nécessairement dans un hôtel. Et surtout pas sous son vrai nom.

Mais que faire ?

*

Une belle femme, pensa Olivia. Bien conservée. Elle devait être très appréciée comme escort-girl quand elle était plus jeune.

Olivia, installée à la table de la cuisine, regardait sur son ordinateur portable l'interview dont Eva Carlsén lui avait envoyé le lien. Avec Jackie Berglund. Elle s'était déroulée dans une boutique d'Östermalm : Le Chic insolite, sur Sibyllegatan. Un magasin typique pour ce genre de commerces et ce quartier. Un mélange d'articles de décoration chics et de marques de vêtements hors de prix. Une façade, comme l'avait qualifiée Eva, une façade pour l'autre activité de Jackie.

Red Velvet.

L'entretien avait été réalisé quelques années plus tôt. Eva posait les questions. Apparemment, Jackie gérait ce magasin toute seule. Olivia effectua une vérification sur internet : la boutique existait toujours avec les mêmes nom et adresse. Et la même propriétaire : Jackie Berglund.

Elle mériterait une visite, pensa Olivia.

Elle regarda l'interview jusqu'au bout. Eva avait obtenu de Jackie qu'elle lui parle de son passé d'escort-girl. Elle n'en avait pas honte, bien au contraire ; cela avait été un moyen pour elle de survivre. Elle niait avec fermeté que cette activité ait impliqué des faveurs sexuelles.

– Nous étions comme des geishas, des dames de compagnie sophistiquées, invitées à des soirées ou des repas pour apporter une touche de glamour. En outre, nous établissions des contacts.

Eva revint plusieurs fois sur ces contacts et ce qu'ils étaient. Chaque fois, Jackie se montrait évasive. Pour ne pas dire fermée. Elle considérait que c'était d'ordre privé.

– Mais il s'agissait de contacts d'affaires ? persistait Eva.

– Quoi d'autre ?

– Des contacts amicaux.

– Les deux à la fois.

– Vous les avez encore aujourd'hui ?

– Certains.

Et ainsi de suite. Ce qu'Eva cherchait à mettre en évidence était clair, du moins pour Olivia : contact était-il un synonyme de client ? Pas les clients de son magasin, mais ceux de l'activité pour laquelle il servait de façade. Red Velvet.

La société d'escort-girls de Jackie.

Mais Jackie était bien trop futée pour tomber dans un tel piège. Elle sourit presque quand Eva revint pour la quatrième fois à la charge. Le sourire disparut à la vitesse de l'éclair lorsque Eva ajouta une autre question.

– Possédez-vous un registre de vos clients ?

– Du magasin ?

– Non.

– Là, je ne comprends pas bien.

– Un registre des clients de votre autre activité, en tant que fournisseuse d'escort-girls ? Via Red Velvet ?

Olivia était estomaquée qu'elle ait osé poser la question. L'admiration qu'elle éprouvait pour Eva monta encore de plusieurs crans. Et il était évident que Jackie n'en revenait pas non plus qu'on ait osé lui poser une telle question. Elle fixait Eva avec un regard qui venait tout à coup d'un tout autre monde. Un monde interdit. Un regard qui rappela aussitôt à Olivia la mise en garde d'Eva. Il ne fallait pas fouiner autour d'une femme possédant un tel regard.

Surtout quand on a vingt-trois ans, qu'on est inexpérimentée et qu'on se prend pour le grand détective Ture Sventon*.

Olivia ne put s'empêcher d'esquisser un sourire, droit dans l'objectif de son ordinateur. Soudain, elle songea à la police allemande qui avait mis au point un cheval de Troie capable de s'infiltrer dans un ordinateur et d'enregistrer tout ce qui se passait devant grâce à la caméra.

Elle rabattit partiellement l'écran.

*

Il était presque minuit lorsque Jelle se réveilla dans sa cabane moisie. Petit à petit, péniblement, les yeux collés et une limace dans la bouche. Avec une monumentale gueule de bois et couvert de vomi, ce dont il ne gardait aucun souvenir. Lentement, il se hissa et s'appuya contre une cloison. La lumière nocturne s'infiltrait entre les planches. Son cerveau était en bouillie. Il resta longtemps dans cette position. Une fureur chaude circulait dans sa poitrine et remontait vers sa tête. Il se redressa d'un bond. Il ouvrit la porte d'un violent coup de pied et des planches volèrent dans tous les sens. Le meurtre de Vera et sa propre trahison avaient enfoncé un levier dans son corps. Il empoigna le chambranle d'une main et sortit.

Du néant.

Minuit était passé depuis longtemps lorsqu'il entreprit la montée de l'escalier. Les marches de pierre à gauche

* Personnage de livres pour la jeunesse de Åke Holmberg.

du garage Katarina. Les marches de Harald-Lindberg. De Katarinavägen jusqu'à Klevgränd, quatre paliers, un total de cent dix-neuf marches à la montée et autant à la descente, avec un réverbère à chaque palier.

Il pleuvait, une forte et tiède pluie d'été, mais il s'en moquait.

Il avait décidé qu'il était temps.

À une époque, à peu près à l'âge de pierre, il était de constitution athlétique. Un mètre quatre-vingt-douze et musclé. Ce n'était plus le cas aujourd'hui. Il savait que sa condition physique était déplorable, que ses muscles avaient fondu et que son corps était en jachère depuis des années. Qu'il était presque une épave.

Presque.

Il avait décidé d'y remédier.

Il monta l'escalier, marche après marche, en prenant son temps. Il lui fallut six minutes pour arriver à Klevgränd et quatre pour redescendre. Lorsqu'il entama la deuxième montée, ses forces l'abandonnèrent.

Complètement.

Il s'écroula sur le premier palier et sentit son cœur battre à tout rompre. Il l'entendait à travers sa cage thoracique. Son cœur luttait comme un marteau-piqueur en se demandant ce qui était passé par la tête de cet homme et pour qui il se prenait.

Ou de quoi il était capable.

De pas grand-chose. Pas encore. Pour l'instant, il suait, haletait et essayait à grand-peine d'appuyer sur les bonnes touches de son mobile. Il finit par y parvenir. Il finit par trouver la vidéo sur la toile.

Le meurtre de Vera.

Le film commençait par le dos d'un homme qui copulait avec une femme. Lui et Vera. Il revint au début du film. Voyait-on son visage ? À peine. Mais quand même. Il savait que Forss et ses sbires allaient analyser chaque image.

L'homme dans la caravane devait présenter un grand intérêt pour eux. Que se passerait-il si Forss parvenait à l'identifier ? Il se retrouverait lié à une scène de crime. Et dans une enquête conduite par Forss pour couronner le tout !

Jelle en était contrarié. Il n'aimait pas Forss. Un sac à merde. Mais Forss pourrait lui causer un sacré paquet d'ennuis s'il se fourrait dans le crâne que Jelle était impliqué dans le meurtre de Vera.

Chaque chose en son temps. Jelle continua à visionner la vidéo. Lorsqu'ils commencèrent à tabasser Vera, il éteignit et regarda en direction de Katarinavägen. Espèces de sales lâches, pensa-t-il, ils ont attendu que je sois parti. Ils n'ont pas osé se pointer pendant que j'étais encore là. Ils voulaient attaquer Vera seule.

Il secoua légèrement la tête et passa une main sur ses yeux. Qu'avait-il éprouvé pour Vera en réalité ?

De la peine.

Dès le premier instant où il l'avait rencontrée et avait vu son regard se raccrocher au sien, il avait senti qu'on lui jetait une bouée de sauvetage. Il ne l'avait pas saisie. Au contraire. Il avait pas mal bu la tasse ces dernières années.

À présent elle était morte et il était là. Au bout du rouleau. Dans un escalier de pierre près de Slussen et il pensait à elle et à la manière dont il l'avait abandonnée. Il était temps de marcher. Dans cet escalier. Nuit après nuit jusqu'à ce qu'il soit assez en forme.

Pour s'occuper des salopards qui avaient tué Vera.

*

Les craintes de Bertil Magnuson étaient fondées. K. Sedovic lui avait livré son rapport : aucun Nils Wendt dans les hôtels de Stockholm. Où pouvait-il se planquer ? Si toutefois il était ici. Bertil était sûr qu'il avait perdu tous ses anciens contacts ; il s'était renseigné, en toute discrétion. Wendt était un nom effacé désormais.

Alors ?

Bertil se leva et alla jusqu'à la fenêtre. Les voitures descendaient Sveavägen. Sans bruit. Quelques années plus tôt, on avait fait installer de luxueuses vitres à haute isolation acoustique dans toute la partie des bureaux qui donnait sur la rue. Un bon investissement, songea Bertil. Puis une tout autre pensée lui traversa l'esprit.

Ou plutôt une idée.

Une inspiration.

Quant à l'endroit où Nils Wendt aurait peut-être pu se trouver avec sa foutue conversation enregistrée.

*

Le gamin aux cheveux blonds bouclés freina. Le skateboard était fendu au milieu. Il l'avait trouvé la veille dans une benne et l'avait rafistolé du mieux qu'il avait pu. Les roues étaient usées et la descente était non seulement raide, mais bitumée. Ensuite, il y avait une longue ligne droite vers les immeubles aux couleurs criardes avec des bosquets d'arbres devant. Çà et là, une aire de jeux. Une parabole dépassait de presque chaque balcon. Ici, ils étaient nombreux à regarder des chaînes d'autres pays.

Le gamin leva les yeux vers un des bâtiments bleus, au septième étage.

Elle fumait à la table de cuisine en formica face à la fenêtre ouverte. Elle ne voulait pas qu'il y ait de fumée dans l'appartement. Elle aurait bien voulu arrêter la cigarette. Elle le voulait depuis des années, mais, en arrêtant, elle craignait de se rabattre sur autre chose.

De plus dur.

Elle s'appelait Ovette Andersson et était la mère d'Acke,

un gamin aux cheveux blonds bouclés qui venait d'avoir dix ans.

Ovette en avait quarante-deux.

Elle rejeta la fumée entre ses lèvres et se tourna vers l'horloge murale. Par pur réflexe, car elle était arrêtée, et depuis longtemps. Nouvelles piles, nouveaux bas, nouveaux draps, nouvelle vie, pensa-t-elle. La liste était incroyablement longue. Tout en haut était inscrite une nouvelle paire de chaussures de foot pour Acke. Il les aurait, dès que ce serait possible, elle le lui avait promis. Quand le loyer et tout le reste seraient payés. Tout le reste consistait, entre autres, en d'importantes sommes dues au Trésor public et le solde d'une intervention de chirurgie esthétique à régler. Elle avait contracté un emprunt quelques années plus tôt pour se faire retaper les seins.

Il fallait à présent qu'elle allonge les billets.

– Salut !

Acke posa son skateboard fendu et alla directement au frigo chercher de l'eau froide. Il adorait l'eau glacée. Ovette lui en mettait toujours deux ou trois bouteilles au frais pour qu'il les trouve en rentrant.

Ils habitaient un deux-pièces. Acke fréquentait l'école Annersta du centre-ville, mais il était en vacances. Ovette étreignit son fils.

– Il va sans doute falloir que j'aille travailler ce soir.

– Je sais.

– Je rentrerai peut-être tard.

– Je sais.

– Tu as un entraînement de foot ?

– Oui, mentit Acke, mais Ovette l'ignorait.

– N'oublie pas tes clés.

– Non.

Acke avait eu son propre trousseau d'aussi loin qu'il s'en souvienne. Il se débrouillait seul la majeure partie du temps. Quand sa mère travaillait en ville. Dans ce cas, il jouait au foot jusqu'à la nuit tombée, puis il rentrait et réchauffait ce que sa mère lui avait préparé. Toujours de bons plats. Ensuite, il jouait à un jeu vidéo.

Lorsqu'il ne faisait pas autre chose.

*

Olivia était pressée et elle avait horreur des supermarchés. Surtout ceux qu'elle ne connaissait pas. Elle détestait errer dans des allées étroites bordées de rayonnages surchargés en quête d'une boîte de palourdes et finalement être obligée de se mettre en chasse d'un employé.

– Comment avez-vous dit que cela s'appelait ?

– Des palourdes.

– Ce sont des légumes ?

Mais elle n'avait pas le temps de choisir son magasin aujourd'hui. Elle sortait du contrôle technique de sa voiture à Lännersta et avait fait un crochet par l'ICA Maxi de Nacka. Elle se hâtait de traverser le parking en direction des portes automatiques vitrées et s'aperçut que, faute de pièce de cinq ou de dix couronnes, elle allait devoir se contenter d'un panier en plastique. Il était trop tard pour faire de la monnaie sur le billet de cinquante qu'elle avait dans la poche. Quelques mètres devant l'entrée se tenait un grand homme maigre, un journal à la main. L'un de ces sans-abri qui gagnaient leur vie en vendant *Situation Stockholm*. L'homme avait quelques cicatrices sur le visage ; ses longs cheveux étaient emmêlés et luisants de graisse. À en juger par ses vêtements, il avait passé les dernières semaines très près du sol. Olivia lorgna sur la plaque d'identification accrochée à son cou : « Jelle ». Elle passa devant lui en vitesse. Il lui arrivait d'acheter ce journal, mais pas aujourd'hui. Elle était pressée. Elle franchit les portes à tambour, puis s'arrêta net. Lentement, elle se retourna et observa l'homme à l'extérieur. Sans vraiment savoir pourquoi, elle sortit à nouveau, se campa à quelques mètres de lui et le dévisagea. L'homme se tourna vers elle et se rapprocha.

– *Situation Stockholm* ?

Olivia fouilla dans sa poche, sortit son billet de cinquante et le lui tendit tout en observant son visage. Il prit le billet et lui rendit la monnaie en lui donnant son journal.

– Merci.

Olivia réfléchit à une formulation adéquate.

– Vous appelez-vous Tom Stilton ?

– Pourquoi ? Euh, oui.

– Mais il est écrit « Jelle » là.

– Tom Jesper Stilton.

– D'accord.

– Pourquoi ?

Olivia retourna vers le magasin et franchit à nouveau les portes à tambour. Elle s'arrêta au même endroit que précédemment, reprit ses esprits après ce choc et se retourna. L'homme dehors rangeait ses journaux dans un vieux sac à dos et s'apprêtait à partir. Olivia réagit. Lentement. Elle ne savait pas ce qu'elle allait faire, mais elle devait le faire. Elle sortit à nouveau et suivit l'homme. Il marchait assez vite. Elle dut presque courir pour le rattraper. L'homme ne s'arrêta pas. Olivia se planta devant lui.

– Que se passe-t-il ? Vous voulez d'autres journaux ? demanda-t-il.

– Non. Je m'appelle Olivia Rönning et je suis élève à l'école de police. Je veux vous parler. De l'affaire de la plage. Celle de Nordkoster.

Le visage ravagé de l'homme ne trahit pas la moindre réaction. Il se contenta de tourner les talons et de s'engager sur la chaussée. Une voiture dut piler et le conducteur aux cheveux plaqués en arrière lui adressa un doigt d'honneur. L'homme continua à marcher. Olivia resta plantée sur place. Longtemps. Si longtemps qu'elle le vit disparaître au loin, à l'angle d'un bâtiment en béton, et si figée qu'un monsieur âgé se sentit obligé de l'aborder avec précaution.

– Vous vous sentez bien ?

Olivia se sentait tout sauf bien.

Olivia s'effondra dans sa voiture et essaya de se ressaisir. Elle était garée sur le parking du supermarché où elle venait de rencontrer l'homme qui avait dirigé l'enquête sur le meurtre de Nordkoster vingt-trois ans plus tôt.

L'ancien inspecteur de la Criminelle Tom Stilton.

« Jelle » ?

Comment pouvait-il avoir transformé Jesper en Jelle ?

Selon son instructeur, il s'agissait de l'un des meilleurs enquêteurs criminels de Suède et l'un de ceux qui avaient connu les carrières les plus fulgurantes de l'histoire de la police. Aujourd'hui, il vendait *Situation Stockholm*. Un sans-abri. Dans un état physique lamentable. Si lamentable qu'Olivia avait dû faire un effort pour se convaincre que c'était lui.

Mais c'était bien lui.

Elle avait vu de nombreuses photos de Stilton à la bibliothèque en parcourant les articles de journaux consacrés à l'affaire de la plage, ainsi qu'un vieux cliché chez Gunnar, à Strömstad. Elle avait été fascinée par son regard intense et sa classe.

Ce n'était plus le cas.

Sa décrépitude physique avait gommé sa personnalité. Même son regard s'était éteint. Son corps maigre peinait à porter une tête échevelée.

Pourtant, c'était Stilton.

Olivia avait réagi instinctivement, au début, lorsqu'elle était passée devant lui ; un sentiment fugace l'avait traversée et s'était transformé en une image qui l'avait fait se raviser : Tom Stilton ? Ce n'est pas possible. C'est... Puis elle était ressortie et avait étudié son visage.

Le nez. Les sourcils. La cicatrice au coin de sa bouche.

C'était lui.

Et voilà qu'il avait disparu.

Olivia pivota légèrement. Sur le siège passager était posé un bloc-notes qui comportait un certain nombre d'interrogations sur l'affaire. Rédigées pour que le responsable de l'enquête y réponde.

Tom Stilton.

Un sans-abri loqueteux.

Le sans-abri s'était posé près de Järlasjön. Son sac à dos pendait toujours sur ses épaules. Il s'asseyait parfois ici, non loin de sa cabane. Des buissons touffus, de l'eau qui s'écoulait lentement sous un vieux pont de bois, un silence relatif.

Il détacha une branche d'un buisson, l'effeuilla et la plongea dans l'eau brune qu'il remua.

Il était perturbé.

Pas parce qu'on l'avait reconnu, il devait vivre avec ça. Il était effectivement Tom Jesper Stilton et n'avait pas l'intention de changer de nom. Mais à cause de ce qu'avait dit la jeune fille qui s'était plantée devant lui, l'air perplexe.

Olivia Rönning.

Un nom familier. Très familier.

« Je veux vous parler. De l'affaire de la plage. Celle de Nordkoster. »

Il y a éternité et éternité. Et puis il y a les éons. L'éternité de l'éternité. À peu près la distance que Stilton avait placée entre lui et son passé. Pourtant il avait suffi d'un mot pour que l'éon se réduise à la taille d'une tique et qu'il entame son intrusion obstinée.

L'affaire de la plage.

Comme ces mots paraissaient dérisoires. Une formule facile. Lui ne l'avait jamais utilisée. Il la trouvait dégradante pour décrire l'un des meurtres les plus atroces sur lesquels il ait eu à enquêter. On aurait dit un gros titre.

Lui avait toujours fait référence à cette affaire en parlant de Nordkoster. Concret. Policier.

Et non résolue.

La raison pour laquelle Olivia Rönning s'intéressait à Nordkoster n'était pas son problème. Elle venait d'un autre monde. Mais elle avait planté une tique dans son esprit. Elle avait pratiqué une entaille dans le présent et y avait introduit le passé, et cela le perturbait. Il ne voulait pas être perturbé. Pas par le passé et certainement pas par ce qui l'avait déjà assez perturbé depuis plus de vingt ans.

Jelle ressortit la branche de l'eau.

*

La pluie estivale arrosait les manifestants qui s'étaient rassemblés sur Sveavägen, en face du siège social de MWM. Différents messages ornaient leurs banderoles : « QUITTEZ LE CONGO MAINTENANT ! » « PILLEURS ! ! » « STOP AU TRAVAIL DES ENFANTS ! » Un groupe de policiers moins important se tenait à l'écart. Plus loin, dans la rue Olof-Palme, un homme d'un certain âge, appuyé contre une façade, observait les manifestants, lisait les messages sur leurs banderoles et l'un de leurs tracts :

« L'extraction de coltan pratiquée par MWM dévaste des milieux naturels irremplaçables ! Au nom de la cupidité, les gorilles sont menacés d'extinction, car leur accès à la nourriture disparaît ! En outre, ils sont tués pour leur chair et vendus en tant que viande du bush ! Arrêtez le viol de la nature perpétré sans scrupule par MWM ! »

Le tract était illustré de photos répugnantes de gorilles morts, accrochés comme des Christs sanglants sur des potences en bois.

L'homme baissa le tract et son regard glissa sur la façade de l'autre côté de la rue, jusqu'au dernier étage où se situait le siège social. Où Bertil Magnuson, le propriétaire et P-DG, officiait. Il savait que Bertil se trouvait dans son bureau. Il l'avait vu arriver dans sa luxueuse Jaguar grise et se faufiler par l'entrée.

Tu as vieilli, Bertil, pensa Nils Wendt.

Il passa une main sur la poche où se trouvait la cassette.

Et tu vas vieillir encore plus, et vite.

*

En ville, la journée de travail touchait à sa fin. Pour Ovette Andersson, elle commençait. Son lieu de travail, la portion de trottoir entre la Banque royale et l'Académie des beaux-arts, était en principe actif vingt-quatre heures sur vingt-quatre. Les acheteurs de sexe avaient déjà entamé leur tour en voiture pour jauger l'offre des vendeuses. Comme s'il s'agissait d'une simple transaction.

Il ne s'écoula guère de temps avant qu'un véhicule s'arrête devant Ovette et qu'une vitre se baisse. Une fois les formalités réglées, Ovette monta à bord et évacua toute pensée relative à Acke. Il était à son entraînement de foot. Il allait bien. Il aurait bientôt de nouvelles chaussures.

Elle referma la portière.

*

Il n'était pas loin de 19 heures quand Olivia regagna son appartement. Elvis était étalé comme une page centrale de *Playboy* sur le paillasson, les quatre pattes écartées : il réclamait de la tendresse. Olivia le prit dans ses bras et plongea son visage dans la douce fourrure de son chat adoré. Il sentait vaguement la nourriture qu'elle avait préparée le matin. Il s'installa sur ses épaules, sa position préférée, et lui mordilla les cheveux.

L'animal autour du cou, elle sortit du jus de fruit frais du réfrigérateur et s'assit à la table de la cuisine. En revenant de Nacka, elle avait réfléchi à l'épisode avec Stilton. Elle l'avait localisé, enfin, et il était sans-abri. Bien. Ses raisons ne la regardaient pas. Pour autant, il demeurait une source importante pour l'affaire de la plage. Une source totalement désintéressée, de toute évidence. Bien sûr, elle pouvait laisser tomber ce devoir, puisqu'il n'était pas obligatoire, mais elle était trop intriguée.

La rencontre avec Stilton avait conféré une nouvelle dimension à l'affaire, pour elle et pour son imagination facile à enflammer. La dégringolade de Stilton, de brillant inspecteur de la Criminelle à épave physique, était-elle liée à l'affaire de la plage ? Avait-il appris quelque chose six ans auparavant qui l'avait poussé à démissionner de la police ? Mais il l'avait quittée pour des raisons personnelles, non ?

– Pas seulement, avait reconnu Åke Gustafsson quand elle l'avait appelé et avait insisté.

– Quoi d'autre alors ?

– Il y a eu un conflit au sujet d'une enquête.

– L'affaire de la plage ?

– Je ne sais pas. Je travaillais déjà à l'école de police à ce moment-là, j'en ai juste entendu parler.

– Ce serait donc l'une des raisons de sa démission.

– C'est possible.

L'imagination d'Olivia n'en demandait pas davantage. « C'est possible. » Qu'il ait démissionné à cause d'un conflit autour de quelque chose qui avait peut-être un lien avec l'affaire de la plage. Ou au sujet d'une autre enquête connexe. Sur quoi travaillait Stilton quand il a démissionné ? Pouvait-elle le vérifier ?

Elle prit une décision : elle n'allait pas lâcher Stilton. Elle allait le prendre en chasse, gyrophare allumé. Ou, pour être plus concrète, elle allait se rapprocher de la rédaction de *Situation Stockholm* et essayer d'en apprendre autant que possible sur lui.

Puis elle reprendrait contact avec lui.

Un peu mieux préparée.

*

Ils se croisèrent à nouveau dans l'escalier de Harald-Lindberg. Tard, peu après 1 heure du matin, par hasard. Stilton descendait les marches pour la quatrième fois alors que le Vison les montait.

Ils se rencontrèrent sur le deuxième palier.

— Salut !

— Mal aux dents ?

— Assieds-toi.

Stilton désigna une marche. Le Vison réagit sur-le-champ. Tant au ton crispé qu'au fait que Stilton ne se contentait pas de poursuivre son chemin. Voulait-il parler ? Le Vison considéra l'endroit qu'il lui montrait et se demanda quand la dernière merde de chien y avait atterri. Il s'exécuta. Stilton s'assit à côté de lui. Si près que le Vison perçut une odeur mêlée d'ordures et d'ammoniaque.

Et un bon paquet de sueur.

— Comment ça va, Tom ? demanda-t-il de sa voix stridente.

— Ils ont tué Vera.

— C'était elle dans la caravane ?

— Oui.

— Tu la connaissais ?

— Oui.

— Tu sais qui l'a fait ?

— Non. Et toi ?

— Pourquoi le saurais-je ?

— Avant, tu étais au courant d'à peu près tout dès qu'un truc se produisait quelque part. Tu t'es ramolli ?

Un commentaire qui aurait normalement valu un coup de boule dans le nez de n'importe qui sauf de Stilton. On ne collait pas de coup de boule à Stilton. Le Vison encaissa donc et considéra le grand vagabond puant à côté de lui. Quelques années plus tôt, les rôles étaient sensiblement inversés. Le Vison était alors plusieurs échelons plus bas dans la hiérarchie sociale et Stilton au-dessus.

Mais la situation était ce qu'elle était. Le Vison ajusta son catogan.

– Tu veux de l'aide ?

– Oui, répondit Stilton.

– D'accord. Et qu'as-tu l'intention de faire ? Si tu leur mets la main dessus ?

– Les saluer de la part de Vera.

Stilton se leva. Deux marches plus bas, il se retourna.

– Je suis ici la nuit, à cette heure. Donne-moi de tes nouvelles.

Il continua à descendre. Le Vison ne bougea pas. Un peu surpris. Il y avait quelque chose de nouveau chez Stilton, un changement, dans sa manière de se mouvoir, et surtout dans son regard.

Un regard franc.

En place.

Ces dernières années, il détournait systématiquement les yeux. Là, il les avait plantés dans ceux du Vison et n'avait pas dévié d'un millimètre.

Jelle avait retrouvé le regard de Tom Stilton.

Que s'était-il passé ?

Stilton était content de cette rencontre dans l'escalier. Il connaissait le Vison et savait ce dont il était capable. L'un de ses rares talents était de saisir les choses au passage. Un commentaire ici, une conversation surprise là. Il savait toujours être en mouvement dans des milieux très variés et collecter des fragments qu'il assemblait pour reconstituer un tout. Un nom. Un événement. En d'autres circonstances, il aurait été un brillant analyste.

En de tout autres circonstances.

Mais ce don avait servi au Vison. Surtout depuis qu'il était entré en contact avec Tom Stilton, à l'époque inspecteur de la Criminelle. Stilton avait vite compris le profit qu'il pouvait tirer de la capacité d'absorption du Vison et du fait qu'il balançait sans aucun scrupule.

— Je ne suis pas une balance !

— Excuse-moi.

— Est-ce que tu me considères comme un putain de rat ?

Stilton se souvenait encore de cette conversation. Le Vison s'était mis dans une fureur indicible.

— Je te considère comme un informateur. Et toi, comment te vois-tu ?

— Informateur, ça me va. Deux professionnels qui échangent des renseignements, c'est mieux.

— Et quel est ton métier ?

— Artiste de la balance.

À ce stade, Stilton s'était aperçu que le Vison était un indic plus complexe que ceux auxquels il avait recours et qu'il méritait peut-être quelques égards supplémentaires.

Un artiste de la balance.

Une heure plus tard, Stilton arriva avec un carton de déménagement dans la forêt de Rien. Il avait oublié sa rencontre avec le Vison. Il était concentré sur la caravane grisâtre. Sur le fait de réussir à s'y confronter. Il avait décidé d'y emménager.

Pour le moment.

Il savait que les policiers y avaient terminé leurs investigations et que la commune voulait l'évacuer. Mais le meurtre de Vera avait introduit quelques grains de sable dans la machinerie administrative et la caravane était toujours là.

Stilton avait l'intention d'y habiter aussi longtemps qu'elle y resterait.

S'il le supportait.

La simple vue de la couchette où ils avaient fait l'amour le déstabilisa. Mais il posa le carton sur le sol et s'assit sur celle d'en face. Au moins, ici, il serait au sec. Une lampe, des endroits où s'allonger. Avec un nouveau tuyau et un peu de bidouillage, il réussirait sans doute à faire redémarrer le réchaud. Il se moquait des colonies de fourmis. Il balaya les lieux du regard. La police avait emporté la plupart des effets personnels de Vera. Y compris le dessin d'un harpon qu'il avait un jour réalisé. Ici, à cette table, quand Vera lui avait demandé à quoi avait ressemblé son enfance.

– À un harpon ?

– Plus ou moins.

Il lui avait parlé de Rödlöga. Du fait de grandir chez une grand-mère qui avait des souvenirs personnels de la chasse au phoque à l'ancienne et des pillages d'épaves. Vera avait bu chacun de ses mots.

– On dirait que tu as eu une enfance heureuse, non ?

– Oui.

Elle n'avait pas besoin d'en savoir davantage. Personne n'en savait plus, hormis Mette et Mårten Olsäter, ainsi que son ex-femme. Mais avec eux ses secrets étaient en sécurité.

Même Abbas el Fassi n'était pas au courant.

Rune Forss se trouvait probablement sous les néons d'une pièce du commissariat, à observer un dessin de harpon en se demandant s'il existait un lien avec le meurtre de Vera Larsson. Stilton esquissa un sourire. Forss était un crétin. Il ne résoudrait jamais le meurtre de Vera. Il n'allait même pas essayer. Il allait pointer ses heures, rédiger ses rapports, puis il enfoncerait ses doigts boudinés dans une boule de bowling.

Il ne s'intéressait à rien d'autre.

Stilton s'étira sur la couchette, puis se remit sur son séant. Il n'était pas si facile de s'installer ici. Vera était encore là, il le sentait. Et le voyait. Le sang essuyé sur le sol avait laissé des traces. Il se leva et cogna son poing dans la cloison, violemment.

Puis il regarda à nouveau les traces de sang.

Il n'avait jamais pensé en termes de vengeance. En tant qu'enquêteur, il avait eu une relation distanciée aussi bien avec les victimes qu'avec les criminels. Il lui était parfois arrivé d'être ému par des proches. Des gens qui ne pensaient pas à mal et avaient soudain pris un coup de poignard dans le cœur. Il se souvenait encore de ce jour où il avait dû réveiller une mère célibataire tôt le matin pour lui annoncer que son fils venait juste d'avouer avoir tué trois personnes.

– Mon fils ?

– Vous avez bien un fils du nom de Lage Svensson ?

– Oui ? Qu'avez-vous dit qu'il a fait ?

Ce genre de conversation pouvait hanter Stilton un bout de temps.

Mais jamais la vengeance.

Jusqu'à ce jour. Avec Vera, c'était différent.

Il s'effondra à nouveau sur la banquette et leva les yeux vers le plafond sale. La pluie crépitait sur le dôme en plexiglas fendu. Lentement, il commença à laisser entrer ce qu'il tenait le plus souvent à l'écart.

Comment avait-il atterri ici ?

Avec des colonnes de fourmis, une mare de sang séchée et un corps plus qu'à moitié fichu ?

Dans une caravane ?

Il savait ce qui avait provoqué cette situation, six ans auparavant, il ne l'oublierait jamais. Les derniers mots de sa mère. Mais il était quand même sidéré de la vitesse à laquelle cela s'était produit. Lâcher prise. Comme cela avait été facile, une fois la décision arrêtée. La rapidité à laquelle il s'était vidé. Consciemment. Lâchant tout ce qui pouvait l'être et faisant même un effort actif pour couler. Il avait constaté à quel point une chose en entraînait une autre. Fermer. Couper. Comme il est aisé de se laisser glisser dans l'absence totale d'exigences, dans le végétatif.

Dans un néant.

Il avait réfléchi dans son néant, souvent, détaché de tous les autres. Il avait réfléchi à des notions basiques comme la vie et la mort, l'existence. Avait tout vu en relief, avait essayé de trouver un point d'ancrage, un sens, une quelconque prise pour se raccrocher à la vie. Mais il n'avait rien trouvé. Pas le moindre clou. Pas même une punaise. La chute d'une place dans le conventionnel jusqu'à un trou dans le méprisable l'avait simplement laissé démuni.

Tant sur le plan mental que physique.

Pendant une période, il s'était efforcé de considérer son existence comme une forme de liberté. Dégagé des obligations sociales, des responsabilités, de tout.

Un homme libre !

Un mensonge auquel nombre de ses compagnons sans-abri feignaient de croire. Lui y avait vite renoncé. Il n'était pas un homme libre et il le savait.

En revanche, il était un homme à part entière.

Une épave dans une caravane, auraient pensé beaucoup. À juste titre. Mais une épave qui avait appris que celui qui est au fond a quand même un sol ferme sous les pieds. Combien pouvaient s'en targuer ?

Stilton s'assit à nouveau. Serait-ce également ainsi dans la caravane de Vera ? Cette putain de rumination ? Il voulait y échapper dans la cabane. Il fouilla dans son sac à dos et en sortit un flacon de comprimés qu'il posa sur la table.

Un flacon d'évasion.

Lors de son voyage en chute libre, il avait rapidement appris comment on résout certains problèmes. On s'enfuit. On se verse un verre d'eau, on avale un ou deux Valium et on ingère une dose d'évasion.

Ce n'était pas plus compliqué que ça.

– Tu es comme Benke le Menteur.

– Qui ?

Stilton se rappelait cette conversation. Il était avec un vieux taulard sur la place de Mosebacke et il allait franchement mal. Il avait sorti son flacon et l'autre l'avait alors considéré en secouant la tête.

– Tu es comme Benke le Menteur.

– Qui ?

– Il se débinait tout le temps, dès que ça n'allait pas. Il avalait un truc blanc, s'allongeait par terre et se gavait de Tom Waits à l'époque où c'était encore un ivrogne, mais à quoi cela lui a-t-il servi ? Il est mort sur le même sol trente ans plus tard et il a fallu une semaine pour que quelqu'un réagisse. On fuit, mais si on fuit assez loin personne ne vous retrouve avant que cela commence à puer par la boîte aux lettres. À quoi ça rime ?

Stilton était resté silencieux. Que répondre à ça ? Alors qu'il n'avait lui-même pas de réponse ? Quand on a lâché prise, on a lâché prise et on fuit pour trouver la force de le supporter.

Stilton attrapa le flacon de comprimés.

Il se moquait de Benke le Menteur.

*

Le petit Acke n'était pas à son entraînement de foot, contrairement à ce que croyait Ovette. Loin de là.

Et loin de chez lui.

Quelques garçons plus vieux étaient venus le chercher. Il était à présent accroupi près d'une paroi rocheuse. Ses yeux étaient rivés sur ce qui se déroulait un peu plus loin. Il venait ici pour la deuxième fois. Dans une gigantesque grotte, sans doute prévue à l'origine pour abriter une station d'épuration, quelque part dans le secteur d'Årsta.

Loin, loin sous terre.

Des projecteurs colorés étaient installés là-bas devant. Ils envoyaient des lumières bleues, vertes et rouges sur les parois. Acke entendait distinctement les bruits qui provenaient de la scène. Pas des bruits plaisants. Il se rendit compte qu'il s'était bouché les oreilles et se hâta de retirer ses mains. On n'était sûrement pas censé le faire.

Acke avait peur.

Il sortit un briquet et tira quelques bouffées d'une cigarette.

Ce serait peut-être bientôt son tour.

Il pensait à l'argent. Si cela se passait bien, il en toucherait, ils le lui avaient promis. Sinon il n'aurait rien. Il voulait l'argent. Il connaissait la situation à la maison. Il ne restait jamais rien une fois les factures payées. Jamais rien pour quelque chose que sa mère et lui auraient pu faire ensemble. Comme plusieurs de ses copains le faisaient avec leurs parents. Le parc d'attractions de Gröna Lund ou un truc du genre. Ils n'en avaient jamais les moyens, disait sa mère.

Acke voulait lui donner de l'argent. Il avait déjà réfléchi à la manière dont il allait le justifier. Un jeu de grattage qu'il aurait trouvé et qui lui aurait rapporté cent couronnes.

C'était ce qu'il toucherait si ça se passait bien ce soir.

Il les donnerait à sa mère.

Des reflets d'acier vinrent frapper les yeux d'Acke.

*

Deux silhouettes étaient accroupies derrière un camion benne.

Il était midi passé, en plein jour, au beau milieu du secteur résidentiel de Bromma. Un homme avançait sur le trottoir opposé derrière une poussette. Les écouteurs de son mobile étaient vissés sur ses oreilles et la conversation concernait son travail. Être en congé parental est une chose, lâcher son boulot une autre. Par chance, il était désormais possible de combiner les deux. Pleinement concentré sur son travail et un peu moins sur l'enfant, il passa donc avant de disparaître.

Les silhouettes échangèrent un regard.

La rue était à nouveau vide.

Elles se faufilèrent rapidement à travers la haie à l'arrière de la maison. Le jardin était planté de pommiers et de bosquets de lilas qui dissimulaient leur intrusion. Parfait.

En silence, ils fracturèrent la porte de la cuisine et disparurent à l'intérieur.

Une demi-heure plus tard, un taxi s'arrêta devant un pavillon jaune de Bromma. Eva Carlsén en descendit. Elle regarda sa maison et songea que la toiture devait être refaite. Ainsi que les gouttières. Cela lui incombait maintenant. Avant leur divorce, Anders, son mari, s'occupait de ce genre de choses.

Du côté pratique.

Entretenir la maison et le jardin. Et tout le reste.

Elle franchit la grille. Soudain, la colère se planta dans son cerveau comme une lame de rasoir et rouvrit la plaie aussi rapidement qu'efficacement. Quittée ! Rejetée ! Larguée ! Elle l'envahit avec une telle force qu'elle fut obligée de s'arrêter. Elle en vacillait presque. Bordel ! pensa-t-elle. Elle détestait ça. Ne pas se maîtriser. En personne cartésienne, elle détestait ce qu'elle ne pouvait pas contrôler. Elle prit plusieurs inspirations profondes pour se calmer. Il n'en vaut pas la peine, se dit-elle. Il n'en vaut pas la peine, il n'en vaut pas la peine. Tel un mantra.

Elle se dirigea vers la maison.

Deux paires d'yeux la suivirent de la grille jusqu'à la porte d'entrée. Lorsqu'elle disparut de leur champ visuel, elles s'éloignèrent du rideau.

Eva ouvrit son sac pour récupérer sa clé. Elle perçut un mouvement dans la maison voisine. Monika devait être en train de l'espionner, elle avait toujours apprécié Anders. Beaucoup. Elle riait de ses plaisanteries par-dessus la haie et ses yeux brillaient. Elle avait eu du mal à dissimuler sa joie lorsqu'elle avait appris qu'ils se séparaient.

Eva inséra sa clé dans la serrure et ouvrit la porte. Elle allait se jeter sous la douche. Évacuer tout ce qui était destructeur pour pouvoir se focaliser sur ce qui nécessitait sa concentration. Sa série d'articles. Elle fit quelques pas dans l'entrée et se tourna vers les patères pour y accrocher sa fine veste.

C'est alors qu'on la frappa par-derrière.

*

La réunion de vente touchait à sa fin et tous voulaient repartir en ville pour manger un morceau. Olivia dut s'effacer pour laisser passer un sacré troupeau de sans-abri, liasse de journaux sous le bras et jacassant à qui mieux mieux. Muriel fermait la marche en sautillant. Elle s'était injecté une dose en guise de petit déjeuner et se sentait bien. Elle n'avait pas de journaux. Elle n'était pas vendeuse. Pour être autorisé à vendre *Situation Stockholm,* certaines conditions étaient requises. Entre autres être bénéficiaire du soutien social offert par le gouvernement. Ou avoir noué des contacts avec les services sociaux. Muriel n'en remplissait aucune. Elle était juste heureuse quand elle était défoncée. Entre deux shoots, elle cherchait de la marchandise. Elle sortit la dernière en gambadant et Olivia put enfin entrer. Elle se rendit directement à l'accueil et demanda Jelle.

– Jelle ? Non, je ne sais pas où il est. Il n'était pas à la réunion ce matin.

Le réceptionniste observait Olivia.

– Habite-t-il quelque part ? s'enquit-elle.

– Non, il est sans domicile fixe.

– Mais d'habitude il vient ici ?

– Oui, pour se ravitailler en journaux.

– A-t-il un portable ?

– Je crois, si on ne le lui a pas fauché.

– Avez-vous son numéro ?

– Je ne veux pas le donner.

– Pourquoi ?

– Parce que je ne sais pas s'il serait d'accord.

Olivia acquiesça. On a le droit à du respect même si on est sans-abri. Elle laissa son numéro et pria le réceptionniste de le donner à Jelle s'il refaisait surface.

– Vous pourriez aller voir à la boutique de téléphonie de Hornstull.

C'était Bo Fast qui s'était exprimé. Du coin où il se tenait, il avait entendu la conversation. Olivia se tourna vers lui.

– Il traîne parfois avec ceux qui bossent là-bas, expliqua-t-il.

– Ah bon ? Merci.

– Vous avez déjà rencontré Jelle ?

– Une fois.

– Il est un peu spécial...

– De quelle manière ?

– Spécial.

D'accord, pensa Olivia, il est spécial. Par rapport à quoi ? Aux autres sans-abri ? À son passé ? Que voulait-il dire ? Elle aurait voulu poser de nombreuses questions, mais ne considérait pas Bo Fast comme un interlocuteur fiable. Il lui faudrait sans doute attendre que la source elle-même la contacte, si toutefois elle le faisait.

Olivia en doutait.

*

Les ambulanciers placèrent un masque à oxygène sur la bouche d'Eva Carlsén et la transportèrent dans le véhicule. Elle saignait beaucoup à l'arrière de la tête. Si sa voisine Monika n'avait pas vu la porte ouverte au beau milieu de la journée et n'avait pas été intriguée, cela aurait vraiment pu mal se terminer. L'ambulance s'éloigna, sirènes activées, à l'instant où l'enquêteur sortait un bloc-notes et un crayon avant de se tourner vers Monika.

Non, elle n'avait pas vu de personnes étrangères dans le quartier, ni de voitures suspectes et, non, elle n'avait rien entendu d'inhabituel non plus.

Les policiers à l'intérieur du pavillon découvrirent des éléments plus substantiels. Toute la maison semblait avoir été fouillée. Des tiroirs vidés et des penderies retournées, des commodes renversées et de la vaisselle cassée.

Du pur vandalisme.

— Un cambriolage ? demanda l'un des agents à son collègue.

*

Stilton avait besoin d'autres journaux. Il avait vendu ceux qu'il avait achetés la veille, dont l'exemplaire acquis par Olivia Rönning. Il en prit dix de plus, au comptoir.

— Jelle ! appela le réceptionniste.

— Oui ?

— Il y a une nana qui t'a demandé.

— Ah bon ?

— Elle a laissé son numéro de portable.

Il remit à Stilton un morceau de papier portant un numéro suivi du nom « Olivia Rönning ». Stilton alla jusqu'à la table ronde et s'y installa. Sur le mur derrière lui, dans des cadres noirs, étaient accrochées les photos des sans-abri décédés au cours de la dernière année. Il en mourait à peu près un par mois tandis que trois nouveaux débarquaient.

Le portrait de Vera venait d'être ajouté.

Stilton froissa le bout de papier entre ses doigts. En colère. Il n'aimait pas qu'on le pourchasse. Qu'on ne le laisse pas en paix. Qu'on essaye de s'introduire dans son néant. Surtout ceux qui n'appartenaient pas au cercle des sans-abri. Comme Olivia Rönning.

Il regarda à nouveau le papier. Deux possibilités s'offraient à lui. L'appeler et régler la situation. Répondre à ses putains de questions et disparaître. Ou s'abstenir de la contacter. Mais elle risquerait alors de fouiner jusqu'à apprendre l'existence de la caravane de Vera et s'y pointer. Ce qu'il ne voulait en aucun cas.

Il composa son numéro et laissa un message :

— C'est Jelle. Tom Stilton. Rappelez-moi.

Stilton raccrocha. Il n'avait pas l'intention de gaspiller sa carte prépayée pour Rönning. Cinq secondes plus tard, son portable sonna.

– Salut ! C'est Olivia ! Merci de m'avoir rappelée !

– Je suis pressé.

– D'accord, mais euh, je… on ne pourrait pas se rencontrer ? Juste un instant ? Je peux venir…

– Que voulez-vous savoir ?

– Je peux vous interroger maintenant ?

Stilton ne répondit pas et Olivia fut contrainte de réagir sur-le-champ. Par chance, elle avait son bloc-notes près d'elle et posa ses questions. Vite, pour avoir le temps de toutes les placer, car elle ne savait pas quand elle serait en contact avec lui la prochaine fois. Ni même s'il y aurait une prochaine fois.

– La femme était-elle inconsciente lorsqu'elle a été noyée ? Où se trouvaient ses autres vêtements ? Avez-vous prélevé de l'ADN sur le fœtus ? Étiez-vous certains qu'il y avait trois personnes sur la plage en plus de la victime ? Comment avez-vous pu déterminer qu'elle était d'origine sud-américaine ?

Olivia eut le temps de poser quelques questions supplémentaires avant que Stilton ne raccroche subitement.

Au milieu d'une phrase.

Olivia était assise dans sa voiture décapotée, un mobile muet à la main.

– Espèce de connard !

– Qui ? Moi ?

Un piéton passait juste devant sa voiture et se crut visé par la réplique d'Olivia.

– Mais vous êtes garée sur un passage clouté, bordel !

Ce qui était effectivement le cas. Elle s'était arrêtée où elle avait pu quand Stilton avait appelé. Le piéton acariâtre leva un doigt vengeur dans sa direction avant de poursuivre son chemin.

– Bonne journée ! lui lança Olivia, et elle démarra sur les chapeaux de roue.

Furieuse.

Mais pour qui se prend ce satané Stilton ? Un putain de sans-abri qui me regarde de haut ! Et il croit vraiment qu'il va s'en sortir comme ça ?

Elle effectua un demi-tour totalement interdit et s'éloigna.

Le magasin de téléphonie se trouvait sur Långholmsgatan, en face de la bouche de métro Hornstull. Une vitrine sale derrière laquelle étaient exposés quantité de portables, quelques réveils et pas mal de gadgets en tout genre. Olivia monta les deux marches de pierre jusqu'à la porte et ouvrit. Un rideau gris de crasse était replié au-dessus de l'entrée. Le local en lui-même mesurait quatre mètres carrés et était cerné de présentoirs en verre remplis de mobiles. Des centaines. De toutes marques et couleurs et tous de seconde main. Sur des étagères derrière le comptoir étaient entreposés des sacs en plastique jaunes et bleus qui contenaient d'autres appareils. D'occasion. Et dans un recoin tout au fond, on avait aménagé un petit espace pour réparer encore d'autres combinés usagés.

Pas exactement Media Market.

– Bonjour, je cherche Tom Stilton, savez-vous où je pourrais le trouver ?

Olivia s'était tournée vers l'homme planté devant l'un des présentoirs. Elle s'efforçait d'avoir l'air parfaitement innocent.

Chaleureuse, calme, en quête d'un ami.

– Stilton ? Sais pas qui c'est...

– Jelle alors, il se fait appeler Jelle.

– Jelle ? Il s'appelle Stilton ?

– Oui.

– C'est la meilleure. C'est pas le nom d'un de ces fromages qui puent ?

– Si.

– Il porte le même nom qu'un fromage qui pue ?

181

– En effet. Savez-vous où il crèche ?

– Maintenant ?

– Oui.

– Non. Il passe parfois ici quand on lui a fauché son portable. Ils se volent entre eux comme de vrais charognards, mais ça fait un bail depuis la dernière fois.

– Ah bon...

– Mais vous pouvez demander à Wejle, il vend des journaux là-bas, près du métro, il sait peut-être où est Jelle.

– Et de quoi a-t-il l'air ?

– Vous ne pouvez pas le manquer.

Le propriétaire de la boutique n'avait pas menti. Il était impossible de manquer Wejle. Près du métro. Hormis le fait qu'il vendait *Situation Stockholm* en aboyant d'une voix puissante, son apparence se démarquait nettement de celle du flot des passagers du métro. Le chapeau mou à large bord, par exemple, orné de véritables plumes d'oiseaux sauvages. La moustache, très proche parente des sourcils d'Åke Gustafsson. Et ses yeux sombres, intenses et qui reflétaient une réelle sympathie.

– Jelle, ma chère dame, Jelle se trouve là où on ne l'attend pas.

Olivia en conclut que Jelle était instable.

– Mais où crèche-t-il ces derniers temps ?

– C'est secret.

– Pardon ?

– Jelle disparaît la nuit. Quant à dire où, personne ne le sait vraiment. On peut être en train de spéculer avec lui sur l'existence des visons sur un banc de Jakan et soudain il s'est évaporé. Tel un chasseur de phoques, il se fond avec les rochers.

Wejle possédait sans doute de nombreuses qualités en tant que vendeur, mais peut-être pas comme informateur.

Elle acheta un exemplaire du journal, qu'elle avait déjà, et se dirigea vers sa voiture.

C'est alors qu'il l'appela.

Stilton avait pris une décision. Il avait été grossier avec Olivia, mais ça ne le perturbait pas outre mesure. La bienséance sociale n'était plus une préoccupation pour lui. Mais il craignait de l'avoir mise en colère et de l'avoir poussée à réagir exactement comme elle l'avait fait. Lui coller encore plus au train. Il voulait donc régler le problème.

Une bonne fois pour toutes.

Mais pas dans la caravane.

À un endroit qui lui ferait comprendre qu'il avait son monde et elle le sien. Et que ces deux mondes n'entreraient qu'une seule fois en contact.

Maintenant.

Il fallut un certain temps à Olivia pour trouver. Elle avait beau habiter à deux pas du 25A Bondegatan, l'adresse qu'il lui avait fournie, elle n'avait aucune idée de l'endroit où était le local à ordures dans ce bâtiment. Derrière des grilles et portes à digicodes. Stilton lui avait bien sûr procuré les codes d'accès, mais ce n'était quand même pas simple.

D'autant plus qu'en longeant un couloir bétonné elle croisa un homme arborant un short, des bretelles et une minerve qui n'avait pas été lavée depuis des lustres. En outre, l'homme portait d'étranges lunettes rouges et paraissait à moitié ivre.

— Et tu vas où comme ça, toi ? Gare à la bibliothécaire ! lança-t-il.

— La bibliothécaire ?

— C'est son jour de lessive aujourd'hui, ne lui pique pas son créneau à la buanderie ou tu finiras dans le séchoir !

— Je cherche le local à ordures.

— Tu vas t'y installer ?

183

– Non.

– Bien. J'y ai mis de la mort-aux-rats.

– Il y a des rats dans le local à ordures ?

– Beaucoup les qualifieraient de castors, des bestiaux qui font jusqu'à cinquante centimètres, ce n'est pas un environnement pour une jeune créature comme toi.

– Où se trouve le local ?

– Là.

La minerve désigna un point plus loin dans le passage et Olivia se faufila devant lui. En direction des rats.

– Est-ce qu'il y a des rats ici ?

Olivia avait posé la question à l'instant même où Stilton avait ouvert l'imposante porte d'acier.

– Non.

Il disparut dans la pénombre. Olivia poussa légèrement le battant et entra.

– Fermez la porte.

Olivia hésita. La porte restait une échappatoire potentielle. Elle la ferma néanmoins. C'est alors qu'elle remarqua la puanteur. Le système de ventilation ne fonctionnait sans doute pas.

L'odeur était pestilentielle.

Olivia plaça une main devant son nez et sa bouche. L'obscurité n'était pas totale ; une petite veilleuse était allumée au milieu du local. Grâce à elle, Olivia distinguait les contours de Stilton plus loin, contre un mur. Il était assis à même le béton.

– Je vous accorde le temps de la veilleuse, déclara-t-il.

– Comment ça ?

– Jusqu'à ce qu'elle s'éteigne.

Le ton de Stilton était calme et clair. Il avait décidé de bien se tenir. Olivia, elle, voulait des réponses à ses questions. Puis elle s'en irait.

Et ne remettrait jamais les pieds à proximité de Tom Stilton.

Le fromage puant.

– Voilà, j'aimerais que vous répondiez à mes questions sur...

– La femme sur la plage n'était pas inconsciente. La quantité de Rohypnol dans son sang l'avait rendue groggy, mais ne l'avait pas endormie. Sa veste est le seul vêtement que nous ayons retrouvé. Nous avons supposé que les auteurs du crime avaient emporté le reste, mais que la veste leur avait échappé dans le noir. Tout ce que nous y avons découvert d'intéressant était une boucle d'oreille.

– Il n'y avait rien à ce sujet dans...

– Nous avons prélevé du sang sur le fœtus. L'échantillon a immédiatement été envoyé en Angleterre pour qu'il y soit procédé à une analyse ADN et que nous puissions déterminer une paternité le cas échéant. Ce ne fut pas le cas. Nous n'étions pas sûrs qu'il n'y ait eu que trois personnes sur la plage en plus de la victime. Le témoin avait neuf ans, était terrorisé et avait assisté à la scène d'une distance d'environ cent mètres, dans le noir, mais nous n'avions pas d'autres informations sur lesquelles nous appuyer. La femme était apparemment d'origine sud-américaine, mais nous n'avons jamais pu l'établir avec certitude. Le petit Ove Gardman vivait près de la plage, il a alerté ses parents et il a fallu environ quarante-cinq minutes pour que l'hélicoptère des secours d'urgence arrive sur place. D'autres questions ?

Olivia fixa Stilton dans la pénombre. La veilleuse vacillait. Il avait répondu à chacune des questions qu'elle avait débitées dans son mobile, dans l'ordre exact où elle les avait posées. Mais qui donc était-il ?

Elle s'efforça cependant de rester concrète.

– Qu'est-ce que cette boucle d'oreille avait d'intéressant ?

– La victime n'avait pas les oreilles percées.

– Et il s'agissait d'une boucle de ce type.

– Oui. Avez-vous fini ?

– Non, j'aimerais vraiment beaucoup savoir quelles théories vous aviez échafaudées.

– Nous en avions beaucoup.

– Comme ?

– Drogue, que la femme était une mule et travaillait pour un cartel actif sur la côte occidentale à cette époque et que quelque chose avait mal tourné au moment de la livraison. Nous avons interrogé un toxicomane qui se trouvait sur l'île avant le meurtre, mais cela n'a rien donné. Immigration illégale et que la femme n'avait pas pu payer les passeurs. Trafic, que la femme était une prostituée, qu'elle avait essayé d'échapper à son mac et avait été tuée. Aucune théorie ne tenait. Le plus gros problème était que la femme n'a jamais pu être identifiée.

– Et personne n'a signalé sa disparition ?

– Non.

– Mais l'enfant devait bien avoir un père ?

– Oui, mais il n'était pas forcément au courant de la grossesse. Ou c'était l'un des assassins.

Olivia n'y avait pas pensé.

– Existait-il une théorie concernant une secte ? s'enquit-elle.

– Une secte ?

– Oui, que le meurtre soit lié à la marée, à la pleine lune et…

– Nous n'avons jamais cherché dans cette direction.

– D'accord. Et le lieu du crime alors ? Nordkoster ? C'est un endroit assez difficile d'accès. Pas la scène de crime idéale.

– Et à quoi ressemble la scène de crime idéale ?

– On peut la quitter rapidement quand on a planifié un meurtre très sophistiqué.

Stilton garda le silence quelques secondes.

– Le lieu nous a déconcertés.

La veilleuse s'éteignit.

– Le temps imparti est achevé.

– Jackie Berglund, dit Olivia.

Il faisait complètement noir dans le local à ordures. Ils

ne se voyaient plus. Ils n'entendaient que leurs respirations. Est-ce maintenant que les castors sortent ? pensa Olivia.

– Qu'est-ce qu'il y a avec Jackie Berglund ?

Stilton lui accordait quelques secondes supplémentaires dans les ténèbres.

– J'ai l'impression qu'elle était impliquée d'une manière ou d'une autre. Après tout, elle était escort-girl à ce moment-là et la victime l'était peut-être aussi, ou connaissait Jackie... L'existence d'un lien entre elles, avez-vous exploré cette piste ?

Stilton ne répondit pas tout de suite. Ses pensées étaient ailleurs. Il songeait à Jackie Berglund et au fait que la gamine là-bas, dans le noir, avait suivi le même raisonnement que lui, à une époque.

Mais il répondit :

– Non. Avez-vous fini ?

Olivia était loin d'avoir fini, mais elle comprit que cela l'était pour Stilton et se leva.

Sans doute fut-ce l'obscurité, le relatif anonymat, qui l'y poussa, mais en même temps qu'elle cherchait la porte métallique, elle posa une question. En lui tournant le dos, dans le noir.

– Pourquoi êtes-vous sans-abri ?

– Je suis sans domicile.

– Et pourquoi l'êtes-vous ?

– Parce que je n'ai nulle part où habiter.

Il n'en dit pas davantage. Olivia atteignit la porte et appuya sur la poignée. Elle s'apprêtait à ouvrir, quand elle l'entendit derrière elle.

– Dites-moi.

– Oui ?

– Votre père a participé à l'enquête.

– Je sais.

– Pourquoi ne lui posez-vous pas vos questions ?

– Il est mort il y a quatre ans.

Olivia ouvrit la porte et sortit.

Il ne savait donc pas que papa est mort, se dit-elle en se dirigeant vers sa voiture. Depuis combien de temps était-il sans-abri ? Depuis qu'il avait quitté la police ? Depuis six ans ? On ne tombe quand même pas aussi bas en si peu de temps ! Avait-il juste perdu contact avec tous les gens avec lesquels il avait travaillé ?

Bizarre.

Quoi qu'il en soit, elle avait obtenu des réponses à ses questions et n'aurait sans doute plus jamais rien à voir avec Stilton. Elle allait récapituler les éléments recueillis et rédigerait une conclusion, puis elle remettrait son devoir à Åke Gustafsson.

Mais il y avait cette boucle d'oreille dans la poche de la veste.

Et la femme de la plage n'avait pas les oreilles percées

D'où venait cette boucle ?

Olivia décida de ne pas encore rendre son travail.

Stilton avait allumé une autre veilleuse dans le local à ordures. Il pensait y rester jusqu'à ce qu'il soit sûr qu'elle ait disparu. Ensuite, il serait sans doute débarrassé d'elle pour de bon. Il était parfaitement conscient de lui avoir fourni beaucoup trop d'informations. Soumises au secret de l'enquête. Bien trop de détails. Mais il s'en fichait complètement. Sa relation à son passé de policier était plus que distante. Il expliquerait peut-être un jour pourquoi à quelqu'un.

À qui ? Il n'en avait aucune idée.

En revanche, il avait délibérément omis de donner un détail important à Olivia. Le bébé de la femme assassinée avait survécu, après une césarienne pratiquée en urgence par le médecin à bord de l'hélicoptère. Une information qui n'avait jamais été divulguée afin de protéger l'enfant.

Puis il pensa à Arne Rönning. Il était donc mort ? Triste. Arne était un bon policier. Et quelqu'un de bien. Pendant un certain nombre d'années, ils avaient été assez proches. Ils se faisaient confiance, s'appréciaient et partageaient pas mal de secrets.

Et voilà qu'il apprenait sa mort.

Et sa fille venait de débarquer sans crier gare.

Stilton considéra ses mains décharnées. Elles tremblaient légèrement. Cette plongée dans les eaux profondes du meurtre de Nordkoster avait touché des points sensibles. Et puis Arne par-dessus le marché. Il sortit son flacon de Valium, dévissa le bouchon, puis se ravisa.

Il allait tenir le coup.

Il n'allait pas devenir comme Benke le Menteur.

Il allait retrouver deux meurtriers.

Il souffla sur la veilleuse, puis se leva. Il devait se rendre à l'escalier de pierre.

*

La plaie était vilaine. Si le coup avait été porté plus haut, elle aurait pu avoir une fracture du crâne, expliqua le médecin à Eva Carlsén.

Là, un bon nombre de points de suture suffiraient, accompagnés d'un épais pansement et de quelques antalgiques. Le médecin, une femme originaire de Tunisie, lui témoignait l'exacte dose d'empathie dont elle avait besoin. Pas pour les blessures, qui disparaîtraient, mais par rapport à l'agression, qui l'avait davantage atteinte. L'intrusion. Des étrangers qui étaient entrés dans sa maison et avaient fouillé dans ses effets personnels. Elle se sentait violée.

Des cambrioleurs ?

Qu'avait-elle de valeur à son domicile ? Des tableaux ? Un appareil photo ? Un ordinateur ? Pas de liquide, ça, elle le savait. À moins qu'il ne s'agisse pas de voleurs ? Lui en voulait-on personnellement ? Et on l'aurait attendue dans son pavillon jusqu'à son arrivée ? Pour l'assommer ?

De la violence juvénile ?

Cette agression était-elle liée à sa participation à cette émission de débats ?

Elle rentra chez elle, légèrement groggy, et fit le tour de la maison où elle constata que rien n'avait été volé.

Et cela la troubla.

Puis elle se rendit au commissariat du secteur ouest à Solna.

Sur le chemin, elle se maudit de figurer sur Eniro. Elle n'aurait pas dû, eu égard à son métier.

Elle veillerait à y remédier.

*

Le crépuscule s'était installé sur Stockholm et la circulation dans le centre-ville s'était fluidifiée. Le grand siège social de Sveavägen s'était vidé de ses occupants quelques heures plus tôt. La seule personne encore présente se trouvait dans le bureau du P-DG, tout en haut. Bertil Magnuson, qui s'efforçait de rester calme avec l'aide de l'alcool. Du whisky, en l'occurrence. Pas une bonne méthode à long terme, mais c'était temporaire et pas en grosse quantité. Il n'allait pas tarder à rentrer et savait que le radar de Linn était branché. Le moindre écart par rapport à son comportement normal et elle lui tomberait dessus.

Enfin, « tomberait dessus », il était injuste. Elle n'était pas comme ça. C'était dans son autre monde qu'on frappait. À droite et à gauche. Ne pas faire de prisonniers et flinguer si nécessaire. Cela faisait partie de sa culture des affaires. Parfois on tuait non parce qu'on le souhaitait, mais parce qu'on y était obligé. Comme lui aussi l'avait fait, indirectement. Hélas, pas de manière étanche. La fuite provenait d'un individu.

Nils Wendt.

Qui avait enregistré la conversation sur laquelle Bertil n'avait pas mis la main.

Dont il ignorait alors jusqu'à l'existence.

Il prit une grande gorgée, alluma un cigarillo et regarda Sveavägen, par-delà le cimetière Adolf-Fredrik. Il réfléchissait à sa propre mort. Il avait lu dans une brochure américaine qu'il existait des cercueils climatisés. L'idée d'un cercueil climatisé le séduisait, peut-être avec un moteur de massage intégré pour garder le cadavre en bonne forme ? Il esquissa un sourire.

Mais le lieu ?

Où reposerait-il ? Ils avaient un caveau de famille à Norra, mais il ne voulait pas y être inhumé. Il voulait un endroit qui lui soit propre. Un mausolée. Un mémorial pour l'un des plus grands industriels de Suède.

Ou comme les Wallenberg. Des tumulus secrets sur les terres de la famille. Même s'il n'était pas un Wallenberg. Pas un Mygge ou un Pygge ou quelque chose de ce style. Son père et son oncle avaient beau lui avoir apporté un certain soutien, il était plutôt un self-made-man.

Il était Bertil Magnuson.

Le whisky avait au moins eu cet effet.

Il l'avait élevé à sa juste valeur.

Il allait à présent s'occuper de cette vermine de Nils.

*

Olivia s'était acheté un cornet de spécialités indiennes chez Shanti. Bon, rapide et bien épicé. Elle s'accorda un bref somme dans le canapé, Elvis sur son ventre. Puis les pensées se remirent à tourner dans son esprit. Elle se repassait l'entretien dans le local à ordures. Un jour, je raconterai tout ça à maman, pensa-t-elle. La rencontre avec Stilton dans un local à ordures où des rats gros comme des castors se déplaçaient le long des murs et où la puanteur n'aurait pas détonné dans un film de... à ce stade, elle ne trouva pas de bonne comparaison et revint donc au début, au local à ordures.

Après s'être repassé chaque réplique dans la tête, elle s'arrêta sur un instant. Celui où elle avait exposé son hypothèse concernant Jackie Berglund et avait demandé à Stilton s'il avait le même raisonnement. Il y avait alors eu un blanc dans le dialogue. Un silence, bien plus long que les autres pauses entre deux répliques. Stilton n'avait pas répondu du tac au tac comme il l'avait fait jusque-là. Cette fois, il avait réfléchi, se dit Olivia.

Et pourquoi l'avait-il fait ?

Parce qu'il y avait quelque chose avec Jackie !

Elle déposa un Elvis outré sur le sol et attrapa le dossier qu'Eva Carlsén lui avait remis. D'accord, il n'était pas loin de 9 heures, mais on était en été, le jour n'avait pas encore décliné, et puis elle pourrait s'excuser.

— Veuillez m'excuser de vous rendre visite si tard.
— Ce n'est pas un problème, venez.
— Merci.

D'un geste, Eva invita Olivia à entrer. À l'instant où elle lui tendait la chemise plastifiée, Olivia vit le pansement à l'arrière de sa tête.

— Mais que vous est-il arrivé ?
— On s'est introduit chez moi et on m'a assommée. Je viens de rentrer de l'hôpital et du commissariat.
— Oh ! Pardon ! Dans ce cas, je ne veux pas…
— Aucun souci, je vais bien maintenant.
— Mais comment ça ? Un cambriolage ! Ici !
— Oui.

Eva précéda Olivia dans le séjour. Quelques lampes basses diffusaient un éclairage tamisé. Eva avait remis la maison en ordre. Elle invita Olivia à s'asseoir.

— Mais que vous a-t-on volé ?
— Rien.
— Non ? Comment ça ? Que…
— Je pense qu'ils voulaient me faire peur.

– À cause... de ce que vous êtes en train d'écrire ?

– Oui.

– C'est répugnant... Ceux qui tabassent les sans-abri ?

– Tuent. La femme de la caravane est morte.

– Je suis au courant.

– Nous verrons bien si j'atterris sur Trashkick, déclara Eva en souriant. Vous voulez quelque chose ? J'étais sur le point de faire du café.

– Volontiers, merci.

Eva se dirigea vers la cuisine.

– Je peux vous aider ? s'enquit Olivia.

– Non, ça va aller.

Olivia balaya du regard la pièce dont la décoration avait du caractère. Des couleurs vives, de beaux tapis et des murs entièrement recouverts de bibliothèques. Je me demande si elle a tout lu, s'interrogea Olivia. Son regard s'arrêta sur une étagère où étaient posées plusieurs photos encadrées. Comme d'habitude, sa curiosité fut piquée. Elle se leva et s'avança vers les clichés : un très vieux portrait de mariage, sans doute la mère et le père d'Eva. Puis un autre sensiblement plus récent d'Eva et d'un homme bien bâti et, à côté, un cliché représentant une Eva beaucoup plus jeune en compagnie d'un joli garçon.

– Vous voulez du lait ? Du sucre ? lui lança Eva depuis la cuisine.

– Du lait, merci.

Eva revint avec deux tasses. Olivia se porta à sa rencontre et en prit une. Elle s'installa dans le canapé mou, posa sa tasse sur la table et, de la tête, désigna la photo de mariage d'Eva.

– C'est votre mari.

– Était. Nous sommes divorcés.

Eva prit place dans le fauteuil et parla de son ex. Un sportif aux nombreux succès bien des années auparavant. Ils avaient fait connaissance lorsqu'elle était à l'école de journalisme. Ils étaient divorcés depuis environ un an. Il avait rencontré une autre femme et la séparation avait été douloureuse.

– Il s'est comporté comme un porc, tout simplement, expliqua-t-elle.

– Quel dommage !

– Oui, je ne peux pas vraiment dire que j'ai eu de la chance avec les hommes. Ils ont surtout été synonymes de chagrin et de déception.

Eva fit un sourire crispé au-dessus de sa tasse. Olivia se demanda pourquoi elle avait conservé cette photo de mariage si c'était un tel porc. Elle-même l'aurait jetée sans attendre. Elle fit un nouveau signe de tête vers les photos.

– Et ce beau jeune homme près de vous, était-ce la première déception ?

– Non, c'est mon frère, Sverker. Il est mort d'une overdose. Maintenant, il ne reste plus que moi.

Le ton d'Eva s'était brusquement durci. Olivia sursauta et se mordit la langue. Elle avait visiblement dépassé la limite avec ses questions personnelles. Ne retiendrait-elle donc jamais la leçon ?

– Désolée, je ne voulais pas… Désolée.

Eva la considéra. Son visage s'était crispé durant quelques secondes, puis elle se carra à nouveau dans le fauteuil et adressa un petit sourire à Olivia.

– C'est moi qui vous demande pardon… Mon crâne me lance et la journée a été un enfer, excusez-moi. Alors, comment cela se passe-t-il pour vous ? Ce dossier vous a-t-il permis d'avancer ?

– Oui, mais il y a une question que je voulais vous poser. Savez-vous pour qui Jackie Berglund travaillait en 1987 lorsqu'elle était escort-girl ?

– Oui, pour un homme assez connu, Carl Videung. Il dirigeait Gold Card. Je crois que cette information figure dans le dossier.

– Ah bon ? Dans ce cas, elle m'a échappé. Qu'était Gold Card ?

– Une agence d'escort-girls, pour laquelle bossait, entre autres, Jackie Berglund.

– Merci. Carl Videung, quel genre d'homme était-ce ?

– Le genre roi du porno. Vous vous intéressez toujours à Jackie ?

– Oui.

– N'oubliez pas ce que je vous ai dit.

– À son sujet ? Que je devrais faire attention ?

– Oui.

*

Jackie Berglund se tenait devant une fenêtre panoramique sur Norr Mälarstrand. Elle adorait son appartement de six pièces au dernier étage avec une vue fantastique jusqu'aux hauteurs de Söder. Seuls les saules de l'autre côté de la rue la gênaient. Ils bouchaient la vue, de manière flagrante. Elle estimait qu'on aurait dû y remédier.

Elle se retourna et se rendit dans le grand séjour. Elle avait donné les pleins pouvoirs à un architecte d'intérieur en vogue environ un an plus tôt et il avait réalisé un véritable chef-d'œuvre : un mélange de froideur et de chaleur assorti d'animaux empaillés. Tout à fait dans le style de Jackie. Elle remplit son verre de Martini dry et mit un CD ; du tango, elle adorait le tango. De temps à autre, elle invitait des hommes dans son appartement et dansait avec eux, mais ils maîtrisaient rarement le tango. Un jour, je vais me dégoter un danseur de tango, se dit-elle, un homme mystérieux sexy au vocabulaire limité.

Elle était nerveuse.

Elle s'apprêtait à se servir un nouveau verre lorsque le téléphone sonna dans son bureau. Elle consulta l'heure, presque minuit et demi. L'heure des clients.

– Jackie Berglund.

– Salut, Jackie, c'est Latte !

– Salut.

– Dis, nous faisons une petite fête et nous aurions besoin d'assistance.

Les clients réguliers, comme Lars Örnhielm, savaient comment s'exprimer sur la ligne téléphonique de Jackie. Pas trop ouvertement. Sans utiliser de mots inappropriés.

– De quel effectif avez-vous besoin ?

– Sept-huit. La grande classe !

– Des préférences ?

– Rien de particulier, mais tu sais, *happy ending* si possible.

– Ça marche. Où ?

– Je t'envoie un SMS.

Jackie raccrocha et esquissa un sourire. « Happy ending », piqué au catalogue des prestations des filles asiatiques lorsqu'elles voulaient savoir si elles devaient finir par un massage avec leurs seins.

Latte avait besoin de filles exotiques capables de réaliser un happy ending.

Aucun problème.

*

La même nuit, Acke rentra chez lui en piteux état. En très piteux état. Le gamin de dix ans marchait entre les immeubles de Flemingsberg, du côté non éclairé, son skateboard sous le bras. Il boitait. Il avait reçu de nombreux coups. À des endroits qui ne se voyaient pas, sous les vêtements. Il se sentait très seul tandis qu'il avançait en claudiquant et ses pensées récurrentes l'envahirent ; au sujet de son père. Sa mère n'en parlait jamais. Mais il devait pourtant exister. Quelque part. Tous les enfants ont forcément un père.

Il chassa ces pensées et prit la clé accrochée à son cou. Il savait que sa mère travaillait en ville et il savait à quoi. Ou en tant que quoi.

Des camarades plus âgés l'en avaient informé après un entraînement de foot il y avait déjà un certain temps.

– Prostituée ! Ta mère est prostituée !

Acke ignorait ce que « prostituée » signifiait. Dès son retour à la maison, il était allé vérifier sur le net.

Ensuite, il avait pris la carafe d'eau froide que sa mère lui avait préparée dans le réfrigérateur avant de partir en ville et l'avait presque vidée. Puis il était allé se coucher.

Et avait pensé à sa maman.

Qu'il pourrait peut-être l'aider pour l'argent, afin qu'elle n'ait plus à être appelée comme on l'appelait.

*

À de longs intervalles, des voitures perçaient le brouillard sur la route de Vaxholm. Il était tôt, ce matin-là à Boge-sundslandet, et personne ne prêta attention à la Volvo grise de location garée sur une aire gravillonnée discrète, légèrement à l'écart du beau château entouré de forêt. Une harde de sangliers fouissait au milieu des nappes de brume.

Assis sur le siège conducteur, Nils Wendt examinait son visage dans le rétroviseur. Il s'était réveillé à l'aube dans sa chambre d'hôtel. À 5 heures, il avait quitté la ville en direction de Vaxholm. Il voulait prendre l'air, s'éloigner des gens. Décharné, tu as l'air décharné, Nils, se dit-il.

Mais il trouverait la force.

Il avait réfléchi aux dernières pièces du puzzle ce matin. Le harcèlement auquel il soumettait Bertil s'était mué en un plan. Un plan qui avait commencé à prendre forme lorsqu'il avait vu le reportage très critique sur les activités de MWM au Congo.

Bertil était toujours aussi dénué de scrupules qu'avant.

Puis il avait vu les manifestants, lu les tracts et s'était connecté à des tas de groupes Facebook, « Mobiles garantis sans viol ! » par exemple, et avait compris l'émotion suscitée par MWM.

C'est à ce moment-là que l'idée de son plan lui était venue. Il allait frapper là où c'était le plus douloureux.

*

À 9 heures et quart, Bertil Magnuson avait réglé le problème du propriétaire foncier de Walikale. Pas lui, bien sûr, mais son bon ami chef militaire qui avait envoyé une brigade de la sécurité intérieure au propriétaire et lui avait expliqué qu'en raison des troubles dans le secteur une expropriation par la force était envisagée. Par mesure de sécurité. Le propriétaire n'était pas idiot. Il avait demandé comment éviter d'en arriver là. Les policiers lui répondirent que la société suédoise MWM avait offert d'assurer sa protection, à condition qu'elle puisse utiliser une partie du terrain à des fins de prospection minière. De cette manière, toutes les sources de désordre seraient sous contrôle.

Terminé.

Bertil rappela à sa secrétaire de contacter le patron de la société à Kinshasa et de veiller à ce que l'on envoie un cadeau adéquat au chef militaire.

– Il apprécie beaucoup les topazes.

Quand Bertil se planta devant la fenêtre et s'exposa au puissant soleil matinal, il était donc provisoirement de bonne humeur. Le problème Walikale était réglé. Ses pensées étaient encore en Afrique quand il sortit machinalement de sa poche son mobile qui vibrait et répondit.

– C'est Nils Wendt.

Même si la voix que Bertil avait entendue sur la bande était beaucoup plus jeune, c'était indéniablement la même dans le combiné. Mais pas enregistrée.

La voix de Nils Wendt.

Bertil sentit son sang se glacer. Il haïssait cet homme.

Une vermine qui pouvait provoquer une catastrophe. Mais il s'efforça de ne pas perdre la face.

— Salut, Nils, tu es en ville ?

— Où pouvons-nous nous rencontrer ?

— Pourquoi devrions-nous nous rencontrer ?

— Tu veux que je raccroche ?

— Non ! Attends ! Tu veux qu'on se rencontre ?

— Pas toi ?

— Si.

— Où ?

Bertil chercha fébrilement en regardant par la fenêtre.

— Au cimetière Adolf-Fredrik.

— Où exactement ?

— Sur la tombe de Palme.

— 23 heures.

La conversation fut coupée.

*

Ovette Andersson déboucha de l'entrée principale, seule. Il était un peu plus de 10 heures. Elle avait accompagné Acke au centre de loisirs, contre sa volonté, mais elle voulait parler à quelqu'un de ses hématomes. Ces derniers temps, il était rentré une ou deux fois à la maison couvert de grandes ecchymoses bleues tirant sur le jaune. Il avait d'abord essayé de les cacher. De fait, ils se croisaient rarement le matin, mais Ovette avait par hasard ouvert la porte un soir alors qu'il se déshabillait, et les avait vues.

— Mais qu'est-ce que tu as fait ?

— Pourquoi ?

— Tu as des bleus partout.

— C'est le foot.

— C'est là qu'on prend des coups comme ça ?

— Oui.

Puis Acke s'était glissé dans son lit. Ovette s'était assise dans la salle de bains et avait allumé une cigarette devant la fenêtre. Le foot ?

Les hématomes de son fils n'avaient pas quitté ses pensées. Quelques nuits plus tard, en rentrant du travail, elle s'était faufilée dans sa chambre, avait délicatement soulevé sa couverture et avait découvert les mêmes.

Des marques verdâtres partout. Et de grandes égratignures.

C'est alors qu'elle avait décidé d'avoir une discussion avec le centre de loisirs.

— Non, il ne fait pas l'objet de violences de la part de ses camarades.

La professeur de sport d'Acke semblait dubitative.

— Mais il a des bleus sur tout le corps, insista Ovette.

— Et lui, qu'en dit-il ?

— Que c'est le foot.

— Et ça ne l'est pas ?

— Ce n'est pas possible. Il en a partout !

— Eh bien, je ne sais pas. En tout cas, ses camarades ne le frappent pas, pas ici. Nous avons instauré un programme particulier de prévention du harcèlement et de la violence et nous l'aurions remarqué si c'était le cas.

Ovette dut se contenter de ces paroles.

À qui s'adresser ? Elle n'avait pas de relations sociales. Aucun voisin qu'elle fréquente. Celles qu'elle côtoyait faisaient le trottoir et n'étaient pas particulièrement intéressées par les enfants des autres.

Ovette quitta le quartier et se sentit infiniment seule. Et désespérée. Son existence misérable défila devant ses yeux. Son incapacité à se sortir du caniveau. Son corps marqué. Tout. Et elle voyait à présent son seul enfant souffrir et n'avait personne vers qui se tourner. Pas un seul numéro de téléphone de quelqu'un qui puisse l'écouter, la consoler et l'aider. Il n'y avait qu'elle et Acke dans tout ce monde vide.

Elle s'arrêta près d'un réverbère et alluma une cigarette. Ses mains crevassées tremblaient. Pas à cause du vent frais, mais de quelque chose de beaucoup plus froid qui venait de l'intérieur. Qui venait d'un trou, dans sa poitrine, qui s'élargissait à chaque respiration et attendait juste qu'elle lâche prise. S'il avait existé une porte dérobée pour quitter la vie, elle s'y serait faufilée.

Elle pensa à lui à cet instant.

Quelqu'un qui pourrait peut-être l'aider.

Ils avaient grandi ensemble à Kärrtorp. Ils avaient habité la même cage d'escalier et étaient restés en contact au fil des ans. Cela faisait maintenant assez longtemps, mais quand même. Lorsqu'ils se croisaient, c'était toujours simple entre eux. Ils avaient un passé en commun, la même origine, connaissaient leurs faiblesses réciproques et s'en moquaient.

À lui, elle pouvait parler.

Au Vison.

*

Il fallut un certain temps à Olivia pour le localiser, mais lorsque son nom apparut dans la liste des résidents de la maison de retraite Rådan, à Silverdal, elle fut récompensée de ses efforts.

Et surprise.

L'établissement se situait à deux pas de l'école de police.

Le monde est petit, se dit Olivia en pilotant la voiture sur les routes si familières avant de se garer devant la résidence. Elle devinait presque l'école à travers les arbres. Sa salle de classe lui semblait soudain très éloignée. Pourtant, il n'y avait pas si longtemps qu'elle y était assise et découvrait une affaire dont elle n'avait aucune idée de l'endroit où elle la mènerait.

Pour l'heure, c'était deux étages plus haut, sur une terrasse où un homme était ratatiné dans un fauteuil roulant.

L'ancien roi du porno Carl Videung.

Désormais proche des quatre-vingt-dix ans, avait-elle

appris. Sans aucune famille et heureux de cette interruption de sa solitude. Qui que soit sa visiteuse.

Olivia s'aperçut vite que Videung entendait très mal et souffrait en outre de problèmes d'élocution. Elle dut donc formuler des phrases brèves et articuler en haussant la voix.

– Jackie Berglund !

Au bout d'un moment, de deux tasses de café et de quelques gâteaux à la cannelle, ce nom revint à l'esprit de Videung.

– Elle était escort-girl, bredouilla-t-il.

– Vous vous souvenez d'autres escort-girls ?

Un peu plus de café et de gâteaux provoquèrent un hochement de tête de Videung.

– Qui alors ?

Cette fois-ci, le café n'aida pas et il n'y avait plus de gâteaux. L'homme dans le fauteuil roulant se contenta de regarder Olivia et de sourire, longuement. Est-il en train de me jauger ? se demanda-t-elle. D'apprécier si je ferais une bonne escort-girl ? Ce vieil obsédé ? L'homme fit alors un geste pour signifier qu'il souhaitait écrire quelque chose. Olivia se hâta de sortir un stylo, un calepin et les tendit à Videung. Il ne pouvait pas tenir le bloc-notes tout seul. Olivia dut le caler sur ses genoux maigres et l'y maintenir en place. Il se mit à écrire. D'une écriture de vieillard, mais qui restait néanmoins déchiffrable.

« Miriam Wixell. »

– L'une des escort-girls s'appelait Miriam Wixell ?

Videung acquiesça et lâcha un long pet. Olivia se détourna légèrement pour éviter l'odeur et referma le calepin.

– Vous souvenez-vous si l'une des escort-girls était d'origine étrangère ?

Videung esquissa un sourire et leva un index.

– L'une d'elles ?

Videung hocha à nouveau la tête.

– Vous souvenez-vous d'où elle venait ?

Videung secoua la tête.

– Avait-elle les cheveux noirs ?

Videung se tordit légèrement et désigna un saintpaulia dans un pot sur le rebord de la fenêtre. Olivia considéra la fleur.

Bleu vif.

– Elle avait des cheveux bleus ?

Videung acquiesça et sourit à nouveau. Des cheveux bleus, pensa Olivia. Ils devaient être teints. Pouvait-on teindre des cheveux naturellement noirs en bleu ? Peut-être. Elle n'en savait rien.

Elle se leva, remercia Videung et quitta la terrasse en hâte, craignant une deuxième salve.

En tout cas, elle avait obtenu un nom.

Miriam Wixell.

*

Ovette avait choisi une place au fond du bar. Elle ne voulait pas se retrouver nez à nez avec des collègues. Elle tournait le dos à l'entrée, une tasse de café devant elle. Il était interdit de fumer et ses mains s'agitaient sur la table. Elle déplaçait les morceaux de sucre en se demandant s'il allait venir.

– Salut, Vettie !

Il était là.

Le Vison.

Il se glissa jusqu'à sa table, réajusta le nœud sur sa nuque et s'assit. Il était d'une humeur radieuse, il sortait tout juste d'une boutique de paris où il avait raflé quatre cents couronnes cash en misant sur un cheval gagnant. Il brûlait déjà de les dépenser.

– Combien tu t'es fait ?

– Quatre mille !

Le Vison ajoutait toujours au moins un zéro. Sauf quand

il s'agissait de son âge. Là, il tirait plutôt de l'autre côté. Il avait quarante et un ans, mais pouvait facilement se donner entre vingt-six et trente-cinq ans, en fonction de son auditoire. Lorsqu'il avait annoncé « environ vingt » à une nana de Borlänge, il avait franchi la limite. Mais elle était nouvelle en ville et avait envie de se distraire, alors elle avait marché, tout en se disant qu'il paraissait plus vieux.

– Merci d'être venu.

– Le Vison ne se dérobe jamais.

Tout le monde n'était pas de cet avis. La plupart tenaient le Vison à distance, au bout d'un moment, lorsqu'ils avaient percé sa façade inconsistante et entendu un de ses bobards une fois de trop. Comme, par exemple, le fait qu'il avait résolu le meurtre de Palme ou qu'il avait découvert le groupe pop Roxette. En général, on le lâchait à ce stade. Mais derrière cette apparence hâbleuse, le Vison avait un grand cœur, profondément caché sous un discours à moitié désespéré. Un cœur qui cognait fort devant les photos qu'Ovette lui montrait sur son mobile. Des clichés d'un petit garçon presque nu au corps meurtri.

– Je les ai prises pendant qu'il dormait.

– Que lui est-il arrivé ?

– Aucune idée. Au centre de loisirs, ils affirment qu'il ne se passe rien là-bas. Lui, il dit que c'est le foot.

– On ne se fait pas ce genre de blessures au foot. J'ai joué au Bajen pendant un paquet d'années. D'accord, on se prend des coups quand on est dans la zone de confrontation, je jouais au centre, mais jamais à ce point-là.

– Non.

– Putain, on dirait qu'il a été tabassé !

– Oui.

Ovette s'essuya les yeux à la hâte. Le Vison la regarda et lui prit la main.

– Tu veux que je lui parle ?

Ovette acquiesça.

Le Vison l'assura qu'il aurait une discussion avec Acke.

Le foot ?

Impossible.

*

L'heure de fermeture approchait. Les boutiques de Sibyllegatan commençaient à éteindre leurs lumières. Le Chic insolite était encore allumé. Jackie Berglund restait chaque soir ouverte une heure de plus. Sa clientèle le savait et pouvait toujours passer à la dernière minute trouver un vêtement ou un objet de décoration à offrir. Un homme âgé d'Östermalm cherchait justement quelque chose dans le but d'amadouer son épouse. Il avait oublié sa fête la veille et il avait eu droit à la moue, comme il disait.

Il tripotait une paire de boucles d'oreilles accrochées au milieu d'autres bijoux de marque.

— Combien voulez-vous pour celles-ci ?

— Pour vous, sept cents.

— Et pour les autres ?

— Cinq cents.

C'était comme ça, entre Jackie et son cercle de clients plus ou moins mûrs, ils échangeaient des plaisanteries débiles.

Mais elle aurait fait n'importe quoi pour le business.

— Vous pensez qu'elles pourraient lui plaire ? s'enquit le vieux monsieur.

— Les femmes ont un faible pour les boucles d'oreilles.

— Vraiment ?

— Oui.

Comme il n'avait aucune idée des faiblesses des femmes, il prit les paroles de Jackie pour argent comptant et quitta la boutique avec un joli paquet rose. Au moment où la porte se refermait, le portable de Jackie sonna.

C'était Carl Videung.

D'une voix d'une clarté frappante et sans aucun problème

d'audition, il informa Jackie d'une visite qu'il avait reçue plus tôt dans la journée. Une jeune femme de l'école de police qui l'avait interrogé sur son ancienne entreprise d'escort-girls. Il avait feint d'être à moitié mourant pour découvrir ce qu'elle cherchait.

– On ne peut pas s'empêcher d'être curieux quand ça sent la bleusaille, se justifia-t-il.

– Et que voulait-elle ?

– Je ne sais pas, mais elle m'a posé des questions sur toi.

– Moi ?

– Oui et sur celles qui travaillaient en même temps que toi.

– Chez Gold Card ?

– Oui.

– Et qu'as-tu dit ?

– Je lui ai donné Miriam Wixell.

– Pourquoi ?

– Parce que Miriam s'est débinée comme une malpropre. Ce n'était pas très sympa, tu t'en souviens bien, non ?

– Oui. Et alors ?

– Alors je me suis dit que Miriam la raffinée serait peut-être contrariée si une future policière venait fouiner dans son passé.

– Tu es méchant.

– Je veux.

– Et à mon sujet, qu'as-tu dit ?

– Rien. Je ne suis pas méchant à ce point.

Et la conversation prit fin. Du moins en ce qui concernait Videung. Car Jackie la poursuivit, dans sa tête. Pourquoi une gamine posait-elle des questions sur son passé d'escort-girl ? Et qui était-elle ? Elle rappela Videung.

– Comment s'appelait-elle ?

– Olivia Rönning.

*

Installée dans son canapé, Olivia feuilletait le volume 2006 des chroniques criminelles nordiques qui rassemblait des affaires de l'année précédente relatées par la police elle-même. Elle avait fait un crochet par la bibliothèque de l'école pour l'emprunter en revenant de la maison de retraite. Pour une raison très simple : elle voulait voir si Tom Stilton avait participé à des enquêtes de l'année 2005. Des affaires qui auraient pu déboucher sur un conflit, comme Åke Gustafsson le supposait.

Il s'était passé beaucoup de choses sur le plan criminel en 2005. Elle s'arrêta çà et là. Entre autres sur un article consacré à la spectaculaire évasion de Hall, dans laquelle était impliqué Tony Olsson, l'assassin du policier Malexander. Il lui fallut donc un moment avant d'arriver à la page 71.

Là, elle tomba dessus.

Le meurtre brutal d'une jeune femme à Stockholm. Jill Engberg. Avec des détails qui mirent Olivia en alerte. Jill était escort-girl et enceinte. De plus, l'affaire n'avait pas été élucidée. Commis en 2005, l'année où Stilton avait quitté la police. Avait-il travaillé sur cette enquête ? Il n'était pas mentionné dans l'article rédigé par un certain Rune Forss. N'est-ce pas lui que j'ai vu dans cette émission de télévision sur les sans-abri ? se demanda Olivia tout en appelant Åke Gustafsson.

– Stilton enquêtait-il sur le meurtre de Jill Engberg ? En 2005 ?

– Je ne sais pas, répondit Gustafsson.

L'élan d'Olivia fut brisé. Mais pas son imagination. Jill était une escort-girl enceinte il y a six ans. Jackie avait jadis été escort-girl. La victime de la plage était enceinte. Jackie se trouvait sur l'île. Existait-il un lien entre Jill et Jackie ? Jill travaillait-elle pour Jackie ? Pour Red Velvet ? Stilton avait-il établi ces correspondances et repensé au meurtre de la plage ? Était-ce la raison de son silence étrange dans le local à ordures ?

Olivia prit une profonde inspiration. Elle avait cru que cette rencontre serait la dernière dont elle aurait besoin avec Stilton. Une longue expiration plus tard, elle l'appela.

– Avez-vous enquêté sur le meurtre de Jill Engberg en 2005 ?

– Oui, pendant un certain temps, répondit-il avant de raccrocher.

Un comportement auquel Olivia commençait à s'habituer. Il la recontacterait sans doute d'ici dix minutes pour lui fixer rendez-vous dans un endroit sympathique. Histoire de jouer au jeu des vingt questions dans des ténèbres puantes que traversaient des castors.

Mais il ne le fit pas.

*

Stilton était assis à la rédaction de *Situation Stockholm*. À part une fille qui s'affairait à la réception, il n'y avait personne. Il avait emprunté l'un des ordinateurs du journal pour aller sur le net visionner les films sur Trashkick. Les deux premiers avaient été retirés, mais les autres étaient toujours accessibles. Il y en avait trois. Le passage à tabac de Julio Hernandez, un immigrant sans-abri sous Västerbron, l'avant-dernier avec Benseman, puis le meurtre de Vera la Taupe. Rien n'avait été mis en ligne depuis.

Stilton passa les films et se força à les regarder. Avec minutie. Il cherchait un détail qui ne retenait pas l'attention immédiatement. Et il le découvrit. Sur le film de Västerbron. Il pesta de ne pas pouvoir faire un arrêt sur image et zoomer. Mais il pouvait mettre sur pause. Et en scrutant l'écran, il le vit très distinctement. Sur l'avant-bras de l'un des agresseurs. Un tatouage. Deux initiales, KF, entourées d'un cercle.

Stilton se cala à nouveau contre le dossier et releva les

yeux, qui tombèrent sur le portrait de Vera encadré de noir sur le mur. Tout au bout de la rangée des autres morts. Stilton sortit un calepin où il nota « KF » dans un cercle. Puis il regarda à nouveau la photo de Vera.

*

La dernière projection de *Black Swan* venait de se terminer et les spectateurs sortaient du cinéma Grand sur Sveavägen. Beaucoup se dirigeaient vers Kungsgatan. La soirée était belle avec juste une brise tiède. Une brise qui balayait le cimetière Adolf-Fredrik et faisait osciller les fleurs sur les tombes. Ici, il faisait plus sombre. En tout cas, à certains endroits. Près de la stèle de Palme, il régnait une semi-pénombre. Depuis Sveavägen, les quatre personnes qui venaient de s'y rejoindre étaient à peine visibles.

Deux d'entre elles étaient Bertil Magnuson et Nils Wendt.

Les deux autres avaient été réquisitionnées en urgence par l'intermédiaire de K. Sedovic, l'homme que Bertil contactait toujours lorsqu'il s'agissait d'accomplir certaines missions déplaisantes. Il en aurait peut-être besoin.

Wendt s'y attendait.

Il connaissait Bertil. Il n'était pas du genre à venir à un tel rendez-vous sans un minimum de précautions. Il n'avait donc pas bronché en voyant les deux autres. Il ne protesta pas non plus quand Bertil lui expliqua sur un ton affable que ses deux « conseillers » avaient l'intention de vérifier qu'il n'était pas en train d'enregistrer la conversation.

– Tu comprends peut-être pourquoi.

Wendt le comprenait. Il laissa les conseillers faire leur travail. En revanche, il avait une cassette avec une conversation enregistrée, que l'un des gorilles tendit à Magnuson. Ce dernier la prit et la tint sous le nez de Wendt.

– La conversation ?

– Oui. Enfin une copie. Écoute-moi bien, répondit Wendt.

Bertil examina la cassette.

– Le reste de la conversation est dessus ?

– Oui, en entier.

– Et où se trouve l'original ?

– À un endroit où je suis censé retourner au plus tard le 1er juillet. Si ce n'est pas le cas, l'enregistrement sera communiqué à la police.

Bertil esquissa un sourire.

– Une assurance-vie ?

– Oui.

Le regard de Bertil se porta de l'autre côté du cimetière. Il adressa un signe de tête aux sbires pour leur signifier de s'éloigner un peu, ce qu'ils firent. Bertil savait que Wendt ne laissait jamais rien au hasard. Toute leur relation d'affaires avait reposé sur ce principe. Bertil agissait parfois sur un coup de tête, mais Wendt jamais. Quelle que soit la situation, il doublait, voire triplait toujours ses filets de sécurité. S'il affirmait avoir pris les mesures pour que la bande originale, qui se trouvait en un lieu inconnu, soit envoyée à la police s'il n'était pas revenu avant le 1er juillet, c'était vrai. Wendt savait que Bertil en tiendrait compte.

Ce qui était effectivement le cas. Bertil se tourna à nouveau vers lui.

– Tu as vieilli, constata-t-il.

– Toi aussi.

– Un pour tous, tu t'en souviens.

– Oui.

– Qu'est-ce devenu ?

– Ça a disparu au Zaïre, répliqua Wendt.

– Pas seulement ça. Tu t'es volatilisé avec presque deux millions.

– Cela t'a surpris ?

– Cela m'a mis en colère.

– Je le comprends. Tu es toujours marié à Linn ?

– Oui.

– Elle est au courant de tout ça ?

– Non.

Les hommes se jaugèrent. Bertil se détourna vers le cimetière. La brise vespérale tiède caressait les stèles. Wendt continua à fixer Bertil du regard.

– Tu as des enfants ? s'enquit-il.

– Non. Et toi ?

S'il avait fait moins sombre, Bertil aurait peut-être perçu le tressaillement qui parcourut les paupières de Wendt.

– Non, je n'ai pas d'enfant.

Le silence se fit pendant quelques secondes. Bertil jeta un coup d'œil en direction de ses sbires. Il ne comprenait toujours pas.

– Alors que veux-tu ? demanda-t-il en se tournant vers lui.

– D'ici trois jours, tu vas publier un communiqué pour annoncer que MWM cesse sur-le-champ toute exploitation de coltan au Congo. Vous allez en outre verser des compensations financières à tous les habitants du secteur de Walikale qui ont eu à souffrir de vos activités.

Bertil observa Wendt. L'espace d'un instant, il se dit que l'homme face à lui était un malade mental. Mais ce n'était pas le cas. Il était simplement fou de rage.

– Tu es sérieux ?

– Ai-je l'habitude de plaisanter ?

Non, Nils Wendt ne plaisantait jamais. Il était l'une des personnes les plus sérieuses que Bertil ait rencontrées, et même si de nombreuses années s'étaient écoulées depuis leur dernier contact, le visage et les yeux de Wendt lui indiquaient qu'il n'était certainement pas devenu plus drôle au fil des ans.

Il était sérieux comme un pape.

– Tu veux donc dire que si je ne t'obéis pas, cette conversation sera transmise à la police ?

Il lui fallait l'énoncer à haute voix pour en mesurer les conséquences

– Oui, confirma Wendt. Et tu es sans doute parfaitement conscient des implications.

Bertil l'était. Il n'était pas idiot. Il connaissait les répercussions que cela aurait si la conversation enregistrée était rendue publique dès qu'il en avait entendu le premier extrait sur son portable. Elles étaient synonymes de cataclysme.

À tous les niveaux.

Tous ces niveaux que Wendt comprenait fort bien.

– Bonne chance.

Wendt commença à s'éloigner.

– Nils !

Wendt se retourna légèrement.

– Franchement, quel est le sens de tout cela… en fait ?

– C'est une vengeance.

– Vengeance ? Par rapport à quoi ?

– Nordkoster.

Wendt continua à marcher.

Les sbires qui attendaient à l'écart réagirent et lorgnèrent du côté de Bertil. Son regard était rivé au sol, pas très loin de la tombe de Palme.

– Vous avez encore besoin de notre aide ? s'enquit l'un d'eux.

Bertil releva la tête et considéra le dos de Wendt qui s'éloignait entre les stèles.

– Oui.

*

Stilton était assis sur le troisième palier de l'escalier de pierre et parlait avec le Vison par mobile interposé.

– Deux initiales. K et F. Entourées d'un cercle.

– Un tatouage ? demanda le Vison.

– Ça en a l'air, mais il pourrait également les avoir tracées au stylo, je ne sais pas.

– Quel bras ?

– J'ai eu l'impression que c'était le droit, mais c'était assez animé alors je n'en suis pas sûr à cent pour cent.

– D'accord.

– Sinon tu n'as rien de neuf ?

– Pas encore.

– Salut.

Stilton raccrocha et se remit en route. Il montait l'escalier, en direction de Klevgränd, pour la cinquième fois de la nuit. Il avait réduit son temps de plusieurs minutes et ses poumons tenaient le coup. Il n'était plus aussi essoufflé et transpirait beaucoup moins.

Il était sur la bonne voie.

*

Linn Magnuson était stressée à cause d'un bouchon. Dans à peine une demi-heure, elle devait prendre la parole au conseil municipal pour évoquer le « bon management » devant une importante assemblée de petits chefs. Mais elle savait précisément les questions qu'elle allait évoquer. La clarté, la communication, la gestion de la relation. Trois points qu'elle connaissait sur le bout des doigts.

La gestion de la relation, songea-t-elle, encore une chance qu'il s'agisse de la vie professionnelle et non de la vie privée. Dans ce domaine, elle n'avait pas l'impression d'être une grande experte pour le moment. Son couple prenait l'eau. Elle ne comprenait pas pourquoi. Le problème ne lui était pas imputable à elle, mais à son mari. Il était rentré au milieu de la nuit, vers 3 heures, et était allé s'asseoir sur la terrasse sans allumer. Ce n'était pas si inhabituel, en soi. Il avait souvent des rendez-vous téléphoniques aux heures les plus incongrues et ne revenait à la maison qu'après. En revanche, il s'était installé avec une bouteille d'eau minérale. Cela ne lui était jamais arrivé, pour autant que Linn s'en souvienne. Lorsqu'il emportait quelque chose à l'extérieur, c'était toujours une boisson ambrée. Du whisky, du calvados ou du cognac. Jamais de l'eau. Et dans une relation comme la leur, ce genre de petite déviance donnait à réfléchir.

Matière à spéculer.

L'entreprise ? Une autre femme ? Sa vessie ? Avait-il fait pratiquer un examen en secret et appris qu'il avait un cancer ?

Quelque chose ne collait pas.

Et depuis un bout de temps.

Quand elle avait voulu le questionner ce matin, il était déjà parti. Pas juste parti, il ne s'était même pas couché.

Elle réussit à s'extraire de l'embouteillage et accéléra en passant devant l'université.

*

– Un devoir pour l'école ?

– Oui.

Olivia avait fixé un rendez-vous à Miriam Wixell sous un faux prétexte. Elle avait déclaré être en deuxième année à l'école de police, ce qui était vrai, et devoir rédiger un mémoire sur ce qu'on appelait le business des escort-girls. « Un travail très important. » Elle s'était volontairement mise dans la peau d'une fille naïve. Elle lui dit être tombée sur son nom quand l'un de ses enseignants lui avait communiqué un vieux dossier d'enquête sur Gold Card, et Miriam Wixell était la seule personne qu'elle avait réussi à localiser.

– Que voulez-vous savoir ? lui avait demandé Miriam au téléphone.

– Euh, surtout, la manière dont vous envisagiez les choses. J'ai moi-même vingt-trois ans et j'essaie d'imaginer pourquoi on devient escort-girl. Ce qui vous a attirée dans cette activité.

Quelques phrases de baratin supplémentaires et la femme avait mordu à l'hameçon.

Elles se retrouvèrent à une terrasse de Birger Jarlsgatan.

Le soleil vif parvenait jusqu'à elles entre les immeubles et Miriam chaussa une paire de lunettes de soleil. Telle une élève appliquée, Olivia sortit un calepin et la fixa.

– Vous êtes critique gastronomique ?

– Oui, en free-lance, pour des magazines de voyage.

– Passionnant. Mais on ne grossit pas trop ?

– Que voulez-vous dire ?

– Eh bien qu'il faut manger beaucoup de mets pour pouvoir les juger.

– C'est gérable.

Miriam esquissa un sourire. Elle s'était laissé attirer par la promesse d'un entretien assorti d'une invitation à déjeuner. Elle ne s'attarda guère sur son passé d'escort-girl. Il avait été court. Lorsqu'on lui avait réclamé des services qu'elle n'était pas prête à offrir, elle s'était retirée du jeu.

– Du genre relations sexuelles ? s'enquit Olivia en écarquillant les yeux autant que possible.

– Par exemple.

– Mais vous étiez nombreuses à travailler pour Gold Card, non ?

– Oui.

– Vous étiez toutes suédoises ou pas ?

– Je ne sais pas.

– Vous souvenez-vous de certaines de vos collègues ?

– Pourquoi me posez-vous cette question ?

– Euh, parce que je pourrais peut-être contacter d'autres personnes.

– Je ne me souviens plus du nom des autres.

– D'accord…

Olivia avait noté que la femme se tenait sur la défensive, mais elle n'en avait pas encore vraiment fini.

– Vous rappelez-vous si une fille avait les cheveux bleus ? s'enquit-elle.

– Oui, je m'en souviens !

Miriam éclata de rire.

– C'était une nana blonde de Kärrtorp. Je crois qu'elle s'appelait Ovette. Elle s'imaginait que des cheveux bleus la rendraient sexy !

– Et ce n'était pas le cas ?

– Non, c'était juste laid.

– J'imagine. Est-ce que l'une d'entre vous semblait originaire d'Amérique du Sud ? D'après vos souvenirs ?

– Oui… Elle… je ne me rappelle pas son nom, mais c'était une très belle fille qui avait l'air de là-bas.

– La peau foncée ? Des cheveux noirs ?

– Oui… en effet. Vous la connaissez ?

– Non, une des escorts est décrite ainsi dans cette enquête et je me suis dit qu'il s'agissait peut-être d'une étrangère et que les immigrés étaient très inhabituels à cette époque.

– Vraiment ? Ils ne l'étaient pas tant que ça.

Miriam sentit soudain qu'elle ne saisissait pas bien où voulait en venir cette jeune femme. Elle remercia pour le repas, se leva et s'en alla abruptement. Olivia avait encore une question, mais elle n'eut jamais la possibilité de la poser :

« Cette fille aux cheveux noirs fréquentait-elle Jackie Berglund ? »

Olivia partit en direction de Stureplan. Une brise tiède remontait de Nybroviken. Des piétons aux tenues légères déferlaient de tous côtés. Olivia suivit le flot. Quelque part à la hauteur du restaurant East, l'idée lui vint.

Après tout, elle n'était qu'à un pâté de maisons de la boutique.

Le Chic insolite.

Elle était là.

La boutique de Jackie Berglund sur Sibyllegatan. Olivia observa le magasin un moment depuis le trottoir opposé. La mise en garde d'Eva Carlsén résonnait à ses oreilles : Ne pas fouiner du côté de Jackie Berglund.

Je ne vais pas fouiner. Je vais juste entrer dans sa boutique et regarder ce qu'elle vend. Je suis une personne totalement anonyme qui y flâne comme n'importe quelle cliente. Il n'y a là aucun risque, quand même ? se dit Olivia.

Et elle entra.

La première chose qui la frappa fut l'effluve de parfum doucereux qui emplit ses narines.

Puis elle s'intéressa aux produits proposés. Ils étaient très éloignés de ses préoccupations. Des objets qu'elle n'aurait jamais imaginé avoir chez elle et des vêtements qui n'auraient certainement pas mis son corps en valeur. Avec des prix carrément grotesques, estima-t-elle en se penchant sur une robe. Lorsqu'elle releva les yeux, Jackie Berglund se tenait devant elle. Bien maquillée, les cheveux foncés, un peu plus grande que la moyenne. Son regard bleu intense observait la jeune cliente. Olivia songea à ce qu'Eva Carlsén lui avait révélé au sujet de ces yeux quand elle avait interrogé Jackie sur Red Velvet.

— Puis-je vous être utile ?

Prise au dépourvu, Olivia ne sut tout à coup plus quoi répondre.

— Non, je voulais juste regarder.

— Vous intéressez-vous à la décoration ?

— Non.

Réponse stupide. Olivia la regretta sur-le-champ.

— Peut-être ces robes-ci vous intéresseraient-elles, elles sont à la fois neuves et vintage, expliqua Jackie.

— Ah bon… euh… non, je ne pense pas vraiment que ce soit mon style.

Mais elle l'a sans doute compris dès l'instant où je suis entrée, se dit Olivia. Elle s'attarda un moment, tripota quelques boucles d'oreilles et un phonographe des années trente. Puis elle sentit qu'il était temps de s'éclipser.

— Merci beaucoup !

Olivia quitta le magasin.

C'est à ce moment-là que Jackie comprit. Ou pensa avoir compris. Elle appela Carl Videung.

— Cette Olivia Rönning qui t'a rendu visite et t'a posé des questions sur moi, à quoi ressemble-t-elle ?

— Cheveux foncés.

— Un léger strabisme ?

— Oui.

Jackie raccrocha et composa un autre numéro.

*

Le Vison n'était pas du matin, plutôt un oiseau de nuit. Il se sentait alors dans son milieu naturel. Il y évoluait dans des cercles familiers et se débrouillait pour y capter ce qu'il refourguait ailleurs. Il pouvait s'agir d'un tuyau, d'un sachet blanc ou seulement d'un chien : la nuit précédente, il avait donné un vieux berger allemand d'un type qui avait fait une overdose à Kungsan à une aide-soignante de Bandhagen qui avait craqué. Elle savait que son jules se camait, mais elle pensait qu'il contrôlait sa consommation. Ce n'était pas le cas.

La chienne s'appelait Mona.

Rien que ça, pensait le Vison, en se demandant s'il fallait y voir un sous-entendu politique*. Il avait pris le métro en direction de Flempan pour avoir une petite conversation avec Acke au centre de loisirs.

Le Vison n'était pas un génie de la stratégie.

Acke n'était pas au centre de loisirs.

Le Vison se renseigna auprès des gamins devant le bâtiment, mais personne ne savait où se trouvait le gamin.

— Tu es son paternel ?

— Non, je suis son mentor, lâcha le Vison.

* Référence à Mona Sahlin, chef de l'opposition de 2007 à 2011.

Mentor ? Certes, il ne savait pas très bien ce que ce terme impliquait, mais il désignait quelqu'un qui en savait un peu plus que d'autres, et le Vison savait la plupart des choses.

Mentor lui semblait donc approprié.

En revenant vers la station, il aperçut Acke. Enfin, un gosse seul qui jouait avec un ballon contre une clôture, et d'après les photos du portable de Vettie, il pouvait s'agir d'Acke. En outre, il l'avait vu plusieurs fois en compagnie de Vettie quand le gamin était plus jeune.

— Salut, Acke !

Acke se retourna. Le Vison s'approcha en lui souriant.

— Je peux essayer ton ballon ?

Acke le fit rouler vers le petit homme à la queue-de-cheval. Il se hâta de se baisser quand le Vison shoota dans une direction qu'il n'avait pas du tout anticipée.

— Parfait ! s'exclama le Vison en riant.

Acke, lui, cherchait du regard le ballon qui avait disparu.

— Tu aimes le foot ? s'enquit le Vison.

— Oui.

— Moi aussi. Tu sais qui est Zlatan ?

Acke considéra ce type complètement givré l'air ébahi. Qui est Zlatan ? Il est con ou quoi ?

— Bien sûr que oui. Il joue à Milan.

— Et avant ça, il a joué en Espagne et aux Pays-Bas. Tu sais, j'ai bossé avec lui au début de sa carrière, lorsqu'il était au Malmö FF, c'est moi qui lui ai permis de partir jouer en Europe.

— Ah bon...

— On peut dire que je lui ai donné accès à l'autoroute.

Acke avait dix ans et un type adulte lui parlait de Zlatan sans qu'il comprenne bien ce qu'il lui racontait.

— Tu connais Zlatan ?

— Sans blague, s'il y a bien une personne que Zlatan appelle quand il y a un problème, c'est moi. Nous sommes comme ça !

Le Vison avait levé deux doigts entrecroisés devant le visage d'Acke.

– Au fait, je m'appelle le Vison.

– Salut.

– Je connais ta mère, Ovette. Tu veux un hamburger ?

Acke engloutit un double hamburger au fromage au Kebab & Grill de Flempan dans le centre-ville. Le Vison était assis face à lui. Il réfléchissait à la manière dont il allait aborder le problème. Les mômes de dix ans n'étaient pas sa spécialité alors il alla droit au but.

– Ta mère m'a dit que tu avais des tas de bleus et que tu mettais ça sur le compte du foot. Je crois que tu mens.

Acke envisagea d'abord de se lever et de partir. Sa mère avait parlé à ce type de ses bleus. Pourquoi ?

– En quoi ça te regarde ?

– Que tu mentes ?

– Je ne mens pas !

– Je joue au foot depuis de nombreuses années, c'est comme ça que j'ai rencontré Zlatan. Je sais quelles blessures on se fait sur le terrain. Tes bleus ne sont pas dus au foot. Il va falloir que tu trouves mieux.

– Ma mère me croit.

– Tu aimes lui mentir ?

– Non.

– Alors pourquoi tu le fais ?

Acke se détourna. Il n'aimait pas mentir à sa mère, mais il n'osait pas lui dire la vérité.

– Bon, Acke, on va faire comme ça : tu peux continuer à mentir à Ovette, ça me va. Moi aussi, j'ai menti à ma mère, souvent. Mais entre nous, juste entre nous, ce ne sont pas des blessures dues au foot, hein ?

– Non.

– C'est de la baston ?

– Du genre.

— Tu peux me raconter, non ? insista le Vison.

Acke hésita quelques secondes, puis il remonta légèrement l'une de ses manches de pull.

— J'en fais partie.

Le Vison considéra son bras dénudé. Les initiales KF entourées d'un cercle y étaient tracées au feutre.

— Qu'est-ce que ça veut dire ?

Dix minutes plus tard, le Vison sortit du resto pour passer un appel. Acke l'attendait à l'intérieur.

Le Vison contacta Stilton.

— Kid Fighters ?

— Oui, confirma le Vison. On les appelle comme ça. Les plus âgés de la bande se font tatouer KF entouré d'un cercle sur le bras.

Stilton respirait fort à l'autre bout du fil.

— Où est-ce qu'ils crèchent ?

— Il ne sait pas exactement. C'est quelque part à Årsta, un lieu souterrain.

— Le même endroit à chaque fois ?

— Oui.

— Et il y a des combats tous les soirs ?

— Il le pense.

— Tu as encore des contacts avec les gars d'UE ?

— Je crois. Un numéro…

— Envoie-le-moi.

Stilton savait que le Vison ne perdait jamais un contact. Une grande partie de sa survie en dépendait.

Le Vison raccompagna Acke chez lui. Cela lui paraissait préférable. Quand Ovette leur ouvrit, elle eut droit à une grosse étreinte d'Acke, qui fonça chercher ses affaires de foot.

— Tu vas jouer maintenant ?

— Oui !

Ovette considéra le Vison qui regarda Acke. Ce dernier lui répondit par un clin d'œil avant de s'éclipser.

— Il va au foot ? s'enquit Ovette.

Elle avait l'air inquiète.

— Oui.

Le Vison entra d'un pas assuré dans la cuisine.

— Mais qu'a-t-il dit ? Qu'as-tu tiré de lui ? le questionna Ovette.

— Ce ne sont pas des blessures de foot. Tu bosses ce soir ?

— Non.

Ovette s'assit en face du Vison. La lumière crue du néon au-dessus du plan de travail faisait ressortir l'usure dénuée de toute sentimentalité de son visage. Pour la première fois, le Vison comprit combien la vie de Vettie était pénible physiquement. Il l'avait toujours rencontrée maquillée, même au café en ville. Là, son visage était nu, rien ne pouvait dissimuler ce que cela impliquait de gagner sa vie comme elle le faisait.

— Tu es obligée de continuer cette merde ?

— Le trottoir ?

— Oui.

Ovette ouvrit le Velux et alluma une cigarette. Le Vison la connaissait assez bien, il en savait long sur sa vie. Long. Par contre, il ignorait pourquoi elle tapinait, mais il devinait que c'était une question d'argent. De survie, avec la conviction permanente que cette nuit serait la dernière. Ou l'avant-dernière. Ou juste une nuit de plus avant de raccrocher.

Mais cette dernière nuit n'arrivait jamais.

— Que pourrais-je faire d'autre ?

— Prendre un boulot. N'importe lequel.

— Comme toi ?

Le Vison esquissa un sourire et haussa les épaules. Il n'était pas un spécimen reluisant lorsqu'il s'agissait de cet aspect de la réalité. Il n'avait pas eu d'emploi au sens strict du terme depuis qu'il s'était occupé de l'ascenseur public

222

de Katarina pendant une saison au cours de sa jeunesse. Il montait et descendait neuf heures d'affilée, puis il se retrouvait à nouveau dans la rue.

– Tu as du café ?

– Oui.

Pendant qu'Ovette leur préparait deux tasses de café moulu, le Vison cherchait la manière la plus douce pour lui expliquer l'origine des hématomes d'Acke.

*

Plusieurs années auparavant, le Vison avait aidé Stilton à entrer en contact avec l'organisation UE, dans le cadre d'une enquête au sujet d'une intrusion supposée dans un espace militaire souterrain. UE signifiait Urban Exploration, un groupe d'individus qui cartographiaient les lieux souterrains en milieu urbain. Les systèmes de tunnels. Les usines désaffectées. Les grottes. Les abris. Des milieux abandonnés souvent interdits d'accès.

Une activité pas tout à fait légale.

Le Vison lui avait envoyé un texto avec le numéro de son contact au sein d'UE, que Stilton avait appelé pour solliciter un rendez-vous. Il avait prétendu qu'il allait effectuer un reportage pour *Situation Stockholm* sur les milieux étranges et cachés dans le secteur de la capitale. Le type connaissait le journal et l'appréciait.

Il accepta donc.

Cette activité n'étant pas légale, Stilton ne fut pas surpris que ses deux interlocuteurs aient enfilé des cagoules pour masquer leur visage. Il s'en fichait. Même le lieu avait été choisi par souci de discrétion. Une camionnette dans le port de Hammarby. L'un des types était au volant. L'autre, assis à l'arrière. Stilton avait pris place sur le siège passager. Son apparence générale ne posait pas problème en tant que pigiste pour *Situation Stockholm* et aucun des types ne réagit.

– Que veux-tu savoir ?

Stilton expliqua le parti pris du reportage : montrer qu'il existait un nombre incroyablement élevé d'espaces secrets sous une ville comme Stockholm et que les membres d'UE étaient sans doute ceux qui en savaient le plus à ce sujet. Flagornerie et pieux mensonges. L'un d'eux s'esclaffa et demanda s'il s'agissait de dégoter des endroits où des sans-abri pourraient crécher. Stilton se marra également et admit que ce risque n'était pas à exclure. Puis les deux types échangèrent un bref regard et retirèrent leur cagoule. L'un d'eux était une fille.

Au temps pour les préjugés, songea Stilton.

– Vous avez une carte ? s'enquit la fille.

Stilton en avait emporté une. Il la sortit et la déplia.

La fille et le garçon passèrent la demi-heure suivante à lui désigner toutes sortes de lieux souterrains remarquables. Stilton feignait tantôt la fascination, tantôt la surprise. Enfin il ne simulait pas complètement. Il était vraiment captivé par certains endroits. Tant parce qu'ils existaient, sous la terre, que parce que ces deux jeunes les connaissaient. Il était impressionné.

– Incroyable, commenta-t-il, et plus d'une fois.

Mais au bout de trente minutes, il sentit que le moment était venu. Il expliqua qu'un de ses potes SDF prétendait qu'il existait dans le secteur d'Årsta un vaste espace souterrain que presque personne ne connaissait.

– Vous êtes au courant ?

La fille et le garçon échangèrent un sourire entendu. Comme s'ils ignoraient quelque chose sur le sous-sol de Stockholm !

– Il y a un endroit là-bas, répondit le type. On le surnomme Vins et Spiritueux.

La fille prit la carte et pointa son index.

– Là.

– C'est grand ? demanda Stilton.

— Super-grand. Ce devait être une station d'épuration au départ, mais le projet est complètement tombé à l'eau. Plusieurs étages sous terre.

— Vous y êtes déjà allés ?

Le couple échangea à nouveau un regard. Jusqu'où pouvaient-ils lui faire confiance ?

— Je ne divulguerai pas vos noms et ne prendrai pas de photos. Personne ne sait à qui j'ai parlé, ne vous inquiétez pas, les rassura Stilton.

Ils hésitèrent quelques secondes.

— Nous y sommes allés, finit par dire la fille.

— Comment y accède-t-on ? C'est difficile ?

— Oui et non, répondit le garçon.

— Comment ça ?

— Soit on passe par les grilles d'une galerie à l'avant, puis on parcourt un assez long tunnel dans la montagne et on arrive à une porte en acier qui donne sur la grotte elle-même et qui est généralement plombée... c'est la voie facile, commença le garçon.

— Et la difficile ?

La fille regarda le garçon derrière le volant qui considérait Stilton. Là, on en venait aux secrets professionnels.

— Il y a un puits exigu, on y accède par une plaque d'égout dans la rue... ici...

Le garçon désigna à nouveau un point sur la carte.

— Une échelle métallique étroite est fixée dans la paroi sous la plaque. Il faut descendre d'environ quinze mètres dans le puits, puis il y a une trappe de fer et de l'autre côté un passage...

— Qui mène jusqu'à la grotte ?

— Oui, mais il est...

Le garçon se tut.

— Il est ?

— C'est un passage extrêmement étroit.

— Et long, ajouta la fille. Et sans la moindre lumière.

– D'accord.

Stilton acquiesça. La fille replia la carte. Le garçon scruta Stilton.

– Vous n'avez quand même pas l'intention de vous y rendre en empruntant ce boyau ?

– En aucun cas.

– Tant mieux, car vous ne passeriez jamais.

Le Vison appela alors que Stilton quittait le port de Hammarby.

– Tu es entré en contact avec eux ?

– Oui.

– Ils étaient au courant de quelque chose ?

– Oui.

– Il y a une salle souterraine là-bas, à Årsta ?

– Oui.

– D'accord, dans ce cas, nous le savons.

« Nous », pensa Stilton en trouvant que le Vison employait presque le même ton que dans le passé. Croyait-il qu'ils formaient une équipe ?

– Alors, qu'as-tu l'intention de faire ? s'enquit le Vison.

– D'aller y jeter un coup d'œil.

Stilton raccrocha.

Il allait descendre dans l'étroit puits sous la plaque d'égout au moyen de l'échelle scellée dans la paroi. Quinze mètres plus bas, il trouverait une trappe de fer dans la paroi. Avec un peu de chance, elle serait ouverte. S'il avait encore plus de chance, il parviendrait peut-être à s'introduire dans le boyau par cette trappe. Sur le ventre. Plongé dans l'obscurité totale. Il serait impossible de s'y retourner. S'il ne pouvait pas progresser davantage, il n'aurait pas d'autre choix que d'essayer d'en ressortir à reculons.

S'il ne restait pas coincé.

C'était l'un de ses cauchemars récurrents. Rester coincé.

Dans différents endroits dans chacun de ses rêves, mais toujours avec le même scénario : il gisait ligoté, enfermé, dans un lieu fermé à clé et savait qu'il n'en sortirait jamais. Qu'il serait écrasé dans un étau de terreur.

Il allait à présent se confronter à son cauchemar. De son plein gré. Il allait se glisser dans un boyau souterrain à peine plus large qu'un corps humain.

S'il restait coincé, ce serait définitif.

Très lentement, il se mit à descendre l'échelle métallique dans le conduit exigu. De grosses araignées noires couraient sur les murs. À mi-chemin, il songea que la trappe n'était peut-être pas ouverte. Une espèce d'espoir auquel il n'avait pas le droit de s'accrocher, qu'il se hâta d'écarter.

La trappe était ouverte.

Ou du moins l'était-elle à moitié. Stilton la repoussa d'un pied aussi loin que possible et réussit à passer son torse par l'ouverture. Il ne vit bien sûr rien à l'intérieur. Ce n'était qu'un trou sombre sur plusieurs mètres, et le noir complet. En allumant sa lampe de poche, il vit que le boyau décrivait une légère courbe, puis disparaissait.

Le souffle court, il força le reste de son corps à entrer. C'était beaucoup plus étroit qu'il ne l'avait imaginé. Allongé sur le ventre, les bras tendus vers l'avant, il s'aperçut à quel point il était stupide. Puis il pensa à Vera. Il éteignit sa lampe et entreprit d'avancer.

De ramper.

Il devait prendre appui sur ses orteils pour se propulser. S'il relevait la tête, il se cognait. S'il la baissait, il se raclait le menton. Il progressait très lentement, mais il progressait. Décimètre après décimètre, il rampait dans ce passage enténébré. La sueur dégoulinait dans son cou. Il lui fallut un certain temps avant de se rapprocher du coude qu'il avait repéré. Là, il lui faudrait prendre une décision. Si l'angle était trop serré, il ne passerait jamais. Le risque de rester coincé était grand.

Le risque de basculer dans le cauchemar était maximal. Il venait d'atteindre le coude.

Il alluma de nouveau sa lampe de poche et vit les yeux jaunes du rat à environ un mètre devant lui. Cela ne l'impressionna guère. Quand on est sans-abri depuis plusieurs années, on est familier de *Rattus norvegicus,* qui est souvent la seule compagnie dont on dispose. Le rat éprouva sans doute quelque chose de semblable, car au bout de quelques secondes il fit demi-tour et disparut au détour du virage.

Stilton le suivit en rampant et s'engagea dans le coude. Alors qu'il l'avait à moitié franchi, il cessa de progresser. L'angle était trop aigu de quelques degrés, ce dont Stilton s'aperçut hélas trop tard, alors qu'il y avait déjà forcé la majeure partie de son torse. Il ne passerait pas. Mais il ne pouvait pas reculer non plus. Il était pris au piège dans ce coude.

Il était coincé.

Comme dans un étau.

*

Il avait garé sa Jaguar grise non loin du Musée de la marine, le capot pointé vers le canal de Djurgård. Il n'y avait presque pas d'autres voitures à cet endroit. Pourtant, il n'en avait pas moins regardé autour de lui avant de sortir la cassette de Wendt. Une vieille cassette magnétique. Pourquoi ne l'a-t-il pas copiée sur un CD ? s'interrogea-t-il. Typique de Nils. Par chance, son luxueux véhicule était également équipé d'un lecteur de cassettes.

Il écouta l'intégralité de la conversation enregistrée, même s'il se souvenait de chaque réplique. Une torture.

Après avoir éjecté la cassette, il tira lentement sur la fine bande magnétique. Centimètre par centimètre, jusqu'à avoir un gros écheveau dans la paume. Même si cela ne servait à rien, puisqu'il existait un original. En un lieu inconnu. Avec le même dialogue compromettant. Un original qu'il lui fallait se procurer à tout prix. De préférence dans les trois jours. Il n'avait aucune intention de se plier à l'ultimatum de Wendt. Cette option était inenvisageable.

Pour l'instant.

Mais il était assez réaliste pour se rendre compte qu'elle risquait fort de le devenir. Quand les trois jours se seraient écoulés.

Que ferait-il si Wendt rendait la conversation publique ? Que pourraient faire ses avocats ? Prétendre qu'il s'agissait d'un faux ? Mais une analyse vocale prouverait le contraire. Et Linn ? Elle reconnaîtrait sa voix sur-le-champ.

Bertil alluma un cigarillo. Il avait fumé presque un paquet entier ce jour-là. Il s'aperçut dans le rétroviseur. Il avait l'air en aussi piteux état que Wendt. Pas rasé, le teint grisâtre. Pas de sommeil la nuit précédente, pas de petit déjeuner, pas mal de commentaires acerbes pour des rendez-vous annulés et puis Linn. Il savait qu'elle avait senti quelque chose et qu'elle lui poserait quantité de questions délicates dès qu'elle en aurait la possibilité. Il ne pourrait que mentir. Mais mentir à Linn n'était pas aisé.

Il était vraiment sous pression.

– Tu as l'air un peu sous pression.

– Ah bon ? Non, enfin oui, il y a pas mal de choses en ce moment.

Erik Grandén l'avait soudain appelé. Il était rentré de Bruxelles et insistait pour qu'ils déjeunent ensemble. Comme Bertil cherchait à éviter les tête-à-tête avec Linn, il accepta.

– Le grill du théâtre à 19 h 30 ?

– Très bien.

– Tu amènes Linn ?

– Non.

Bertil raccrocha. Il baissa les yeux vers l'écheveau dans sa main, puis regarda le canal de Djurgård et sentit une boule se former dans sa gorge. Une grosse boule. Il déglutit plusieurs fois d'affilée, puis il craqua.

L'atmosphère du grill du théâtre était intime. Des murs revêtus d'un tissu bordeaux capitonné, des tableaux dans des cadres dorés et des éclairages tamisés. Erik Grandén s'y sentait dans son élément. En plein centre-ville. Il venait de faire un tour à Buckan sur Arsenalsgatan dans des galeries de peinture. Grandén y avait vu un Bærtling de la première période dont il était tombé amoureux. Peut-être devrait-il faire une offre ? Bærtling avait à nouveau la cote.

Il avait installé son grand corps dégingandé sur une banquette dans une alcôve en face de son vieux camarade de jeu, Bertil Magnuson. Non qu'ils aient jamais fait des pâtés de sable ensemble, mais dans leur milieu on se qualifiait volontiers de « camarades de jeu ». Pour le moment, ils se régalaient d'une truite meunière et de quelques verres de vin blanc d'un excellent cru de la cave de Grandén. Il avait méthodiquement investi dans un certain nombre de bouteilles exceptionnelles qu'il conservait ici.

– À la tienne !

– À la tienne !

Bertil était silencieux, ce qui convenait à Grandén, car il aimait entendre le son de sa propre voix. Il avait une longue expérience des feux de la rampe, aimait briller et savait choisir les expressions riches de sens.

Il aimait parler en public.

Lorsqu'il évoquait son « éventuelle » mission imminente au plus haut niveau européen, c'était comme s'il prononçait un discours dans un meeting électoral.

– Je dis « éventuelle » car rien n'est sûr avant d'être sûr, à ce niveau, comme Sarkozy le dit toujours. Nous avons d'ailleurs le même coiffeur à Paris. Mais je serais assez surpris si cela ne se faisait pas. Qui d'autre pourraient-ils choisir ?

Bertil savait que la question était rhétorique et reprit donc une bouchée de truite.

– Mais assez parlé de moi, comment vont les affaires

pour MWM ? J'ai cru comprendre qu'il y avait quelques remous autour de ton prix.

— Oui.

— Le Congo ?

— Oui.

— J'ai lu ce truc sur le travail des enfants. Cela ne fait pas très bonne impression.

— Non.

— Tu pourrais peut-être faire une donation ?

— À qui ?

— À un hôpital pour enfants, à Walikale. Prends à ta charge la construction et l'équipement. Injecte quelques millions dans le système de santé local. Cela redorerait un peu ton blason.

Grandén possédait une extraordinaire compétence en matière de realpolitik et de stratégie ; il était passé maître dans l'art de redorer un blason.

— Peut-être. Le problème concerne l'extraction en elle-même. Nous n'arrivons pas à obtenir les terrains que nous voulons.

— Avez-vous avancé vos pions trop vite ?

Bertil esquissa un sourire. Erik avait un talent manifeste pour prendre ses distances dès qu'une situation tournait mal.

— Tu sais parfaitement à quelle vitesse nous avons avancé nos pions, Erik. Tu as vu de tes propres yeux le développement de nos activités, non ?

— Ce n'est pas nécessaire d'entrer dans de telles considérations.

Grandén n'aimait pas qu'on lui rappelle qu'il avait encore les doigts dans le pot de confiture. Officiellement, il les avait léchés depuis longtemps.

— Est-ce pour ça que tu as l'air éteint ? s'enquit-il.

— Non.

Bertil fut alors près, très près, d'en dire trop. C'était

peut-être le vin, le manque de sommeil, les médias ou juste le besoin d'alléger son cœur. D'évacuer le stress.

Mais il se ravisa.

Il n'aurait pu expliquer la conversation enregistrée. Et même s'il l'avait pu, s'il avait effectivement avoué à son vieil ami et camarade de jeu ce qui était la source de cette conversation, il ignorait comment Erik aurait réagi. Il savait qu'Erik était de la même étoffe que lui. Aussi égocentrique. Mais s'il lui parlait de cette conversation, il était tout à fait possible qu'il règle la note, le remercie pour une amitié longue et enrichissante, puis disparaisse de la vie de Bertil.

Pour de bon.

Il préféra donc orienter la conversation sur le sujet préféré d'Erik.

— Quelle est la nature de ta mission en ce moment ?

— Si tout se passe bien, tu trinqueras avec l'un des hommes les plus puissants d'Europe la prochaine fois que nous viendrons ici.

Erik Grandén rentra légèrement la lèvre inférieure. Un geste coutumier chez lui pour indiquer qu'il laissait beaucoup de choses non dites.

Aux yeux de Bertil, il paraissait juste emprunté.

*

Il avait dû perdre connaissance pendant un moment. Combien de temps, il l'ignorait. Lorsqu'il revint à lui, il sentit un courant d'air froid dans l'étroit passage. Un courant d'air qui venait de l'autre extrémité, celle vers laquelle il était orienté. Ce fut sans doute le froid qui contracta son corps, ce qui lui permit de se dégager. Juste assez pour qu'à l'aide de battements frénétiques des pieds il réussisse à dépasser le coude et se déplier.

Il respira à fond, plusieurs minutes d'affilée, et constata qu'il lui serait impossible de revenir en arrière. S'il voulait ressortir de cet endroit, il n'y avait qu'une voie : celle qui s'enfonçait devant lui.

Il se remit à ramper.

Encore et encore.

Comme sa notion du temps avait disparu depuis belle lurette, il n'avait aucune idée de la durée de son effort, mais soudain il se trouva presque au bout du passage. Une ouverture à peu près de la même taille que celle par laquelle il était entré. Il parcourut les derniers mètres et regarda de l'autre côté.

Une énorme grotte.

Il n'oublierait sans doute jamais ce qu'il y vit.

D'abord, il y avait la lumière. Ou plutôt les lumières. Des projecteurs fixés sur des trépieds diffusaient des éclairages rouges et verts pulsant et tournoyant dans toute la salle. Une lumière puissante à laquelle les yeux de Stilton mirent de longues secondes à s'accommoder.

Puis il vit les cages.

Deux. Carrées. Trois mètres de côté sur deux de haut. Installées au milieu de la grotte. Des structures en tubes d'acier, fermées par du grillage métallique gris.

Et à l'intérieur des cages, des gamins.

Deux dans chaque, autour de dix ou onze ans. Nus, à part un short en cuir noir. En train de se battre jusqu'à perdre connaissance. Sans gants. En sang.

Et puis les spectateurs.

Plusieurs rangées autour des cages. Excités. Hurlant. Vociférant. Les mains pleines de billets qui changeaient plusieurs fois de propriétaires au cours du combat.

Des combats en cage.

Avec des paris.

S'il n'avait pas été préparé par le récit du Vison, il lui aurait fallu longtemps pour comprendre ce qu'il avait sous les yeux.

Même comme ça, c'était difficile.

Pourtant, quelques heures plus tôt, il avait effectué une

recherche sur le *cagefighting* sur l'un des ordinateurs de *Situation Stockholm* et avait lu des informations à glacer le sang. Cette pratique avait commencé en Angleterre quelques années plus tôt. Des parents qui laissaient leurs enfants se battre dans des cages métalliques. Pour « s'entraîner », ainsi que l'avait exprimé un père. Stilton avait visionné une vidéo sur Youtube où deux gosses de huit ans se battaient dans une cage d'acier au Grenlands Labour Club de Preston. Il avait été à deux doigts de vomir.

Mais il avait continué à cliquer sur les liens.

Avec méthode, il avait recherché des informations de plus en plus pointues. Il avait appris comment le *cagefighting* s'était répandu dans d'autres pays et avait pris de l'importance d'année en année. Les paris étaient en progression constante et les sommes d'argent brassées considérables. Dans le même temps, cette pratique devenait plus clandestine à mesure qu'elle se diffusait. Pour finalement se retrouver sous terre.

À l'abri des regards, mais bien connue de ceux qui trouvaient du plaisir à voir des enfants se battre dans des cages. Des enfants gladiateurs.

Mais, bon sang, comment cela peut-il rester secret ? se demanda-t-il.

Et comment parviennent-ils à convaincre les enfants de se livrer à cette activité ?

Il comprit lorsqu'il vit un panneau expliquant que celui qui gagnait un combat grimpait dans le palmarès. Celui qui se trouvait en première position au bout de dix combats touchait de l'argent. Le monde regorgeait d'enfants pauvres. Des enfants sans foyer. Des enfants kidnappés. Des enfants dont personne ne se souciait. Des enfants qui imaginaient peut-être avoir une chance de se hisser quelque part en se battant dans des cages.

Ou des enfants qui cherchaient juste à gagner un peu d'argent pour aider leur mère.

Répugnant, se dit Stilton. Il avait lu que les combats étaient souvent organisés par des jeunes qui avaient eux-mêmes commencé dans les cages. Par ailleurs, ils portaient un tatouage particulier comme signe de reconnaissance.

Deux initiales. KF. Entourées d'un cercle.

Comme l'un des agresseurs du sans-abri de Västerbron.

Kid Fighters, selon Acke.

Voilà pourquoi Stilton était là.

Il avait du mal à garder les yeux sur les cages. L'un des gamins avait été mis KO et gisait, sanguinolent, sur le sol. Une trappe métallique fut entrouverte et son corps traîné à l'extérieur. Comme un cadavre. L'autre garçon dansait dans la cage tandis que les spectateurs sifflaient et lançaient des hourras, puis le silence revint. Un nouveau combat était sur le point de débuter.

C'est alors qu'il éternua.

Pas juste une fois, mais quatre. La poussière du passage s'était infiltrée dans ses narines. Au quatrième éternuement, il fut découvert.

Quatre types le traînèrent hors du boyau et l'un d'eux lui assena un coup. En tombant, sa tête heurta la paroi rocheuse. On le traîna jusqu'à une salle plus petite, loin des regards des spectateurs. Là, on lui arracha ses vêtements. Deux des types étaient assez jeunes, les deux autres plus âgés. On le souleva et le balança contre la paroi en granit. Du sang s'écoulait de son cuir chevelu sur ses épaules. L'un des plus jeunes sortit une bombe de peinture et inscrivit TRASHKICK sur son dos nu.

Un autre sortit un mobile.

*

L'un des inconvénients des portables est qu'ils abîment les poches. L'un de leurs avantages est que l'on peut facilement accéder au dernier numéro appelé. C'est ce qui se produisit quand le mobile du Vison sonna. Un rappel d'une personne qui, lors de leur dernière conversation, était concentrée et alerte, mais qui était à présent dans un tout autre état. Dans un si piteux état que le Vison n'entendit que quelques râles faibles. Cependant, le numéro sur l'écran lui indiquait l'auteur de l'appel : Stilton.

Le Vison devina rapidement où il devait se trouver.

Plus ou moins.

Årsta est une zone vaste quand on ne sait pas où l'on doit chercher. Le Vison appela Vettie et demanda à Acke une description plus précise de l'endroit d'Årsta où se trouvait la grotte. Cela l'aida, un peu. Il obtint une image exploitable du secteur. Si exploitable qu'il finit par trouver Stilton. Recroquevillé contre un mur de pierre gris. Nu et ensanglanté. Ses vêtements éparpillés autour de lui. Il tenait son portable dans une main. Stilton avait encaissé une sacrée dérouillée. Mais il était vivant et conscient. Le Vison parvint à lui enfiler son pantalon et sa veste.

– Il faut que tu ailles à l'hôpital.

– Non.

Stilton détestait les hôpitaux. Le Vison envisagea de l'y contraindre, mais il s'abstint et appela un taxi.

Le premier fit demi-tour sur-le-champ lorsque le chauffeur aperçut le duo. Le deuxième s'arrêta et leur suggéra d'appeler une ambulance. Puis il s'en alla. Le troisième venait de déposer un client quand le Vison lui fit signe. À ce stade, il avait retenu la leçon et avait caché Stilton derrière un buisson. Il se hâta d'expliquer au taxi que son pote s'était fait un peu amocher et qu'il avait besoin d'être soigné, et avant que le chauffeur n'ait eu le temps de dire quoi que ce soit, il lui colla deux billets de cinq cents couronnes dans la main.

Ce que ses paris lui avaient rapporté ce jour-là.

– J'ai moi-même été taxi pendant de nombreuses années et je sais comment ça peut être. Des alcoolos et de la merde, mais là, il n'y a pas d'embrouille. Nous devons aller rue Wibom, à Solna. Mille couronnes plus le taximètre, une course très bien payée, non ?

*

Olivia mangeait une glace dans sa cuisine. Son ordinateur portable était ouvert. Soudain, elle laissa tomber son cornet à terre et écarquilla les yeux. Elle était allée sur le site de Trashkick par pure curiosité. Elle avait d'abord vu un homme nu qu'on tabassait dans une espèce de grotte. Des images assez sombres. Puis le corps était balancé à l'extérieur, près d'un mur de pierre.

Stilton ? !

Un instant pétrifiée, elle composa le numéro de Stilton. Et attendit.

Elvis se dépêchait de laper la glace en train de fondre sur le sol.

Une voix inconnue s'éleva.

— Bonjour, c'est le Vison qui répond sur le portable de Stilton.

Le Vison ? S'agissait-il d'un de ses agresseurs ? Qui lui avait piqué son mobile ? Dans ce cas, pourquoi répondait-il ?

— Bonjour, je m'appelle Olivia Rönning et... Est-ce que Tom est là ? Stilton ?

— Oui.

— Où ?

— Dans la caravane de Vera. Que voulez-vous ?

La caravane de Vera ? Cette Vera-là ? Celle qui avait été tuée ?

— Comment va-t-il ? J'ai vu sur le net la manière dont il avait été tabassé et...

— Ça va. Vous le connaissez ?

— Oui.

Un demi-mensonge, plus ou moins, pensa Olivia. Mais je ne fais que broder un peu.

— Il m'aide pour un travail. Où se trouve la caravane de Vera ?

Le Vison avait besoin d'aide pour soigner les blessures de Stilton. Il avait surtout besoin de compresses et de pansements. Olivia pouvait en apporter. Il lui indiqua donc où se trouvait la caravane et lui demanda de rappliquer en vitesse.

Olivia alla chercher sa trousse de premiers secours et se précipita dans sa voiture. Elle ne savait pas vraiment pourquoi. Compassion pour Stilton ?

Possible.

Mais surtout par instinct.

Stilton lui indiqua un compartiment. Le Vison en sortit un bocal qui contenait une substance brun doré semblable à de la cire. Vera l'utilisait quand elle se blessait. L'étiquette écrite à la main mentionnait : « Baume pour les plaies » suivi d'une courte liste d'ingrédients.

— Onguent à base de résine, graisse de mouton, cire d'abeille, extrait d'alun... lut-il à haute voix.

— Contente-toi d'en étaler.

Stilton était allongé sur la couchette, une serviette ensanglantée autour du crâne. Sa chute contre la paroi rocheuse lui avait valu une belle entaille sur la nuque. Il désigna ses autres contusions. Les plaies externes qui avaient cessé de saigner. Le Vison considéra l'étrange pâte dans le bocal.

— Tu crois à cette merde ?

— Vera y croyait. Sa grand-mère lui avait donné la recette avant de se pendre.

— Oh putain, je vois.

Tu vois quoi ? pensa Stilton.

Le Vison entreprit d'étaler le baume.

Quand Olivia approcha de la caravane et jeta un coup d'œil prudent par la fenêtre, elle fut surprise par ce qu'elle vit. Un petit homme au nez pointu et arborant une queue-de-cheval était accroupi devant Stilton déshabillé. Il enduisait une partie du torse blessé de Stilton avec une pommade brune. L'espace d'une seconde, elle envisagea de faire marche arrière, de retourner dans sa voiture et d'aller s'acheter une autre glace.

Mais elle frappa.

Le Vison lui ouvrit.

– Olivia ?

– Oui.

Le Vison recula dans la caravane et se remit à oindre le torse de Stilton. Olivia monta les deux marches et entra. Elle posa la trousse de premiers secours.

Stilton la regardait.

– Bonjour, Tom.

Stilton ne répondit pas.

Chemin faisant vers Rien, Olivia avait eu le temps de dépasser son impulsion. Pourquoi voulait-elle se rendre à la caravane ? Et surtout, qu'allait en penser Stilton ? Était-il au courant de sa venue ? Il avait dû le comprendre quand ce Vison lui avait expliqué où se situait la caravane, non ? Ou était-il trop sonné pour le saisir ? N'était-ce pas une atteinte majeure à son intimité de débarquer comme ça ? Après tout, ils s'étaient juste rencontrés dans un local à ordures. Elle considéra Stilton qui garda les yeux rivés au sol. Était-il en colère ?

– Que s'est-il passé ? s'enquit-elle. Avez-vous été…

– Laissez tomber.

Stilton l'interrompit sans relever les yeux. Olivia ne savait pas si elle devait repartir ou s'asseoir. Elle s'assit. Stilton lui lança un bref regard et s'allongea à nouveau sur la banquette.

Il souffrait nettement plus que ce qu'il laissait paraître. Le Vison le recouvrit d'une couverture.

– Est-ce que tu as des antalgiques ici ? demanda-t-il à Stilton.

– Non, si, là.

Stilton désignait son sac à dos. Le Vison l'ouvrit et en sortit un flacon neuf.

– C'est quoi ?

– Du Valium.

– Ce ne sont pas des antalgiques, ce sont...

– Deux comprimés et de l'eau.

– D'accord.

Olivia parcourut rapidement les lieux du regard, repéra une bouteille en plastique à moitié remplie d'eau. Elle en versa dans un verre sale. Il n'y en avait pas d'autres. Le Vison aida Stilton à avaler les comprimés tout en chuchotant à Olivia :

– Le Valium est un calmant, pas un antalgique.

Olivia acquiesça. Ils considérèrent tous les deux Stilton. Il avait fermé les yeux. Olivia se cala sur l'autre banquette. Le Vison s'assit sur le sol, le dos contre la porte. Olivia observa l'endroit.

– Il habite ici ?

– Manifestement.

– Vous ne savez pas ? Vous ne le connaissez pas ?

– Je le connais. Il habite çà et là. En ce moment, il vit ici.

– C'est vous qui l'avez trouvé ?

– Oui.

– Vous aussi vous êtes sans-abri ?

– Non, pas du tout. J'habite à Kärrtorp, un appartement-atelier, une copropriété. Aujourd'hui, il doit allégrement valoir dans les cinq millions.

– Ah bon, vous êtes un artiste ?

– Un artiste de la balance.

– En quoi cela consiste-t-il ?

– Que je circule dans de très nombreux domaines. Capital, dérivé, j'entre, je sors, il s'agit surtout d'art, Picasso, Chagall, Dickens.

– Mais Dickens était écrivain, non ?

– Principalement, bien sûr, mais il a réalisé pas mal de gravures dans sa jeunesse, des pièces chargées et presque inconnues, mais bonnes !

À ce stade, Stilton entrouvrit les yeux et les posa sur le Vison.

– Bon, il faut que j'aille pisser.

Le Vison s'éclipsa. Lorsqu'il referma la porte, Stilton ouvrit complètement les yeux. Olivia le regarda.

– C'est un de vos copains ? Ce Vison ?

– C'est un ancien indic. Il ne va pas tarder à vous raconter qu'il a résolu le meurtre d'Olof Palme. Pourquoi êtes-vous venue ?

Olivia ne savait pas quoi répondre. La trousse de premiers secours ? Mais ce n'était qu'un prétexte.

– Je l'ignore, en fait. Voulez-vous que je m'en aille ?

Stilton ne répondit pas.

– Vous le voulez.

– Je veux qu'on me laisse tranquille avec l'affaire de la plage. Vous m'avez appelé pour me demander si je travaillais sur l'affaire Jill. C'était le cas et j'ai trouvé des liens avec Jackie Berglund. Jill travaillait pour elle, au sein de Red Velvet, et étant donné le meurtre et la grossesse de Jill, j'ai à nouveau pensé au meurtre de la plage. Cela n'a mené nulle part. En avons-nous enfin fini l'un avec l'autre ?

Olivia fixa Stilton. Elle aurait dû partir, elle s'en rendait bien compte. Mais il y avait quelque chose qu'elle voulait lui relater et c'était peut-être sa dernière chance.

– Je me suis rendue à Nordkoster il y a environ une semaine, près de Hasslevikarna, et j'y ai rencontré un homme très étrange sur la plage. Puis-je vous raconter ?

Dehors, le Vison fumait un remontant. Il avait perdu de sa superbe. À une époque, il avait un pipeline privé en provenance de Colombie raccordé au nez, mais lorsque les médecins avaient remplacé sa cloison nasale par une plaque de silicone, il avait compris qu'il était temps de lever le pied et de passer à des substances plus douces.

Il lorgna du côté du hublot, à l'intérieur de la caravane Olivia parlait avec ardeur.

Mignonne, pensa-t-il. Je me demande comment ils se connaissent.

La fille mignonne tendit à nouveau le verre d'eau à Stilton. Elle avait achevé son récit. Stilton n'avait pas pipé mot. En lui tendant le verre, elle prit conscience de la caravane en piteux état.

– C'était ici que Vera Larsson habitait ?
– Oui.
– C'est ici que...
– Laissez tomber.
À nouveau.

C'est alors que le Vison revint en arborant un sourire déplacé, mais très caractéristique, destiné à Stilton sur sa couchette.

– Tu vas mieux ?
– Et toi ?

Le Vison gloussa. Pris la main dans le sac. Et alors ? N'avait-il pas aidé l'ancien flic alors qu'il se trouvait dans une situation des plus précaires ?

– Je vais super-bien !
– Formidable. Pouvez-vous partir maintenant ? demanda Stilton.

Il referma les yeux.

Ils s'éloignèrent de la caravane côte à côte. Une Olivia pensive à côté d'un indic défoncé qui aurait volontiers taillé une bavette même avec un chien.

– Oui, comme je le disais, j'ai pas mal de cordes à mon arc, il s'agit d'étendre ses...

– Cela fait longtemps que vous connaissez Stilton ?

– Une éternité. Il était flic avant, vous savez, et nous avons collaboré pendant de nombreuses années. Je peux affirmer que sans moi, pas mal de ses scalps seraient restés sur le crâne de leurs propriétaires, si vous voyez ce que je veux dire. Il faut toujours quelqu'un pour fixer la dernière vis du cercueil et c'est là que j'interviens. D'ailleurs, j'ai résolu le meurtre de Palme.

– Ah bon ?

Olivia se mordit la langue. Puis elle réalisa qu'il s'imaginait qu'elle allait le raccompagner. Comment allait-elle se dépêtrer de ce traquenard ? Au beau milieu de Rien ?

– Oui, j'ai déposé un nom cent pour cent garanti sur le bureau de ce Hans Holmér, mais croyez-vous qu'il ait suivi cette piste ? Non ! Mais c'est pourtant clair comme de l'eau de roche, bordel, je lui ai dit, c'est Lisbeth qui l'a buté ! Il allait voir à droite à gauche, elle en a eu marre et boum ! Personne n'a été témoin direct du meurtre, si ?

Ils étaient arrivés devant la Mustang.

Le moment délicat.

Le Vison ouvrait de grands yeux.

– Elle est à vous ?

– Oui.

– Quelle... mais c'est une Thunderbird, bordel !

– Une Mustang.

– Pas vrai ! On a le droit d'être reconduit ? Vous savez, on peut faire un détour par Kärrtorp pour que je puisse vous offrir quelques friandises, le lit est libre et le Vison est bien monté !

C'en fut trop pour Olivia. Elle baissa les yeux vers l'homme dénué d'épaules qu'elle dépassait d'une tête. Avec un sourire qui ne doutait de rien, il fit un pas dans sa direction.

– Euh, excuse-moi, mais je ne te toucherais pas avec une

pince de trois mètres de long, même si j'avais un flingue sur la tempe... Tu n'es qu'une petite merde pathétique, tu piges ? Prends le métro.

Elle s'installa au volant et démarra.

*

Dans la grotte d'Årsta régnait une activité fébrile. L'apparition de Stilton avait semé la panique parmi les organisateurs. D'autres personnes étaient-elles au courant de ce qu'ils faisaient ? Le public avait rapidement été évacué, ainsi que tous les éclairages et autres matériels électroniques. On démontait les cages.

L'endroit était grillé.

— Où déménage-t-on ?

Le type qui avait posé la question portait une veste à capuche noire et s'appelait Liam. Isse, son copain qui portait un blouson à capuche vert kaki, passa chargé d'une grande caisse métallique. On apercevait son tatouage KF sur l'un de ses avant-bras.

— Je ne sais pas. Ils en discutent !

Isse hocha la tête en direction d'une paroi devant laquelle quatre hommes plus âgés se consultaient autour d'une grande carte. Liam se retourna et sortit son mobile. Il allait vérifier combien de spectateurs avaient visionné leur nouveau film en ligne.

Celui avec le sans-abri à poil.

*

Olivia était toujours furieuse lorsqu'elle franchit son porche. « Le Vison est bien monté ! » Son esprit était encore en partie dans la forêt quand elle tendit la main vers l'interrupteur et reçut une gifle en plein visage. Avant qu'elle n'ait eu le temps de crier, on lui plaqua une main sur la bouche, un bras autour de la taille et on la traîna dans l'ascenseur. Une très vieille cabine, pour deux personnes, avec une porte de fer en accordéon. L'escalier était plongé dans une obscurité totale. Elle ne voyait rien. Mais elle sentit qu'une troisième personne se glissait dans l'espace exigu. La porte se referma et l'ascenseur commença à monter. Olivia était morte de peur. Elle ne comprenait rien. Les corps collés contre le sien étaient durs. Des hommes, sans doute. Une odeur de transpiration rance et de mauvaise haleine l'entoura. Personne ne pouvait bouger. Ils formaient un tas de chair compressée dans les ténèbres.

La cabine s'arrêta entre deux étages.

Silence… L'estomac d'Olivia se tordit.

– Je vais retirer ma main maintenant. Si tu cries, je te tords le cou.

La voix rocailleuse venait de derrière et Olivia perçut le souffle sur sa nuque. La paume plaquée contre sa bouche força sa tête à effectuer plusieurs mouvements d'avant en arrière, puis elle se détacha de ses lèvres. Olivia prit une violente inspiration.

– Pourquoi t'intéresses-tu à Jackie Berglund ?

La voix lui parvenait à présent de côté. Une voix plus claire, une voix d'homme, à quelques décimètres de sa joue gauche.

Jackie Berglund.

Il s'agissait donc d'elle.

Olivia fut pétrifiée de terreur.

Certes, elle avait du courage, mais elle ne s'appelait pas Lisbeth Salander. Loin de là. Quelle était leur intention ? Devrait-elle crier ? Et se faire tordre le cou ?

– Jackie n'aime pas qu'on fouine dans ses affaires, déclara la voix claire.

– D'accord.

– Tu ne fouines pas, j'espère ?

– Non.

– Bien.

Une main rugueuse se plaqua à nouveau sur sa bouche. Les corps des hommes se pressèrent contre le sien. Elle lutta pour respirer par le nez. Les larmes coulaient sur ses joues. Leurs haleines contre son visage. Soudain, l'ascenseur se remit à descendre, dans l'obscurité. Au rez-de-chaussée, les hommes s'extirpèrent de la cabine. Olivia s'effondra contre la paroi. Elle vit deux silhouettes massives disparaître dans la rue. La porte cochère se referma. Lentement, elle glissa vers le sol tandis que son estomac se retournait. Ses genoux s'entrechoquaient. Elle était au bord de craquer. Tout à coup, elle se mit à crier, à hurler à pleins poumons et elle continua jusqu'à ce que la lumière de la cage d'escalier s'allume, qu'un voisin du premier étage sorte en courant et la trouve.

Il l'aida à monter l'escalier. Olivia lui expliqua que deux hommes l'avaient effrayée dans l'entrée. Elle ne lui raconta pas pourquoi et le remercia chaleureusement. Le voisin s'éloigna au moment où Olivia se tournait vers la porte de son appartement… elle était entrouverte. S'étaient-ils également introduits chez elle ? Bande de salauds ! Olivia poussa le battant et se précipita, puis elle ferma à clé et s'écroula dans l'entrée. Ses mains tremblaient encore lorsqu'elle attrapa son mobile. Son premier réflexe fut d'appeler la police. Mais qu'allait-elle leur dire ? Aucune version plausible ne lui vint à l'esprit et elle préféra composer le numéro de Lenni. Le répondeur se mit en marche et Olivia raccrocha. Devrait-elle appeler sa mère ? Elle baissa son téléphone et leva les yeux. Ses tremblements commençaient à se calmer. Son estomac s'était stabilisé. De l'entrée, elle voyait le séjour et elle constata que la fenêtre était entrouverte. Ce n'était pas le cas quand elle était partie. Elle se leva et songea tout à coup à Elvis.

– Elvis !

Elle fit rapidement le tour de son petit appartement. Pas d'Elvis. La fenêtre ? Elle habitait au deuxième étage et il arrivait qu'Elvis s'aventure sur le rebord. Le printemps précédent, il avait réussi à sauter sur celui de la fenêtre du voisin du dessous, puis au rez-de-chaussée. Elle ferma le vantail et se précipita dans la cour avec une lampe de poche.

Une cour intérieure, avec des arbres, des bancs et de très nombreuses possibilités pour un chat leste d'accéder aux cours voisines.

— Elvis !

Pas de chat.

*

Bertil Magnuson était étendu en travers d'un canapé dans son bureau directorial, un cigarillo allumé à la main. Il s'y était rendu en sortant du grill du théâtre, agité, avait appelé Linn et à son soulagement était tombé sur son répondeur. Il s'était empressé de lui expliquer qu'il était obligé d'organiser une réunion de nuit avec Sydney vers 3 heures et qu'il resterait peut-être dormir au bureau. Cela se produisait de temps à autre. Plus loin dans le couloir, une pièce confortable avait été aménagée pour y passer la nuit. Bertil n'avait pas l'intention de l'utiliser. Il voulait juste être seul. Quelques heures plus tôt, il avait pris une décision. Quatre répliques prononcées dans le cimetière la veille l'y avaient incité.

— Tu es toujours marié avec Linn ?

— Oui.

— Elle est au courant ?

— Non.

S'agissait-il d'une menace dissimulée ? Nils avait-il l'intention de contacter Linn et de lui faire écouter l'enregistrement ? Était-il capable de se montrer aussi diabolique ? Quoi qu'il en soit, Bertil n'avait pas l'intention de courir ce risque. Il avait donc pris une décision.

Et maintenant il avait besoin d'être seul.

Puis Latte appela.

Il avait tenté de le contacter plusieurs fois au cours de

la soirée, mais Bertil n'avait pas eu la force de répondre. Là, il le fit pour s'en débarrasser.

– Où es-tu ? Putain, c'est la fête la plus géniale au monde ! brailla Latte dans son portable.

Il parlait d'une fête au Kubbligan. Une réunion de dix-huit hommes mûrs qu'unissaient fortement d'étroits liens familiaux, des empires commerciaux ou des années d'internat. Ayant chacun une confiance inébranlable dans la discrétion des autres.

– Nous avons loué la boîte entière !

– Écoute, je ne suis pas...

– Et Jackie nous a livré de véritables canons ! Aucune de plus de vingt-quatre ans ! Avec happy ending inscrit au contrat ! Il faut absolument que tu viennes !

– Je ne suis pas en forme, Latte.

– Mais ça viendra ! Il faut quand même que nous fêtions l'entreprise de l'année, merde ! J'ai mis la main sur une bande de nains qui nous servent en tutu et Nippe a apporté cinq kilos de caviar iranien ! Tu n'as pas le choix, tu dois venir !

– Non !

– Qu'est-ce qu'il y a ?

– Rien, c'est juste que je ne suis pas d'humeur. Salut !

Bertil mit fin à la communication et éteignit son mobile. Il savait que Latte tenterait à nouveau, puis que ce serait le tour de Nippe et des autres camarades de jeu. Lorsqu'ils avaient décidé de faire la fête, il était impossible de les en dissuader. Il n'y avait pas grand-chose qui puisse les empêcher. L'argent ne manquait jamais. Les idées bizarres non plus. Bertil avait participé à de nombreuses soirées dans moult endroits improbables. Quelques années plus tôt, ils en avaient organisé une dans une gigantesque grange dans la région de l'Östgöta remplie de voitures de luxe indécentes, et équipée d'une pelouse synthétique, d'une fontaine et d'un bar mobile qui se déplaçait sur des rails d'acier installés pour l'occasion. Au volant de chaque véhicule était installée une jeune femme à moitié nue, embauchée par Jackie Berglund pour se tenir au service des camarades de jeu quand ils seraient d'humeur.

Ce qui n'était absolument pas le cas de Bertil en cet instant.

Il n'avait pas l'intention de faire la fête. Pas cette nuit.

*

La nature avait explosé à la faveur du printemps et du début de l'été. Le temps avait été extrêmement chaud et ensoleillé. Si les congés avaient duré comme d'habitude de la floraison du merisier à celle du lilas, les vacances de l'année 2011 auraient été courtes.

Ils avaient tous les deux fleuri en même temps et en avance.

Mais cette chaleur avait eu un effet positif : le Mälaren s'était réchauffé assez vite et l'on pouvait s'y baigner. En tout cas, pour certains. Lena Holmstad, pour sa part, trouvait l'eau encore fraîche. Elle s'était installée sur un rocher chauffé par le soleil, des écouteurs blancs insérés dans les oreilles, et savourait un livre audio. Une tasse de café était posée à côté d'elle. Elle but une gorgée et se sentit satisfaite. Elle avait été une bonne mère. Elle avait préparé un pique-nique et avait accompagné ses deux fils à vélo jusqu'au rendez-vous des amoureux sur Kärsön.

Ils prenaient leur premier bain de l'année.

Elle avait même apporté des brioches, qui plus est faites maison.

J'aurais dû prendre une photo du panier et la mettre sur Facebook, pensa-t-elle. Afin que toutes ses amies voient quelle excellente mère elle était.

Lena se mit à tâtonner à la recherche de son portable quand Daniel, son fils aîné, arriva en courant. Les lèvres bleues et ruisselant. Il voulait son masque et son tuba. Lena retira ses écouteurs, désigna une caisse et tenta d'expliquer à son fils qu'il devrait peut-être se réchauffer un peu avant de se jeter à nouveau à l'eau.

– Mais j'ai chaud !

– Tu claques des dents pourtant, mon lapin !

– Pfff !

– Où est Simon ?

Lena regarda en direction du lac. Où était son fils cadet ? Elle l'avait vu quelques secondes plus tôt. Elle sentit la panique la gagner. À toute vitesse. Elle ne voyait pas le petit garçon. Elle se leva à la hâte et renversa son café sur son mobile.

– Mais qu'est-ce que tu fais ?

Daniel saisit l'appareil couvert de café.

– Il est là-bas, annonça-t-il.

Elle le repéra. Une petite tête qui montait et descendait tandis qu'il nageait soutenu par son gilet de sauvetage, sur la gauche en contrebas des rochers. Un peu trop loin au goût de Lena.

– Simon ! Reviens ici ! C'est trop profond pour toi.

– Pas du tout, cria le gamin de cinq ans. Regarde ! J'ai pied !

Simon se redressa avec précaution pour ne pas perdre l'équilibre. L'eau lui arrivait au ventre. Daniel se rapprocha de Lena.

– Il touche le fond, là ? C'est vraiment bizarre.

De fait. Lena savait que le lac était très profond à cet endroit. Parfois, des baigneurs plongeaient des falaises au-dessus. Daniel le savait aussi.

– Je vais le rejoindre ! Ne bouge pas, Simon ! J'arrive !

Daniel se jeta à l'eau avec son masque et son tuba et se mit à nager en direction de son petit frère. Lena observa ses fils et sentit son pouls reprendre un rythme normal. Qu'avait-elle imaginé ? Il portait son gilet de sauvetage et il ne s'était écoulé que quelques secondes. On devenait vraiment hystérique en vieillissant. Dès qu'on avait mis son premier enfant au monde, le scénario catastrophe était permanent.

Daniel était presque arrivé au niveau de son petit frère. Simon frissonnait et essayait de se réchauffer en serrant ses bras autour de sa poitrine.

– Simon ! Sur quoi tu es debout ? demanda Daniel.

– Une pierre, je crois. Elle est un peu glissante, mais grosse. Maman est en colère ?

– Non.

Daniel atteignit son frère.

– Elle était juste inquiète, expliqua-t-il. Je vais faire une petite vérification et puis nous retournerons au bord.

Daniel plongea sa tête masquée sous la surface et respira par le tuba. Il aimait plonger. Même si ce n'était pas aussi grisant ici qu'en Thaïlande. Dans l'eau assez trouble, il distinguait les pieds de son petit frère posés sur... quoi donc ? Daniel se rapprocha pour mieux voir. Au fur et à mesure, il identifiait de plus en plus de détails. Arrivé tout près, il comprit ce que c'était.

Lena était sur la plage. Elle envisageait de retourner à son livre audio. Tout à coup, elle vit la tête de Daniel émerger de l'eau et l'entendit hurler :

– Maman ! Il y a une voiture dans l'eau ! Simon est sur le toit d'une voiture ! Et il y a quelqu'un dedans !

*

Il était presque 11 heures. Elle avait dormi comme une souche pendant environ huit heures. En travers du lit, habillée. Elle détestait se réveiller habillée. Elle enleva ses vêtements et se dirigeait vers la douche lorsque la mémoire lui revint.

– Elvis ?

Il n'y avait pas d'Elvis dans l'appartement. Elle regarda dans la cour.

Toujours pas de chat.

Elle se glissa sous la douche et laissa l'eau tiède la laver d'une partie des événements de la nuit. Une partie, une grande partie demeura. De la caravane et de l'ascenseur. Ces connards de l'ascenseur avaient-ils quelque chose à voir avec Elvis ? Avaient-ils ouvert la fenêtre pour que le chat puisse se faufiler à l'extérieur ? Qu'allait-elle faire ?

Elle appela la police et signala la disparition de son chat. On lui avait posé une puce mais il ne portait pas de collier. La femme qui prit la communication fit preuve de compassion et lui promit qu'ils la contacteraient sur-le-champ s'ils avaient des nouvelles.

Olivia la remercia mais elle ne mentionna pas les salauds de l'ascenseur. Elle ne savait pas très bien comment elle aurait pu justifier leur présence sans expliquer ce qu'elle-même fabriquait : elle espionnait une élégante boutique d'Östermalm. Dans le cadre d'un devoir pour l'école sur un meurtre non élucidé à Nordkoster en 1987.

Pas très clair.

En revanche, elle avait l'intention de rendre visite à Stilton pour savoir comment il allait. Son état semblait bien pire que ce qu'il avait laissé paraître la veille. Elle lui raconterait peut-être la scène de l'ascenseur. Après tout, il savait qui était Jackie Berglund.

Olivia avala un petit pain tartiné de pâte de crevettes en gagnant sa voiture. Le soleil lui redonna le sourire. Elle décapota, s'installa derrière le volant, mit ses écouteurs, démarra son bolide et s'éloigna.

Vers Rien.

La sensation particulière procurée par la conduite d'un véhicule décapoté lui fit du bien. La vitesse et l'air sur son visage éliminèrent une partie du malaise de la nuit. Lentement, elle recouvra son équilibre. Elle devrait peut-être apporter quelque chose ? L'approvisionnement de la caravane là-bas était plus que succinct. Elle s'arrêta au Seven Eleven pour acheter quelques sandwichs et du pain pour le café. En passant devant le capot de la voiture, une odeur étrange émanait du moteur. Une odeur qui ne lui était pas familière. Ne me dites pas que quelque chose a cramé, une courroie ou une merde comme ça. Pas aujourd'hui, pas après cette nuit, je n'ai vraiment pas besoin de ça, pensa-t-elle en ouvrant le capot.

Cinq secondes plus tard, elle vomissait sur la chaussée.

Les restes de son bien-aimé Elvis gisaient carbonisés d'un côté du bloc-moteur. La chaleur produite durant le trajet entre Söder et Solna avait transformé le chat en une masse de chair noircie et fumante.

*

Une grue hissait la voiture grise au-dessus des rochers sur Kärsön. L'eau dégoulinait par la portière ouverte du côté conducteur. Le cadavre avait été ramené par des plongeurs, puis placé dans une housse bleue sur une civière. Tout le secteur était bouclé. Les techniciens relevaient les traces de pneus sur la pente au-dessus des rochers.

Ainsi que d'autres éléments.

La femme qui écarta l'un des rubans de plastique et s'approchait de la civière avait été appelée une heure plus tôt par le chef de la police locale. Avec les vacances, ils étaient à court d'effectifs et avaient donc sollicité Mette Olsäter de la Crim. Par ailleurs, Carin Götblad avait de la considération pour elle. Elle était persuadée que cette affaire serait entre de bonnes mains. La liste des mérites de Mette était longue.

On avait eu la certitude qu'il s'agissait d'un meurtre presque sur-le-champ. Certes, l'homme dans la voiture aurait pu lui-même dévaler la pente au-dessus de la falaise pour se noyer, mais le médecin légiste avait constaté une plaie à l'arrière du crâne. Assez profonde pour l'empêcher de conduire une voiture. On avait de surcroît retrouvé des traces de sang sur un rocher un peu à l'écart de la falaise.

Peut-être celui de l'homme dans la voiture.

Mette constata qu'une ou plusieurs personnes devaient être venues jusqu'ici en voiture. L'homme était-il déjà mort ou avait-il été tué sur place ? Le légiste le déterminerait à partir du sang sur le rocher. Ensuite, on avait dû installer l'homme au volant du véhicule et pousser celui-ci vers les rochers afin qu'il finisse sa course dans le lac.

Jusque-là, c'était relativement clair.

En revanche, l'identité de l'homme l'était moins. Il n'avait aucun effet personnel sur lui. Mette pria le légiste de baisser la fermeture Éclair pour dévoiler son visage, qu'elle étudia. Elle fouilla dans sa mémoire photographique. Elle finit par avoir un souvenir flou. Pas un nom, mais une vague image venue du passé.

*

— Vous pensez qu'il était encore en vie quand j'ai démarré ?
— Impossible à dire…

La policière lui tendit un nouveau mouchoir. Olivia avait peu à peu surmonté le premier choc, mais elle ne pouvait s'arrêter de pleurer. Le propriétaire de la boutique Seven Eleven avait appelé la police, laquelle avait constaté les faits. Avec l'aide d'un employé du magasin, ils avaient sorti les restes d'Elvis et les avaient déposés dans un sac en plastique. Olivia avait quant à elle été conduite au commissariat dans une voiture de patrouille. Là, elle avait progressivement réussi à raconter les faits. Les hommes qui l'avaient menacée dans l'ascenseur, sa porte d'appartement ouverte, le chat disparu. Elle avait fourni leur signalement. Pas franchement détaillé. Elle les avait à peine vus, dans l'obscurité. Il n'y avait pas grand-chose d'autre à faire, d'un point de vue policier, pour le moment.

— Où est ma voiture ? s'enquit-elle.

— Ici, nous l'avons garée dans la cour. Mais il vaut peut-être mieux que…

— Pouvez-vous la ramener chez moi ?

Ce qu'ils firent. Peut-être parce que Olivia était une future collègue. Elle ne voulut pas les accompagner.

Elle se refusait à monter dedans.

*

Mette Olsäter se trouvait dans le service de médecine légale en compagnie d'un légiste. Un cadavre était étendu devant eux. Environ une heure plus tôt, la mémoire de Mette avait extrait la bonne image du passé. Celle d'un homme disparu depuis très longtemps et qu'elle avait elle-même été chargée d'essayer de retrouver.

Nils Wendt.

Ce doit être lui, pensa-t-elle. Un paquet d'années plus âgé sur cette civière. Noyé et l'arrière du crâne enfoncé. Mais avec une physionomie dont elle était dans l'ensemble assez certaine.

Voilà qui va être intéressant, se dit-elle, en examinant le corps nu.

— Il présente pas mal de signes extérieurs qui pourraient vous aider à l'identifier.

Le légiste fixa Mette.

— Un ancien plombage en or à la mâchoire supérieure, une cicatrice d'appendicectomie, une autre au niveau de l'arcade sourcilière et puis ça.

Le légiste désignait une grande tache de naissance anguleuse sur la face externe de la cuisse gauche. Mette se pencha vers cette marque. Il lui semblait la reconnaître, mais elle ne se rappelait pas où elle l'avait déjà vue.

— Quand est-il mort ?

— Première estimation ?

– Oui.

– Au cours des dernières vingt-quatre heures.

– La blessure à l'arrière de sa tête pourrait-elle avoir été causée par un choc contre le rocher là-bas ?

– C'est possible. Je vous recontacte.

Mette Olsäter se hâta de convoquer un petit groupe. Elle mélangea quelques renards expérimentés avec des nouveaux talents qui n'avaient pas encore eu le temps de partir en vacances. Les enquêteurs s'installèrent au cœur du bâtiment de Polhemsgatan.

Et se mirent à l'œuvre, méthodiquement.

Ils avaient envoyé des agents en quête de témoins dans le secteur de Kärsön. D'autres recherchaient des parents de Nils Wendt. Ils avaient localisé une sœur qui résidait à Genève. Elle n'avait pas eu de nouvelles de son frère depuis sa disparition dans les années quatre-vingt, mais elle vérifia le signalement qu'ils lui fournirent. La cicatrice de son arcade sourcilière était un souvenir d'enfance. Elle avait fait tomber son frère contre une bibliothèque.

C'était tout pour le moment. Il s'agissait à présent d'obtenir tous les rapports aussi vite que possible. Au moins celui des techniciens qui s'affairaient sur la voiture grise.

Mette informa brièvement les plus jeunes de l'équipe, Lisa Hedqvist et Bosse Thyrén, des circonstances de la disparition de Wendt en 1984. Elle était intervenue juste après que Jan Nyström, un journaliste suédois, avait été retrouvé mort dans son véhicule. Lui aussi tombé dans un lac, non loin de Kinshasa, dans ce qui était alors le Zaïre.

– Un peu étrange, déclara Mette.

– Que les modes d'élimination soient semblables ? demanda Lisa.

– Oui. Quoi qu'il en soit, l'événement survenu au Zaïre a été présenté sur place comme un accident, mais nous soupçonnions fortement qu'il s'agissait d'un meurtre. Au même moment, Wendt a disparu de Kinshasa et il y a eu des spéculations sur son éventuel rôle dans cette affaire.

– Celle du journaliste ?

– Oui. Nyström était en train d'écrire un article sur l'entreprise de Wendt, MWM. Mais il ne fut jamais achevé.

Le portable de Lisa Hedqvist sonna. Elle répondit, prit quelques notes et raccrocha.

– Les plongeurs ont découvert un mobile dans le lac, à peu près à l'endroit où se trouvait la voiture. Il est peut-être tombé par la porte du conducteur ouverte.

– Est-ce qu'il fonctionne encore ? s'enquit Mette.

– Pas pour l'instant. Il a été confié aux techniciens.

– Bien.

Mette se tourna vers Bosse Thyrén.

– Tu pourrais essayer de localiser l'ex-concubine de Wendt. Il vivait avec une femme au moment de sa disparition.

– Dans les années quatre-vingt ?

– Oui. Je crois qu'elle s'appelait Hansson, je vais vérifier.

Bosse Thyrén acquiesça et disparut. Un collègue plus âgé s'avança vers Mette.

– Nous avons effectué une rapide vérification des hôtels de Stockholm. Aucun Nils Wendt n'a été enregistré.

– D'accord. Contactez les établissements de cartes bancaires pour voir s'ils ont quelque chose. Et les sociétés de déménagement.

Le groupe quitta la pièce. Ils avaient tous du pain sur la planche. Restée seule, Mette se mit à réfléchir au mobile du crime.

*

Olivia luttait pour ne pas craquer.

Elle commença par nettoyer les gamelles du chat et les rangea dans un placard de la cuisine. Ensuite, elle évacua la litière. Puis elle rassembla toutes les bricoles et balles avec lesquelles Elvis avait l'habitude de jouer. À ce stade, elle fut sur le point de s'effondrer. Elle glissa le tout dans un sac en plastique en hésitant à le jeter. Pas encore, pensa-t-elle. Elle posa le sac sur le rebord de la fenêtre et regarda dehors.

Longuement, sans bouger.

L'angoisse montait dans sa poitrine et l'oppressait. De plus en plus à chaque nouvelle question. Était-il en vie quand j'ai démarré ? Est-ce que je l'ai tué en roulant ? Est-ce que j'ai tué Elvis ? Des questions qui la tourmenteraient longtemps.

Elle le savait.

Olivia savait également qu'elle n'était pas responsable de tout ça. Ce n'était pas elle qui avait placé Elvis sous le capot, mais les salauds envoyés par Jackie Berglund.

Elle haïssait cette femme !

Et s'aperçut que diriger sa haine et son désespoir contre une personne concrète la soulageait un peu. Une vieille pute de luxe !

Elle quitta la fenêtre, s'enroula dans une couverture, prit une tasse de thé, se dirigea vers la chambre et s'assit sur le lit, où elle avait étalé les nombreuses photos d'Elvis. Elle les effleura l'une après l'autre. Le choc commençait à s'atténuer. Puis une pensée la frappa.

Avec force.

Serait-elle la prochaine victime si elle persistait ?

Il était temps de laisser tomber l'affaire de la plage. Il y avait des limites et l'une d'elles passait par Elvis.

Olivia se redressa et posa la tasse. Autant se débarrasser tout de suite de la corvée et appeler sa mère avant de péter les plombs.

— Qu'est-ce que tu dis ?

— Oui, je sais. C'est affreusement douloureux, répondit Olivia.

— Mais comment as-tu pu laisser une fenêtre ouverte alors qu'il était seul à la maison ?

– Je ne sais pas, j'ai oublié, c'est tout. Il avait déjà fugué avant et...

– Mais il est descendu dans la cour alors ?

– Oui.

– Et tu l'as fouillée ? Vraiment fouillée ?

– Oui.

– Tu l'as signalé à la police ?

– Oui.

– Bien. C'est vraiment ennuyeux, ma chérie, mais il va sans doute revenir très vite ! Les chats peuvent s'absenter plusieurs jours !

Olivia craqua une seconde après avoir raccroché. Elle ne pouvait plus se contenir. Elle avait réussi à servir à sa mère la seule version plausible qu'elle ait trouvée. Qu'Elvis avait disparu. Raconter ce qui s'était réellement produit lui paraissait insurmontable et aurait abouti à mille questions subsidiaires concentrées en une seule :

– L'as-tu tué en roulant ?

Elle ne voulait pas qu'on lui pose cette question. Pas sa mère. Elle ne l'aurait jamais supporté. Elle avait donc inventé un gros mensonge. Elvis serait considéré comme disparu et elle porterait le deuil de son absence.

Elle se roula en boule au milieu de toutes les photos de son chat et pleura.

« LE DIRECTEUR D'UNE ENTREPRISE RETROUVÉ TUÉ. »

La nouvelle du meurtre de Nils Wendt déclencha une certaine hystérie dans les médias. Au moment de sa disparition, il était associé à Bertil Magnuson dans leur société commune, Magnuson Wendt Mining. On avait spéculé sur la possibilité qu'un conflit entre les principaux propriétaires avait conduit à sa disparition. On s'était même demandé si Magnuson était impliqué dans celle-ci. Mais rien n'avait été établi à l'époque.

Peut-être allait-on pouvoir enfin mettre des liens en évidence.

Et bien sûr de nouvelles hypothèses voyaient le jour. Le meurtre était-il lié à la MWM d'aujourd'hui ? Où Nils Wendt était-il durant toutes ces années ? Il avait quand même disparu depuis 1984.

Et soudain on le retrouvait assassiné.

À Stockholm.

*

Bertil Magnuson était calé au fond d'un fauteuil en rotin dans l'une des salles de relaxation de Sturebadet. Il venait de passer vingt minutes dans le sauna, il était serein et détendu. Une pile de quotidiens était posée sur la table de verre à côté de lui. Tous parlaient du meurtre de Nils Wendt. Bertil parcourut avec attention chaque article pour voir si l'un des journaux fournissait une quelconque information sur l'endroit où avait vécu Wendt avant qu'on le retrouve mort à Stockholm. Mais il ne découvrit rien. Pas même des hypothèses. La localisation de Wendt entre 1984 et aujourd'hui demeurait inconnue. Personne ne savait où il avait séjourné.

Bertil passa les mains sur son long peignoir en éponge. Il était perdu dans ses pensées. Il venait d'être débarrassé d'un problème urgent qui devait être résolu dans les trois jours, mais se trouvait à présent confronté à un autre avec la date butoir du 1er juillet. Il avait un peu de temps devant lui. Mais le temps s'écoulait vite quand la mèche était enflammée.

Soudain, Erik Grandén entra, lui aussi en peignoir.

– Salut, Bertil. On m'a dit que je te trouverais ici.

– Tu vas au sauna ?

Grandén regarda alentour et constata qu'ils étaient seuls, ce qui ne l'empêcha pas de baisser le ton.

– J'ai lu la nouvelle au sujet de Nils.

– Oui.

– Tué ?

– Apparemment.

Grandén s'installa dans un fauteuil en rotin à côté de Bertil. Même assis, il avait presque une tête de plus que son ami. Il baissa les yeux vers Bertil.

– Mais n'est-ce pas, comment dire, très délicat ?

– Pour qui ?

– Pour qui ? Que veux-tu dire ?

– Il ne t'a sans doute guère manqué.

– Non, mais nous étions quand même de vieux amis, à une époque, un pour tous.

– C'est de l'histoire très ancienne, Erik.

– Bien sûr et alors ? Cela ne t'a pas secoué ?

– Si.

Mais pas de la manière que tu imagines, pensa Bertil.

– Et pourquoi a-t-il brusquement réapparu ici ? À Stockholm ? s'interrogea Grandén.

– Aucune idée.

– Sa présence pourrait-elle avoir un rapport avec nous ? Avec l'entreprise ?

– Pourquoi serait-ce le cas ?

– Je ne sais pas, mais dans ma situation actuelle, il serait extrêmement inopportun que l'on commence à fouiller dans le passé.

– L'époque où tu étais au conseil d'administration ?

– Mes liens avec MWM. Même si la société est absolument irréprochable, on est facilement éclaboussé.

– Je ne pense pas que tu seras éclaboussé, Erik.

– Parfait.

Grandén se leva et retira son peignoir, dévoilant un corps svelte dont la blancheur n'avait pas grand-chose à envier à celle du tissu-éponge. Il avait un petit tatouage verdâtre au niveau des reins.

— Qu'est-ce que c'est ? s'enquit Bertil.

— Une perruche. Jussi. Elle s'est échappée quand j'avais sept ans. Je vais au sauna.

— D'accord.

Grandén s'éloigna. Le téléphone de Bertil sonna quand la porte se referma.

C'était Mette Olsäter.

*

Stilton avait lutté. Assez longtemps. Mais après une nuit supplémentaire de douleurs lancinantes, il avait renoncé et s'était traîné jusqu'à Pelarbacken. Un dispensaire géré par la diaconie d'Ersta et consacré aux sans-abri.

On y constata différentes blessures, mais aucune de nature assez grave pour nécessiter une hospitalisation. On rechignait à mobiliser des lits, sauf en cas de nécessité absolue. Les organes internes n'étaient pas lésés. Les plaies externes furent recousues. Non sans un certain étonnement du jeune médecin qui tritura, du bout d'un instrument, le baume brunâtre étalé sur la plupart des plaies.

— Qu'est-ce que c'est que ça ?

— De l'onguent à blessures.

— De l'onguent ?

— Oui.

— Ah bon ? Bizarre.

— Comment ça ?

— Le bord des plaies a cicatrisé à une vitesse surprenante.

— Vraiment ?

Que croyait-il ? Que seuls les médecins s'y connaissaient en matière de pharmacopée ?

— Est-il possible d'acheter ce produit quelque part ?

— Non.

On renouvela le bandage autour du crâne de Stilton et il quitta le bâtiment muni d'une ordonnance qu'il n'avait pas l'intention d'utiliser. Une fois dans la rue, il fut assailli par les images de jeunes garçons excités et ensanglantés qui se battaient dans des cages. Des images immondes. Il les refoula et pensa au Vison. L'artiste de la balance lui avait sans doute sauvé la vie. S'il avait passé le reste de la nuit par terre à Årsta, les choses auraient vraiment mal tourné. Le Vison l'avait ramené chez lui, l'avait enduit de baume et avait posé une couverture sur lui.

J'espère qu'on l'a raccompagné, songea Stilton.

*

— Vous l'avez raccompagné ? demanda-t-il.
— Qui ?
— Le Vison ? L'autre nuit ?
Stilton se trouvait dans une association caritative sur Fleminggatan quand Olivia l'avait appelé. Il cherchait de nouveaux vêtements. Les siens étaient couverts de sang.
— Non, répondit-elle.
— Pourquoi ?
— Comment allez-vous ?
— Pourquoi ne l'avez-vous pas raccompagné ?
— Il voulait marcher.
Baratin, pensa Stilton. Les choses étaient sans doute parties en vrille cinquante centimètres après la porte de la caravane. Il savait comment le Vison pouvait se comporter et le peu qu'il connaissait de Rönning lui disait que ce n'était pas sa tasse de thé.
— Que voulez-vous ? demanda-t-il. Je croyais que nous en avions fini l'un avec l'autre.
— Je vous ai raconté que sur Nordkoster j'avais vu un homme débarquer sur la plage, puis devant mon chalet.
— Oui. Et alors ?
Olivia lui expliqua ce qu'elle avait vu sur un site d'informations à peine dix minutes plus tôt. Quelque chose qui

l'avait vraiment électrisée. Lorsqu'elle eut fini, Stilton déclara :

— Il faut que vous racontiez ça à la personne responsable de l'enquête pour meurtre.

*

La responsable en question était assise face à Bertil Magnuson, l'ancien associé de Nils Wendt, dans un salon des bureaux de Sveavägen. Magnuson lui avait accordé dix minutes, prétextant une réunion urgente. Mette Olsäter alla droit au but.

— Vous et Wendt avez-vous été en contact ces derniers temps ?

— Non. Aurions-nous dû ?

— Il se trouvait manifestement à Stockholm et vous avez un passé commun. Magnuson Wendt Mining.

— Nous n'avons pas été en contact. Je suis extrêmement choqué, comme vous pouvez peut-être le comprendre. Durant toutes ces années, on croyait qu'il… euh…

— Qu'il ?

— Toutes les idées nous ont traversé l'esprit. Qu'il s'était suicidé ou qu'il lui était arrivé quelque chose, qu'il avait été tué pour de l'argent, ou qu'il avait juste disparu.

— Savez-vous pourquoi il a refait surface ?

— Non. Et vous ?

— Non.

Mette considéra l'homme devant elle. Une secrétaire regarda dans leur direction et adressa un signe presque imperceptible à Magnuson. Il s'excusa et expliqua que, dans les limites du temps dont il disposait, il les aiderait de toutes les manières qu'il pourrait.

— Nous avions quand même, comme vous l'avez dit, un passé commun.

*

En contactant le service d'information du commissariat, Olivia apprit qui dirigeait l'enquête sur le meurtre de Nils Wendt. Lorsqu'elle voulut joindre Mette Olsäter, on s'y opposa. On ne communiquait pas de numéro de téléphone. Néanmoins, elle pouvait s'adresser au service chargé de la collecte des informations.

Olivia n'en avait pas l'intention et rappela Stilton.

– Impossible de joindre la responsable de l'enquête.

– De qui s'agit-il ?

– Mette Olsäter.

– Je vois.

– Que dois-je faire ?

Stilton réfléchit quelques secondes. Il était indispensable que Mette Olsäter entende Olivia. Aussi vite que possible.

– Où êtes-vous ? s'enquit-il.

– Chez moi.

– Venez me chercher au 46 de Kammakargatan dans deux heures.

– Je n'ai pas de voiture.

– Comment ça ?

– Elle est… il y a un problème de moteur.

– D'accord. Retrouvez-moi à l'abri de bus pour Värmdö à Slussen dans ce cas.

Le crépuscule commençait à tomber lorsqu'ils descendirent à l'arrêt Fösabacken du bus 448 et traversèrent un quartier de beaux pavillons anciens. Olivia ne connaissait pas ce secteur.

– Par ici.

Stilton, inclinant sa tête bandée, indiqua un chemin verdoyant qui dominait les faubourgs de Stockholm sur lequel ils s'engagèrent. Stilton s'arrêta devant une haie de troènes.

– C'est là.

Il désignait une impressionnante bâtisse ancienne en bois jaune et vert de l'autre côté de la rue. Olivia considéra l'habitation.

— Elle habite là ?

— Oui, pour autant que je sache.

Olivia était surprise. Victime de ses propres préjugés quant au style de résidence d'un inspecteur haut placé. Tout sauf une ancienne bâtisse en bois. Stilton la regarda.

— Vous n'y allez pas ?

— Vous m'accompagnez ?

— Non.

Olivia devait se débrouiller.

— J'attends ici.

Il n'avait pas l'intention de lui expliquer pourquoi.

Olivia fit quelques pas en direction du grand portail et entra. Elle passa toutes sortes de constructions étranges dispersées sur le vaste terrain. Des cabanes de jeux envahies par la végétation avec des cordes suspendues, d'épais filets et des passerelles en bois. Et toute une collection de lampions de couleurs accrochés çà et là. Un cirque abandonné ? se demanda-t-elle. Quelques enfants à moitié nus jouaient sur un immense portique plus loin à l'arrière. Aucun ne réagit à la présence d'Olivia. Non sans une certaine hésitation, elle gravit le vieil escalier en colimaçon et sonna.

Il s'écoula un certain temps. La maison était grande. Mette Olsäter finit par ouvrir. Elle était levée depuis tôt le matin, avait travaillé comme une acharnée sur l'enquête et avait divisé son groupe de manière à ce qu'ils puissent être opérationnels vingt-quatre heures sur vingt-quatre. Elle assurerait le poste de nuit le lendemain. Elle regarda Olivia d'un air étonné, puis ça lui revint. La jeune femme qui l'avait interrogée au sujet de Tom. Olivia Rönning ? Oui, c'était ça. Et que voulait-elle maintenant ? À nouveau s'enquérir de Tom ?

— Bonsoir, dit-elle.

— Bonsoir, ils n'ont pas voulu me donner votre numéro

au commissariat, alors j'ai demandé à Tom Stilton. Il m'a conduite ici et...

— Tom est là ?

— Oui, il...

Quand Olivia se retourna involontairement vers la rue, Mette l'imita et aperçut une silhouette plus loin.

Il n'en fallut pas davantage.

— Entrez !

En quelques enjambées rapides, elle passa devant Olivia, traversa le terrain et franchit le portail à une vitesse sidérante. Stilton n'avait pas fait dix mètres qu'elle le rejoignait. Elle se planta face à lui sans rien dire. Stilton détourna le regard selon son habitude. Mette ne bougea pas. Au bout de quelques secondes, elle prit Stilton par le bras, le fit pivoter et l'entraîna vers le portail.

Ils se déplaçaient comme un vieux couple. Un grand homme à la tête bandée et dans un piteux état et une femme pour le moins volumineuse dont la lèvre supérieure était ourlée de quelques gouttes de sueur. Ils franchirent le portail et Stilton s'arrêta.

— Il y a qui, à l'intérieur ?

— Jimi joue à un jeu vidéo avec les gamins, ils sont à l'étage. Jolene dort. Mårten est à la cuisine.

Obéissant à Mette, Olivia était entrée dans le hall. En fait, un espace encombré où elle dut enjamber une chose et une autre pour gagner une pièce éclairée qu'Olivia aurait été en peine de trouver un terme pour la définir. Elle était grande. Après tout, la villa était ancienne. Avec de belles boiseries sur les murs, des moulures en stuc blanc au plafond et des objets improbables disposés çà et là.

Ils provenaient sans doute d'innombrables voyages autour du globe. Des couronnes de mariée philippines ornées de minuscules crânes de singes décorés de plumes. Des massues massaï. Des tissus bigarrés des faubourgs du Cap.

De longs tubes sur lesquels étaient peints des squelettes et qui produisaient des sons semblables à des voix spectrales lorsqu'on les retournait. Des objets dont on avait estimé qu'ils trouveraient leur place dans cette grande demeure.

Olivia ouvrait de grands yeux.

Comment peut-on vivre ainsi ? s'interrogeait-elle. L'écart avec la maison mitoyenne d'une sobre blancheur de ses parents à Rotebro se mesurait en années-lumière.

Avec précaution, elle traversa la pièce et entendit un léger cliquetis. Elle suivit le bruit, à travers d'autres pièces à la décoration tout aussi exotique qui renforcèrent son sentiment de… eh bien, elle ne savait pas vraiment. Elle était fascinée et éprouvait aussi un autre sentiment qu'elle était incapable de nommer.

Elle déboucha dans une cuisine qui lui sembla démesurée.

Devant une imposante gazinière d'où montaient de puissantes odeurs, se tenait un homme enrobé, la soixantaine bien tassée, aux cheveux gris en bataille. Il portait un tablier à carreaux. Il se retourna à son entrée et lança :

– Bonjour ! Qui êtes-vous ?

– Olivia Rönning. Mette m'a dit d'entrer, elle est…

– Bienvenue ! Je m'appelle Mårten. Nous étions sur le point de passer à table. Vous avez faim ?

Mette referma la porte derrière Stilton. Il hésita une seconde dans l'entrée. Un grand miroir au cadre doré était accroché sur le mur. Ses yeux tombèrent dessus par hasard et il sursauta. Il n'avait pas vu son visage depuis environ quatre ans. Il ne se regardait jamais dans les vitrines et évitait toujours les glaces dans les toilettes. Il ne voulait pas se voir. Là, il ne put y échapper. Il observa le reflet du visage. Il ne se reconnaissait pas.

– Tom.

Mette se tenait à quelques pas de lui et le scrutait.

– On y va ?

– Ça sent divinement bon, non ?

Mårten désignait une grande marmite sur la gazinière. Olivia était à côté de lui.

– Oui. Qu'est-ce que c'est ?

– Au départ, ça devait être une soupe, mais je ne sais pas, nous allons le découvrir en le goûtant.

Mette et Stilton entrèrent à ce moment-là. Il fallut plusieurs secondes à Mårten avant qu'il ne lui adresse un sourire, ce qui n'échappa pas à Stilton.

– Salut, Tom.

Stilton lui répondit par un signe de tête.

– Tu veux manger quelque chose ?

– Non.

Mette chercha à sauver cette situation extrêmement précaire. Elle savait que Tom pouvait quitter la maison dans l'instant si l'atmosphère se tendait. Elle se tourna donc rapidement vers Olivia.

– Vous aviez une raison de venir ?

– Oui.

– Elle s'appelle Olivia Rönning, intervint Mårten.

– Je sais, nous nous sommes rencontrées.

Mette se tourna à nouveau vers Olivia.

– La fille d'Arne ou je me trompe ?

Olivia acquiesça.

– S'agit-il de lui ?

– Non, c'est au sujet de ce Nils Wendt qui a été retrouvé hier. Je l'ai croisé.

Mette s'écria :

– Où ça ? Quand ça ?

– Sur Nordkoster, la semaine dernière.

Olivia relata rapidement sa rencontre avec l'homme sur l'île. Elle l'avait reconnu sur le portrait de Nils Wendt qu'un journal avait publié le jour même. Certes, il s'agissait d'une très ancienne photo, mais elle était assez ressemblante pour qu'Olivia soit quasi certaine de son fait.

– Ce devait être lui. Il m'a dit s'appeler Dan Nilsson.

– C'était lui.

Mette en était absolument sûre, pour une raison très concrète.

– Il a utilisé le même nom lorsqu'il a loué une voiture ici.

– Ah bon ? Mais que faisait-il là-bas ? Sur Nordkoster ? À Hasslevikarna ?

– Je l'ignore, mais il était lié à l'île. Il y possédait une résidence secondaire il y a de nombreuses années, avant sa disparition.

– Quand a-t-il disparu ?

– Au milieu des années quatre-vingt, répondit Mette.

– Ce devait être de lui qu'elle parlait alors ?

– Qui ?

– La femme à laquelle j'ai loué un chalet, Betty Nordeman. Elle m'a parlé d'un homme qui avait disparu, avait peut-être été tué et connaissait ce type dont on parle dans les journaux aujourd'hui. Magnuson ?

– Bertil Magnuson. Ils étaient associés et possédaient tous les deux un chalet sur l'île.

À première vue, Mette semblait totalement concentrée sur Olivia Rönning et les informations qu'elle lui livrait, mais du coin de l'œil, elle surveillait le moindre geste de Tom. Son visage, ses yeux, son langage corporel. Pour l'instant, il restait assis. Elle avait dit à Jimi et à ses petits-enfants de ne pas descendre et elle espérait de tout cœur que l'intuition de Mårten était activée et qu'il ne se mettrait pas en tête d'intégrer Tom à la conversation.

– Mais dis-moi, Tom, comment Olivia et toi êtes-vous entrés en contact ? demanda subitement Mårten.

Degré zéro de l'intuition. Un silence de plomb s'abattit sur la table. Mette évita de regarder Tom pour ne pas le mettre mal à l'aise.

– Nous nous sommes vus dans un local à ordures, déclara Olivia.

Sa voix était ferme et monocorde. À chacun de déterminer si cette réplique était censée être une sortie humoristique ou une manière intuitive de sauver Stilton. À moins que ce ne soit juste une information factuelle. Mårten choisit cette interprétation.

– Un local à ordures ? Que faisiez-vous là-bas ?

– Je lui avais demandé de m'y rejoindre.

Stilton fixa Mårten droit dans les yeux en prononçant ces paroles.

– Oh, putain. Tu vis dans un local à ordures ?

– Non, dans une caravane. Comment va Kerouac ?

L'étau autour de la poitrine de Mette se desserra.

– Comme ci, comme ça, je crois qu'il a de l'arthrite.

– Pourquoi ?

Olivia posa les yeux sur Stilton, puis sur Mårten.

– Qui est Kerouac ?

– C'est mon copain, répondit Mårten.

– C'est une araignée.

Stilton sourit en le disant, en même temps que son regard croisait celui de Mette, et ce qui glissa entre eux l'espace de quelques secondes interminables élimina des années de désespoir chez Mette.

Tom était de retour.

– Mais il y avait autre chose.

Olivia se tourna vers Mette à l'instant où Mårten se levait et commençait à leur distribuer des assiettes d'une forme fantaisiste.

– Quoi donc ?

– Sur la plage, il avait une valise, un modèle à roulettes. Il l'avait également devant mon chalet. Quand je me suis réveillée et que j'ai regardé dehors, elle était restée là, au bas des marches, et en l'ouvrant, j'ai constaté qu'elle était complètement vide.

Mette avait attrapé un calepin et griffonné quelques mots. Deux d'entre eux étaient « Valise vide ? ».

— Pensez-vous que ce Wendt aurait pu être impliqué dans le meurtre de cette femme sur la plage ? En 1987 ? s'enquit Olivia.

— Peu probable. Il a disparu trois ans avant ce crime.

Mette écarta son bloc-notes.

— Mais il aurait pu revenir sur l'île sans que personne ne s'en aperçoive, puis disparaître à nouveau, non ?

Stilton et Mette esquissèrent tous les deux un sourire. L'un intérieurement, l'autre de manière plus expressive.

— Vous avez été bien servie

Olivia sourit elle aussi et baissa les yeux vers la soupe de Mårten. Appétissante. Ils attaquèrent tous le plat de bon cœur, même si Stilton ne prenait qu'une cuillerée quand les autres en avalaient cinq. Son estomac n'était pas encore tout à fait remis des coups qu'il avait encaissés. Mette n'avait toujours pas osé le questionner au sujet du bandage autour de son crâne.

La soupe contenait de la viande, des légumes et des épices fortes. Ils burent du vin rouge tandis que Mette leur racontait la vie de Wendt. Lui et Bertil Magnuson avaient fondé ce qui était alors Magnuson Wendt Mining et avaient rapidement prospéré sur les marchés internationaux.

— En s'acoquinant avec un sacré paquet de dictateurs africains pour leur faucher leurs ressources naturelles ! Ils se moquaient totalement de l'apartheid, de Mobutu et compagnie !

Brusquement, Mårten explosa. Il détestait l'ancienne MWM autant que la nouvelle. Il avait passé une bonne partie de ses années d'activiste gauchiste à manifester et à imprimer des pamphlets enflammés contre l'exploitation de pays pauvres pratiquée par cette société et les dommages environnementaux qui en découlaient.

— Quelle bande de porcs !

– Mårten !

Mette posa une main sur le bras de son mari surexcité. Il avait le cœur fragile et Mette s'inquiétait quand il piquait une colère. Mårten haussa légèrement les épaules et regarda Olivia.

– Voulez-vous voir Kerouac ?

Olivia lorgna du côté de Mette et de Stilton, mais ils ne dirent rien. Mårten sortait déjà de la cuisine. Olivia se leva et lui emboîta le pas. Quand Mårten se retourna pour s'assurer qu'elle le suivait, Mette lui lança un regard singulier.

Stilton connaissait ce regard. Il fit un signe de tête en direction de la cave sous le sol de la cuisine.

– Il fume toujours ?

– Non.

La réponse de Mette fusa si vite et fut si sèche que Stilton comprit. Point final. Lui s'en fichait. Il l'avait toujours fait. Il savait que Mårten aimait se rouler un joint pour se détendre dans sa salle de musique. Et Mette savait qu'il savait et qu'ils étaient les seuls au monde à savoir. Hormis le fumeur de joints lui-même.

Et cela pouvait bien rester ainsi.

Mette et Stilton s'observèrent. Au bout de quelques secondes, Stilton lui posa la question qu'il avait en tête depuis qu'elle l'avait rattrapé dans la rue.

– Comment va Abbas ?

– Bien. Tu lui manques.

Le silence se fit. Stilton passa le bout d'un doigt sur le bord de son verre d'eau. Il avait décliné le vin. Il songeait à Abbas, ce qui était assez douloureux pour lui.

– Passe-lui le bonjour, déclara-t-il.

– Je n'y manquerai pas.

Puis Mette osa l'interroger.

– Que t'es-tu fait à la tête ?

Elle désigna le bandage. Il n'eut pas envie de mentir et lui raconta son passage à tabac à Årsta.

— Inconscient !

Et lui parla des cages de combat.

— Des enfants qui se battent dans des cages !

Et de sa chasse personnelle pour retrouver les assassins de Vera Larsson et leur lien avec les combats en cage. Quand il eut fini, Mette était manifestement secouée.

— Mais c'est absolument épouvantable ! Il faut que nous stoppions cela ! Est-ce que tu as parlé à l'équipe chargée de l'enquête ?

— Rune Forss ?

— Oui.

Ils se jaugèrent du regard pendant quelques secondes.

— Mais bon Dieu, Tom, c'était il y a plus de six ans.

— Est-ce que tu crois que j'ai oublié ?

— Non, je ne le crois pas, enfin je ne sais pas, mais si tu tiens à ce que l'on retrouve ceux qui ont tué la femme dans la caravane, je pense que tu dois ravaler ça et parler à Forss ! Maintenant ! Ce sont des enfants qui souffrent ! Sinon, c'est moi qui le ferai !

Stilton ne répondit pas. De puissants sons de basse commencèrent à s'élever de la cave.

*

Linn était seule sur le magnifique voilier. Un Bavaria 31 Cruiser amarré à leur ponton privé dans le bras de mer non loin de Stocksundsbron. Elle aimait y passer ses soirées. Être bercée par les vagues tout en contemplant l'eau. Sur l'autre rive, c'était Bockholmen avec ses belles auberges anciennes. Sur sa droite, elle voyait les véhicules qui traversaient le pont. Un peu plus loin, elle distinguait la tour Cedergrenska qui s'élevait au-dessus des arbres et elle aperçut Bertil près de la villa. Il se dirigeait vers le ponton, un verre à la main. Au contenu marron.

Bien.

— As-tu dîné ? s'enquit-elle.

— Oui.

Bertil s'assit sur une bitte en bois. Il sirota sa boisson en regardant Linn.

— Je te demande pardon.

— Pourquoi ?

— Eh bien j'ai été assez absent ces derniers temps...

— Oui, c'est vrai. Ta vessie va mieux ?

Sa vessie ? Elle ne lui avait pas causé de problèmes depuis un moment.

— On dirait que ça s'est calmé, répondit-il.

— Très bien. Tu as du nouveau au sujet du meurtre de Nils ?

— Non. Enfin si, la police m'a rendu visite aujourd'hui.

— À toi ?

— Oui.

— Que voulaient-ils ?

— Savoir si Nils m'avait contacté.

— Ah bon ? Qu'est-ce que... Mais il ne l'avait pas fait, si ?

— Non, il ne m'a pas donné signe de vie... depuis qu'il a quitté le bureau de Kinshasa.

— Il y a vingt-sept ans, compléta Linn.

— Oui.

— Et maintenant il a été tué. Disparu depuis vingt-sept ans et soudain assassiné, ici, à Stockholm. C'est étrange, tu ne trouves pas ?

— Incompréhensible.

— Et où était-il passé durant toutes ces années ?

— Aucune idée.

Il aurait donné sa main droite pour être présenté à celui qui le savait. Cela faisait un moment que cette question était sa priorité absolue. Où Wendt avait-il donc disparu pendant toutes ces années ? « L'original est à un endroit où je suis censé retourner le 1ᵉʳ juillet. » Ce qui pouvait signifier n'importe où sur la terre. Une zone de recherche assez vaste...

Bertil se pencha légèrement en avant et vida son verre.

– Tu t'es remis à fumer ?

La question fusa de nulle part et Bertil ne put l'esquiver.

– Oui.

– Pourquoi ?

– Pourquoi pas ?

Linn nota la pointe d'agressivité de son ton. Elle n'insista pas.

Le meurtre de Nils le perturbait peut-être davantage qu'il ne voulait le montrer ?

*

– Il est là !

Mårten désignait le mur en pierre chaulée de la cave. Olivia suivit son doigt des yeux et vit une grosse tégénaire noire s'extirper d'une fissure.

– C'est Kerouac ?

– Oui, une authentique tégénaire, pas une banale épeire. Il a huit ans.

– Ah bon.

Olivia observa de petits nerfs qui vibraient sous la peau de Kerouac. Cette araignée qui souffrait peut-être d'arthrite. Elle remarqua qu'elle se déplaçait avec précaution sur le mur, avec ses longues pattes noires et son corps qui mesurait environ un centimètre de diamètre.

– Il aime la musique, mais il se montre exigeant. Il m'a fallu plusieurs années pour comprendre ses goûts, vous imaginez !

Mårten passa un doigt sur l'autre mur, qui était recouvert de disques vinyles du sol au plafond. Mårten était un passionné. Un amateur de vinyles possédant l'une des collections les plus originales de Suède. Il sortit un 45 tours de Little Gerhard, un ancien roi du rock des sixties, et plaça la face B sur un tourne-disque.

Il ne fallut que quelques accords pour que Kerouac arrête sa progression fastidieuse. Quand la voix de Little Gerhard se fit entendre à plein volume, l'araignée fit demi-tour et se dirigea à nouveau vers sa fissure.

– Mais je vais vous montrer !

Mårten se comportait comme un enfant survolté. Il se hâta de sélectionner un CD dans une collection sensiblement moins conséquente alignée sur un autre mur, puis il souleva le bras du tourne-disque et inséra le disque laser dans un lecteur.

– Regardez et écoutez !

C'était Gram Parsons. Un chanteur de country qui avait connu la gloire avant de succomber à une overdose. L'installation de qualité de Mårten diffusait à présent la chanson *Return of the Grievous Angel.* Olivia fixa Kerouac. Soudain, la tégénaire s'arrêta à quelques centimètres de son repaire. Elle tourna son gros corps noir à presque cent quatre-vingts degrés et se remit à se déplacer sur le mur.

– Parlant, n'est-ce pas ?

Mårten regardait Olivia en souriant. Elle ne savait plus très bien si elle se trouvait dans l'unité fermée de l'hôpital psychiatrique de Säter ou dans la maison de Mette Olsäter. Elle acquiesça et, comme il passait devant une pièce qui abritait un grand four à céramique, elle demanda à Mårten si c'était lui qui s'adonnait à la poterie.

– Non, c'est Mette.

Olivia se tourna vers lui.

– Et vous, que faites-vous ? Quel est votre métier ?

– Je suis retraité.

– Je vois. Et avant ?

Stilton et Mette étaient dans l'entrée quand Mårten et Olivia remontèrent de la cave. Mette lança un coup d'œil à Stilton, se pencha légèrement vers lui et glissa à voix basse :

– Tu sais que tu peux toujours dormir ici.

– Merci.

– Et puis réfléchis à ce que je t'ai dit.

– À quel sujet ?

– À propos de Rune Forss. C'est toi ou moi.

Stilton ne répondit pas. Mårten et Olivia les rejoignirent. Stilton prit congé de Mårten en inclinant la tête, puis franchit la porte d'entrée. Mette étreignit brièvement Olivia et lui chuchota :

– Merci d'avoir amené Tom.

– C'est plutôt lui qui m'a amenée.

– Sans vous, il ne serait jamais venu ici.

Olivia esquissa un sourire. Mette lui donna sa carte de visite avec son numéro de téléphone. Olivia la remercia et suivit Stilton. Quand Mette eut fermé la porte, elle se tourna et fixa Mårten, qui l'attira à lui. Il savait très bien que cette situation avait été très difficile à gérer pour elle. Il lui caressa les cheveux.

– Tom est de retour parmi nous, dit-il.

– Oui.

Ils étaient tous les deux dans le bus qui les ramenait en ville. Plongés dans leurs pensées. Stilton songeait surtout à la rencontre avec les Olsäter. Il les revoyait pour la première fois depuis presque quatre ans. Il était étonné de la facilité avec laquelle cela s'était passé. Et le peu qu'il avait été nécessaire de dire. La vitesse à laquelle la situation avait paru naturelle.

La prochaine étape était Abbas.

Puis il pensa à ce visage dans le miroir. Qui n'était pas le sien. Cela avait été un choc.

Olivia, elle, songeait à la grande demeure en bois.

À la cave. À Kerouac. N'est-on pas un peu détraqué si on est copain avec une araignée ? Oui, on l'est, pensait-elle. Sans aucun doute. À moins qu'il ne s'agisse plutôt d'originalité ? Mårten était une personne étonnante, à l'histoire fascinante, estimait-elle. Il lui en avait parlé dans la cave. Il était pédopsychologue. Durant de nombreuses années, il avait livré un combat acharné pour la mise en place d'une nouvelle pédagogie pour les enfants suédois et avait en partie réussi. Il avait également participé à de nombreux projets en faveur d'enfants en danger. Par ailleurs, il avait été un activiste de gauche.

Elle appréciait Mårten.

Mette aussi.

Ainsi que leur maison aussi étrange que chaleureuse.

— Les choses ont foiré entre vous et le Vison, lança tout à coup Stilton.

— Foiré…

Olivia regarda par la vitre.

— Il m'a fait du rentre-dedans, expliqua-t-elle.

Stilton hocha légèrement la tête.

— Il est mégalomane, dit-il.

— C'est quoi ?

— Une folie des grandeurs reposant sur un complexe d'infériorité. Un colosse aux pieds d'argile.

— D'accord. Je le trouve flippant.

Stilton esquissa un sourire.

Ils se séparèrent à Slussen. Olivia avait l'intention de rentrer chez elle à pied. Stilton, lui, comptait se rendre au garage Katarina.

— Vous ne retournez pas à la caravane ?

— Non.

— Qu'allez-vous faire là-bas ? Au garage Katarina ?

Stilton ne répondit pas.

— Je peux prendre ce chemin-là, par Mosebacke.

Stilton dut s'y résoudre. Au cours du bref parcours jusqu'au garage, Olivia lui relata sa visite à la boutique de Jackie Berglund et l'épisode des gorilles dans l'ascenseur. Elle évita d'aborder le sujet de son chat.

Lorsqu'elle eut fini, Stilton lui lança un regard pénétrant.

— Vous laissez tomber à présent ?

— Oui.

— Bien.

Le silence dura dix secondes, puis elle ne put s'empêcher de lui poser la question.

— Pourquoi avez-vous quitté la police ? Était-ce lié au meurtre de Jill Engberg ?

— Non.

Ils s'arrêtèrent devant l'escalier qui menait à Mosebacke. Stilton s'éloigna vers l'escalier en pierre de l'autre côté du garage.

Olivia le suivit des yeux.

*

Dans une pièce à moitié plongée dans l'obscurité de Bergsgatan, le groupe SAT visionnait un film mis en ligne sur le site Trashkick. Un film où on déshabillait Tom Stilton avant de lui peindre une inscription dans le dos, de le tabasser et de le jeter près d'un mur de pierre. Un silence pesant s'abattit à la fin de la séquence. Tous savaient qui était Stilton. Ou du moins, qui il avait été. Ils ne voyaient plus qu'une épave malmenée.

— C'est quand même plus ou moins ce à quoi on pouvait s'attendre, déclara Forss.

— Quoi donc ?

Klinga fixait Forss.

— Stilton avait déjà perdu les pédales en 2005. Il a pété un câble au beau milieu d'une enquête, sur Jill Engberg, une pute. J'ai dû prendre la relève. Il a démissionné et s'est volatilisé. Maintenant, il a atterri là, dit Forss en tournant la tête vers l'écran.

Il se leva et prit sa veste.

– Mais nous devrions quand même l'entendre, non ? demanda Klinga. Lui aussi a manifestement été passé à tabac.

– Absolument. Quand nous le trouverons. À demain.

*

Mårten et Mette s'étaient couchés, laissant à leur fils Jimi le soin de s'occuper de la vaisselle. Ils étaient tous les deux épuisés et éteignirent tout de suite, sans s'endormir pour autant. Mårten se tourna légèrement vers Mette.

– Tu as cru que j'avais manqué d'intuition ?

– Oui.

– Au contraire, je n'ai pas cessé de décrypter le comportement de Tom pendant qu'Olivia et toi parliez de Nordkoster. Il était là, présent, vous écoutait, participait, mais j'ai vu qu'il n'interviendrait jamais dans la conversation de lui-même, alors je l'y ai invité.

– Tu as tenté ta chance.

– Non.

Mette esquissa un sourire et posa un baiser dans son cou, tout en tendresse. Mårten regretta de ne pas avoir avalé un Viagra quelques heures plus tôt. Ils se tournèrent chacun de leur côté.

Il pensait au sexe.

Elle pensait à une valise vide sur Nordkoster.

*

Olivia, elle, pensait à son chat. Elle était étendue sur son lit et l'animal chaud à ses pieds lui manquait. Son ronronnement, ses petits coups contre sa jambe. Le masque blanc sur le mur la regardait. La clarté lunaire jouait sur ses dents blanches. Maintenant il n'y a plus que toi et moi, songea-t-elle, et tu n'es qu'un putain de masque en bois ! Olivia bondit hors du lit, décrocha le masque, le fourra sous le lit, puis s'allongea à nouveau. Du vaudou ? s'interrogea-t-elle tout à coup. Le voilà sous le lit à fixer le sommier en préparant un mauvais coup. Mais le vaudou est originaire d'Haïti, ce masque vient d'Afrique et Elvis est mort.

Et Kerouac est une saloperie d'araignée !

Folle de joie ! Je suis folle de joie !

Non.

Olivia était nue devant le miroir de la salle de bains et observait le changement de son jeune visage. Vingt-trois ans hier et au moins cinquante aujourd'hui, se dit-elle. Bouffi et enflammé, le blanc des yeux marbré de fines veines rouges. Elle s'enroula dans son peignoir en éponge blanc, sentit la douleur dans sa poitrine et son estomac qui se tordait. Et se glissa à nouveau dans son lit.

*

Tous les cachots du poste de police de Bergsgatan étaient vides ce matin-là, à une exception. Un moineau en mal de compagnie s'était posé sur le béton. En revanche, il régnait une activité fébrile dans une salle d'enquête du bâtiment C.

– La valise était vide ?

– Oui, répondit Mette.

– Où est-elle maintenant ?

– Chez l'homme qui gère les chalets, Axel Nordeman.

Mette était assise au fond de la pièce. L'atmosphère était à la fois calme et intense. L'information relative à la valise était intéressante. Toute la visite de Nils Wendt sur Nordkoster l'était. Pourquoi s'y était-il rendu ? Qui y avait-il rencontré ? Pourquoi avait-il laissé une valise vide derrière lui ? Mette avait envoyé quelques policiers à Nordkoster avant d'aller se coucher la veille. Ils devaient récupérer le bagage et faire du porte-à-porte.

– Savons-nous quand il est arrivé à Nordkoster ? s'enquit Lisa Hedqvist.

– Pas encore. Les gars de là-bas nous transmettent leur rapport dans la journée. Par contre, nous savons où Olivia Rönning l'a vu pour la première fois. C'était à Hasslevikarna, au nord de l'île. Elle n'a pu m'indiquer l'heure exacte, car elle s'était perdue, mais elle a situé le moment vers 9 heures du soir.

– Puis il est tombé sur elle dans son chalet environ une heure plus tard, c'est ça ?

– Plutôt plusieurs heures, un peu avant minuit, signala Mette. Ce que nous savons avec davantage de précision, c'est qu'il a pris un bateau-taxi au ponton ouest à minuit et qu'il s'est fait déposer à Strömstad. Là, nous perdons sa trace pour de bon.

– Pas vraiment.

Bosse Thyrén se leva. Il avait effectué un travail de cartographie depuis que Mette l'avait appelé la veille.

– Dan Nilsson a réservé un billet pour le train qui partait de Strömstad vers Göteborg à 4 h 35 lundi matin. De là, il a pris l'express de 7 h 45 et est arrivé à la gare centrale de Stockholm à 10 h 50. J'ai vérifié les réservations auprès des chemins de fer. Une fois à la gare, il a loué une voiture chez Avis vers 11 h 15 et, juste avant midi, il a pris une chambre à l'hôtel Oden de Karlbergsvägen. Sous le nom de Dan Nilsson. Les techniciens passent sa chambre au peigne fin.

– Remarquable, Bosse.

Mette se retourna.

– Avons-nous du nouveau au sujet de son mobile ?

– Non. En revanche, nous avons reçu le rapport du légiste. Le sang sur le rocher est celui de Nils Wendt. Il y avait aussi des fragments de peau. Le sang sur le sol à côté des traces de roues était aussi le sien.

– La fracture de son crâne peut donc être liée à ce rocher ?

– Il semblerait.

– Mais en est-il mort ? Ou s'est-il noyé ?

Lisa baissa les yeux vers le compte rendu d'autopsie.

– Il était encore en vie quand sa voiture a plongé. Il était sans doute inconscient. Il est mort par noyade.

– Comme ça, nous savons.

Mette se leva.

– Vous avez tous fait du bon boulot… À présent, nous allons concentrer nos efforts pour établir son emploi du temps entre le moment où il a pris sa chambre à l'hôtel et celui où son cadavre a été découvert. Il a dû être vu à l'hôtel à d'autres occasions, il a dû prendre des repas dans des restaurants, il a peut-être utilisé la même carte bancaire que celle avec laquelle il a loué la voiture, il a peut-être passé des appels depuis sa chambre…

– Il ne l'a pas fait, j'ai vérifié, intervint Lisa.

– Bien.

Mette se dirigea vers la porte et les enquêteurs se mirent en branle.

*

Quelques bâtiments plus loin, dans le même quartier, Rune Forss était installé dans un bureau semblable en compagnie de Janne Klinga. La SAT était devenue un groupe d'enquête pour meurtre depuis la mort de Vera Larsson. L'équipe avait été renforcée et des ressources supplémentaires avaient été allouées à Forss.

Il avait envoyé des enquêteurs en ville et avait entendu les sans-abri victimes d'agression avant le meurtre de Vera Larsson. L'un d'eux était toujours hospitalisé, un grand gaillard du Nord qui n'avait aucun souvenir de ce qui s'était passé. Ils ne pouvaient pas faire grand-chose d'autre, pour l'instant.

D'après Forss.

Il feuilletait *Strike,* un magazine consacré au bowling. Klinga parcourait les rapports techniques sur la caravane.

– Nous verrons bien si ce film donne quelque chose, déclara-t-il.

– Celui où ils baisent dans la caravane ?

– Oui.

L'homme qui avait eu une relation sexuelle avec Vera Larsson n'avait pas été encore identifié.

On frappa à la porte.

– Entrez !

Stilton entra, un bandage autour de la tête. Forss baissa son magazine et le considéra. Stilton fixa Janne Klinga.

– Bonjour, je m'appelle Tom Stilton.

– Bonjour.

Janne Klinga s'avança et lui tendit la main.

– Moi, c'est Janne Klinga.

– Alors, comme ça, tu es sans-abri ? lança Forss.

Stilton ne réagit pas. Il s'était très bien préparé, sur le plan mental. Il savait que ça se déroulerait ainsi. Cela ne l'atteignit pas. Il gardait les yeux posés sur Janne Klinga.

– Est-ce vous qui dirigez l'enquête sur le meurtre de Vera Larsson ?

– Non, c'est...

– Est-ce que tu sais qui t'a flanqué une dérouillée ? demanda Forss.

Il observait Stilton, qui avait toujours les yeux rivés sur Janne Klinga.

– Je pense que Vera Larsson a été tuée par deux *kid fighters,* déclara Stilton.

– Des *kid fighters* ? s'étonna Klinga.

Stilton raconta ce qu'il savait. Au sujet des combats en cage, l'endroit exact où ils avaient lieu, qui y participait et le nom de ceux qu'il pensait être les organisateurs.

De même que le symbole que certains d'entre eux se faisaient tatouer sur le bras.

– Deux initiales entourées d'un cercle. KF. On les aperçoit sur l'un des films mis en ligne sur Trashkick. Vous l'avez repéré aussi ? s'enquit-il.

– Non.

Klinga lorgna en direction de Forss.

– KF signifie Kid Fighters, expliqua Stilton.

Il se dirigea vers la porte.

– Comment avez-vous appris tout cela ? l'interrogea Klinga.

– L'information m'a été fournie par un petit garçon de Flemingsberg. Acke Andersson.

Il quitta la pièce sans avoir accordé un seul regard à Rune Forss.

Quelques instants plus tard, Forss et Klinga se dirigeaient vers le réfectoire. Forss était très sceptique quant aux informations que venait de leur fournir Stilton.

– Du *cagefighting* ? Des gamins qui se battent dans des cages ? Ici ? En Suède ? Nous en aurions entendu parler quand même ! Ça paraît dingue.

Klinga ne répondit pas. Forss sous-entendait que Stilton délirait.

– Qu'est-ce que tu en penses ? Des *kid fighters* ? Tu y crois ?

– Je ne sais pas, répondit Klinga.

Il n'était pas aussi convaincu de la vacuité des éléments apportés par Stilton. Il décida de visionner l'ensemble des films mis en ligne sur Trashkick pour chercher ce tatouage. Plus tard, seul.

*

Ovette Andersson marchait sur Karlavägen. Talons aiguilles noirs, jupe moulante noire et veste en cuir marron courte. Elle venait d'en finir avec un client dans un garage privé sur Banérgatan et il l'avait déposée là où elle était montée dans son véhicule. Ce n'était pas son secteur habituel. Mais, selon des rumeurs, des opérations de police étaient en cours du côté de Mäster Samuel si bien qu'elle était venue jusqu'ici.

Elle retoucha son rouge à lèvres et tourna sur Sibyllegatan pour rejoindre le métro. Soudain, elle aperçut un visage familier dans un magasin de l'autre côté de la rue.

Dans la boutique Le Chic insolite.

Ovette s'arrêta.

Voilà donc à quoi ressemblait sa boutique. Sa façade élégante. Bien mieux que de sucer des bites, la coke vous dégoulinant du nez, pensa-t-elle. C'était la première fois qu'elle passait devant le magasin de Jackie Berglund. Ce n'était pas son quartier, enfin plus. De fait, à une époque, Ovette se mouvait avec une certaine aisance à Östermalm, même s'il était difficile de l'imaginer aujourd'hui.

L'époque avant Acke.

Le Chic insolite, se dit-elle. Comme c'est astucieux ! Mais Jackie avait toujours été futée, futée et calculatrice. Ovette traversa la rue et s'arrêta devant la vitrine. Elle aperçut l'élégante femme à l'intérieur. Au même instant, Jackie se retourna et la fixa droit dans les yeux. Ovette ne détourna pas les siens. À la fin des années quatre-vingt, elles avaient été collègues, des escort-girls de la même écurie, Gold Card. Elle, Jackie et Miriam Wixell. Miriam avait arrêté quand il avait été question de faveurs sexuelles. Ovette et Jackie avaient continué.

Elles gagnaient bien leur vie.

Jackie était la plus finaude des deux. Celle qui ne ratait jamais une occasion d'apprendre à connaître la clientèle pour laquelle elles officiaient. Ovette se contentait de suivre le mouvement et sniffait parfois une ligne avec ses clients. Sans arrière-pensée. Quand Gold Card avait fermé, Jackie avait repris l'activité de Carl Videung et l'avait rebaptisée Red Velvet. Une luxueuse société d'escort-girls réservée à un petit cercle d'initiés. Ovette avait suivi Jackie dans la nouvelle société, avait travaillé quelques années pour elle, puis s'était retrouvée enceinte.

D'un client.

Ce n'était pas très bon.

Jackie avait exigé qu'elle se fasse avorter. Ovette avait refusé. Elle était enceinte pour la première fois et ce serait sans doute la dernière. Jackie avait fini par la jeter à la rue, littéralement. Qu'elle se débrouille avec son mouflet !

Acke.

Fils d'un client dont seules Ovette et Jackie connaissaient l'identité. Même le père l'ignorait.

Elles se défiaient à présent du regard à travers une vitrine de Sibyllegatan. La pute qui faisait le tapin et la poule de luxe. Pour finir, Jackie baissa les yeux.

L'ai-je effrayée ? se demanda Ovette.

Elle s'attarda quelques instants et vit Jackie déplacer quelques objets dans le magasin, très consciente de la présence d'Ovette à l'extérieur.

Elle a peur de moi, se dit Ovette. Pour ce que je sais et que je pourrais utiliser. Mais je ne le ferai jamais parce que je ne suis pas comme toi, Jackie Berglund. Il y a une différence entre nous. Une différence qui explique que je fasse le tapin alors que toi, tu es dans cette boutique.

Ovette marchait la tête assez haute vers le métro.

Jackie s'affairait dans son magasin, nerveuse. Elle était perturbée. Qu'est-elle venue faire ici ? Ovette Andersson ! Comment a-t-elle osé ? Elle se retourna. Ovette avait disparu. Jackie se rappela Ovette, la fille pleine de vie, aux yeux pétillants, à l'époque. Elle qui s'était mis en tête de se teindre les cheveux en bleu et avait rendu Carl fou furieux. Elle n'était pas futée, Ovette, et n'avait pas le sens de la stratégie. Ce qui était une chance, estimait Jackie. Ovette en savait trop au sujet de certains clients. Mais elle s'était tue.

Durant toutes ces années.

Elle a sûrement peur de moi. Elle sait qui je suis et qu'il ne faut pas me menacer. Elle est sans doute passée par hasard.

Jackie continua à ranger et laissa Ovette de côté. Au bout d'un moment, son humeur avait changé du tout au tout. Une traînée de Kärrtorp avec un gamin sur les bras ! Quel gâchis ! Alors qu'elle aurait pu se faire avorter et s'élever à un tout autre niveau en travaillant. Certaines personnes font des choix merdiques dans la vie, pensait-elle, tout en ouvrant la porte avec un sourire à l'une de ses fidèles clientes.

Linn Magnuson.

*

Rune Forss finissait sa deuxième tasse de café au réfectoire lorsqu'il aperçut Mette Olsäter. Elle se dirigeait vers sa table. Janne Klinga était déjà parti.

– Est-ce que Tom Stilton t'a contacté ? s'enquit-elle en arrivant à son niveau.

– Qu'entends-tu par « contacté » ?

– Est-il venu te voir aujourd'hui ?

– Oui.

– À propos du *cagefighting* et des *kid fighters* ?

– Oui.

– Bien. Salut !

Mette commença à s'éloigner.

– Olsäter !

Mette se retourna.

– Il te l'a également raconté ?

– Oui. Hier.

– Est-ce que tu crois à ce baratin ?

– Pourquoi ne le croirais-je pas ?

– Parce qu'il… Tu sais bien dans quel état il est, non ?

– Quel lien avec les informations qu'il nous apporte ?

Mette et Forss se jaugèrent du regard durant quelques secondes. Ils ne s'appréciaient pas particulièrement. Quand Forss leva sa tasse, Mette s'en alla. Forss la suivit du regard. La Criminelle allait-elle fourrer son nez dans son enquête ?

*

Olivia était à demi allongée sur son lit, son ordinateur portable blanc sur les genoux et un pot de glace Ben & Jerry's à la main. Elle pouvait en avaler une boîte complète et ensuite sauter le repas. Pas le top de la diététique, mais bon.

Depuis quelques heures, elle surfait sur le net pour connaître l'ancienne vie de Nils Wendt. À l'époque où il était un chef d'entreprise actif et l'associé de Bertil Magnuson. Non, elle ne trahissait pas sa promesse de laisser tomber l'affaire de la plage. Après tout, il n'existait aucun lien entre elle et le meurtre de Wendt. Pour le moment, c'était juste de la curiosité envers Magnuson Wendt Mining qui déjà bien avant la disparition de Wendt faisait l'objet de sévères critiques. Surtout pour sa collaboration avec des dictatures.

Comme l'avait expliqué Mårten Olsäter lorsqu'il avait piqué sa petite crise à table.

Ses pensées dérivèrent du côté de la vieille demeure en bois de Värmdö. Elle songea au soir précédent. Une expérience assez renversante pour elle. Elle se remémora des parties de la conversation à table. Et ce qui s'était produit dans la salle de musique de Mårten. Elle essayait de saisir les sous-entendus entre Stilton et Olsäter. C'était difficile. Si elle en avait l'occasion, elle demanderait à Mette ou à Mårten quelle relation ils entretenaient réellement avec lui et ce qu'ils savaient quant à ce qui lui était arrivé.

Ils en savaient forcément davantage qu'elle.

Soudain, une photo de Nils Wendt jeune apparut sur l'écran. À côté d'un Bertil Magnuson tout aussi jeune. Le cliché figurait dans un article daté de 1984. Il décrivait la manière dont les deux hommes venaient de signer un accord avec Mobutu, le président de ce qui était alors le Zaïre. Cet accord allait rapporter des millions à MWM. Ils souriaient tous les deux à l'objectif. Un lion mort gisait à leurs pieds. Magnuson tenait fièrement un fusil.

Ignoble, se dit Olivia. Son mobile sonna à cet instant. Elle consulta l'écran : ce numéro ne lui rappelait rien.

— Olivia Rönning.

— Bonjour, je m'appelle Ove Gardman. Je viens d'écouter les messages sur mon téléphone. Vous avez cherché à me joindre.

— Oui, tout à fait.

Olivia repoussa l'ordinateur et s'assit. Ove Gardman. Le garçon qui avait été témoin du meurtre à Hasslevikarna !

— De quoi s'agit-il ? s'enquit Gardman.

— Voilà, c'est au sujet d'une vieille enquête pour meurtre que j'étudie. Elle concerne ce qui s'est passé à Hasslevikarna, en 1987, et dont vous avez été témoin, si j'ai bien compris.

— Oui, c'est exact. Mais c'est amusant.

— Comment ça ?

— Eh bien, j'en ai précisément parlé il y a à peine une semaine avec un homme à Mal Pais.

— Où est-ce ?

— Au Costa Rica.

— Et vous avez parlé du meurtre sur la plage ?

— Oui.

— Qui était-ce ?

— Il s'appelait Dan Nilsson.

Olivia renonça aux dernières miettes de sa promesse concernant l'affaire de la plage et s'efforça de garder une voix aussi ferme que possible.

— Vous êtes en Suède ?

— Oui.

— Quand êtes-vous rentré ?

— Cette nuit.

– Dans ce cas, vous n'avez peut-être pas entendu parler du meurtre de Nils Wendt ?

– Qui est-ce ?

– Dan Nilsson. Il utilisait ce nom, mais il s'appelait Nils Wendt.

– Et il a été tué ?

– Oui. Avant-hier. Ici, à Stockholm.

– Aïe.

Olivia laissa à Gardman le temps d'encaisser. Elle avait d'autres questions à lui poser, mais ce fut Gardman qui reprit la parole le premier.

– Pourtant, il avait l'air si... C'est très troublant. Je suis allé chez lui là-bas et...

Il se tut et Olivia en profita pour intervenir.

– Comment vous êtes-vous rencontrés ?

– Eh bien, je suis biologiste marin et je me trouvais à San José pour aider à mettre en place un grand projet de réserve maritime, au large de la péninsule de Nicoya, puis je suis parti du côté de l'océan pour quelques jours, histoire d'effectuer quelques repérages et c'est là que nos chemins se sont croisés. Il était guide pour une réserve de forêt vierge à l'écart de Mal Pais.

– Et il vivait à Mal Pais ?

– Oui... Nous avons fait connaissance dans la réserve. Il n'y voyait sans doute pas beaucoup de touristes suédois. Bref, il m'a invité à déjeuner chez lui.

– Et c'est comme ça que vous en êtes venus à parler du meurtre sur Nordkoster ?

– Oui, nous avons bu pas mal de vin et ensuite je ne sais plus comment nous en sommes arrivés là, mais nous avions tous les deux des liens avec cette île : il y avait possédé une résidence secondaire bien des années auparavant. Alors, je lui ai raconté ce que j'y avais vu un soir, à Hasslevikarna.

– Et comment a-t-il réagi ?

– Euh, il... c'était assez étrange, car il s'est montré très intéressé et voulait connaître des tas de détails. Mais je n'avais que neuf ans à l'époque, cela fait plus de vingt ans, et je ne me souviens pas de grand-chose.

– Mais il s'est montré très curieux ?

– D'une certaine manière, oui. Puis il est parti en voyage. Je suis revenu le lendemain soir, j'avais oublié ma casquette, et il était parti. Deux gamins couraient autour de la maison et jouaient avec ma casquette, mais ils ignoraient où il était. Ils savaient seulement qu'il était parti en voyage.

– Il s'est rendu à Nordkoster.

– C'est vrai ?

– Oui.

– Et maintenant il est mort ?

– Malheureusement. Si je puis me permettre, où vous trouvez-vous en ce moment ?

– Chez moi. Sur Nordkoster.

– Vous ne passez pas par Stockholm dans les prochains jours ?

– Pas dans l'immédiat.

– D'accord.

Olivia remercia Gardman. Pour son aide en réalité bien plus précieuse qu'il ne pouvait le penser. Elle raccrocha et composa sans attendre le numéro de Stilton.

*

Stilton vendait *Situation Stockholm* devant les halles de Söder. Les affaires n'étaient pas florissantes. Deux exemplaires en une heure. Non qu'il n'y ait pas eu de passage, mais chaque personne parlait dans un portable, ou avait des écouteurs vissés aux oreilles. Nous sommes sans doute en train de muter, songea Stilton. Une nouvelle race. *Homo digitalis,* une version connectée de l'homme de Néandertal. C'est alors que son mobile sonna lui aussi.

– C'est Olivia ! Devinez ce que je viens d'apprendre sur Nordkoster !

– Vous n'étiez pas censée laisser tomber ? Vous avez dit que...

– Nils Wendt a rencontré Ove Gardman, l'enfant témoin, il y a environ une semaine ! Au Costa Rica !

Stilton garda le silence. Un bon moment.

– Voilà qui est surprenant.

– N'est-ce pas ?

Olivia, surexcitée, lui relata ce que Gardman avait raconté à Wendt au sujet du meurtre de la plage. Juste après, Wendt était rentré en Suède. À Nordkoster. Après s'être caché pendant environ vingt-sept ans.

– Pourquoi a-t-il fait cela ? lança-t-elle. Pourquoi l'histoire de Gardman a-t-elle déclenché cette réaction chez Nils Wendt ? Il avait disparu trois ans avant que le meurtre ne soit commis. Était-il lié à la femme de la plage ? Après tout, on pensait qu'elle était d'origine sud-américaine.

– Olivia !

– S'étaient-ils rencontrés au Costa Rica ? Avait-elle été envoyée sur Nordkoster pour récupérer quelque chose que Wendt avait caché dans sa résidence secondaire ?

– Olivia !

– A-t-elle été torturée dans l'eau pour qu'elle avoue ce qu'elle était venue chercher ? Par des gens qui avaient appris qu'elle allait venir et l'avaient suivie ? Est-ce qu'elle...

– Olivia !

– Oui ?

Stilton était las des théories du complot d'Olivia.

– Il faut que vous parliez de nouveau à Mette.

– Vraiment ? Oui, bien sûr !

– Et tenez-vous-en aux faits. À Gardman et à Wendt. Pour le reste, elle se débrouillera.

– D'accord. Vous m'accompagnez ?

Il le fit. En outre, il avait remplacé son bandage par un grand pansement. Un peu plus discret.

Olivia avait joint Mette qui s'apprêtait à monter en voiture. Mårten et Jolene assistaient à un spectacle de danse en ville et rentreraient tard. Elle avait l'intention de s'arrêter en route pour manger un morceau en vitesse.

– Retrouvez-moi au restaurant de Saltsjö-Duvnäs, déclara Mette. C'est une gare rouge sur la ligne Saltsjöbanan, après Storängen.

Ils étaient à présent installés sur une terrasse en bois à l'arrière de la belle gare, à une table ronde, à quelques mètres du ballet des trains. Le restaurant, un établissement familial très populaire dans le secteur, servait des plats savoureux et était bondé. On leur avait donc attribué une table à l'extérieur et c'était aussi bien pour eux. Suffisamment loin des autres clients pour pouvoir parler librement et discrètement. D'ailleurs, Mette laissa échapper des éclats de voix à deux ou trois reprises.

– Au Costa Rica ?

Elle eut enfin une réponse à la question à laquelle elle avait consacré tant de temps au cours des vingt-sept dernières années. Elle savait enfin où Nils Wendt s'était caché.

– À Mal Pais, précisa Olivia, sur la péninsule de Nicoya.

– Incroyable !

Olivia était assez fière de susciter une telle réaction chez l'enquêtrice endurcie de la Criminelle. Mette semblait ravie quand elle appela sans attendre Lisa Hedqvist pour lui demander de contacter Ove Gardman et de l'entendre au sujet du Costa Rica. Les informations relatives à la planque de Wendt étaient beaucoup plus intéressantes pour Mette que son éventuel lien avec le meurtre de la plage. Certes, il n'était pas prescrit, mais elle avait un crime beaucoup plus récent à élucider. En outre, elle estimait que l'affaire de la plage était toujours celle de Tom.

Elle raccrocha et fixa Stilton.

– Il faudrait que nous effectuions une visite.

– À Mal Pais ?

– Oui. Au domicile de Wendt. Nous pourrions y trouver des éléments susceptibles de nous aider dans l'enquête, peut-être un mobile pour le meurtre, peut-être une explication à sa disparition. Mais ça risque d'être un peu délicat.

– Pourquoi ? s'enquit Olivia.

– Parce que je n'ai pas tout à fait confiance dans la police locale. Leur efficacité est très relative, il y a beaucoup de bureaucratie.

– Alors ?

Olivia vit Mette et Stilton échanger un regard qui trahit une compréhension mutuelle.

Puis elle demanda l'addition.

*

Mette n'avait pas souvent l'occasion de se rendre au casino Cosmopol. La grande femme attira nombre de regards quand elle entra dans l'une des salles de jeux. Surtout de la part d'Abbas. Il l'avait repérée dès qu'elle avait franchi la porte. Un bref regard entre eux suffit à lui faire comprendre qu'un autre croupier devait prendre la relève.

Stilton et Olivia attendaient, appuyés contre la voiture de Mette garée à quelque distance du casino. Sur le trajet depuis la gare, Olivia avait eu droit à une rapide description de la personne qu'ils étaient sur le point de contacter. Abbas el Fassi. Ancien vendeur de sacs, désormais croupier renommé. Il avait effectué pas mal de missions sous couverture, pour Mette comme pour Stilton, au fil des ans.

D'ordres très divers.

Qui s'étaient chaque fois de mieux en mieux déroulées et les avaient tous les deux convaincus qu'Abbas était d'une fiabilité absolue quand il s'agissait de missions qui devaient être menées hors des sentiers battus.

Comme celle-ci.

Celles où on préférait éviter la police locale et la voie officielle.

On emprunterait donc l'autre voie.

La voie Abbas.

Olivia fixa Stilton.

Stilton venait juste de lui parler d'Abbas. De son passé. Sans entrer dans les détails. Surtout pas la raison pour laquelle Abbas avait été extirpé d'un marécage semi-criminel avec l'aide de Stilton et avait atterri en probation chez Mette et Mårten, qu'il s'était petit à petit mis à considérer comme sa seconde famille. En grande partie grâce à Jolene, leur fille trisomique. Elle avait sept ans quand Abbas avait débarqué et c'était elle qui avait réussi à briser la carapace d'Abbas et l'avait poussé à oser. Tant à accepter les soins et l'amour de la famille qu'à exprimer le sien. Un pas assez énorme pour un pauvre gamin orphelin de Marseille. Abbas faisait toujours partie de la famille Olsäter.

Il veillait sur Jolene comme un faucon.

Et portait un couteau.

– Toujours, ajouta Stilton.

Il avait conclu en mentionnant l'extrême attirance d'Abbas pour les couteaux. Il portait toujours un modèle très particulier qu'il avait fabriqué lui-même.

– Et s'il le perdait ?

– Il en a cinq.

Mette et Abbas sortirent de l'établissement et se dirigèrent vers la voiture. Stilton s'était préparé à la rencontre avec Abbas. Il y avait un bout de temps qu'ils ne s'étaient pas vus. Dans des circonstances que Stilton ne voulait pas évoquer.

Et voilà qu'ils se retrouvaient.

Mais avec Abbas les choses étaient simples. Deux ou trois brefs regards, un signe de tête et l'affaire fut réglée. Quand

Abbas s'installa dans le siège à côté de Mette, Stilton réalisa à quel point il lui avait manqué.

Mette avait suggéré qu'ils se rendent chez Abbas. Sans songer aux travaux du métro de la City : le secteur excavé à la dynamite qui, dans un lointain avenir, serait transformé en station de trains de banlieue sur Vanadisvägen occupait pour l'instant tout un pâté de maisons à deux pas de l'immeuble d'Abbas. Plus d'une fois il avait senti les détonations souterraines faire vibrer tout le bâtiment et avait regardé la pauvre église Matteus en face, où Dieu devait lutter pour que les tuiles ne tombent pas.

Ils étaient maintenant installés dans son séjour. Mette lui expliqua ce qu'elle attendait de lui. Une visite à Mal Pais, au Costa Rica, et une fouille du domicile de Wendt. Mette arrangerait une certaine collaboration avec la police locale par ses propres canaux. En revanche, Abbas devrait s'acquitter seul de la mission principale.

Il avait carte blanche. Mette couvrirait les frais.

Elle récapitula tous les détails connus de l'affaire et Abbas les mémorisa. Sans rien dire.

Quand Mette eut fini d'exposer les points qui la concernaient, à savoir l'enquête sur le meurtre qui venait de se produire, Stilton ajouta une requête.

– Tant que tu seras là-bas, profites-en pour voir si tu peux trouver un lien entre Wendt et la femme tuée sur Nordkoster en 1987. Ils se sont peut-être rencontrés au Costa Rica et elle pourrait s'être rendue sur l'île pour y récupérer quelque chose que Wendt aurait caché dans sa résidence secondaire, d'accord ?

Olivia sursauta. Elle nota que, sans lui accorder un regard, Stilton s'était approprié une partie de ses « théories du complot ». Il est donc comme ça, pensa-t-elle. Il faudra que je m'en souvienne.

Ils attendaient la réponse d'Abbas.

Olivia était restée silencieuse. Une alchimie très particulière régnait entre ces trois personnes. Elle percevait un profond respect mutuel dans leur ton. Elle avait également remarqué que Stilton et Abbas se lançaient des coups d'œil de temps à autre. De brefs regards, comme si un non-dit planait entre eux. Qu'était-ce ?

– J'y vais.

Abbas n'en dit pas davantage. Il demanda seulement si quelqu'un prendrait du thé. Mette s'apprêtait à rentrer chez elle et Stilton voulait sortir. Tous deux déclinèrent donc, et ils se dirigeaient vers l'entrée quand Olivia accepta.

– Ce serait avec plaisir.

Elle ne savait pas au juste pourquoi elle avait accepté, mais Abbas l'intriguait. Il l'avait fascinée à l'instant où il s'était glissé dans la voiture et coulé sur le siège d'un seul mouvement souple. Et son odeur. Pas un parfum, autre chose, qu'elle n'identifiait pas. Il revint avec un plateau en argent sur lequel il avait disposé une théière et des tasses.

Olivia observait la pièce. Un très bel endroit. Des murs blancs, un ameublement minimaliste, de grandes lithographies sur l'un des murs, une étoffe fine aux coloris profonds drapée sur un autre, pas de téléviseur, un parquet en bois ancien. Abbas n'était-il pas légèrement snob ?

Il l'était, à certains égards.

Olivia observait Abbas. Il se tenait à côté d'une bibliothèque basse aux lignes sobres et remplie d'ouvrages anciens. Il portait un T-shirt blanc et un pantalon de toile gris irréprochable. Où met-il son couteau ? s'interrogea Olivia. Il l'avait toujours sur lui, à en croire Stilton. Toujours. Ses yeux glissèrent sur le corps d'Abbas. Où le cache-t-il ?

– Vous avez des yeux fureteurs.

Abbas se retourna, une tasse de thé à la main. Olivia se sentit prise en défaut. Elle ne voulait pas qu'il se méprenne sur son regard.

– Stilton m'a raconté que vous portiez toujours un couteau.

Il eut un frémissement imperceptible. Une réaction néga-
tive. Pourquoi Stilton avait-il confié cela à Olivia ? Les couteaux faisaient partie de ses attributs cachés. Il n'aurait pas
dû les mentionner. Cette jeune fille n'avait pas à le savoir.

– Stilton parle parfois beaucoup.

– Mais est-ce vrai ? Le portez-vous, là ?

– Non. Du sucre ?

– Oui, merci.

Abbas se retourna une nouvelle fois. Olivia se carra dans
le fauteuil bas quand quelque chose vint frapper le dossier
– une lame noire, longue et fine oscillait à quelques centimètres de son épaule. Olivia bondit sur le côté et fixa
Abbas qui s'avançait, une tasse à la main.

– Ce n'est pas un couteau, c'est un Black Circus nu. Il
pèse deux cent soixante grammes. Voulez-vous discuter de
l'affaire de la plage ?

– Absolument.

Olivia prit la tasse qu'il lui tendait et se mit à raconter.
Un peu trop vite et d'une voix monocorde. Le couteau
était toujours fiché à côté d'elle. Une question l'obsédait :
D'où l'avait-il sorti ?

*

Ove Gardman était dans la cuisine de sa maison de
Nordkoster. Il regardait par la fenêtre. Quelques instants plus
tôt, il avait parlé à une policière de Stockholm. Il lui avait
raconté ce qu'il savait au sujet de Nils Wendt et de Mal
Pais. La boîte de raviolis était finie. L'expérience culinaire
était limitée, mais il était rassasié. Demain, il achèterait de
la nourriture digne de ce nom.

Il parcourut des yeux la vieille maison familiale.

Il avait fait une rapide escale dans son deux-pièces de
Göteborg avant de gagner Strömstad où il avait rendu visite

à son père à la maison de retraite, et était ensuite rentré à Nordkoster.

« Rentré à Nordkoster », car c'était là qu'il se sentait chez lui.

La maison vide lui paraissait triste. Astrid, sa mère, était morte trois ans auparavant et Bengt venait d'être victime d'un AVC. La zone supérieure droite de son corps était en partie paralysée. Un handicap de taille pour un vieux pêcheur de homards qui avait passé toute sa vie à braver la mer.

Ove soupira. Il déposa son assiette dans l'évier et songea au Costa Rica. Ce voyage avait été fantastique, enrichissant et particulier.

Et les choses étaient devenues encore plus étranges quand il était rentré et avait rappelé cette Olivia Rönning. Dan Nilsson tué. Un homme d'affaires disparu qui s'appelait en réalité Nils Wendt. Qui était venu sur Nordkoster juste après leur rencontre à Mal Pais. Puis avait été assassiné. Que faisait-il ici ? Sur l'île ? Bizarre. Troublant. Y avait-il un lien avec ce que je lui ai raconté au sujet de la femme sur la plage ? se demandait Ove.

Il alla donner un tour de clé à la porte d'entrée. Il ne le faisait jamais d'habitude. Il se dirigea ensuite vers son ancienne chambre d'enfant.

Posté sur le seuil, il regarda à l'intérieur. Elle n'avait pas changé depuis qu'il était parti à Göteborg pour ses études. Le papier peint orné de coquillages, tout à fait au goût du jeune Ove, était défraîchi.

Il s'accroupit. Sous le lino il y avait sans doute un plancher qu'il pourrait peindre ou juste poncer et huiler. Il essaya d'en soulever le bord au niveau du seuil, mais il était collé. Avec un ciseau peut-être ? Il s'approcha de la grande armoire à outils dans l'entrée, la fierté de son père. Tout y était rangé et accroché dans un ordre strict.

Ove souriait en ouvrant le placard. Sa vieille boîte à trouvailles ! Un coffret en bois qu'il avait confectionné en cours de travaux manuels, grand comme un carton à chaussures et dans lequel il entreposait les trésors découverts sur la plage quand il était enfant. Il était encore là, et précisément ici ! Dans le placard à outils adoré de Bengt.

Il emporta le coffret dans sa chambre et l'ouvrit sur son lit. Tout était là, conforme à ses souvenirs : le crâne d'oiseau que lui et sa mère avaient trouvé à Skumbuktarna. Des coquilles d'œuf. De belles pierres et des morceaux de bois ainsi que des tessons de verre polis par la mer. Et aussi des objets plus étranges, rejetés par les flots. La moitié d'une noix de coco par exemple, et toutes les coquilles des bigorneaux, des coques, des huîtres et des moules que lui et Iris avaient ramassées l'été de leurs neuf ans, quand ils étaient amoureux. Et cette barrette à cheveux qu'il avait découverte un peu plus tard le même été. La barrette à cheveux d'Iris. Il l'avait trouvée dans le varech sur la plage et avait eu l'intention de la lui rendre, mais elle était rentrée chez elle après les vacances et, l'année suivante, il avait oublié aussi bien la barrette qu'Iris.

Ove la sortit du coffre.

Tiens, il y avait même un cheveu d'Iris coincé dedans. Après toutes ces années. Ove leva la barrette pour l'examiner à la lumière de la lampe de chevet. Iris était blonde, mais ce cheveu était bien plus foncé. Presque noir. Bizarre !

Ove se mit à réfléchir. Quand avait-il vraiment trouvé cette barrette ? N'était-ce pas le même soir que… Mais oui, bien sûr ! Il s'en souvint comme si c'était hier. Il l'avait découverte dans le varech à côté d'empreintes de pas fraîches dans le sable, et ensuite… ensuite il avait entendu ces voix sur la plage et s'était caché derrière les rochers !

Cette nuit de marée d'équinoxe.

*

Abbas retira son couteau du dossier du fauteuil. Olivia avait bu son thé et était partie. Il l'avait raccompagnée jusqu'à la porte. Il ne s'était rien passé de plus. Il composa un numéro sur son mobile et attendit. On lui répondit en français. Il formula sa requête à la personne à l'autre bout de la ligne.

– Combien de temps cela va-t-il prendre ? s'enquit-il.
– Deux jours. Où nous voyons-nous ?
– À San José, au Costa Rica. Je t'envoie un SMS.
Il raccrocha.

*

L'un d'eux avait des miettes de pain sur la poitrine, un autre mâchait un comprimé Rennie, un troisième avait oublié de se brosser les dents. Tous tôt levés, mais d'attaque, tandis qu'ils traversaient les couloirs de la Crim.

Mette avait convoqué son groupe à une heure particulièrement matinale. À 6 h 30, tout le monde était dans la salle. Dix minutes plus tard, elle leur avait relaté les informations qu'elle avait obtenues d'Olivia la veille. Celles-ci furent complétées par la conversation que Lisa Hedqvist avait eue avec Gardman le soir précédent. Elle n'avait en fait rien apporté de plus. Toutefois, ils savaient dorénavant où Wendt habitait avant de venir en Suède. Une grande carte du Costa Rica fut projetée sur l'écran. Mette pointa Mal Pais sur la péninsule de Nicoya.

– J'y ai envoyé un contact personnel.

Personne ne réagit. Tous étaient conscients que Mette savait ce qu'elle faisait.

Bosse Thyrén s'avança vers le tableau. Mette l'avait appelé la veille en quittant Abbas et lui avait fourni les informations nécessaires pour qu'il poursuive son travail.

– J'ai cartographié le voyage de Wendt, annonça-t-il. Il s'est enregistré sur un vol en partance de San José au Costa Rica sous le nom qu'il a utilisé pour louer une voiture ici : Dan Nilsson.

– Quand était-ce ?

– Le vendredi 10 juin à 23 h 10, heure locale.

Bosse le nota sur le tableau.

– Avec quelle pièce d'identité voyageait-il ?

– C'est en cours de vérification. L'avion se rendait à Londres via Miami. Il a atterri à 6 h 10. De là, Wendt a pris un autre vol qui s'est posé à l'aéroport de Landvetter à Göteborg, le dimanche 12 juin à 10 h 35.

– Toujours en tant que Dan Nilsson ?

– Oui. De Landvetter, il a pris un taxi jusqu'à la gare centrale et étant donné qu'il a débarqué sur Nordkoster plus tard le même soir, on peut sans doute en déduire qu'il est directement parti à Strömstad pour attraper le bateau à temps.

– En effet. Merci, Bosse. Au fait, tu as dormi un peu ?

– Non, mais ça va.

Mette lui lança un regard appréciateur.

On joignit les informations de Bosse à son précédent relevé des mouvements de Wendt après son départ de Nordkoster. Ils disposaient maintenant d'une vue d'ensemble de ses déplacements de San José au Costa Rica jusqu'à son hôtel de Karlbergsvägen. Via Nordkoster.

– Les techniciens ont du nouveau au sujet du mobile de Wendt. Ils ont réussi à le remettre en marche.

L'un des enquêteurs plus âgés donna un rapport à Mette.

– L'as-tu lu ?

– Oui.

– Quelque chose d'intéressant ?

– Oui, il me semble.

Un sacré euphémisme, constata Mette en parcourant le rapport en diagonale. Il incluait entre autres une liste détaillée des appels.

Avec date et heure.

*

Ove Gardman avait téléphoné à Olivia tard dans la soirée pour lui parler de la barrette qu'il avait retrouvée. Une pince avec un cheveu noir. Cela pouvait-il avoir un intérêt ?

Oh, oui !

Gardman avait par ailleurs reçu une invitation pour participer à une conférence de biologie marine à Stockholm le lendemain matin. Il avait l'intention de prendre le premier train.

– Le lounge du Royal Viking. Près de la gare centrale. Cela vous convient ? suggéra Olivia.

– Très bien.

Gardman arriva vêtu d'un jean délavé et d'un T-shirt noir. Bronzé et les cheveux éclaircis par le soleil. Olivia observa cet homme et se demanda s'il était célibataire. Puis elle détacha son regard de lui. Il avança jusqu'au bar, commanda un expresso, consulta sa montre et aperçut une fille brune près de la fenêtre panoramique. Il prit une gorgée et décida d'attendre. Olivia leva la tête et scruta à nouveau l'homme au bar.

– Olivia Rönning ? s'enquit Gardman.

Olivia en resta bouche bée, mais acquiesça. Gardman la rejoignit.

– Ove Gardman, se présenta-t-il.

– Bonjour.

Gardman s'assit.

– Que vous êtes jeune ! s'exclama-t-il.

– Ah bon ? Que voulez-vous dire ?

– Eh bien, vous savez, on entend une voix au téléphone et on se fait une image et, euh… je vous avais imaginée plus âgée.

– J'ai vingt-trois ans. Vous avez la barrette ?

– Oui.

Gardman sortit un sachet transparent contenant la barrette. Olivia l'examina tandis que Gardman lui expliquait où il l'avait ramassée.

Et surtout quand.

– Juste avant que vous n'entendiez les voix.

– Oui. Elle était dans le varech à côté d'empreintes de pas fraîches dans le sable. Je les ai suivies des yeux ; elles conduisaient à des personnes qui parlaient plus loin, alors je me suis caché.

– Dire que vous vous en souvenez !

– Oui, mais c'était un événement très particulier. Tomber sur cette barrette m'a tout remis en mémoire.

– Puis-je la conserver quelque temps ?

Olivia souleva le sachet et regarda Gardman.

– Bien sûr, sans aucun problème. Au fait, Axel m'a demandé de vous passer le bonjour. Il m'a conduit à Strömstad ce matin.

– Merci.

Gardman jeta un coup d'œil à sa montre.

– Aïe ! Il faut que je file.

Déjà ? pensa Olivia.

– La conférence commence dans une demi-heure. Mais c'était sympa de vous rencontrer ! Vous me donnez des nouvelles si cela vous a aidé, d'accord ?

– Bien sûr, je n'y manquerai pas.

Gardman hocha la tête et s'éloigna. Olivia le suivit du regard. Oserai-je le rappeler ce soir ? s'interrogea-t-elle.

Lenni oserait, elle.

*

Le jeune inspecteur Janne Klinga avait peiné à localiser Stilton. Dans une caravane au cœur de la forêt de Rien, lui avait-on dit, sans plus de précisions. Il avait donc déambulé parmi les propriétaires de chiens et les adeptes du jogging matinal avant de l'apercevoir. Il frappa à la porte. Stilton jeta un coup d'œil par la fenêtre, et lui ouvrit. Klinga inclina la tête.

– Je vous dérange ?

– Que voulez-vous ?

– Je crois que ce que vous nous avez dit sur les Kid Fighters est fondé.

– Est-ce que Rune Forss partage votre opinion ?

– Non.

– Entrez.

Klinga s'exécuta et parcourut l'endroit des yeux.

– Vous habitiez ici avant aussi ? s'enquit-il.

– Quand ça ?

– Lorsque Vera Larsson y vivait.

– Non.

Stilton n'avait pas l'intention de se confier. Il était sur ses gardes. Forss avait peut-être trouvé un moyen pour l'emmerder, qui sait ? Il ignorait tout de Janne Klinga.

– Forss sait-il que vous êtes ici ?

– Non... Ça peut rester entre nous, non ?

Stilton observa le jeune policier. Un brave gars qui avait atterri sous les ordres d'un sale type ? Il fit un geste vers les banquettes. Klinga s'assit.

– Pourquoi êtes-vous venu ?

– Parce que je crois que vous êtes sur la bonne piste. J'ai visionné cette nuit ces films de Trashkick et j'ai repéré le tatouage dont vous nous avez parlé. KF entouré d'un cercle.

Stilton ne fit pas de commentaire.

– Puis j'ai effectué une recherche sur le *cagefighting* et j'ai trouvé pas mal d'informations, surtout en Angleterre. Des jeunes garçons qui se battent dans des cages, même s'il m'a semblé que les parents étaient souvent présents.

– Je suis quasi certain qu'il n'y avait pas de parents quand j'y ai assisté.

– À Årsta ?

– Oui.

– Je me suis rendu ce matin dans la grotte. Elle était on ne peut plus vide.

– Ils ont eu la trouille et ont tout déménagé.

– Probablement. De fait, il y avait pas mal de traces sur place : des morceaux d'adhésif, des vis, une ampoule rouge cassée et des tas de mégots. Même s'il n'est pas possible de relier ces éléments de manière directe au *cagefighting*.

– Non.

– Mais j'ai placé les lieux sous surveillance.

– Dans le dos de Forss ?

– Comme c'est là que vous avez été agressé, je lui ai dit que cela valait peut-être la peine de contrôler l'endroit.

– Et il a gobé cette explication ?

– Oui. Je crois qu'il a discuté avec quelqu'un de la Crim et j'ai l'impression que ça l'oblige à se remuer.

Stilton comprit sur-le-champ qui avait parlé à Forss. Elle ne perd pas de temps, pensa-t-il.

– Je me suis ensuite rapproché de la Brigade des mineurs. Ils n'étaient pas au courant de tout ça, mais ils vont tendre l'oreille.

– Bien.

Il croyait Janne Klinga, maintenant. À tel point qu'il sortit une carte de Stockholm et la déplia entre eux.

– Vous voyez ces croix ? demanda-t-il.

– Oui.

– Ce sont les endroits où ont eu lieu les agressions et le meurtre. J'ai essayé de déterminer s'il y avait un lien géographique.

– Est-ce le cas ?

– Eh bien, trois des personnes agressées, y compris Vera Larsson, vendaient des journaux aux halles de Söder avant d'être attaquées. C'est cette croix-là.

Il garda pour lui le fait que Vera n'y avait rien vendu le soir du meurtre, car ils avaient quitté les lieux ensemble.

– Quelle est votre théorie ? demanda Klinga.

– Ce n'est pas une théorie, c'est une hypothèse. Les agresseurs repèrent peut-être leurs victimes aux halles de Söder, puis les suivent.

– Et les deux autres victimes, car elles sont cinq au total, elles ne se trouvaient pas là-bas ?

– Je n'ai pas réussi à joindre l'un d'eux et l'autre n'y était pas. Il était près de Ringen sur Götgatan.

– Ce n'est quand même pas très loin de Medborgarplatsen.

– Non. Par ailleurs, il est passé devant les halles de Söder avant de gagner Ringen.

– Nous devrions donc surveiller les halles de Söder d'un peu plus près ?

– Peut-être, ce n'est pas à moi d'en décider.

Non, pensa Klinga. C'est à moi ou à Forss. Il se surprit à souhaiter que Forss ressemble plus à Stilton.

Motivé.

Klinga se leva.

– Si autre chose vous revient à l'esprit, vous pouvez me contacter directement. J'ai l'intention de traiter cette affaire de manière parallèle.

Ce que « parallèle » impliquait était évident.

– Voici ma carte, au cas où… ajouta-t-il.

Stilton la prit.

– Et comme je vous l'ai dit, il vaudrait mieux que ma visite reste…

– Bien sûr.

Klinga le salua et se dirigea vers la porte. Il se retourna à mi-chemin.

– Encore une chose. Sur un autre de ces films, celui qui a été réalisé dans cette caravane, quand Vera Larsson a été agressée, on voit un homme qui a une relation sexuelle avec elle sur cette banquette.

– Et alors ?

– Vous ne sauriez pas qui c'était ?

– C'était moi.

Klinga sursauta. Stilton le regardait droit dans les yeux.

– Mais cela reste entre nous.

Klinga acquiesça, sortit et manqua percuter une jeune

femme qui arrivait comme un bolide. Elle lui lança un regard et entra.

– Qui était-ce ? demanda Olivia après avoir refermé la porte derrière elle.

– Un employé de la commune.

– Ah bon ? Savez-vous ce que c'est ?

Olivia lui tendait le sachet en plastique dans lequel Gardman avait glissé la barrette.

– Une barrette pour retenir les cheveux, répondit Stilton.

– Qui vient de Hasslevikarna ! Trouvée le soir du meurtre, par Ove Gardman, à côté des empreintes d'un des agresseurs ou de la victime !

Stilton observa le sachet.

– Et pourquoi ne nous l'a-t-il pas remise à l'époque ? En 1987 ?

– Je ne sais pas. Il avait neuf ans. Pour lui, ce n'était qu'une trouvaille de plage.

Stilton tendit la main.

– Il y a un cheveu coincé dedans, reprit Olivia. Noir.

À ce stade, Stilton n'avait plus aucun doute quant aux intentions du missile Rönning.

– ADN ?

– Oui.

– Pourquoi ? s'enquit Stilton.

– Si cette barrette appartenait à la victime, cela ne présente guère d'intérêt, mais si ce n'est pas le cas ?

– Elle pourrait alors provenir de l'un des agresseurs, c'est ça ?

– Oui. L'un d'eux pourrait très bien avoir été une femme.

– Aucun élément ne va dans ce sens.

– D'après qui ? D'après un gamin de neuf ans mort de trouille qui était loin et dans le noir. Il a vu trois ou quatre silhouettes sombres et a entendu une femme crier. Il ne pouvait pas voir s'il y avait une femme parmi elles. Pas vrai ?

– Vous êtes à nouveau sur la piste de Jackie Berglund ?

– Je n'ai pas dit ça.

Mais elle le pensait. Le simple fait que Stilton mentionne son nom la mit dans une colère noire. Elle avait des raisons très personnelles de se lancer aux trousses de Jackie Berglund.

L'ascenseur et le chat.

Surtout le chat.

Mais cela ne regardait pas Stilton.

Il lui jeta un coup d'œil, conscient qu'il se passait beaucoup de choses dans sa tête.

– Dans ce cas, il va falloir que vous parliez aux types de la section Affaires classées.

– Cela ne les intéresse pas.

– Pourquoi ?

– La réouverture de ce dossier n'est pas « motivée », selon Verner Brost.

Ils échangèrent un regard. Stilton baissa les yeux.

– Mais votre ex-femme travaille bien au SKL, non ? poursuivit Olivia.

– Et comment savez-vous ça ?

– Parce que je suis la fille d'Arne.

Stilton esquissa un sourire. Un peu triste, estima Olivia. Lui et son père avaient-ils été des amis proches ?

Elle lui poserait la question un jour.

*

La pièce était une salle d'interrogatoire classique, conçue pour cette seule fonction. D'un côté de la table était assise Mette Olsäter, une feuille de papier A4 devant elle. De l'autre, Bertil Magnuson, le P-DG de MWM. Il portait un costume gris anthracite, une cravate bordeaux et était assisté d'une avocate, convoquée au commissariat de toute urgence afin d'être présente durant l'entretien. Il n'avait pas la moindre idée de ce dont il retournait, mais il protégeait toujours ses arrières.

– Nous commençons à enregistrer l'interrogatoire, déclara Mette.

Magnuson lorgna en direction de son avocate, qui lui répondit par un bref hochement de tête. Mette appuya sur le bouton et énonça les informations réglementaires avant de commencer.

– Lorsque nous nous sommes rencontrés avant-hier, vous avez nié avoir été récemment en contact avec Nils Wendt, qui a été tué. Votre dernier contact remonte à il y a environ vingt-sept ans, c'est exact ?

– Oui.

Une voiture de patrouille était allée chercher Magnuson à Sveavägen pour le court trajet jusqu'au commissariat de Polhemsgatan. Il était d'un calme olympien. Mette nota une eau de toilette capiteuse et une légère odeur de cigarillo. Elle chaussa une paire de lunettes de lecture au design sobre et étudia le document devant elle.

– Le lundi 13 juin, à 11 h 23, Nils Wendt a passé un appel de son mobile vers un portable dont le numéro est le suivant.

Mette tendit un papier à Magnuson.

– Est-ce votre numéro ?

– Oui.

– La conversation a duré onze secondes. Le même soir, à 19 h 32, un nouvel appel a été passé de l'appareil de Wendt vers le même numéro. Cette conversation a duré dix-neuf secondes. Le lendemain soir, le mardi 14, encore un appel d'à peu près la même durée, vingt secondes. Quatre jours plus tard, le lundi 15 juin à 15 h 45, Nils Wendt a une dernière fois appelé le même portable, le vôtre. Cette fois-ci, l'échange a été plus long et a duré environ une minute.

Mette retira ses lunettes et fixa l'homme face à elle.

– Quel était le sujet de ces conversations ?

– Ce n'étaient pas des conversations. On m'a appelé, sans doute aux différents moments que vous mentionnez, j'ai décroché et on ne m'a pas répondu. On se taisait à l'autre bout du fil, puis on raccrochait. J'en ai déduit qu'on cherchait à me menacer ou à me faire peur. Des sentiments hostiles se sont exprimés à l'égard de notre entreprise ces derniers temps, vous êtes peut-être au courant ?

– Oui. La dernière conversation a été plus longue, non ?

– Oui, elle… pour être franc, je me suis mis en colère. C'était la quatrième fois qu'on me téléphonait sans parler, si bien qu'en termes choisis j'ai dit à mon correspondant ce que je pensais de cette manière minable de chercher à m'effrayer, puis j'ai raccroché.

– Vous ne vous doutiez donc pas du tout qu'il s'agissait de Nils Wendt ?

– Non. Comment l'aurais-je pu ? Il avait disparu depuis vingt-sept ans.

– Saviez-vous où il se trouvait ?

– Aucune idée.

– Il habitait à Mal Pais, au Costa Rica. Vous n'avez jamais eu de contact avec lui là-bas ?

– Non, je le croyais mort.

Magnuson espérait que son expression ne trahissait pas ce qu'il ressentait. Mal Pais ? Au Costa Rica ? Ce devait être le lieu inconnu où se trouvait la bande originale.

– J'apprécierais que vous ne quittiez pas Stockholm dans un avenir proche.

– Suis-je interdit de voyage ? demanda Magnuson.

– En aucun cas, intervint son avocate.

Magnuson se fendit d'un sourire, qui disparut quand il croisa le regard de Mette. Un regard glacial.

Mette était persuadée qu'il mentait.

*

À une époque pas si lointaine, le quartier autour de Nytorget grouillait de boutiques offrant un éventail presque infini de produits étranges. Leurs propriétaires étaient souvent tout aussi baroques. Mais la plupart ont été emportés quand de nouveaux arrivants aux exigences différentes avaient pris possession du secteur et l'avaient transformé en promenades pour bobos. Il ne restait désormais plus qu'une poignée des commerces d'origine qui s'accrochaient. Ils contribuaient au charme pittoresque de la rue. L'un d'eux, un bouquiniste nommé Ronny Redlös, se trouvait en face de la maison du footballeur Nacka Skoglund sur Katarina Bangata. Il était là quand Nacka est né, il était là de son vivant, là à sa mort et il y était toujours.

Le magasin était un véritable capharnaüm. Avec des rayonnages du sol au plafond et des piles de livres sur des tables et des tabourets. « Des trésors en pagaille », ainsi qu'il était écrit sur l'affichette dans la vitrine. Ronny était installé dans un fauteuil défoncé, éclairé par un lampadaire datant de la Première Guerre mondiale, un livre sur les genoux : une BD de Gunnar Lundkvist avec des personnages à la Beckett, d'après Ronny. Il referma l'ouvrage et regarda l'homme qui venait d'entrer. Un sans-abri qui s'appelait Tom Stilton. Ronny recevait souvent la visite de sans-abri. Il avait un grand cœur et sa relative solvabilité lui permettait de leur acheter les ouvrages qu'ils avaient dénichés dans des bennes à ordures, des locaux à poubelles ou ailleurs. Ronny ne les interrogeait jamais sur l'origine de la marchandise. Il filait un billet par bouquin et aidait un SDF. Assez souvent, il balançait les livres la nuit, dans une benne, puis les voyait revenir quelques semaines plus tard.

Voilà comment fonctionnait le système.

– J'ai besoin d'emprunter un pardessus, déclara Stilton.

Il connaissait Ronny depuis de nombreuses années. Bien avant d'être un sans-abri. Lors de leur première rencontre, Stilton travaillait avec la police de l'aéroport d'Arlanda et avait été obligé d'arrêter des compagnons de voyage de Ronny sur un vol en provenance d'Islande. Ronny avait organisé une excursion de groupe au Musée phallologique de Reykjavik et certains de ses camarades étaient très imbibés au retour.

Mais pas Ronny.

Il ne buvait de l'alcool qu'une fois par an. Le jour anniversaire de la mort de sa petite amie quand elle était passée à travers la glace dans le port d'Hammarby et s'était noyée. Ce jour-là, Ronny se rendait sur le quai où elle avait sauté sur la glace et buvait à en perdre sens et raison. Un rituel que ses camarades connaissaient bien et se gardaient de perturber. Ils se tenaient à l'écart jusqu'à ce que Ronny soit ivre mort, puis ils le ramenaient chez lui, au magasin, et le mettaient au lit dans l'arrière-boutique.

— Tu as besoin d'un pardessus ?

— Oui.

— Un enterrement ?

— Non.

— Je n'en ai qu'un noir.

— C'est bon.

— Tu t'es rasé.

— Oui.

En effet, Stilton s'était rasé et coupé les cheveux. Pas de manière très artistique, mais assez correctement. Il ne lui manquait qu'un pardessus pour avoir l'air tout à fait convenable. Et un peu d'argent.

— Combien ?

— De quoi prendre un billet de train. Pour Linköping.

— Qu'est-ce que tu vas faire là-bas ?

— Aider une jeune fille pour un truc.

Ronny disparut dans une alcôve et revint avec un pardessus noir et un billet de cinq cents couronnes. Stilton essaya le vêtement. Il était trop court, mais il ferait l'affaire.

— Comment va Benseman ?

— Mal, répondit Stilton.

— Est-ce que son œil a pu être sauvé ?

— Je crois.

Benseman et Ronny Redlös entretenaient une intense relation littéraire. Benseman était cultivé, ce que Stilton n'était pas. En revanche, Stilton n'était pas alcoolique.

– On m'a dit que tu étais à nouveau en contact avec Abbas.

– Comment as-tu appris ça ?

– Peux-tu lui remettre ceci ?

Ronny lui tendit un livre sans reliure.

– Il l'attend depuis presque un an. Je suis tombé dessus l'autre jour. *Le Mémorial des saints,* ce sont des poèmes soufistes, traduits par Eric Hermelin, le baron.

Stilton prit l'ouvrage et lut la page de garde, Farid-ud-Din'Attar, « Tazkerat al-awlia », puis il le glissa dans sa poche intérieure.

Un service qu'il pouvait rendre : après tout, il avait reçu un pardessus et un billet de cinq cents.

*

Marianne Boglund s'apprêtait à franchir la grille de sa maison chaulée à la périphérie de Linköping. Il était presque 19 heures et elle aperçut une silhouette adossée à un réverbère de l'autre côté de la rue. La lumière du lampadaire tombait sur un homme maigre, les mains enfoncées dans les poches d'un pardessus noir un peu trop court. Marianne marqua un temps d'hésitation et vit l'homme la saluer de la main. Ce n'est pas possible, pensa-t-elle, tout en sachant déjà de qui il s'agissait.

– Tom ?

Stilton traversa la rue sans lâcher Marianne des yeux. Il s'arrêta à quelques mètres d'elle. Marianne alla droit au but.

– Tu as une allure épouvantable.

– Tu aurais dû me voir ce matin.

– Je ne préfère pas. Comment vas-tu ?

– Bien… enfin mieux.

Ils s'observèrent quelques secondes. Ni l'un ni l'autre

n'avait envie de s'appesantir sur la maladie de Stilton. Surtout pas Marianne. Surtout pas dans la rue, devant sa maison.

– Que veux-tu ?

– J'ai besoin d'aide.

– Pour de l'argent ?

– De l'argent ?

Stilton considéra Marianne d'une manière qui la poussa à se mordre la langue. Ses propos avaient vraiment manqué de tact.

– J'ai besoin d'aide pour ça.

Stilton sortit le sachet en plastique contenant la barrette de Nordkoster.

– Qu'est-ce que c'est ?

– Une barrette avec un cheveu coincé dedans. Il me faudrait une analyse ADN. Est-ce qu'on peut marcher un peu ?

Stilton fit un geste. Marianne pivota vers la maison et vit un homme se déplacer derrière la fenêtre de la cuisine. Les avait-il vus ?

– Cela ne prendra pas très longtemps.

Stilton commença à s'éloigner. Marianne ne bougea pas. Décidément, Tom ne changeait pas, il débarquait à l'état d'épave et faisait comme si c'était lui qui contrôlait la situation. À nouveau.

– Tom.

Stilton se retourna à moitié.

– Quoi que tu veuilles, ce n'est pas la bonne manière de présenter ta demande.

Stilton s'arrêta. Il regarda Marianne, baissa la tête, puis la redressa.

– Excuse-moi. Je n'ai plus trop l'habitude du jeu social.

– Cela se voit.

– Je te demande pardon. J'ai vraiment besoin de ton aide. La décision t'appartient. Nous pouvons parler ici ou plus tard ou...

– Pourquoi te faut-il un ADN ?

– Pour pouvoir le comparer à un ADN de l'affaire de la plage. Sur Nordkoster.

Stilton savait que cette information emporterait sa décision et ce fut le cas. Marianne avait vécu avec Stilton durant toute cette enquête. Elle savait à quel point il s'y était impliqué et ce que ça leur avait coûté. Et voilà qu'il était de retour. Dans un état physique qui la bouleversait, même si elle refoulait ce sentiment.

– Raconte.

Marianne s'était mise à marcher sans y penser. Stilton lui expliqua que la barrette avait été retrouvée le soir où le meurtre avait eu lieu et qu'elle avait atterri dans la boîte aux trésors d'un petit garçon. L'homme qu'il était devenu l'avait retrouvée quelques jours plus tôt et l'avait donnée à une jeune élève de l'école de police. Olivia Rönning.

– Rönning ?

– Oui.

– La fille de…

– Oui.

– Et tu veux vérifier si l'ADN du cheveu pris dans la barrette et celui de la victime de Nordkoster correspondent ?

– Oui. Peux-tu le faire ?

– Non.

– Tu ne peux pas ou tu ne veux pas ?

– Prends soin de toi.

Marianne fit demi-tour et s'éloigna en direction de son domicile. Stilton la suivit du regard. Allait-elle se retourner ? Elle ne le fit pas. Elle ne l'avait jamais fait. Quand c'était fini, c'était fini. Il le savait.

Mais il avait essayé.

– Qui était-ce ?

En retournant chez elle, Marianne s'était attendue à cette question. Elle savait que Tord les avait vus par la fenêtre de la cuisine. Elle allait devoir faire face.

– Tom Stilton.

– Ah bon ? Lui. Que faisait-il ici ?

– Il voulait mon aide pour un ADN.

– Mais il n'a pas quitté la police ?

– Si.

Marianne accrocha sa gabardine à sa patère. Chaque membre de la famille avait la sienne. Les enfants, elle et Tord. Les enfants étaient ceux que Tord avait eus d'un premier mariage, Emelie et Jacob. Marianne les adorait. Et elle appréciait le goût de Tord pour l'ordre, y compris dans l'entrée. Il était comme ça. Chaque chose à sa place et aucune imagination au lit. Il était régisseur sportif du Fredriksbergs IP. En forme, équilibré et bien élevé. Un Stilton plus jeune à bien des égards.

Et différent à beaucoup d'autres.

Elle s'était à l'époque jetée tête la première dans un marécage de passion et de chaos. Dix-huit ans plus tard, elle avait renoncé. Et quitté Stilton.

– Sa demande d'aide était d'ordre privé, précisa-t-elle.

Tord était toujours dans l'encadrement de la porte, il attendait. Elle avait conscience qu'il savait qu'ils ne partageaient pas ce qu'elle et Stilton avaient partagé et cela suffisait à provoquer un léger questionnement chez Tord. Une incertitude peut-être ; de la jalousie, elle ne le pensait pas. Leur relation était trop stable pour ça. Mais un questionnement, oui.

– Comment ça, privé ?

– Quelle importance ?

Elle sentit qu'elle était trop sur la défensive. Or, elle n'avait rien à se reprocher. Rien du tout. À moins que ? Sa rencontre avec Stilton l'avait quand même troublée. Son état physique lamentable ? Sa détermination ? Sa totale indifférence à la situation ? Peut-être, mais ce n'était en aucun cas quelque chose de nature à atteindre son compagnon.

– Tord, Tom s'est mis en tête de venir me voir. Je ne

lui ai pas parlé depuis six ans. Il s'occupe d'une affaire dont je n'ai rien à faire, mais j'étais obligée de l'écouter.

– Pourquoi ?

– Il est parti maintenant.

– D'accord. C'est juste que je me posais des questions. Tu es arrivée et puis vous vous êtes éloignés. On fait une fricassée avec les restes ?

*

Stilton était seul au café de la gare de Linköping. Il se sentait dans son élément. De la lavasse en guise de café, pas de regards qui se posent sur vous ; on entrait, buvait son petit noir, puis on repartait. Il pensait à Marianne. Et à lui-même. À quoi s'était-il attendu ? Il y avait six ans qu'ils n'avaient pas été en contact. Six ans de maladie de son côté. À tous les niveaux. Elle, à l'inverse, était trait pour trait la même que six ans plus tôt. En tout cas, dans la semi-pénombre de ce quartier de banlieue. Pour certains, la vie passe plus vite, songea-t-il, pour d'autres elle ralentit et pour un troisième groupe, elle s'arrête complètement. En ce qui le concernait, elle s'était remise en marche. Lentement, par à-coups, mais plus vers l'avant que vers le bas.

Un bon début.

Il espérait vraiment que Marianne prenait soin de ce qu'elle avait, quoi que ce fût. Elle le méritait. Quand il était sain d'esprit, les derniers temps de leur relation, il avait souffert de voir que son comportement la tourmentait à l'extrême. Ses problèmes psychiques permanents, ses crises avaient petit à petit sapé ce qu'ils avaient construit ensemble, et fini par tout détruire.

Son esprit n'était alors plus si sain.

Stilton se leva. Il fallait qu'il bouge. Il se sentait oppressé et il avait laissé son Valium dans la caravane. C'est alors que son portable sonna.

– Jelle.
– Salut, Tom. C'est Marianne.

Elle parlait assez bas.

– Comment as-tu eu mon numéro ? s'étonna Stilton.

– Olivia Rönning est sur Eniro, contrairement à toi. Je lui ai envoyé un SMS en lui demandant ton numéro. C'est urgent pour la barrette ?

– Oui.

– Viens me l'apporter.

– D'accord. Pourquoi as-tu changé d'avis ?

Marianne raccrocha.

*

Olivia ne comprenait pas bien pourquoi Marianne Boglund voulait le numéro du portable de Stilton. Ils n'avaient aucun contact, si ? Ou avait-elle quand même réussi à susciter l'intérêt de Stilton ? Avec la barrette ? Peut-être assez pour qu'il demande à la conserver. Bon sang, pensa-t-elle. Il s'est occupé de cette affaire pendant je ne sais combien d'années. Sans la résoudre. C'est évident qu'il doit être intéressé. Mais elle doutait qu'il aurait pris contact avec son ex-femme. Elle se souvint de sa rencontre avec Marianne Berglund, à l'école. De la froideur dont elle avait fait preuve quand Olivia avait mentionné Stilton. Presque hostile. Et là, elle venait de lui demander son numéro. Pourquoi se sont-ils séparés ? Était-ce aussi lié à l'affaire de la plage ?

Ces cogitations la poussèrent à prendre un bus pour Kummelnäs sur Värmdö. Vers la vieille bâtisse en bois. Vers les Olsäter. Elle sentait qu'elle y trouverait non seulement des réponses mais aussi autre chose de plus indéfinissable. Qui avait à voir avec la maison elle-même, son atmosphère, son ambiance. Quelque chose dont elle se surprenait presque à avoir envie.

Sans savoir pourquoi.

*

Mårten Olsätter était dans sa salle de musique. Sa tanière. Il adorait sa grande famille sans complexes, toutes leurs connaissances et les inconnus qui envahissaient en permanence la maison pour manger un morceau et faire la fête, et c'était lui qui la plupart du temps officiait en cuisine. Il aimait ça.

Mais il avait besoin de se retirer de temps à autre. Et, pour cela, il avait aménagé sa tanière bien des années auparavant, précisant à tout le monde là-haut que cet endroit souterrain était privé. Puis il avait expliqué à intervalles réguliers au fil des ans ce qu'il entendait par « privé » à ses enfants et petits-enfants.

Un espace qui lui appartenait.

Ici, nul n'entrait sans y avoir été invité.

Et son souhait était respecté. Un endroit rien que pour lui. Où il pouvait retrouver le passé et sombrer dans la nostalgie. Ici, il pouvait se vautrer dans le chagrin de ses deuils personnels, de tout ce qui avait creusé des sillons de désespoir au cours de sa vie. Et il y en avait beaucoup.

L'addition commence à être salée quand on atteint l'âge de la retraite.

Il cultivait ce chagrin.

Et, aussi, il s'accordait une petite cuite de temps à autre, loin des yeux de Mette. Moins souvent ces dernières années, mais de temps en temps. Pour entrer en contact avec ce qu'Abbas cherchait dans le soufisme. Ce qu'il y avait de l'autre côté.

Les nuits où il était vraiment en forme, il lui arrivait même de chanter.

Kerouac se réfugiait alors dans sa fissure.

Quand Olivia se présenta devant la grande porte en bois et sonna, elle ne savait toujours pas trop pourquoi elle était là.

Elle était juste là.

– Salut ! lui lança Mårten.

Il ouvrit, vêtu de ce qu'une jeune fille de la génération d'Olivia avait du mal à identifier comme une tenue chinoise. Un peu d'orange, un peu de rouge et un peu de tout, flottant avec fluidité autour du corps généreux de Mårten.

– Bonjour. Je… Est-ce que Mette est là ?

– Non. Je ne suffis pas ? Entrez !

Mårten disparut à l'intérieur et Olivia le suivit. Aujourd'hui, personne n'avait été expédié à l'étage. La maison grouillait d'enfants et de petits-enfants. L'une de leurs filles, Janis, habitait une maison plus petite sur le terrain, avec son mari et ses enfants. Mais elle considérait toujours le foyer de ses parents comme le sien. Des enfants déguisés se pourchassaient avec des pistolets à eau. Olivia parvint de justesse à esquiver deux jets d'eau avant de rejoindre Mårten qui ferma la porte derrière elle.

– C'est un peu animé, commenta-t-il en riant.

– C'est toujours comme ça ?

– Animé ?

– Non, mais il y a toujours autant de monde ?

– Toujours. Nous avons cinq enfants et neuf petits-enfants. Plus Ellen.

– Qui est-ce ?

– Ma mère. Elle a quatre-vingt-douze ans et vit au grenier. Je viens de lui préparer quelques tortellinis. Venez !

Mårten précéda Olivia dans un escalier tortueux jusqu'au sommet de la maison.

– Nous lui avons aménagé un espace là-haut.

Mårten ouvrit la porte d'une jolie pièce claire, décorée avec goût et simplicité, qui offrait un contraste frappant avec le reste de la maison. Un lit en fer forgé peint en blanc, une petite table et un fauteuil à bascule dans lequel une très vieille dame aux cheveux blancs tricotait une sorte d'écharpe très étroite qui s'enroulait sur plusieurs mètres sur le sol.

Ellen.

Olivia considéra l'ouvrage.

– Elle pense qu'elle tricote un poème, chuchota Mårten, chaque groupe de mailles à l'envers et à l'endroit correspond à une strophe.

Il se tourna vers Ellen.

– Voici Olivia.

Ellen leva les yeux de ses aiguilles et esquissa un sourire.

– Très bien, déclara-t-elle.

Mårten avança et lui effleura la joue.

– Maman commence à être sénile, chuchota-t-il à Olivia.

Ellen continua à tricoter. Mårten posa l'assiette à côté d'elle.

– Je vais demander à Janis de monter t'aider, maman.

Ellen acquiesça. Mårten se tourna vers Olivia.

– Vous voulez un verre de vin ?

Ils atterrirent dans l'une des pièces du rez-de-chaussée, séparés du tapage des enfants par une porte.

Olivia ne buvait pas souvent de vin, sauf chez Maria. Sinon elle s'en tenait à la bière. Après quelques verres, elle commença donc à se livrer un peu plus qu'elle n'en avait eu l'intention. Était-ce dû à l'environnement, au vin ou tout simplement à Mårten ? Elle évoqua des sujets très intimes. Comme elle ne l'avait jamais fait avec sa mère. Elle parla d'elle-même. D'Arne. Du fait de perdre son père et de ses remords pour n'avoir pas été présente à sa mort.

– Ma mère pense que je veux entrer dans la police pour soigner ma mauvaise conscience.

– Je ne le crois pas.

Mårten avait longtemps écouté, presque sans intervenir. Les nombreuses années passées à s'occuper de personnes perturbées avaient entraîné son oreille à percevoir les problèmes émotionnels et avaient développé son empathie.

– Pourquoi ne le croyez-vous pas ?

– Nous agissons rarement pour compenser un sentiment de culpabilité. Par contre, nous nous l'imaginons souvent.

Ou alors nous le mettons sur ce compte-là parce qu'en réalité nous ne savons pas ce qui a guidé notre choix.

– Et pourquoi ai-je décidé d'entrer dans la police, selon vous ?

– Peut-être parce que votre père y était, mais pas parce que vous n'étiez pas là à sa mort. C'est toute la différence. D'un côté, il s'agit d'héritage et de milieu, de l'autre de culpabilité. Je ne crois pas à la culpabilité.

Moi non plus, en fait, songea Olivia. Mais ma mère y croit.

– Vous avez réfléchi au cas de Tom ?

Mårten avait changé de sujet de conversation, peut-être parce qu'il avait perçu que cela ferait du bien à Olivia.

– Pourquoi me posez-vous cette question ?

– N'est-ce pas pour cette raison que vous êtes venue ?

Olivia se demanda si Mårten était médium. Il avait mis en plein dans le mille.

– Si, j'ai pas mal pensé à lui et il y a des tas de choses que je ne comprends pas.

– Comment il s'est retrouvé clochard, par exemple ?

– Sans-abri.

– Question de sémantique, déclara Mårten en souriant.

– Mais quand même, il était de la Criminelle, doué apparemment. Et il devait sans doute aussi avoir un bon réseau social, vous surtout, et pourtant le voilà dans cette situation. Sans-abri. Sans être toxicomane ou quelque chose de ce genre.

– C'est quoi « quelque chose de ce genre » ?

– Je ne sais pas, mais il doit quand même y avoir une sacrée distance entre ce qu'il était et ce qu'il est devenu.

– Oui et non. Il reste sans doute en partie ce qu'il était sur certains plans, sur d'autres non.

– C'est à cause de son divorce ?

– Cela y a contribué, mais la situation avait déjà commencé à déraper.

Mårten sirotait son verre de vin. Il se demanda une seconde jusqu'où il pouvait aller. Il n'avait pas l'intention de présenter Tom sous un mauvais jour ni en des termes susceptibles d'être mal interprétés.

Il choisit donc une voie intermédiaire.

— Tom en est arrivé à un stade où il a lâché prise. D'un point de vue technique, il existe une terminologie pour ça, mais laissons ça de côté. Très concrètement, il se trouvait dans une situation où il ne voulait pas rester.

— Dans quoi ?

— Dans ce que nous qualifions de normalité.

— Pourquoi ne le voulait-il pas ?

— Pour plusieurs raisons, ses problèmes psychologiques, son divorce et…

— Il a des problèmes psychiques ?

— Il en avait un. Des bouffées psychotiques. J'ignore si c'est toujours le cas. Quand vous êtes venus, je ne l'avais pas revu depuis quatre ans.

— À quoi sont dues ces bouffées psychotiques ?

— Elles peuvent être provoquées par des tas de choses. Les gens sont plus ou moins fragiles. Parfois, une longue période de stress suffit, quand on est très vulnérable. Le surmenage ou un événement traumatisant peuvent les déclencher subitement.

— Y a-t-il eu un événement brutal dans le cas de Tom ?

— Oui.

— Quoi ?

— Ce n'est que lui qui pourra vous le dire. Et s'il en a envie.

— D'accord, mais qu'avez-vous fait ? Vous n'avez rien pu faire ?

— Nous avons fait ce que nous avons pu. Nous lui avons parlé, de nombreuses fois, quand il était encore capable de fréquenter des gens. Nous lui avons proposé d'habiter ici quand il a été viré de son appartement, mais ensuite il s'est débiné. Il ne venait pas aux rendez-vous que nous avions fixés, n'était pas joignable et, pour finir, il s'est plus ou moins déconnecté. Nous savions que Tom ne revenait pas sur une décision une fois qu'il l'avait prise, alors nous l'avons lâché.

— Lâché ?

— On ne peut pas retenir quelqu'un qui n'est pas là.

— Mais n'était-ce pas terrible ?

— C'était épouvantable, surtout pour Mette. Elle en a souffert pendant plusieurs années et en souffre sans doute encore. Mais après votre visite, quelque chose s'est débloqué, elle est à nouveau entrée en contact avec lui, c'était très… fort. Pour elle comme pour moi.

Mårten remplit leurs verres, but une gorgée et esquissa un sourire. Olivia le regarda et sut où elle voulait en venir, même si cela n'était pas arrivé à la surface jusque-là.

— Et comment va Kerouac ?

— Bien ! Enfin, il y a ce problème avec ses pattes, mais on ne peut pas acheter un déambulateur pour une araignée, si ?

— Non.

— Vous avez des animaux ?

Voilà où elle voulait en arriver. Auprès de quelqu'un à qui elle puisse se confier. Une personne assez éloignée et pourtant plus proche que n'importe qui.

— J'avais un chat que j'ai tué avec ma voiture, déclara-t-elle, juste pour que ce soit énoncé.

— Vous l'avez écrasé ?

— Non.

Olivia raconta tout, avec autant de clarté qu'elle en eut la force, du moment où elle avait vu la fenêtre ouverte jusqu'à celui où elle avait soulevé le capot, en passant par celui où elle avait mis le contact.

Après quoi, elle pleura.

Mårten la laissa faire. Il savait qu'elle emporterait ce chagrin dans sa propre tanière et qu'elle s'y vautrerait de temps à autre. Qu'il ne disparaîtrait jamais. Elle venait de le formuler et cela faisait partie de la guérison. Il caressa ses cheveux noirs et lui tendit un mouchoir en papier. Elle s'essuya les yeux.

– Merci.

La porte s'ouvrit alors à la volée.

– Coucou !

Jolene déboula dans la pièce et gratifia Olivia d'une grande étreinte par-dessus la table. Olivia fut prise au dépourvu, elle la rencontrait pour la première fois. Mette suivit de près. Mårten se hâta de lui servir un verre de vin.

– Je veux te dessiner ! annonça Jolene à Olivia.

– Moi ?

– Juste toi !

Jolene avait déjà attrapé un bloc sur une étagère et s'était agenouillée devant Olivia, qui s'essuya les yeux et s'efforça d'avoir l'air naturelle.

C'est alors que Stilton l'appela sur son portable.

– Marianne a accepté, déclara-t-il.

– Elle va déterminer l'ADN ?

– L'analyser, oui.

– Retire ça ! lui ordonna Jolene en désignant le portable. Mårten se pencha en avant et murmura quelque chose à Jolene qui se recroquevilla sur son bloc. Olivia se leva et s'éloigna.

– Quand va-t-elle le faire ?

– Elle y travaille en ce moment même, répondit Stilton.

– Mais comment a-t-elle... Vous vous êtes rendu sur place ? À Linköping ?

– Oui.

Un élan de tendresse envers Stilton traversa la poitrine d'Olivia.

– Merci, dit-elle simplement.

En refermant son portable, elle vit le regard de Mette posé sur elle.

– C'était Tom ?

– Oui.

Tout excitée, Olivia s'empressa de relater l'histoire de la barrette à cheveux, la comparaison ADN sur le point d'être effectuée et ce que cela pouvait impliquer pour l'affaire de la plage. À son étonnement, l'intérêt de Mette semblait mesuré.

– Mais c'est intéressant, non ! s'exclama Olivia.

– Pour lui.

– Tom ?

– Oui. Et c'est bien qu'il se consacre à quelque chose.

– Mais n'est-ce pas intéressant pour vous ?

– Pas pour le moment.

– Pourquoi ?

– Je déploie toutes mes forces pour résoudre le meurtre de Nils Wendt. Il vient de se produire, alors que celui de la plage remonte à presque vingt-quatre ans. Voilà une raison. La deuxième est que c'est l'affaire de Tom.

Mette leva son verre de vin.

– Et qu'elle le restera.

Tandis qu'elle rentrait chez elle, cette réplique résonnait dans la tête d'Olivia. Stilton allait-il reprendre cette vieille affaire ? Mais il n'était plus dans la police. Comment pourrait-il s'occuper de ce vieux dossier ? Avec son aide ? Était-ce ce que Mette avait voulu dire ? « Sans vous, il ne serait jamais venu ici », se souvenait-elle. Sur le perron la première fois. Et puis elle se rappelait très bien comment, chez cet Abbas, Stilton, l'air de rien, lui avait piqué ses hypothèses sur le lien entre Wendt et la victime de la plage. Stilton enquêtait-il à nouveau sur cette affaire ? Avec son concours ?

La tête bourdonnante de pensées et de questions, elle était malgré tout sur ses gardes lorsqu'elle se rapprocha du porche. Elle n'ouvrirait sans doute plus jamais la porte sans méfiance.

Surtout après l'appel de Stilton.

Et le test ADN.

Qui l'avait sur-le-champ remise sur la piste de Jackie Berglund.

Qu'elle haïssait.

*

Il y a quantité de volcans plus ou moins endormis au Costa Rica et quelques-uns en activité. Comme Arenal. Son éruption est spectaculaire. Surtout la nuit quand le magma s'insinue dans le creux des sillons et entoure la montagne tels des tentacules de pieuvre incandescents. Et quand la fumée gris anthracite s'élève vers le ciel, l'ambiance est théâtrale. Assister à une telle éruption depuis le hublot d'un avion donne le sentiment d'avoir presque rentabilisé son voyage.

Abbas el Fassi se moquait éperdument du volcan. Les voyages en avion le terrorisaient.

Il ignorait pourquoi. Mais chaque fois qu'il flottait à dix mille pieds au-dessus du sol, entouré en tout et pour tout d'une fine coquille de tôle, il était au bord de la panique. Une panique qu'il arrivait à maîtriser. Mais comme il n'était pas adepte de médicaments ni d'alcool, c'était un calvaire.

Seule sa couleur de peau naturellement mate l'empêchait de ressembler à un cadavre tout juste exhumé lorsqu'il sortit du hall des arrivées de San José, les yeux non maquillés. Un jeune homme fumant une cigarette l'attendait avec un panneau sur lequel était écrit « ABASEL FAS ».

— C'est moi, déclara Abbas.

Son espagnol était bon. Ils gagnèrent sans attendre une voiture vert clair. L'homme s'installa derrière le volant avant de s'adresser à Abbas.

— Manuel Garcia. Police. Nous allons à Mal Pais.

— Après. Pour le moment, notre destination est Calle 34 à San José. Savez-vous où cela se trouve ?

— Oui, mais on m'a donné l'ordre de me rendre directement...

– Je change cet ordre.

Garcia regarda Abbas. Abbas soutint son regard. Il venait d'effectuer un sacré voyage en avion de Stockholm via Londres et Miami jusqu'à San José. Il lui en faudrait peu pour s'énerver, ce que Garcia comprit.

– Calle 34.

Garcia s'arrêta devant une maison délabrée dans un secteur glauque, comme il avait essayé de l'expliquer à Abbas sur le trajet.

– Je n'en ai pas pour longtemps, expliqua Abbas.

Il franchit une porte en piteux état et disparut.

Garcia alluma une nouvelle cigarette.

Abbas souleva le couvercle du coffret avec précaution et vit deux fins couteaux noirs. Fabriqués par son principal fournisseur à Marseille. Un homme maigre et pâle qui débarquait n'importe où dans le monde sur simple appel d'Abbas, et lui fournissait ce qu'il ne pouvait faire passer aux contrôles de sécurité des aéroports. Cet homme pâle devait donc les fabriquer sur place. Où que ce soit.

Pour le moment, il s'agissait de Calle 34, à San José, au Costa Rica.

Ils se connaissaient depuis longtemps.

L'homme ne fut donc pas surpris quand Abbas lui demanda d'ajouter deux éléments particuliers, sachant qu'il les avait emportés lui. À l'aide d'un microscope, il les ajusta aux lames des couteaux.

Pour des questions d'équilibre.

Ce qui pouvait se révéler une question de vie ou de mort.

– Merci.

Ils empruntèrent le ferry de Puntaneras jusqu'à la péninsule de Nicoya et rallièrent Mal Pais d'une traite, sans échanger un mot. Abbas apprit les instructions que Garcia avait reçues de la police suédoise, alias Mette. Il devait conduire et épauler le « représentant » suédois et faire profil bas par ailleurs. À un moment, le policier s'enquit de la raison de cette visite.

– Un Suédois recherché.

Garcia dut se contenter de cette explication.

La voiture soulevait un nuage de poussière conséquent dans son sillage. Les routes le long de l'océan avaient rarement été aussi sèches.

– Mal Pais ! annonça Garcia.

La bourgade ressemblait à toutes celles qu'ils avaient traversées. Des petites maisons le long d'une rue desséchée, à un jet de pierre de la mer. Rien qui ressemble à un centre-ville, pas même un carrefour, juste une route poussiéreuse de part en part. Abbas se gara et descendit.

– Attendez-moi dans la voiture, dit-il.

Il s'imprégna des lieux, une pochette plastique contenant deux photos à la main. Une de la victime de Nordkoster et l'autre de Dan Nilsson.

Alias Nils Wendt.

Son excursion à Mal Pais ne lui prit guère de temps. Droit devant, puis demi-tour. Pas de bars. Quelques restaurants un peu plus haut, côté montagne, fermés, deux ou trois petits hôtels et une plage. Après avoir parcouru la localité sans rencontrer personne, il gagna le rivage. Il y tomba sur deux gamins qui jouaient aux varans en rampant dans le sable tout en émettant des sons étranges. Abbas savait que les enfants possédaient de grands yeux et de grandes oreilles, quand ils le voulaient. Du moins avait-il été ainsi à leur âge. Cela l'avait aidé à survivre dans la banlieue de Marseille. Il s'accroupit devant les gamins et leur montra la photo de Dan Nilsson.

– Le grand Suédois ! s'exclama aussitôt l'un d'eux.

– Savez-vous où le grand Suédois habite ?

– Oui.

Le soleil se coucha rapidement dans l'océan, plongeant Mal Pais dans les ténèbres. Si les deux garçons ne l'avaient pas accompagné, il n'aurait jamais repéré la maison en bois entre les arbres.

– Là.

Abbas examina le beau bâtiment.

– Le grand Suédois habite là ?

– Oui. Mais il n'est pas là.

– Je sais. Il est parti en Suède.

– Qui es-tu ?

– Je suis son cousin. Il m'a demandé de venir chercher quelque chose qu'il a oublié.

Manuel Garcia avait suivi Abbas et les gamins avec la voiture. Il descendit et s'avança vers eux.

– C'est sa maison ?

– Oui. Venez.

Abbas donna cent colons à chacun des gosses et les remercia de leur aide. Ils ne bougèrent pas.

– Vous pouvez y aller maintenant.

Ils ne bougèrent pas davantage. Abbas leur donna cent colons de plus. Ils le remercièrent et filèrent en courant. Abbas et Garcia franchirent la grille et se dirigèrent vers la maison. Abbas supposait qu'elle était fermée à clé. C'était le cas. Il regarda Garcia.

– J'ai oublié ma carte dans la voiture, déclara-t-il d'un air entendu.

Abbas esquissa un sourire. Il voulait procéder ainsi ? Aucun problème. Garcia retourna à la voiture. Lorsqu'il vit une lumière s'allumer dans la maison, il revint. Abbas lui ouvrit la porte de l'intérieur. Il était entré par une fenêtre à l'arrière. L'obscurité qui tombait rapidement protégeait assez des regards pour permettre ce genre d'intrusions. Par ailleurs, les animaux avaient commencé à se faire entendre. Toutes sortes de sons. Des oiseaux, des singes, des gorges de primates inconnus d'Abbas. Le silence sec qui avait régné quelques heures plus tôt avait cédé la place à une cacophonie de la forêt vierge humide.

– Que cherchez-vous ? demanda Garcia.

– Des documents.

Garcia alluma une cigarette et s'assit dans un fauteuil.

Puis il en alluma une deuxième.

Et encore une.

Abbas était un homme minutieux. Centimètre par centimètre, il examina la maison du grand Suédois. Même la dalle sous le lit qui dissimulait un pistolet ne lui échappa pas. Il n'y toucha pas.

Les pistolets n'étaient pas son truc.

Quand le paquet de cigarettes fut fini, alors qu'Abbas effectuait son troisième tour de la cuisine, Garcia se leva.

– Je retourne au village chercher des cigarettes. Vous voulez quelque chose ?

– Non.

Garcia monta en voiture et s'éloigna. Il disparut de Mal Pais en laissant un nuage de poussière derrière lui, en route vers un bar de Santa Teresa. Une fois la poussière retombée, une fourgonnette sombre émergea de l'un des sentiers en bordure de mer. Le véhicule s'arrêta entre des arbres et trois hommes en descendirent.

Baraqués.

Ils se faufilèrent dans le jardin du grand Suédois et observèrent la maison éclairée. L'un d'eux prit quelques clichés de l'homme qui s'y déplaçait.

Les deux autres gagnèrent l'arrière.

Abbas s'installa sur un siège en bambou dans le séjour. Il n'avait rien trouvé de significatif. Rien qui puisse aider Mette. Aucun document, aucune lettre. Aucun lien avec le meurtre de Nils Wendt à Stockholm. Et aucune connexion

334

avec la victime de Nordkoster, comme Stilton l'espérait. Hormis le pistolet, la maison était vide. Abbas se carra contre le dossier et ferma les yeux. Le long voyage en avion lui faisait payer son tribut, physiquement. Il se mit à méditer, récitant un mantra, sa manière de reprendre des forces pour pouvoir se concentrer. Il était si absorbé qu'il ne perçut pas les pas silencieux sur le seuil de la porte arrière. Une seconde plus tard, il les entendit. Il se coula hors du siège, telle une ombre agile, et se glissa dans la chambre. Les pas se rapprochaient. Garcia ? Déjà ? Il entendit que l'on pénétrait dans la pièce où il se trouvait quelques instants plus tôt. Deux personnes ? Cela en avait tout l'air. Puis le silence se fit. Étaient-ils au courant de sa présence ? Probablement. La maison était éclairée. On avait pu le voir de l'extérieur. Abbas se plaqua contre la cloison en bois. Il s'agissait peut-être de voisins étonnés par la lumière allumée et la fenêtre de derrière ouverte. Il pouvait également s'agir de quelqu'un qui avait tout autre chose en tête. Pourquoi n'entendait-il rien ? Abbas pesa le pour et le contre. Les intrus savaient qu'il se trouvait dans la maison et il n'y avait pas beaucoup de pièces. La cuisine était entièrement visible depuis le séjour. Ils pouvaient donc constater qu'il n'y était pas. Ils devaient avoir compris où il se cachait. Ici. Il respirait aussi silencieusement que possible. Pourquoi n'entraient-ils pas ? Devrait-il les attendre ? Silence… Il finit par prendre une décision et franchit le seuil. Deux hommes à l'allure aussi agressive que leurs pistolets étaient plantés à deux mètres de lui, leurs canons braqués sur lui. Calmes.

– Qui cherchez-vous ? s'enquit Abbas.

Les hommes échangèrent un regard : il parle espagnol. L'homme de droite désigna avec son arme le siège où Abbas était assis quelques minutes plus tôt.

– Assieds-toi.

Abbas observa les pistolets, avança jusqu'au siège et s'y

assit. Les hommes étaient sans doute costaricains, se dit-il. De méchants Costaricains. Des cambrioleurs ?

— De quoi s'agit-il ? demanda-t-il.

— Vous êtes dans la mauvaise maison, répondit celui de gauche.

— Est-ce la vôtre ?

— Que faites-vous ici ?

— Le ménage.

— C'était une réponse stupide. Essayez encore.

— Je cherche un varan disparu, déclara Abbas.

Les hommes échangèrent un bref regard. Ce type ne tournait pas rond. L'un d'eux sortit une cordelette.

— Levez-vous.

Abbas connaissait ce mouvement sur le bout des doigts. Se lever d'un siège, légèrement penché en avant, la tête baissée vers le torse, et agir à cet instant précis. Ni l'un ni l'autre ne vit le geste, mais l'un d'eux sentit le couteau effilé s'enfoncer dans sa gorge et sa carotide. L'autre reçut un fin filet de sang chaud droit dans l'œil. Instinctivement, il fit un pas de côté et un autre couteau se ficha profondément dans son épaule. Son pistolet vola à terre.

Abbas le ramassa.

— Juan ! hurla l'homme qui avait un couteau planté dans l'épaule.

Abbas lorgna du côté de la porte.

Le troisième homme, qui attendait dehors, entendit l'appel. Il approchait de la grille quand les phares de Garcia le surprirent. Il s'accroupit dans le fossé. Garcia gara sa voiture et en descendit, une cigarette à la bouche.

J'espère que ce Suédois bizarre a fini, pensa-t-il.

Il avait fini.

Quand Garcia entra dans le séjour, deux hommes étaient à terre. Il les reconnut sur-le-champ, en raison des avis de recherche lancés contre eux et de leurs innombrables démêlés avec la police du Costa Rica. L'un d'eux gisait dans une grosse flaque de sang et semblait mort. L'autre, assis contre un mur, tenait son épaule ensanglantée. L'étrange Suédois, appuyé à l'autre cloison, nettoyait deux couteaux longs et fins.

– Cambriolage, expliqua le Suédois. Je vais faire un tour à Santa Teresa.

Abbas était conscient de la présence du troisième homme. Il était quelque part derrière lui, dans les ténèbres. Il savait également que pour rejoindre Santa Teresa une longue marche l'attendait sur un chemin à présent aussi sombre que désert. Il supposait que le troisième homme avait compris ce qui était arrivé aux deux premiers. D'autant que Garcia s'était précipité dehors, avait dégainé son portable et alerté la moitié des policiers de la péninsule de Nicoya d'une voix presque hystérique.

– Mal Pais !

Même le troisième homme devait l'avoir entendu.

Abbas marchait, extrêmement concentré. Mètre après mètre, empruntant des virages plongés dans l'obscurité, vers une lointaine lumière qui venait de Santa Teresa. Il risquait de prendre une balle dans le dos. Ses couteaux noirs n'y pouvaient rien. En même temps, il se doutait que les trois hommes étaient en mission. Il ne s'agissait pas de cambrioleurs. Pourquoi s'introduire dans une maison dont la grille en piteux état signalait déjà qu'il n'y avait rien à y voler ? Alors que d'autres habitations étaient plus cossues.

Le trio visait un objectif précis dans la maison d'un Nils Wendt assassiné. Lequel ?

Le bar s'appelait Good Vibrations Bar. Un détournement mercantile que les Beach Boys étaient contraints de tolérer. Il était assez loin de la Californie, mais les surfeurs américains éprouvaient peut-être une pointe de nostalgie quand ils entraient dans ce bouge miteux de Santa Teresa.

Abbas s'était installé à l'extrémité d'un long bar enfumé. Seul, avec un gin tonic devant lui. Une boisson alcoolisée, pour une fois. Il avait marché les muscles et les sens en alerte maximale, en faisant de légers mouvements qui lui permettaient de sentir ses couteaux. Et il était arrivé ici. Sans s'être pris une balle dans le dos. Maintenant, il avait envie d'un verre. En dépit du bon sens, lui soufflait une petite voix à la périphérie de son cerveau. Mais le reste de son esprit disait oui.

Il supposait que le troisième homme était tapi dehors, dans l'obscurité.

Abbas buvait tranquillement son gin tonic dosé à la perfection par Igeno, le barman. Il se retourna et examina les clients de l'établissement. Des hommes aux cheveux noirs et au teint très mat. Et des femmes : des autochtones et des touristes. Certains étaient sans doute des guides, d'autres des fanas de surf, tous plongés dans des conversations animées. Le regard d'Abbas quitta la salle pour revenir vers le bar et se fixa sur le mur face à lui : de longues étagères chargées de bouteilles.

C'est alors qu'il le vit

Un gros cancrelat. Avec de longues antennes et de puissants élytres dorés repliés sur son dos. Il rampait le long d'un rayonnage. Le fond était tapissé de photos de touristes et de cartes postales fixées par des punaises. Le barman repéra le cafard et vit qu'Abbas le suivait des yeux. Un sourire aux lèvres, il écrasa l'animal avec sa paume. Pile sur une photo. Un cliché où Nils Wendt tenait une jeune femme par les épaules.

Abbas reposa sèchement son verre sur le bar. Il sortit un document de sa poche arrière et essaya de comparer la photo qui y figurait avec celle sur laquelle était écrasée la bestiole.

– Pourriez-vous le retirer ? demanda-t-il en désignant l'insecte.

Igeno s'exécuta.

– Vous n'aimez pas les cafards ?

– Non, ils bouchent la vue.

Igeno sourit. Pas Abbas. Il avait reconnu la jeune femme que Nils tenait par les épaules : la victime de Nordkoster, la femme qui avait été noyée à Hasslevikarna. Il vida son verre. « Vérifie s'il existe un lien entre Nils Wendt et la victime de Nordkoster », lui avait demandé Stilton.

Il y en avait un.

– Un autre verre ?

Igeno se tenait à nouveau devant Abbas.

– Non merci. Savez-vous qui sont les personnes sur cette photo ?

Abbas pointa l'image du doigt. Igeno se retourna et tendit l'index.

– Là, c'est le grand Suédois, Dan Nilsson. La femme, je ne sais pas qui c'est.

– Connaissez-vous quelqu'un qui pourrait le savoir ?

– Non. Enfin si, Bosques peut-être...

– Qui est-ce ?

– L'ancien propriétaire du bar. C'est lui qui les a accrochées, précisa Igeno en désignant les photos sur le mur.

– Où puis-je trouver Bosques ?

– Chez lui. Il ne quitte jamais sa maison.

– Et où se trouve-t-elle ?

– À Cabuya.

– C'est loin d'ici ?

Le barman sortit une carte et indiqua la ville où habitait Bosques. Abbas envisagea de retourner à Mal Pais pour demander à Garcia de l'y emmener. Deux considérations le poussèrent à choisir une autre solution. La première était le troisième homme qui devait se cacher quelque part à proximité du bar. La seconde était la police. La maison de Wendt grouillait sans doute de flics locaux à présent. Certains avaient peut-être des questions auxquelles Abbas ne voulait pas répondre.

Il fixa donc Igeno qui esquissa un sourire.

– Vous voulez vous rendre à Cabuya ?

– Oui.

Igeno passa un appel, et quelques minutes plus tard, l'un de ses fils arrêta son quad devant le bar. Avant de sortir, Abbas demanda s'il pouvait emprunter la photo. Il s'installa derrière le fils d'Igeno tout en scrutant les parages. Malgré la nuit et le faible éclairage du bar, il repéra quand même l'ombre. Ou du moins il la devina. Derrière un palmier un peu plus loin.

– Démarrez !

Abbas tapota l'épaule du fils d'Igeno et le quad démarra. Quand Abbas tourna la tête, il vit que son poursuivant repartait en courant vers Mal Pais. Pour aller chercher une voiture, supposa Abbas. Il ne lui faudrait pas très longtemps pour rattraper le quad étant donné qu'il n'y avait qu'une seule route. Dans une seule direction.

Celle de Cabuya.

Le fils d'Igeno voulait savoir s'il devait l'attendre. Non, lui répondit Abbas car il risquait d'en avoir pour longtemps. Accéder à la maison de Bosques n'était pas chose aisée : il fallait franchir pas mal d'obstacles avant d'atteindre la véranda.

Bosques y était assis. Il portait des vêtements blancs légers, était mal rasé et s'était installé dans un fauteuil adossé au mur. Un verre de rhum à la main. Une ampoule nue pendait au plafond. Éteinte. Le concert des cigales dans la jungle alentour ne l'importunait pas. Pas plus que le léger bruissement d'une cascade nichée au cœur de la végétation. Il observait un minuscule insecte qui remontait l'une de ses mains à la peau tannée.

Puis il leva les yeux vers Abbas.

– Qui êtes-vous ?

— Je m'appelle Abbas el Fassi. Je viens de Suède.

— Vous connaissez le grand Suédois ?

— Oui. Puis-je entrer ?

Bosques scruta Abbas qui se tenait en contrebas de la véranda. Il n'avait pas l'air d'un Suédois. Ni d'un Scandinave. Il ne ressemblait pas du tout au grand Suédois.

— Que voulez-vous ?

— Parler un peu avec vous, Bosques, de la vie.

— Venez.

Abbas pénétra sous la véranda et Bosques poussa un tabouret vers lui du bout du pied. Abbas s'y installa.

— C'est Dan Nilsson que vous appelez le grand Suédois ? s'enquit Abbas.

— Oui. L'avez-vous rencontré ?

— Non. Il est mort.

L'expression de Bosques n'était pas facile à déchiffrer dans la pénombre. Il prit une gorgée de son verre mais sa main tremblait légèrement.

— Quand est-il mort ?

— Il y a quelques jours. Il a été assassiné.

— Par vous ?

Une question bien étrange, se dit Abbas. Mais il se trouvait à l'autre bout de la terre dans un trou perdu au milieu de la forêt vierge en compagnie d'un homme qui ignorait tout de lui. Ou de la relation qu'il entretenait avec Nils Wendt. Le grand Suédois, comme l'appelait Bosques.

— Non, je travaille pour la police suédoise.

— Avez-vous une plaque ?

Bosques n'était pas né de la dernière pluie.

— Non.

— Pourquoi devrais-je vous croire dans ce cas ?

Oui, pourquoi ? pensa Abbas.

— Avez-vous un ordinateur ? demanda-t-il.

— Oui.

— Avez-vous accès à la toile ? À internet ?

Bosques fixa Abbas d'un regard perçant. Il se leva et entra dans la maison. Abbas resta assis. Bosques revint avec un portable et reprit sa place. Avec précaution, il raccorda un modem externe à l'ordinateur et l'ouvrit.

— Cherchez Nils Wendt, meurtre, Stockholm.

— Qui est Nils Wendt ?

— Il s'agit du vrai nom de Dan Nilsson. Cela s'écrit avec un *w* et *dt* à la fin.

La lueur bleutée de l'écran se reflétait sur le visage de Bosques. Ses doigts se déplacèrent sur le clavier. Même s'il ne comprenait pas un mot de ce qui était écrit, il reconnut la photo à la une d'un quotidien. Elle représentait Dan Nilsson, le grand Suédois. Un cliché vieux de vingt-sept ans. L'apparence que Dan Nilsson devait avoir en débarquant à Mal Pais pour la première fois.

La légende indiquait : « Nils Wendt ».

— Assassiné ?

— Oui.

Bosques referma l'ordinateur et le posa sur le plancher. Il attrapa une bouteille de rhum bien entamée dans la pénombre et se servit généreusement.

— C'est du rhum. Vous en voulez ?

— Non.

Bosques vida son verre d'un trait, le posa sur ses genoux et se passa la main sur les yeux.

— C'était un ami.

Abbas hocha la tête et leva légèrement la main en signe de compassion. Un ami tué, voilà qui méritait le respect.

— Depuis combien de temps le connaissiez-vous ?

— Longtemps.

Ce n'était pas assez précis. Abbas souhaitait une date qui puisse être rattachée à la femme de la photo dans le bar.

— Est-il possible de l'allumer ? demanda Abbas en désignant l'ampoule éteinte.

Bosques se contorsionna pour atteindre un vieil interrupteur en bakélite sur le mur. Abbas, un instant ébloui, sortit le cliché de sa poche.

– J'ai emprunté une photo à Santa Teresa. Nilsson est à côté d'une femme d'ici.

Abbas la tendit à Bosques qui la prit.

– Savez-vous qui c'est ?

– Adelita.

Un nom ! Enfin !

– Juste Adelita ?

– Adelita Rivera. De Mexico.

Abbas évalua la situation. Devait-il révéler qu'Adelita Rivera avait elle aussi été tuée ? Noyée sur une plage en Suède. Il s'agissait peut-être aussi d'une amie de Bosques. Deux amis assassinés et presque plus de rhum.

Il s'abstint.

– Dan Nilsson et cette Adelita Rivera se connaissaient-ils bien ?

– Elle attendait son enfant.

Abbas ne baissa pas les yeux. Ce contact visuel permanent était primordial. Mais il se rendait parfaitement compte de ce que cela impliquerait à son retour. Pour Tom. Nils Wendt était le père de l'enfant de la victime !

– Pouvez-vous me parler d'Adelita ? s'enquit Abbas.

– C'était une très belle femme.

Puis Bosques lui confia ce qu'il savait tandis qu'Abbas s'efforçait de mémoriser chaque détail. Il était conscient de la valeur que ces informations auraient pour Tom.

– Puis elle est partie, expliqua Bosques.

– Quand était-ce ?

– Il y a de très nombreuses années. Où, je l'ignore. Elle n'est jamais revenue. Le grand Suédois était triste. Il est allé jusqu'à Mexico pour la chercher, mais elle avait disparu. Puis il est parti en Suède.

– Mais c'est tout récent ?

– Oui. A-t-il été tué dans votre patrie ?

– Oui, et nous ne savons pas pourquoi ni par qui. Je suis ici pour voir si je peux trouver des éléments susceptibles de nous aider.

– À trouver le meurtrier ?

– Oui. Ainsi que le mobile du meurtre.

– Il m'a laissé un sac quand il est parti.

– Ah bon ?

Abbas était en alerte maximale.

– Que contenait-il ?

– Je ne sais pas. S'il ne revenait pas avant le 1er juillet, je devais le remettre à la police.

– Je suis de la police.

– Vous n'avez pas de plaque.

– Ce n'est pas nécessaire.

Avant que Bosques n'ait eu le temps de battre des paupières, un long couteau noir se ficha dans le câble électrique sur le mur. L'ampoule au plafond crépita quelques secondes, puis s'éteignit. Abbas fixa Bosques dans l'obscurité.

– J'en ai un second.

– D'accord.

Bosques se leva et entra à nouveau dans la maison. Il en ressortit plus rapidement que la première fois, portant un sac en cuir qu'il tendit à Abbas.

Le troisième homme avait garé sa fourgonnette sombre à une distance respectable de la maison de Bosques et s'était rapproché autant qu'il l'avait osé. Pas assez près pour voir à l'œil nu, mais à l'aide de ses jumelles infrarouges, il n'eut aucune difficulté à distinguer ce qu'Abbas sortit du sac.

Une petite enveloppe, une pochette en plastique et une cassette audio.

Abbas remit les objets dans le sac. C'était donc cela que les malfrats cherchaient dans la maison de Wendt à Mal Pais. Il n'allait pas les examiner pour l'instant. En outre, il avait détruit le seul éclairage de la véranda. Il souleva le sac.

– Je suis obligé de l'emporter.

– Je le comprends.

Le couteau noir avait significativement amélioré la compréhension de Bosques.

– Il y a des toilettes ?

Abbas se leva et Bosques désigna une porte dans l'autre pièce. Abbas récupéra son couteau dans le mur et disparut avec le sac. Il n'avait pas l'intention de le lâcher. Bosques ne bougea pas. Le monde est bizarre, se disait-il. Et le grand Suédois est mort.

Il sortit un petit flacon de sa poche de pantalon et entreprit d'appliquer un vernis clair sur ses ongles dans l'obscurité.

Abbas réapparut et prit congé de Bosques, qui lui souhaita bonne chance. Sans qu'il s'y attende, Abbas reçut une étreinte un peu à contrecœur. Puis Bosques rentra.

Abbas réfléchissait en marchant. Il avait obtenu le nom de la femme que Tom cherchait depuis plus de vingt ans. Adelita Rivera. Une Mexicaine qui attendait l'enfant de Nils Wendt, lequel venait d'être tué.

Étrange.

À une centaine de mètres de la maison de Bosques, là où la route était la plus étroite et le clair de lune le plus faible, on lui plaqua soudain un pistolet contre la nuque. Bien trop près pour qu'il puisse faire usage de ses couteaux. Le troisième homme, songea-t-il. Lorsqu'il se retourna, il reçut un violent coup à l'arrière du crâne. Il tituba et s'effondra. Il vit un fourgon noir émerger de la forêt et disparaître.

Abbas s'évanouit.

Le véhicule traversa Cabuya à vive allure, puis la moitié de la péninsule de Nicoya. Près de l'aéroport de Tambor, il s'arrêta. Le troisième homme alluma le plafonnier de la cabine et ouvrit le sac en cuir.

Il était rempli de papier-toilette.

Abbas reprit connaissance au bord de la route. Il avait une sacrée bosse à l'arrière du crâne. La douleur était cuisante mais cela en valait la peine. Il avait donné au troisième homme ce qu'il voulait : le sac en cuir.

Mais ce qu'il avait contenu se trouvait sous le T-shirt d'Abbas.

Qui avait bien l'intention de le conserver jusqu'à son retour en Suède.

Le troisième homme était toujours dans sa fourgonnette. Il n'y avait plus grand-chose à faire. Il s'était fait rouler et le type aux couteaux était sans doute retourné auprès des policiers de Mal Pais. Il sortit son mobile, sélectionna la photo de son adversaire qu'il avait prise par la fenêtre de la maison de Wendt, écrivit un bref texte et envoya un MMS.

Il fut réceptionné par K. Sedovic en Suède, qui transféra sans attendre le message à un homme installé sur une luxueuse terrasse proche du pont de Stocksund. L'épouse prenait sa douche dans la maison. L'homme lut le bref message qui décrivait le contenu du sac : une petite enveloppe, une pochette en plastique et une cassette audio. La bande originale qui pouvait bouleverser toute sa vie.

Bertil regarda la photo jointe.

Abbas el Fassi, l'homme aux couteaux.

Le croupier du casino Cosmopol !

Que fabriquait-il au Costa Rica ?

Et qu'allait-il faire de la cassette ?

*

Olivia avait mal dormi.

Elle avait passé la Saint-Jean sur Tynningö avec sa mère et quelques-unes de ses connaissances. En fait, elle aurait pu faire la fête sur Möja, avec Lenni et une bande de copains, mais elle avait choisi Tynningö. Elle ne se remettait pas de la perte d'Elvis et avait besoin d'être seule. Sans être obligée de donner le change. La veille, avec sa mère, elles avaient repeint la moitié de la façade exposée au soleil. Comme ça, Arne n'aura pas honte, avait déclaré Maria. Ensuite, elles avaient bu du vin. Trop.

Olivia en avait subi le contrecoup durant la nuit. Elle s'était réveillée vers 3 heures et n'avait pas réussi à se rendormir avant 7 heures. Son réveil avait sonné une demi-heure plus tard.

Elle venait d'avaler quelques biscuits et se dirigeait vers la douche en robe de chambre quand on sonna à sa porte.

Elle ouvrit. Stilton était planté devant elle ; vêtu d'un pardessus noir trop court.

— Bonjour, dit-il.

— Bonjour ! Vous vous êtes coupé les cheveux ?

— Marianne m'a contacté : il n'y a pas de correspondance.

Un de ses voisins lorgnant l'homme qui se tenait sur son seuil, Olivia s'effaça et fit un geste. Stilton entra et Olivia referma la porte.

— Pas de correspondance ?

— Non.

Olivia le précéda dans la cuisine. Stilton la suivit sans retirer son pardessus.

— Le cheveu ne provenait donc pas de la victime ?

— Non.

— Il pourrait donc appartenir à l'un des assassins.

— Possible.

— Jackie Berglund, lâcha Olivia.

— Laissez tomber.

— Pourquoi pas ? Pourquoi ne pourrait-il pas lui appartenir ? Elle a les cheveux foncés, elle était sur l'île au moment du meurtre et a une très piètre excuse pour expliquer son départ juste après. Pas vrai ?

— Je vous emprunte votre douche, déclara soudain Stilton.

Déconcertée, elle désigna la porte de la salle de bains. Il

débarquait et allait prendre une douche. Comme si c'était normal. Olivia était interloquée, puis elle pensa à Jackie Berglund.

De sombres pensées.

– Oubliez Jackie Berglund, lui dit Stilton.

– Pourquoi ?

Il avait pris une longue douche tiède. L'obsession d'Olivia à l'égard de Jackie Berglund le poussa à la mettre au courant de certaines choses. Olivia, qui s'était habillée, lui offrit un café.

– Voilà ce qui s'est passé, commença-t-il. En 2005, une jeune femme enceinte du nom de Jill Engberg a été tuée et on m'a confié l'enquête.

– Je le sais déjà.

– Je reprends simplement depuis le début. Jill était escort-girl. Nous avons rapidement appris qu'elle travaillait pour Jackie Berglund au sein de Red Velvet. Les circonstances du meurtre de Jill nous ont conduits à penser que l'assassin de Jill était peut-être un client de Jackie. J'ai suivi cette piste avec entêtement, mais cela a pris fin.

– Comment ça, fin ?

– Certains rebondissements sont intervenus.

– Comme quoi ?

Stilton gardait le silence.

– Que s'est-il passé ? finit-elle par demander.

– En fait, plusieurs choses sont arrivées en même temps. Je me suis pris un mur et j'ai déclenché une psychose, entre autres. J'ai été en arrêt maladie pendant un certain temps et quand je suis revenu, on m'avait débarqué de l'affaire Jill.

– Pourquoi ?

– Officiellement parce qu'on considérait que je n'étais pas assez en forme pour assurer une enquête sur un meurtre à ce moment-là, ce qui était peut-être vrai.

– Et officieusement ?

– Il y avait des personnes qui, je pense, voulaient m'éloigner de l'affaire Jill.

– Pour quelle raison ?

– Parce que je m'étais trop approché de la société d'escort-girls de Jackie Berglund.

– Ses clients, vous voulez dire ?

– Oui.

– Qui a repris l'enquête ?

– Rune Forss. Un policier qui…

– Je sais de qui il s'agit, l'interrompit Olivia. Mais il n'a pas résolu le meurtre de Jill. J'ai lu le résumé de cette enquête dans un…

– Non, il ne l'a pas élucidé.

– Mais il vous est sans doute venu la même idée qu'à moi ? Quand vous enquêtiez sur l'affaire Jill ?

– Qu'il y a des ressemblances avec Nordkoster ?

– Oui.

– Oui, en effet… Jill était enceinte, comme la victime de la plage. De plus, Jackie figurait dans les deux dossiers. La victime était peut-être une escort-girl. Après tout, nous ignorions tout d'elle. Alors je me suis dit qu'il existait peut-être un lien entre le coupable et le mobile.

– Qui serait ?

– Une prostituée enceinte de lui qui le faisait chanter. Nous avons donc prélevé l'ADN du fœtus de Jill pour le comparer à celui de l'enfant de la femme de la plage, mais il n'y avait pas de correspondance.

– Cela n'exclut pas que Jackie Berglund ait été impliquée.

– Non et d'ailleurs, j'avais une hypothèse sur laquelle j'ai travaillé un bon moment, autour d'elle. Après tout, elle était en compagnie de deux Norvégiens sur un yacht de luxe et je me suis dit qu'ils formaient peut-être un quatuor au départ, avec la victime comme quatrième membre. Ensuite, ça aurait dérapé entre eux et ils l'auraient tuée.

– Mais ?

– Cela n'a rien donné. Il n'y avait pas moyen de les relier à la plage ni à la victime puisque nous ignorions son identité.

– Maintenant, on va peut-être pouvoir relier Jackie à la plage ?

– Avec la barrette ?

– Oui ?

Stilton fixa Olivia. Elle ne renonçait pas. Il était de plus en plus impressionné par son opiniâtreté, sa curiosité, sa capacité à…

– La boucle d'oreille.

Olivia interrompit les pensées de Stilton.

– Vous m'avez dit que vous aviez retrouvé une boucle d'oreille dans la poche de la veste de la victime, sur la plage, et qu'elle ne lui appartenait sans doute pas. Non ? Vous trouviez cela étrange.

– Oui.

– Y avait-il des empreintes dessus ?

– Juste celles de la victime. Voulez-vous la voir ?

– C'est vous qui l'avez ?

– Oui, dans la caravane.

Stilton récupéra son carton de déménagement sous l'une des banquettes de la caravane. Olivia était assise sur l'autre. Il l'ouvrit et en sortit une pochette en plastique qui contenait une jolie boucle d'oreille en argent.

– Et voilà.

Stilton tendit le bijou à Olivia.

– Comment se fait-il qu'elle soit en votre possession ? s'enquit-elle.

– Elle a atterri au milieu de tout le bazar que j'avais rassemblé dans mon bureau quand on m'a retiré l'affaire. Elle était dans un tiroir que j'ai vidé.

Olivia l'examina. Elle avait une forme très particulière. Un nœud qui se transformait en cœur, avec une perle qui pendait en bas, et une pierre bleue au milieu. Ravissante. Olivia tressaillit : elle avait déjà vu la même. Récemment.

– Puis-je vous l'emprunter jusqu'à demain ?

– Pourquoi ?

– Parce que... j'en ai vu une semblable il n'y a pas longtemps.

Mais où ? se demandait-elle. Dans une boutique ? Une boutique de Sibyllegatan ?

*

Mette Olsäter était installée avec quelques membres de son groupe dans la salle d'enquête de Polhemsgatan. Ils écoutaient pour la troisième fois l'enregistrement de l'interrogatoire de Bertil Magnuson et avaient tous le même sentiment : il mentait au sujet des appels téléphoniques. En enquêteurs habitués à mener des interrogatoires, ils étaient capables de percevoir la moindre nuance dans le ton de quelqu'un, mais ce sentiment reposait surtout sur des éléments plus concrets. Pourquoi Nils Wendt appellerait-il Bertil Magnuson quatre fois sans dire un mot, comme Magnuson le prétendait ? Wendt devait bien savoir que même dans ses rêves les plus fous Bertil Magnuson n'aurait pas pu deviner que c'était le Nils Wendt disparu depuis vingt-sept ans qui était à l'autre bout de la ligne. Dans ce cas, quel intérêt l'appel pouvait-il présenter pour Wendt ?

– Il n'a pas gardé le silence.

– Non.

– Alors qu'a-t-il dit ?

– Quelque chose que Magnuson ne veut pas révéler.

– Et de quoi pourrait-il s'agir ?

– Du passé, intervint Mette.

Elle partait du principe que Wendt avait effectivement disparu depuis vingt-sept ans et qu'il avait soudain débarqué à Stockholm et appelé son ancien associé. Or la seule chose qui les liait aujourd'hui était leur passé.

– Donc si nous posons comme hypothèse que Magnuson est derrière le meurtre de Wendt, le mobile se trouverait dans ces quatre conversations, ajouta-t-elle.

– Du chantage ?

– Peut-être.

– Mais avec quoi comptait-il faire chanter Magnuson ? Aujourd'hui ? interrogea Lisa.

– Quelque chose qui se serait produit à l'époque.

– Et qui pourrait être au courant ? Hormis Magnuson ?

– La sœur de Wendt, à Genève ?

– J'en doute.

– Son ex-concubine ? suggéra Bosse.

– Ou Erik Grandén, proposa Mette.

– L'homme politique ?

– Il siégeait au conseil d'administration de Magnuson Wendt Mining au moment de la disparition de Wendt.

– Je le contacte ? s'enquit Lisa.

– Oui.

*

Olivia était dans le métro. Elle réfléchissait aux informations que Stilton venait de lui livrer. Elle n'était pas tout à fait sûre de ce qu'il avait voulu dire. En dehors du fait que ce n'était pas une bonne idée de s'approcher de Jackie Berglund. Lorsque lui s'y était risqué, on lui avait retiré l'affaire. Mais Olivia n'était pas de la police. Pas encore. Elle n'était pas impliquée dans une enquête officielle. Elle, on ne pouvait pas la virer. La menacer, sans aucun doute, et tuer son chat. Mais pas plus. Elle estimait avoir les mains libres pour agir à sa guise.

Et elle en avait bien l'intention.

Elle voulait s'approcher de Jackie Berglund, cette tueuse

de chat. Essayer de récupérer un objet que cette dernière aurait touché et sur lequel on pourrait prélever de l'ADN. Pour déterminer si le cheveu trouvé par Gardman sur la plage lui appartenait.

Mais comment procéder ?

Elle pouvait difficilement retourner à la boutique. Il lui fallait de l'aide. C'est alors qu'elle se décida. Mais pas de gaieté de cœur.

Elle mit son amour-propre dans sa poche.

*

Un deux-pièces miteux sur Söderarmsvägen à Kärrtorp, au deuxième étage. Pas de nom sous la sonnette, peu de meubles dans les pièces. Le Vison se plantait une aiguille dans le bras près de la fenêtre, vêtu d'un simple caleçon. Cela ne lui arrivait presque plus. Il carburait désormais aux substances plus légères. Mais parfois il fallait qu'il s'échappe pour de bon. Il était encore très en pétard par rapport à Olivia. « Même pas avec une pince de trois mètres de long. » Cette sale garce l'avait traité comme un vulgaire petit indic. Un loser, un de ces types qui baisent de la chair à saucisse dans des pots de fleurs à l'abri d'un porche.

Il le vivait très mal.

Mais il n'y a pas d'ego maltraité qu'un shoot ne puisse réparer. En moins de vingt minutes, le Vison était de retour. Son cerveau hyperactif avait déjà élaboré plusieurs explications à cette humiliation. Entre autres que cette gamine n'avait pas la moindre idée de la personne à qui elle adressait la parole, le Vison, l'Homme, ou encore qu'elle était tout simplement débile. En plus, elle louchait. Une insignifiante mouche qui croyait pouvoir offenser le Vison !

Il se sentait beaucoup mieux.

Quand on sonna à la porte, son ego avait retrouvé son intégrité. Ses jambes se déplaçaient presque d'elles-mêmes.

Allumé ? Et alors ? C'était un homme en marche. Un prestidigitateur qui maîtrisait tous ses tours. Il ouvrit si brusquement qu'il faillit dégonder la porte.

La mouche ?

Le Vison dévisageait Olivia.

– Bonjour, commença-t-elle.

Le Vison la scrutait toujours.

– Je voulais juste m'excuser, poursuivit-elle. J'ai été absolument dégueulasse l'autre soir, près de la caravane, et ce n'était vraiment pas mon intention. J'étais tellement choquée par ce qu'ils avaient fait à Stilton. Je vous promets que ça n'avait rien de personnel. J'ai juste été conne. Vraiment. Pardon.

– Qu'est-ce que vous voulez, bordel ?

Olivia estimait l'avoir exprimé de manière très claire et elle continua selon son plan.

– C'est ici, cette résidence qui vaut cinq millions ?

– Au moins.

Elle avait élaboré sa stratégie dans les moindres détails. Elle avait une idée assez précise des moyens à employer pour coincer ce merdeux. Il suffisait juste de trouver une voie d'accès.

– Je suis en chasse d'un appartement. Combien de pièces y a-t-il ?

Le Vison pivota et rentra. Il laissa la porte ouverte, ce qu'Olivia interpréta comme une invitation. Elle entra donc. Dans le deux-pièces pour ainsi dire vide. En piteux état. Dont une partie des papiers peints se décollait. Cinq millions ? Au moins ?

– Au fait, Stilton m'a demandé de vous passer le bonjour, il…

Le Vison avait disparu. S'était-il sauvé par la fenêtre de la chambre ? se demanda-t-elle. Soudain, il refit surface.

– Vous êtes encore là ?

Il avait enfilé une espèce de robe de chambre et buvait à même un carton de lait.

– Mais vous voulez quoi, bordel !

Cela n'allait pas être si facile que ça.

Alors Olivia n'y alla pas par quatre chemins.

– J'ai besoin d'aide. Il faut que je récupère l'ADN d'une personne que je n'ose pas approcher, aussi ai-je pensé à ce que vous m'aviez raconté.

– Quoi donc ?

– Que vous aviez aidé Stilton dans un tas d'affaires difficiles, un peu comme son bras droit, pas vrai ?

– C'est exact.

– Du coup, je me suis dit que vous aviez peut-être l'habitude de ce genre de situation. Vous avez l'air d'en connaître un sacré rayon, non ?

Le Vison reprit quelques gorgées de lait.

– Mais peut-être que vous ne vous occupez plus de ce genre de choses ? reprit Olivia.

– Je fais un peu de tout.

Il a gobé l'hameçon, pensa Olivia. Maintenant, il s'agit de le ferrer.

– Vous oseriez tenter un truc pareil ?

– Comment ça, oser ? Qu'est-ce que vous voulez dire, bordel ? C'est quoi, votre mission ?

Il démarrait vraiment au quart de tour !

Olivia émergea de la bouche de métro d'Östermalmstorg en compagnie d'un type gonflé à bloc : le Vison, l'Homme, un mec qui ne reculait presque devant rien.

– Il y a quelques années, j'ai fait l'ascension du K2, vous savez, le quatrième sommet de l'Himalaya. J'étais avec Göran Kropp et des sherpas. Les vents étaient glaciaux, il faisait moins trente-deux... dur.

– Vous êtes arrivés au sommet ?

– Eux, oui. Moi, j'ai été obligé de prendre soin d'un Anglais qui s'était cassé le pied. Je l'ai porté sur mon dos jusqu'au camp de base. Il était noble, d'ailleurs. Je suis en permanence bienvenu dans sa propriété du New Hampshire.

— Ce n'est pas aux États-Unis ?

— Comment s'appelle le magasin déjà ?

— Le Chic insolite. C'est là-bas, sur Sibyllegatan.

Olivia s'arrêta à quelque distance de la boutique. Elle lui décrivit Jackie et lui expliqua ce dont elle avait besoin.

— Un cheveu, par exemple ? s'enquit le Vison.

— Ou de la salive.

— Ou une lentille de contact. C'est comme ça que nous avons coincé le type de Halmstad. Il avait passé l'aspirateur dans tout l'appartement après avoir tué sa femme. Nous avons retrouvé une de ses lentilles dans le sac, y avons relevé son ADN et il était fait comme un rat.

— Je ne sais pas si Jackie Berglund porte des lentilles.

— Dans ce cas, il va falloir que j'improvise.

Le Vison s'élança vers la boutique.

Son appréciation du verbe improviser était discutable. Il entra dans le magasin, vit Jackie Berglund qui parlait avec une cliente devant un portant à vêtements, le dos tourné. Il avança droit sur elle et lui arracha une petite mèche de cheveux. Jackie poussa un cri, se retourna vivement et fit face au Vison qui eut l'air de tomber des nues :

— Putain ? Qu'est-ce que... ? Pardon ! Je croyais que c'était cette salope de Nettie !

— Qui ?

Le Vison agita les bras, à la manière typique des camés. Cette gestuelle lui vint tout naturellement.

— Je suis absolument désolé ! Excusez-moi ! Elle a la même couleur de cheveux que vous, elle m'a piqué une dose de coke et s'est barrée par ici ! Vous l'avez vue ?

— Dégagez !

Jackie empoigna le Vison par sa veste et le jeta dehors. Il tenait la mèche de cheveux dans son poing serré. Jackie se tourna vers la cliente légèrement choquée.

– Ces camés ! Ils traînent du côté de Humlegården. Ils viennent parfois jusqu'ici pour essayer de voler et de vandaliser. Je vous présente mes excuses.

– Ce n'est rien. A-t-il volé quelque chose ?

– Non.

Ce qui était pour le moins discutable.

*

Erik Grandén s'apprêtait à passer en revue son emploi du temps des jours à venir. Sept pays en autant de jours. Il aimait voyager. Prendre l'avion. Toujours être en mouvement. Ce n'était pas tout à fait compatible avec ses fonctions au ministère des Affaires étrangères, mais personne n'avait protesté jusqu'ici. Après tout, il était toujours joignable sur Twitter. C'est alors que Lisa Hedqvist l'appela pour solliciter un rendez-vous.

– Ce n'est pas possible.

Il n'avait vraiment pas le temps. Son ton arrogant ne laissa aucun doute quant au fait qu'il avait des choses plus importantes à faire que de parler à une jeune policière. Lisa dut donc se contenter d'une conversation téléphonique.

– Il s'agit de l'ancienne société Magnuson Wendt Mining.

– Quel est le problème ?

– Vous siégiez bien au conseil d'administration avant…

– Cela remonte à vingt-sept ans. Vous êtes au courant ?

– Oui. Y avait-il des conflits au sein du conseil à cette époque ?

– À quel sujet ?

– Je ne sais pas. Y avait-il des frictions entre Nils Wendt et Bertil Magnuson ?

– Non.

– Aucune ?

– Pas à ma connaissance.

– Mais vous savez que Nils Wendt vient d'être tué ici, à Stockholm.

– C'est une question d'une incroyable bêtise. En avons-nous fini ?

– Pour le moment.

Lisa Hedqvist raccrocha.

Grandén garda son portable à la main.

Il n'aimait pas ça.

*

Cela avait été beaucoup plus facile qu'elle ne l'avait cru. Durant tout le trajet jusqu'à la caravane, elle avait réfléchi à une batterie d'arguments et s'était efforcée d'envisager les objections possibles pour y parer, mais il avait juste dit :

– D'accord.

– D'accord ? Où ?

– Ici !

Olivia lui tendit le sachet en plastique contenant la mèche de cheveux de Jackie Berglund. Stilton le fourra dans sa poche. Olivia n'osa pas lui demander pourquoi il prenait les choses avec une telle simplicité. Était-ce parce qu'il était de nouveau sur l'affaire de la plage ? Ou pour se montrer gentil envers elle ? Pourquoi devrait-il l'être ?

– C'est vraiment sympa ! s'écria-t-elle. Quand croyez-vous qu'elle…

– Je ne sais pas.

Stilton ignorait complètement quand son ex-femme pourrait à nouveau l'aider. Il ne savait même pas si elle accepterait. Après le départ d'Olivia, il l'appela.

Elle ne refusa pas.

– Tu veux que je compare cette mèche au cheveu qui était dans la barrette ?

– Oui. Il pourrait appartenir à l'un des assassins.

Forme masculine, même lorsqu'il s'agissait de femmes, songea Stilton.

– Est-ce que Mette est au courant ? s'enquit Marianne.

– Pas encore.

– Qui prend le coût en charge ?

Stilton y avait pensé aussi. Il savait que cette analyse coûtait cher. Il avait déjà quémandé une fois. Alors, une seconde fois…

Il ne répondit pas.

– D'accord, reprit Marianne. Je t'appelle.

– Merci.

Stilton raccrocha. Cette gamine n'a qu'à prendre les frais en charge, pensa-t-il. Après tout, c'est son idée. Elle n'a qu'à revendre cette Mustang pourrie !

Il avait des préoccupations plus importantes.

Il appela le Vison.

*

Bertil rentrait chez lui dans sa Jaguar grise. Il était tendu. Il ne comprenait pas ce que fabriquait Abbas el Fassi. Il s'était renseigné à son sujet et avait prié K. Sedovic de surveiller son appartement sur Dalagatan. Pour voir s'il s'y pointait. Il avait également veillé à poster des hommes à l'aéroport d'Arlanda pour le cas où il débarquerait là-bas. Il était vraisemblablement en train de rentrer en Suède, muni de l'enregistrement original. Qu'allait-il en faire ? Connaissait-il Nils ? Allait-il exercer une forme de chantage ? Ou avait-il un lien avec la police ? Mais il était croupier, bordel ! Il travaillait au Cosmopol presque chaque fois que Bertil y avait joué. Bertil n'y comprenait rien, et ça le rendait nerveux.

Une chose était positive. La cassette serait bientôt en Suède. Elle n'était plus au Costa Rica et n'allait pas finir dans les mains de la police locale.

C'est alors qu'Erik Grandén l'appela.

– La police t'a contacté ? s'enquit-il.

– À quel sujet ?

– Le meurtre de Nils ! Une insolente de flic vient de m'appeler pour savoir s'il y avait un conflit entre Nils et toi à l'époque où je siégeais au conseil d'administration.

– Comment ça, un conflit ?

– Moi aussi, je me suis posé la question ! Pourquoi la police s'intéresse-t-elle à ça ?

– Je n'en sais rien.

– C'est embarrassant.

– Et qu'as-tu dit alors ?

– Non.

– Qu'il n'y avait pas de conflit ?

– Il n'y en avait pas, si ? Pour autant que je me rappelle.

– Aucun.

– Parfois je m'interroge sur la qualité du travail de la police suédoise...

Bertil mit fin à la conversation.

*

Acke Andersson était au centre de Flempan avec ce type qui était un copain de sa mère, le Vison, et un de ses potes, un mec avec un gros pansement à l'arrière de la tête. Ils mangeaient des hamburgers. Enfin le Vison et lui. L'autre gars buvait un milk-shake à la vanille.

C'était lui qui voulait le rencontrer.

– Je ne sais pas grand-chose, expliqua Acke.

– Mais connais-tu les organisateurs ? Qui ils sont ? demanda Stilton.

– Non.

– Mais comment sais-tu quand il va y avoir un combat ?

– SMS.

– Ils t'envoient un texto ?

– Oui.

– Tu as leur numéro ?

– Comment ça ?

– Ceux qui t'envoient des SMS. Sur ton portable, tu peux voir qui t'écrit, non ?

– Non.

Stilton renonça. Il avait demandé au Vison d'arranger une rencontre avec Acke pour vérifier si le gamin savait quelque chose au sujet du *cagefighting*. S'il avait des noms, des adresses. Ce n'était pas le cas. Il recevait un SMS, puis il se rendait sur les lieux ou bien on venait le chercher.

– Qui vient te chercher ?

– Des mecs.

– Tu connais leur nom ?

– Non.

Stilton abandonna et avala le reste de son milk-shake.

Pas très loin du fast-food se tenaient Liam et Isse toujours vêtus de leur blouson à capuche. Ils étaient déjà venus une fois chercher Acke pour du *cagefighting*. Ils revenaient à nouveau. Mais ils le virent discuter avec le type qu'ils avaient filmé dans une caravane alors qu'il baisait avec un de leurs trashkicks. Et qui avait espionné leurs derniers combats et s'était pris une dérouillée.

Un clochard.

Mais pourquoi Acke parlait-il avec lui, bordel !

– Ce n'est peut-être pas un clochard ? C'est peut-être un flic ?

– Un flic infiltré ?

– Oui.

Ils quittèrent tous les trois le fast-food. Le Vison et Stilton se dirigèrent vers la station de métro. Acke s'élança de son côté, sans s'apercevoir que Liam et Isse le suivaient. Ils le rattrapèrent au niveau du terrain de foot désert.

– Acke !

Il s'arrêta et les reconnut. Ils étaient venus une fois le chercher pour un combat. Y en avait-il un autre ? Mais il ne voulait plus y participer. Comment allait-il le leur expliquer ?

– Salut, lança-t-il.

– C'était qui, les mecs avec qui tu bouffais des hamburgers ? lui demanda Liam.

– Comment ça ?

– Juste à l'instant. On t'a vu. C'était qui ?

– Un copain de ma mère et un de ses potes.

– Celui avec le pansement ? s'enquit Isse.

– Oui.

– Qu'est-ce que tu lui as dit ?

– Sur quoi ? J'ai rien dit du tout !

– Le mec avec le pansement s'est introduit dans le *cage-fighting* la dernière fois. Comment était-il au courant ? le questionna Liam.

– J'en sais rien.

– On n'aime pas les mecs qui caftent.

– Je n'ai pas…

– Ta gueule ! lui ordonna Isse.

– Mais je vous jure ! J'ai…

Acke encaissa un coup en plein visage. Avant qu'il n'ait eu le temps d'esquiver, un second l'atteignit. Liam et Isse le saisirent par sa veste, regardèrent autour d'eux, puis s'éloignèrent en traînant le gamin en sang. Acke, terrorisé, lança un regard en arrière pour voir où étaient passés les adultes.

Ils étaient sur un quai, loin de là.

*

Le téléphone sonna en pleine nuit, peu après 3 heures. Il fallut un moment à Stilton pour émerger et répondre. C'était Abbas. Il était entre deux avions et s'exprima avec concision. La femme tuée sur la plage s'appelait Adelita Rivera, était originaire de Mexico et attendait l'enfant de Nils Wendt.

Puis il raccrocha.

Stilton resta longtemps assis en caleçon sur la couchette à fixer son portable. Les informations d'Abbas l'avaient abasourdi. Au bout de tant d'années, il venait d'obtenir ce qu'il n'avait jamais trouvé : un nom pour la victime et un père pour l'enfant.

Adelita Rivera et Nils Wendt.

Elle, assassinée vingt-trois ans plus tôt et lui, la semaine passée.

Incompréhensible.

Après avoir ressassé pendant de longues minutes, peut-être une demi-heure, l'incroyable nouvelle, il se mit à penser à Olivia. Allait-il l'appeler pour tout lui raconter ? Tout de suite ? Ou devait-il attendre ? Quelle heure était-il ? Il consulta à nouveau son mobile. 3 heures et demie. Bien trop tôt.

Il posa le portable et baissa les yeux vers le sol. Une interminable colonne de fourmis circulait à quelques centimètres de ses pieds. Il observa les insectes. Il y avait deux lignes, une dans chaque direction, proches l'une de l'autre. Personne ne déviait. Elles allaient toutes dans la même direction. Aucune ne tournait pour suivre une autre trajectoire ni ne s'arrêtait.

Il lâcha les fourmis du regard.

Une Mexicaine et Nils Wendt.

Il continuait à réfléchir. Il cherchait des liens, des connexions, des faits, des hypothèses. Il nota qu'il commençait à retrouver certains des mécanismes qui avaient été en jachère pendant plusieurs années. Il se remettait à fonctionner. Rapprocher et déduire. Analyser.

Pas comme avant, loin de là. S'il était une Porsche à

l'époque, il n'était désormais qu'une Skoda. Sans roues. Mais quand même.

Il n'était plus dans le néant.

*

Ovette Andersson attendait près de la galerie marchande sur Hamngatan. Il tombait un fin crachin. Ils étaient convenus de se retrouver à 10 heures et il était presque la demie. Ses cheveux blonds étaient mouillés.

– Désolé !

Le Vison arriva en trottinant et leva la main pour s'excuser. Ovette acquiesça. Ils commencèrent à marcher en direction de Norrmalmstorg. Un couple quelque peu improbable dans ce quartier à cette heure-là, juste avant le déjeuner, quand les accros au shopping et les laquais de la finance déferlaient dans la rue. Le Vison jetait des coups d'œil en direction d'Ovette. Certes, elle était maquillée, mais cela n'y changeait pas grand-chose. Son visage portait les stigmates de l'inquiétude et de larmes essuyées.

Acke avait disparu.

– Comment ça ?

– Il n'était pas à la maison quand je suis rentrée. Je n'ai pas travaillé aussi tard que les autres nuits et il n'était pas là à mon retour, dans son lit. Il n'était nulle part. Son lit n'était pas défait et son repas était toujours dans le frigo, comme s'il n'était pas rentré du tout !

– Je l'ai vu hier !

– C'est vrai ?

– Je lui ai parlé au kebab du centre et, à ce moment-là, il était comme d'habitude. Ensuite, il est parti de son côté et je suis revenu en ville. Il n'est pas au centre de loisirs ?

– Non, je les ai appelés. Qu'est-ce qu'il fabrique ?

Le Vison n'en avait bien sûr aucune idée, mais il sentait Vettie à deux doigts de craquer. Il posa un bras sur ses épaules. Elle faisait au moins une tête de plus que lui si bien que ce geste n'était pas tout à fait naturel.

– Ce genre de choses arrive. Il est sans doute... Il est sans doute occupé à un truc.

– Mais j'ai repensé à ce que tu m'avais raconté, et si c'était quelque chose comme ça, si ça avait un rapport ?

– Avec ces combats ?

– Oui !

– Je ne crois pas. Je suis quasiment sûr qu'il ne va plus participer à ces trucs.

– Comment le sais-tu ?

– Laisse tomber, mais contacte les flics si tu es inquiète.

– Les flics ?

– Oui, pourquoi ?

Le Vison savait ce que Vettie pensait. Une pute sur le retour. On n'allait pas franchement lui donner la priorité. Mais on pourrait peut-être l'aider. Ils étaient là pour ça, après tout. Ils s'arrêtèrent tous les deux à la hauteur de Kungsträdgårdsgatan.

– Mais je vais me renseigner quand même, ajouta le Vison.

– Merci.

*

La pluie crépitait sur la bulle de plexiglas crasseuse. Stilton étalait l'onguent de Vera sur les plaies de son torse. Le pot touchait à sa fin et il n'en retrouverait pas. Vera et sa grand-mère n'étaient plus de ce monde. Il jeta un coup d'œil vers un petit portrait de Vera posé sur une étagère. Il avait demandé une copie de sa carte de vendeuse et on la lui avait donnée. Avec sa photo. Il pensait souvent à elle. Ce n'était pas le cas avant, quand elle était là. À ce moment-là, il pensait à de tout autres personnes. Celles qui avaient eu une signification pour lui et qu'il avait lâchées. Abbas, Mårten et Mette. Il revenait toujours à ces trois-là.

Parfois, Marianne lui traversait l'esprit. Mais c'était trop gros, trop blessant, trop douloureux. Cela prenait une part trop importante du peu de forces qui lui permettaient de survivre.

On frappa à la porte. Stilton continua à s'enduire ; une visite ne l'intéressait pas. Il changea d'avis quelques secondes plus tard, quand le visage de son ex-femme apparut devant l'une des fenêtres de la caravane. Leurs regards se croisèrent, un assez long moment.

– Entre.

Marianne était vêtue d'un imperméable vert clair à la coupe simple, un parapluie à la main. De l'autre, elle tenait un porte-documents.

– Bonjour, Tom.

– Comment as-tu trouvé le chemin ?

– Rönning. Je peux entrer ?

Stilton acquiesça. Il avait placé des journaux sur les taches de sang essuyées à la va-vite sur le sol. Il espérait qu'aucun insecte étrange n'allait en émerger. Ce n'était pas le moment. Il rangea le pot d'onguent et désigna la banquette face à lui.

Il était tendu.

Marianne parcourut les lieux du regard. Vivait-il vraiment dans ces conditions ? Dans le délabrement le plus complet ? Était-ce possible ? Elle se ressaisit et jeta un coup d'œil par la fenêtre.

– Jolis rideaux.

– Tu trouves ?

– Oui... enfin non.

Marianne sourit et s'assit avec précaution sur une banquette en tirant sur son imperméable. Elle observa à nouveau l'endroit.

– C'est ta caravane ?

– Non.

– Ah bon... ah, je vois...

Marianne fit un signe de tête en direction de l'une des robes de Vera accrochée près du réchaud rouillé.

– C'est la sienne ?

– Oui.

– Elle est sympa ?

– Elle a été tuée. Qu'est-ce que ça a donné ?

Droit au but, comme d'habitude. Pour se dérober. Toujours la même histoire. Pourtant, il semblait concentré. Elle retrouvait une partie de son ancien regard dans ses yeux. Celui qui dans sa pleine vigueur l'avait pas mal atteinte, sur le plan émotionnel. Il y avait très longtemps de cela.

– On a trouvé une correspondance.

– C'est vrai ?

– Le cheveu sur cette barrette et la mèche que tu m'as remise appartiennent à la même femme. Qui est-ce ?

– Jackie Berglund.

– Cette Jackie Berglund-là !

– Oui.

Marianne était encore mariée à Stilton en 2005, lorsqu'on lui avait confié l'enquête sur le meurtre de Jill Engberg et qu'il s'était rapproché de l'employeuse de celle-ci, Jackie Berglund. Elle et lui avaient échafaudé différentes hypothèses sur Jackie, quand ils se retrouvaient chez eux. Avant qu'il ne déclenche sa première crise psychotique et ne finisse interné. Sa psychose n'avait rien à voir avec sa profession, même si son rythme de travail frénétique avait en partie préparé le terrain. Marianne savait précisément ce qui l'avait déclenchée. Elle pensait être la seule à le savoir et souffrait avec lui. Puis on lui avait retiré l'affaire Jill Engberg. Six mois plus tard, c'était fini entre eux.

Cela ne s'était pas fait en une nuit. Cela n'avait pas été une décision prise à la hâte, mais une conséquence de l'état psychique de Tom. Il l'avait rejetée. Volontairement. Il ne voulait pas de son aide, qu'elle le voie, qu'elle le touche. Il avait fini par obtenir ce qu'il cherchait : Marianne n'avait plus eu la force de soutenir quelqu'un qui ne voulait pas être soutenu.

Leurs chemins s'étaient donc séparés.

Et il avait atterri dans une caravane.

— Donc, Jackie Berglund était sans doute sur la plage le soir où le meurtre a été perpétré... dit Stilton, un peu pour lui-même.

Ce qu'elle avait nié lorsqu'elle avait été entendue.

Il digérait cette information pour le moins étonnante.

— Manifestement, confirma Marianne.

— Olivia, déclara Stilton tout bas.

— C'est elle qui a enclenché tout ce processus ?

— Oui.

— Et qu'allez-vous faire à présent ? Avec cette découverte ?

— Je ne sais pas.

— Tu peux difficilement bosser sur cette affaire, si ?

Pourquoi ne le pourrais-je pas ? pensa-t-il d'abord avec une pointe d'agressivité. Jusqu'à ce qu'il voie la manière dont Marianne regardait le bocal de pommade étrange et quelques exemplaires de *Situation Stockholm* sur la table avant de poser à nouveau les yeux sur lui.

— Non, concéda-t-il. Nous allons sans doute devoir demander l'aide de Mette.

— Comment va-t-elle ?

— Bien.

— Et Mårten ?

— Bien.

Et c'est reparti, pensa Marianne. Il était à nouveau fermé et à moitié mutique.

— Comment se fait-il que tu sois venue ici ? s'enquit Stilton.

— Je vais donner une conférence à l'hôtel de police.

— Ah bon.

— On t'a tabassé ?

— Oui.

Stilton espérait que Marianne ne passait pas son temps à

chercher des films tournés avec des mobiles sur Trashkick. Elle aurait pu reconnaître son corps couché sur celui de Vera.

Il ne le voulait pas, en aucun cas.

— Merci de ton aide.

— Je t'en prie.

Ils restèrent silencieux quelques instants. Stilton regardait fixement Marianne qui ne détourna pas les yeux. Cette situation avait quelque chose d'infiniment triste, ils le sentaient tous les deux. Elle savait qui il avait été et il ne l'était plus. Il le savait aussi.

Il était un autre.

— Tu es très belle, Marianne, tu le sais.

— Merci.

— Tu vas bien ?

— Oui. Et toi ?

— Non.

Cette question n'était pas vraiment nécessaire. Elle tendit une main au-dessus de la table en laminé et la posa sur le dos veiné de celle de Stilton.

Il ne bougea pas.

Dès que Marianne eut quitté la caravane, Stilton joignit Olivia. Il lui relata l'appel d'Abbas entre deux avions et eut droit à une kyrielle de questions ; réaction à laquelle il aurait pu s'attendre.

— Adelita Rivera ?

— Oui.

— De Mexico ?

— Oui.

— Et Nils Wendt était le père de l'enfant !

— Selon Abbas. Nous en apprendrons sans doute plus à son retour.

— Incroyable ! Ce n'est pas possible !

— Si.

À bien des égards, se disait Stilton. Puis il lui parla de la correspondance entre les ADN obtenue par Marianne.

– Jackie Berglund !

– Oui.

Quand Olivia, un peu calmée bien que toujours excitée, ajouta qu'ils avaient peut-être résolu l'affaire de la plage, Stilton fut obligé de lui signaler que cette barrette pouvait avoir atterri sur la plage à un autre moment que celui du meurtre. Plus tôt dans la journée, par exemple. Ove Gardman n'avait pas vu Jackie la perdre. Il n'avait fait que la trouver.

– Mais ce que vous pouvez être négatif !

– Pas du tout ! Si vous voulez devenir une bonne policière, il faut que vous appreniez à ne jamais exclure qu'il existe d'autres possibilités, car elles peuvent vous revenir comme un boomerang au tribunal.

Stilton suggéra qu'ils contactent Mette Olsäter.

– Pour ?

– Nous ne pouvons ni l'un ni l'autre interroger Jackie.

Mette vint à la rencontre de Stilton et d'Olivia à l'écart du commissariat de Polhemsgatan. Elle était très occupée et n'avait pas le temps de se rendre en ville. Stilton avait accepté ce lieu de rendez-vous à contrecœur. Il se situait bien trop près de milieux et de personnes avec lesquels il partageait un passé douloureux.

Mais la balle était dans le camp de Mette.

Elle était en pleine enquête sur le meurtre de Wendt et attendait juste qu'Abbas atterrisse pour récupérer le matériel qu'il rapportait. Lorsqu'il lui avait relaté les événements survenus au Costa Rica, elle avait compris qu'il y avait peut-être là des clés importantes pour ses investigations. Un mobile, peut-être. Et dans le meilleur des cas, un meurtrier.

Ou plusieurs.

Elle était donc un peu tendue.

Mais en enquêtrice chevronnée et intelligente elle comprit

immédiatement que la correspondance entre les ADN mise en évidence par Stilton et Olivia dans l'affaire de la plage allait se révéler très embarrassante pour Jackie Berglund. Elle saisit tout aussi rapidement que les deux personnes qui lui faisaient face ne pouvaient rien entreprendre seules. Une étudiante et un sans-abri. Pas n'importe quel sans-abri, certes, mais un ex-policier qui ne pouvait interroger un criminel potentiel dans le cadre d'une enquête sur un meurtre pas encore prescrit.

Elle répondit donc présente à l'appel.

– Rendez-vous ici dans quatre heures.

Elle commença par lire le dossier relatif à l'affaire, pour s'en faire une idée générale, et elle se procura quelques informations complémentaires en Norvège. Ensuite, elle choisit une salle d'interrogatoire suffisamment à l'écart pour que Stilton puisse se joindre à elle sans attirer les regards.

Olivia devrait attendre sur Polhemsgatan.

– Nous disposons d'extraits des interrogatoires réalisés avec vous en 1987, en relation avec le meurtre commis sur Nordkoster, annonça Mette, d'une voix remarquablement neutre. Vous vous trouviez sur l'île au moment du meurtre, n'est-ce pas ?

– Oui.

Jackie Berglund était assise face à Mette, à côté de qui Stilton avait pris place. Quelques instants plus tôt, les regards de Jackie et de Stilton s'étaient croisés. Il pouvait deviner ce qu'elle pensait. Elle n'avait en revanche aucune idée de ce qui se passait dans sa tête. Elle portait un élégant tailleur jaune et ses cheveux foncés étaient ramassés en chignon.

– Lors de deux de ces interrogatoires, le premier la nuit du meurtre et le second mené à Strömstad le lendemain par Gunnar Wernemyr, vous avez affirmé ne jamais être allée à Hasslevikarna, le lieu du crime. Est-ce exact ?

– Je n'y suis jamais allée, non.

— Vous y êtes-vous rendue plus tôt dans la journée ?

— Non. Je n'y ai jamais mis les pieds. Je me trouvais sur un yacht de luxe dans le port et vous le savez, cela figure dans ces interrogatoires.

Mette choisit de procéder avec calme et méthode. Elle expliqua sur un ton pédagogique à cette ancienne escort-girl assez dure à cuire que la police était en mesure de prouver sa présence sur les lieux grâce à de l'ADN retrouvé sur une barrette à cheveux.

— Nous savons donc que vous y êtes allée.

Le silence régna pendant quelques secondes. Jackie avait du sang-froid et n'était pas stupide ; elle comprit qu'il lui fallait changer de stratégie.

— Nous avons couché ensemble, déclara-t-elle.

— Nous ?

— J'y suis allée avec l'un des Norvégiens et nous avons couché ensemble. C'est à ce moment-là que j'ai dû perdre cette barrette.

— Il y a moins d'une minute, vous déclariez ne jamais y avoir mis les pieds. Vous avez dit la même chose lors de vos deux interrogatoires de 1987. Et tout à coup, vous dites que vous y êtes allée ?

— J'y suis allée.

— Pourquoi avez-vous menti sur ce point ?

— Pour ne pas être impliquée dans ce meurtre.

— Quand y avez-vous eu une relation sexuelle avec ce Norvégien ?

— Dans la journée. Ou peut-être en début de soirée, je ne me rappelle pas, cela fait quand même plus de vingt ans !

— Il y avait deux Norvégiens sur le yacht. Geir Andresen et Petter Moen. Avec lequel avez-vous eu une relation sexuelle ?

— Geir.

— Il pourrait donc confirmer votre histoire ?

— Oui.

– Malheureusement, il est mort. Nous avons vérifié un peu plus tôt.

– Ah bon ? Dans ce cas, vous allez devoir croire ce que je vous dis.

– Vraiment ?

Mette fixa Jackie, qui venait de se faire prendre en flagrant délit de mensonge. Jackie avait l'air à cran.

– Je veux un avocat, déclara-t-elle.

– Dans ce cas, nous mettons fin à l'interrogatoire.

Mette éteignit l'enregistreur. Jackie se hâta de se lever et de se diriger vers la porte.

– Connaissez-vous Bertil Magnuson ? Le P-DG de MWM ? demanda Mette à brûle-pourpoint.

– Pourquoi serait-ce le cas ?

– Il avait une résidence secondaire sur Nordkoster en 1987. Vous vous êtes peut-être croisés ?

Jackie quitta la pièce sans répondre.

Olivia faisait les cent pas dans le parc de Kronoberg. Elle trouvait que cela prenait une éternité. Mais que fabriquaient-ils ? Allaient-ils arrêter Jackie ? Soudain, elle se mit à penser à Eva Carlsén. Devrait-elle lui raconter ce qu'il en était ? C'était quand même en grande partie grâce à Eva qu'elle s'était accrochée à la piste Jackie.

Elle appela.

– Bonjour ! C'est Olivia Rönning ! Comment allez-vous ?

– Bien. Mon mal de tête s'est dissipé, répondit Eva avec un petit rire. Comment cela se passe-t-il avec Jackie Berglund ?

– Super-bien ! Nous avons trouvé de l'ADN qui prouve sa présence sur la plage à Nordkoster. Le soir où le meurtre a été perpétré !

– Nous ?

– Oui, enfin, je travaille avec quelques policiers maintenant !

— Non, c'est vrai ?

— Oui. Jackie est en train de subir un interrogatoire à la Crim !

— Ah bon ? Alors elle était sur la plage ce soir-là ?

— Oui !

— Comme c'est bizarre ! Et la police a rouvert le dossier ?

— Je ne sais pas, peut-être pas pour de bon. Pour l'instant, c'est surtout moi et celui qui était responsable de l'enquête qui nous nous en occupons.

— Qui était-ce ?

— Tom Stilton.

— Je vois, et il a relancé l'enquête ?

— Oui. À contrecœur !

Olivia aperçut Jackie Berglund qui sortait aussi discrètement que possible du commissariat.

— Dites ! Est-ce que je peux vous rappeler plus tard ?

— Aucun problème. Au revoir !

Olivia raccrocha. Jackie montait dans un taxi. Quand il démarra, Jackie braquait son regard droit sur elle. Olivia ne baissa pas les yeux. Tueuse de chat, pensa-t-elle, et elle sentit tout son corps se tendre. Puis le taxi disparut.

Stilton émergea du bâtiment et Olivia se précipita vers lui.

— Comment ça s'est passé ? Qu'a-t-elle dit ?

*

Alors qu'elle revenait de la salle d'interrogatoire, Mette fut interpellée dans un couloir par un collègue, Oskar Molin.

— Était-ce Jackie Berglund que vous entendiez ?

— Qui vous l'a dit ?

— Forss l'a vue entrer.

— Et il vous a appelé ?

— Oui. Par ailleurs, il affirme que Tom Stilton s'est faufilé dans un couloir. Était-il avec vous ?

— Oui.

– Quand vous avez interrogé Jackie Berglund ?

– Oui.

Oskar fixa Mette. Ils avaient souvent travaillé ensemble et avaient un profond respect l'un pour l'autre. Une chance, pensa Mette, car la situation était quelque peu délicate.

– Quel était l'objet de cet interrogatoire ? Le meurtre de Nils Wendt ?

– Non, celui d'Adelita Rivera.

– Qui est-ce ?

– La femme qui a été noyée à Nordkoster en 1987.

– Vous vous occupez de cette affaire ?

– Je donne un coup de main.

– À qui ?

– Jackie Berglund est-elle un sujet sensible ? s'enquit Mette.

– Non. Que voulez-vous dire ?

– Elle semblait l'être en 2005, quand Stilton a commencé à s'intéresser à elle.

– Pourquoi serait-elle un sujet sensible ?

– Vous connaissez comme moi la nature de ses activités et il y a peut-être quelqu'un dans son registre de clients qui ne devrait pas y être.

Oskar dévisagea Mette.

– Comment va Mårten ? demanda-t-il.

– Bien. Pensez-vous qu'il figure dans ce registre ?

– On ne sait jamais.

Ils échangèrent un sourire crispé.

Oskar Molin se serait sans doute abstenu de sourire s'il avait su que Mette avait réussi là où Stilton avait toujours échoué en 2005 : obtenir un mandat de perquisition pour le domicile de Jackie Berglund. Sur des fondements bien ténus, mais Mette avait son réseau.

Lisa Hedqvist entra donc dans l'appartement de Jackie sur Norr Mälarstrand pendant que celle-ci était interrogée. Il s'agissait quand même d'un meurtre non prescrit. Lisa alluma les ordinateurs de Jackie et enregistra ce qui s'y trouvait sur une clé USB.

Oskar Molin n'aurait vraiment pas souri.

*

Pendant plusieurs heures elle avait cherché Acke dans Flemingsberg. Elle avait questionné tous les gamins qu'elle avait croisés, mais aucun n'avait vu son fils. Personne ne l'avait vu.

Elle était assise sur le lit d'Acke et tenait une paire de chaussures de foot usées jusqu'à la corde. Son regard s'était fixé sur le skateboard cassé. Acke avait essayé de le réparer avec de l'adhésif marron. Elle s'essuya à nouveau les joues. Il y avait longtemps qu'elle pleurait dans cette pièce. Le Vison l'avait appelée une heure plus tôt sans avoir de nouvelle information à lui livrer. Acke avait disparu. Elle savait qu'il était arrivé quelque chose, elle le sentait dans tout son corps, quelque chose en relation avec ces combats en cage. Elle revoyait ses hématomes, toutes ses blessures. Pourquoi avait-il fait ça ? Pourquoi s'était-il battu dans des cages ? Il n'était pas comme ça ! Pas du tout ! Il ne se battait jamais. Qui l'avait entraîné là-dedans ? Si seulement il revenait, elle lui achèterait de nouvelles chaussures. Tout de suite. Et ils iraient au parc d'attractions de Gröna Lund. Si seulement…

Elle se retourna et attrapa son mobile.

Elle allait appeler la police.

*

La benne se trouvait devant un porche sur Diagnosvägen. Elle contenait des vieux matelas, un canapé en cuir à moitié brûlé et tout un bric-à-brac consécutif au rangement de caves. La fille qui regarda par-dessus bord aperçut un étui de DVD. Il y avait peut-être un film à l'intérieur ? Non sans mal, elle parvint à se hisser dans la benne et atterrit sur le canapé. Avec précaution, elle avança jusqu'à l'étui. À l'instant où elle tendait la main vers lui, elle le vit : un petit bras maigre qui dépassait entre des coussins de canapé.

Tout près du poignet, on avait tracé KF entouré d'un cercle.

*

Stilton vendait des journaux devant les halles de Söder. Sans grand succès. Il était vraiment fatigué. Il avait passé deux heures à monter et descendre les marches la nuit précédente. À plusieurs reprises, il s'était remémoré la visite de Marianne dans la caravane de Vera. Aujourd'hui, l'une était morte et l'autre, mariée et heureuse, supposait-il. Avant de sombrer dans le sommeil, il avait songé à la main de Marianne sur la sienne. S'agissait-il juste d'un geste de compassion ?

Sans doute. Il leva les yeux vers le ciel et vit les gros nuages noirs qui arrivaient. Il n'avait pas l'intention de rester ici sous la pluie. Il rangea ses journaux dans son sac à dos et quitta les lieux. Mette l'avait appelé plus tôt pour lui dire qu'elle devait laisser Jackie Berglund de côté pour le moment. Elle le contacterait quand il serait temps de procéder à d'autres interrogatoires.

— Fais juste attention à toi, lui avait-elle dit.

— Comment ça ?

— Tu sais comment est Berglund, et maintenant elle sait qui est sur ses traces.

— D'accord.

Stilton n'avait pas raconté à Mette l'agression d'Olivia dans l'ascenseur. Peut-être l'avait-elle fait d'elle-même ?

En s'éloignant de Medborgarplatsen, il en vint à penser à l'hypothèse qu'il avait soumise à Janne Klinga. Que leurs victimes étaient peut-être sélectionnées aux halles de Söder.

Il n'eut pas la force d'y réfléchir davantage.

Il parcourut lentement la dernière partie du trajet dans la forêt. Il était exténué. Il ouvrit la porte de la caravane, à bout de souffle. Cette caravane était censée disparaître, mais la commune faisait profil bas depuis le meurtre et elle était donc toujours là.

Ce soir-là, il n'avait pas l'intention de monter et descendre des marches.

Rien n'a pas grand-chose d'une forêt, comparée à celles du grand Nord, mais elle est assez dense pour pouvoir s'y dissimuler. En l'occurrence, des silhouettes aux vêtements sombres. Derrière une caravane grise.

Stilton referma la porte. À l'instant où il s'effondrait sur l'une des banquettes, Olivia l'appela pour parler de Jackie. Stilton n'en avait pas la force.

– J'ai besoin de dormir, répondit-il.

– Je vois. D'accord… mais vous pouvez laisser votre portable allumé ?

– Pourquoi ?

– Au cas où il arriverait quelque chose.

Est-ce que Mette lui a parlé aussi ? se demanda Stilton.

– OK, je le laisse allumé. On se rappelle.

Stilton raccrocha, s'étendit à nouveau sur la banquette et éteignit son téléphone. Il n'avait plus envie d'être dérangé. L'interrogatoire de Jackie la veille lui avait demandé beaucoup d'efforts. Mais ce n'était pas pour cela qu'il payait le plus lourd tribut. Se retrouver dans ce bâtiment où il avait passé tant d'années enrichissantes comme enquêteur de la Criminelle l'avait secoué. Devoir raser les murs tel un rat blessé pour ne pas croiser le regard de ses anciens collègues…

C'était franchement douloureux.

La plaie qui s'était ouverte quand on lui avait retiré l'affaire était loin d'être refermée. D'accord, il avait souffert d'une psychose, de crises de panique, et avait eu besoin de soins. Mais, à ses yeux, ce n'était pas la véritable raison.

On l'avait manipulé pour le pousser vers la sortie.

Bien sûr, certains de ses collègues l'avaient soutenu, mais les médisances dans son dos s'étaient intensifiées de jour en jour. Il savait qui avait allumé ce feu. Et sur un lieu de travail où tous évoluent en vase clos, il ne faut pas long-temps pour empoisonner une atmosphère. Une réflexion par-ci, une allusion désobligeante par-là. Des regards qui se détournent, des gens qui s'éloignent quand ils voient que vous êtes seul à une table à la cantine. Pour finir, il ne reste plus qu'à laisser tomber.

Quand on a un tant soit peu de fierté.

Ce qui était le cas de Stilton.

Il avait rempli quelques cartons, avait eu un bref entretien avec son chef, puis il était parti.

Ensuite il s'était laissé couler.

Épuisé, il sombra dans le sommeil.

Soudain, on frappa à la porte. Stilton sursauta. On frappa à nouveau. Stilton se hissa sur un coude. Allait-il ouvrir ? On frappa une troisième fois. Stilton lâcha un juron, se leva et alla ouvrir.

— Bonjour. Je m'appelle Sven Bomark et je suis envoyé par la commune de Solna.

L'homme avait une quarantaine d'années. Il portait un pardessus marron et une casquette grise.

— Puis-je entrer ?

— Pourquoi ?

— Pour parler un peu, de la caravane.

Stilton recula jusqu'à la banquette et s'assit. Bomark referma la porte.

— Puis-je m'asseoir ?

Stilton acquiesça et Bomark s'installa sur la banquette face à lui.

— Est-ce vous qui habitez ici pour le moment ?

– Vous ne le voyez pas ?

Bomark esquissa un sourire.

– Vous savez peut-être que nous devons évacuer cette caravane.

– Quand ça ?

– Demain.

Bomark s'exprimait sur un ton calme et sympathique. Stilton considéra les paumes de ses mains, que l'absence de labeur avait laissées blanches et intactes.

– Où allez-vous la mettre ?

– Dans une décharge.

– Pour la brûler ?

– Sans doute. Avez-vous un autre endroit où vivre ?

– Non.

– Vous savez que nous avons un refuge à…

– Vous vouliez autre chose ?

– Non.

Bomark ne bougea pas. Les hommes s'observèrent.

– Je suis désolé, dit Bomark en se levant. Puis-je vous en acheter un ?

Il désignait la petite liasse de *Situation Stockholm* posée sur la table. Stilton lui en balança un.

– Quarante couronnes.

Bomark sortit un portefeuille et lui tendit un billet de cinquante.

– Je n'ai pas de monnaie.

– C'est sans importance.

Bomark prit le journal, ouvrit la porte et disparut.

Stilton se laissa retomber sur la banquette. Il n'avait pas la force de penser. La caravane allait être emportée le lendemain. Il allait partir. Tout allait partir. Il se sentit sombrer très loin.

Les deux silhouettes sombres attendirent que l'homme à la casquette grise soit hors de vue. Elles s'approchèrent à pas de loup, coincèrent une planche sous la poignée, sans faire de bruit, puis placèrent une grosse pierre au pied de la planche pour la caler. Les deux ombres dévissèrent en hâte le bouchon d'un jerrican.

Stilton se retourna sur la couchette. Son nez le picotait. Il était encore plongé dans un profond sommeil, trop fatigué pour réagir. Le picotement reprit, l'odeur s'infiltra de plus en plus dans son inconscient, y libérant de violents fragments de feu et de fumée tandis que des cris de femme transperçaient son cerveau embrumé. Subitement, il se redressa.

C'est alors qu'il vit les flammes.

De grandes flammes bleues et jaunes qui léchaient l'extérieur de la caravane. Une épaisse fumée caustique avait commencé à s'immiscer à l'intérieur. Stilton fut saisi de panique. En poussant un hurlement de terreur, il s'éjecta de la couchette et se cogna la tête contre un placard. Il s'effondra, se releva et se précipita vers la porte. Elle ne s'ouvrit pas.

Il cria et s'élança contre le panneau, mais la porte ne s'ouvrit pas davantage.

Un peu plus loin dans la forêt, les silhouettes sombres observaient la caravane. La grosse planche sous la poignée de la porte remplissait sa fonction. La porte était bloquée. Grâce à la quantité d'essence déversée tout autour de la caravane, le feu s'était rapidement attaqué aux parois.

Une caravane moderne résiste au feu un bon moment avant que le plastique ne commence à fondre. Une caravane comme celle de Vera se transforme en brasier en un rien de temps.

Ce rien de temps, c'était maintenant.

Quand toute la caravane fut cernée par des flammes rugissantes, les silhouettes partirent en courant dans la forêt, avant de disparaître.

Abbas el Fassi sortait de l'avion. Il était fatigué et avait toujours aussi mal à la tête.

Une assez violente suée provoquée par des trous d'air inattendus au-dessus du Danemark l'avait contraint à retirer le matériel dissimulé sous son T-shirt et à le fourrer dans un sac en plastique bleu qu'il tenait à la main. Il n'avait pas d'autre bagage.

Il n'était pas du genre à faire des emplettes.

Il avait refilé les couteaux aux deux gamins de Mal Pais.

En suivant la passerelle qui rejoignait le hall des arrivées, il sortit son mobile et appela Stilton. Pas de réponse.

Lisa Hedqvist et Bosse Thyrén se portèrent à sa rencontre dès qu'il apparut. Il savait qui ils étaient. Lisa appela Mette pour lui dire que tout était sous contrôle.

– Où allons-nous ?

Mette réfléchit quelques secondes. Elle estimait logique que Stilton soit présent quand Abbas leur montrerait le matériel récupéré au Costa Rica. Il concernait l'affaire de la plage au plus haut niveau. Elle l'avait compris lors du bref appel qu'Abbas lui avait passé entre deux vols. Le poste de police n'est pas une bonne idée, pensa-t-elle.

– Raccompagnez-le à son appartement de Dalagatan, dit Mette à Lisa. On se rejoint là-bas.

Abbas, de son côté, téléphonait à Olivia.

– Savez-vous où est Stilton ?

– Dans la caravane, non ?

– Il ne répond pas.

– Vraiment ? Mais il y est. Je l'ai appelé tout à l'heure et il s'y trouvait. Il semblait très fatigué, je crois qu'il voulait dormir. Mais il devait garder son mobile allumé. Il n'a peut-être pas la force de répondre.

– D'accord. On se rappelle.

Abbas, encadré par Lisa et Bosse, se dirigea vers la sortie.

Aucun d'entre eux ne remarqua l'homme qui se tenait près d'un mur et suivait des yeux le croupier du casino Cosmopol alors qu'ils traversaient le hall. K. Sedovic sortit son portable.

– Est-il seul ? demanda Bertil Magnuson.

– Non. Il est accompagné d'un mec et d'une nana. En civil.

Bertil réfléchit à cette information. S'agissait-il de personnes qu'il avait rencontrées dans l'avion ? Ou de gens avec lesquels il travaillait ? De policiers en civil ?

– Suivez-les.

*

Olivia était dans sa cuisine, le téléphone à la main. Pourquoi Stilton n'avait-il pas répondu quand Abbas avait appelé ? Il était pourtant censé ne pas éteindre son mobile. Il était évident qu'il aurait répondu s'il avait vu qu'il s'agissait d'Abbas. L'avait-il éteint malgré tout ? Elle essaya de le joindre. Pas de réponse. Avait-il épuisé le crédit de sa carte ? Mais dans ce cas, il pourrait quand même recevoir des appels, non ? Elle n'en était pas tout à fait sûre.

Son imagination se mit en branle.

Est-il arrivé quelque chose ? A-t-il à nouveau été agressé ? Ou est-ce cette satanée Jackie Berglund ? Stilton était présent lors de l'interrogatoire.

Elle s'élança.

En arrivant dans la rue, passablement inquiète, elle prit une décision.

La Mustang !

Elle courut jusqu'au parking réservé aux résidents et s'arrêta devant la voiture. Avec des sentiments très mitigés. Elle ne l'avait pas utilisée depuis le jour où Elvis était mort et cette voiture l'angoissait. Elle les avait adorés tous les deux et à présent tout avait changé. Ce n'était pas seulement Elvis et la voiture qu'on lui avait pris, mais également une partie de son père. L'odeur d'Arne dans l'habitacle. Elle ne la sentirait plus jamais. Mais là, il s'agissait de Stilton et il était peut-être arrivé quelque chose ! Elle ouvrit la portière et se coula derrière le volant. Quand elle glissa la clé dans le contact, elle tremblait de tout son corps. Elle se fit violence pour démarrer et se mettre en route.

Il y avait une explication naturelle au fait que Stilton ne réponde pas sur son portable. L'appareil en question n'était plus qu'une saucisse de plastique biscornue au milieu des cendres de ce qui avait été la caravane de Vera Larsson. Désormais réduite à un tas fumant entouré de fourgons de pompiers qui enroulaient leurs lances. Ils avaient noyé les dernières braises afin que l'incendie ne se propage pas à la forêt. Ils avaient également établi un périmètre de sécurité, surtout pour tenir les badauds à distance.

Lesquels constataient en chuchotant que cette affreuse caravane était enfin partie.

Olivia gara sa voiture un peu à l'écart. Elle se précipita vers la clairière et dut pas mal jouer des coudes pour se frayer un chemin jusqu'au périmètre. Là, sa progression s'arrêta net. Des policiers en uniforme empêchaient quiconque d'aller plus loin.

Juste derrière eux se tenaient deux enquêteurs en civil : Rune Forss et Janne Klinga. Ils venaient d'arriver et avaient constaté que la scène du meurtre de Vera Larsson était réduite en cendres.

— C'est sans doute un petit con qui s'est défoulé... déclara Forss en plaçant Klinga face à un choix délicat.

S'il lui révélait que Stilton avait emménagé dans la caravane, il lui faudrait également lui avouer comment il le savait. Et il ne tenait pas à le dire.

Pas à Forss.

— Mais quelqu'un d'autre s'y est peut-être installé, après elle, lança-t-il.

– Possible. Ce sera aux techniciens de nous dire s'il y avait quelqu'un à l'intérieur quand elle a brûlé. Bon, on n'a plus grand-chose à faire, si ?

– Non, mais nous devons quand même bien…

– Y avait-il quelqu'un dans la caravane ?

C'était Olivia qui avait réussi à s'approcher. Forss la fixa du regard.

– Était-ce censé être le cas ?

– Oui.

– Comment le savez-vous ?

– Parce que je connais celui qui y habite.

– De qui s'agit-il ?

– Il s'appelle Tom Stilton.

Klinga se sentit aussitôt soulagé. Forss, par contre, se raidit de la tête aux pieds. Stilton ? Il habitait dans cette caravane ? Avait-il brûlé à l'intérieur ? Forss lança un regard en direction des ruines fumantes.

– Savez-vous s'il était là ?

Klinga posa les yeux sur Olivia. Il se rappela qu'ils avaient failli se percuter devant la porte de la caravane quelques jours plus tôt et comprit qu'elle connaissait Stilton. Qu'allait-il lui dire ?

– Nous l'ignorons. Il faut que nos techniciens analysent les restes pour déterminer si…

Olivia se retourna et se précipita vers un arbre. Là, elle s'effondra, complètement anéantie, et se mit à suffoquer. Elle tenta de se convaincre que Stilton n'était pas dans la caravane. Qu'il n'y était pas nécessairement quand le feu avait pris.

Elle retourna à sa voiture. Bouleversée, en état de choc. Derrière elle, les véhicules de pompiers s'éloignaient à travers la forêt et les curieux se dispersaient en bavardant. Comme si rien ne s'était produit, pensa-t-elle. Elle attrapa son mobile, les mains tremblantes, et appuya sur une touche. Ce fut Mårten qui répondit. D'une voix chevrotante, elle essaya de lui raconter ce qui s'était passé.

– Est-ce qu'il était à l'intérieur ?

– Je ne sais pas ! Ils ne savent pas ! Est-ce que Mette est là ?

– Non.

– Demandez-lui de m'appeler !

– Olivia ! Vous devez...

Olivia raccrocha et composa le numéro d'Abbas.

Il répondit d'une voiture banalisée qui revenait d'Arla et se trouvait pour l'instant immobilisée. Un poids lourd avait réussi la prouesse de déraper et de traverser les glissières, provoquant un beau bouchon dans la direction opposée. La leur. Ils ne pouvaient dépasser l'endroit où s'était produit l'accident. L'embouteillage s'amplifiait.

La voiture qui les suivait était dans la même situation. Abbas raccrocha. Tom se trouvait-il dans la caravane ? Était-ce pour cette raison qu'il n'avait pas répondu ? Abbas regarda par la vitre ; des nappes de brume basses s'étiraient au-dessus des grands champs verts. Est-ce ainsi qu'on apprend un décès ? pensa-t-il.

Dans un embouteillage ?

Olivia regagna son appartement. Elle se gara et se dirigea comme un automate vers son porche. Elle n'arrivait plus à penser. Elle ne comprenait pas ce qui s'était produit. Elle composa le code d'entrée et poussa la porte avec prudence, parée à toute éventualité. Elle avait vu le regard de Jackie Berglund à bord du taxi ainsi que la caravane de Vera calcinée. Était-ce la revanche de Jackie après l'interrogatoire ?

L'entrée était plongée dans l'obscurité, mais elle connaissait avec précision la distance qui la séparait de l'interrupteur. Elle pouvait l'atteindre tout en retenant la porte avec son pied. Elle tendit le bras vers l'interrupteur et sursauta. Elle avait aperçu une forme sombre dans l'escalier. Elle poussa un cri tout en appuyant sur le bouton. La lumière se déversa sur un individu en très piteux état, les cheveux trempés de sueur, les vêtements brûlés et les bras ensanglantés.

– Tom !

Stilton leva les yeux vers elle et toussa. Une violente quinte. Olivia se précipita et l'aida à se lever. Ils prirent l'ascenseur et gagnèrent l'appartement. Stilton s'écroula sur une chaise de la cuisine. Olivia appela Abbas. L'embouteillage s'était résorbé et ils étaient au niveau de Sveaplan.

– Il est chez vous ? demanda Abbas.

– Oui ! Vous appelez Mette ? Je n'ai pas réussi à la joindre.

– D'accord. Où habitez-vous ?

Olivia pansa les brûlures de Stilton du mieux qu'elle le put. Elle ouvrit une fenêtre pour évacuer l'odeur de fumée et lui proposa du café. Il ne prononça pas un mot. Il la laissa faire. Il était en état de choc. Il l'avait échappé belle. S'il n'avait pas réussi à casser la vitre arrière avec le réchaud, les techniciens auraient récupéré un squelette ratatiné et l'auraient expédié à la morgue dans un sac.

– Merci.

Les mains de Stilton tremblaient légèrement quand il prit la tasse. Il avait paniqué. Ce n'est pas si étonnant que ça, se dit-il. Enfermé dans une caravane en feu. Mais il savait que sa panique avait été déclenchée par autre chose. Il se souvenait très bien des paroles prononcées par sa mère sur son lit de mort.

Olivia s'assit face à lui. Stilton se remit à tousser.

– Vous étiez dans la caravane ? finit-elle par demander.

– Oui.

– Mais comment avez-vous…

– Laissez tomber.

Encore une fois. Olivia commençait à avoir l'habitude. Quand il ne voulait pas, il ne voulait pas. Une tête de mule. Elle comprenait mieux Marianne Boglund. Stilton posa la tasse sur la table et se pencha en arrière.

— Croyez-vous que Jackie soit derrière ça ? s'enquit Olivia.
— Aucune idée.

C'est possible, pensait-il. Ou de tout autres personnes qui l'auraient suivi depuis les halles de Söder. Mais cela ne regardait pas Olivia. Lorsqu'il en aurait la force, il appellerait Janne Klinga. Pour l'instant, il laissait le café stabiliser sa respiration haletante. Il voyait la manière dont Olivia l'observait à la dérobée. Elle est mignonne, songea-t-il. Un fait auquel il n'avait jamais réfléchi auparavant.

— Vous êtes avec quelqu'un ? demanda-t-il soudain.

Olivia fut très surprise par la question. Stilton n'avait jamais fait preuve du moindre intérêt pour sa vie privée.

— Non.
— Moi non plus.

Il sourit. Olivia lui rendit son sourire. Son téléphone sonna. C'était Ulf Molin, son camarade de classe.

— Bonjour ?
— Comment vas-tu ? s'enquit-il.
— Bien. Que veux-tu ?
— Mon paternel a appelé il y a quelques instants. Il avait entendu parler de ce Tom Stilton au sujet duquel tu m'as interrogé, tu t'en souviens ?
— Oui.

Olivia se détourna avec son mobile. Stilton la suivait des yeux.

— Il est apparemment devenu clochard, annonça Ulf.
— Ah bon ?
— Tu as réussi à le joindre ?
— Oui.
— C'est un clochard ?
— Sans domicile fixe.
— Ah bon ? Il y a une différence ?
— Est-ce que je peux te rappeler ? J'ai de la visite.
— Ah bon ? D'accord. Salut !

Olivia raccrocha. Stilton comprit autour de qui la conversation avait tourné. Il n'y avait pas tant de SDF que cela dans l'entourage d'Olivia. Il la regarda et elle lui retourna son regard. Quelque chose dans les yeux de Stilton lui fit soudain penser à son père. Au cliché qu'elle avait vu chez les Wernemyr, à Strömstad. De Stilton et d'Arne.

– Vous connaissiez bien mon père ?

Stilton baissa les yeux vers la table.

– Vous avez travaillé ensemble longtemps ?

– Quelques années. C'était un bon policier.

Stilton releva les yeux et les planta dans ceux d'Olivia.

– Puis-je vous poser une question ? s'enquit-il.

– Oui.

– Pourquoi avez-vous choisi l'affaire de la plage comme devoir ?

– Parce que mon père avait participé à l'enquête.

– C'est la seule raison ?

– Oui. Pourquoi me demandez-vous ça ?

Stilton réfléchit une seconde. Alors qu'il s'apprêtait à répondre, on sonna à la porte. Olivia alla ouvrir. C'était Abbas. Il tenait un sac bleu à la main. Olivia le fit entrer et le précéda dans la cuisine. La première pensée qui lui traversa l'esprit concernait le désordre. Pourquoi faut-il qu'il y ait un tel foutoir !

Elle n'y avait pas songé en entrant avec Stilton.

Avec Abbas, elle était un peu gênée.

Il pénétra dans la cuisine, regarda Stilton et leurs yeux se croisèrent.

– Comment te sens-tu ?

– Comme une merde, répondit Stilton. Merci pour Adelita Rivera.

– Il n'y a pas de quoi.

– Qu'as-tu dans ce sac ?

– Le matériel de Mal Pais. Mette arrive.

K. Sedovic, qui avait reçu l'ordre de suivre le croupier depuis Arlanda, fut très concret au téléphone.

– Le croupier a franchi le porche, les deux autres sont restés dans la voiture.

Il était garé à quelque distance de l'immeuble d'Olivia et observait le véhicule stationné juste devant. Bosse Thyrén et Lisa Hedqvist étaient assis à l'avant.

– Avait-il ce sac avec lui ? s'enquit Bertil.

– Oui.

Bertil n'y comprenait rien. Que fabriquait Abbas el Fassi ? Un immeuble sur Skånegatan ? Qui habitait là ? Et pourquoi les deux autres attendaient-ils dans la voiture ? Et qui étaient-ils ?

Une question à laquelle il ne tarda pas à avoir la réponse. Quand Mette Olsäter arriva, se gara devant le véhicule de Lisa et sortit. Elle avança vers la vitre ouverte côté chauffeur.

– Retournez à la Crim. Convoquez les autres. Je vous appelle.

Mette disparut dans le bâtiment. K. Sedovic contacta Bertil pour l'en informer.

– De quoi avait-elle l'air ? demanda Bertil.

– De longs cheveux gris. Très corpulente.

Bertil Magnuson baissa son combiné et posa les yeux sur le cimetière Adolf-Fredrik. Il avait compris sur-le-champ qui était cette femme. Mette Olsäter. L'enquêtrice qui l'avait interrogé au sujet des appels de Wendt et lui avait lancé un regard sans équivoque : Vous mentez.

Ce n'était pas bon signe.

La situation commençait à prendre une très mauvaise tournure.

– Ça pue la fumée, lança Mette en entrant dans la cuisine.

– C'est moi, répondit Stilton.

– Tu vas bien ?

– Oui.

Olivia observa Stilton. Victime d'une agression brutale quelques jours plus tôt et aujourd'hui à moitié brûlé vif. Et il dit qu'il va bien ? S'agissait-il d'une façon de parler ? De garder la tête haute ? Ou d'une manière de détourner l'attention ailleurs ? Loin de lui ? Sans doute, car Mette s'en contenta. Elle le connaît bien, pensa Olivia.

Abbas vida le sac sur la table. Une cassette audio, une petite enveloppe et une pochette en plastique contenant un document. Par chance, Olivia avait quatre chaises un peu branlantes. Celle de Mette allait-elle résister ?

Mette s'y assit lourdement et Olivia vit les pieds s'écarter légèrement, mais la chaise tint bon. Mette enfila une paire de fins gants en latex et prit la cassette.

– Je l'ai touchée.

– Comme ça, nous le savons.

Mette se tourna vers Olivia.

– Avez-vous un lecteur de cassettes ?

– Non.

– Tant pis, je l'emporte à la Crim.

Mette rangea la cassette dans le sac bleu et saisit la petite enveloppe. Un peu jaunie, elle portait un ancien timbre suédois. L'enveloppe contenait une lettre. Tapée à la machine et brève. Elle y jeta un coup d'œil.

– Elle est en espagnol.

Mette la tendit à Abbas, qui traduisit à voix haute.

– « Dan ! Je suis désolée, mais je ne crois pas que nous soyons faits l'un pour l'autre et j'ai à présent une chance de recommencer une nouvelle vie. Je ne reviendrai pas. Adelita. »

– Puis-je jeter un coup d'œil à l'enveloppe ? demanda Stilton.

Mette la lui donna et Stilton examina le timbre.

– Il a été oblitéré cinq jours après le meurtre d'Adelita.

– Elle peut donc difficilement en être l'auteur, conclut Mette.

– Effectivement.

Mette ouvrit la pochette en plastique et en sortit une feuille A4 écrite à la machine.

– Celle-ci semble plus récente ; elle est en suédois.

Mette se mit à lire :

– « Aux autorités policières suédoises. » C'est daté du 8 juin 2011, quatre jours avant l'arrivée de Wendt sur Nordkoster, précisa-t-elle. « Plus tôt dans la soirée, j'ai reçu la visite d'un Suédois, ici, à Mal Pais. Il s'appelle Ove Gardman et m'a relaté un événement survenu sur l'île de Nordkoster, en Suède. Un meurtre. En 1987. En effectuant des vérifications sur internet par la suite, j'ai pu constater que la victime était Adelita Rivera. Une Mexicaine que j'aimais et qui attendait mon enfant. Pour différentes raisons, essentiellement économiques, elle s'était rendue en Suède et à Nordkoster pour récupérer des objets de valeur que je ne pouvais pas aller chercher à ce moment-là. Elle n'est jamais revenue. Je comprends à présent pourquoi et je suis absolument convaincu de l'identité de son meurtrier. J'ai l'intention d'aller en Suède pour voir si mon argent se trouve encore sur l'île. »

– La valise vide, intervint Olivia.

– Quelle valise ? s'étonna Abbas.

Olivia lui raconta rapidement l'épisode de la valise vide de Dan Nilsson.

– Il devait l'avoir emportée pour y mettre l'argent qu'il avait caché.

Mette reprit la lecture.

– « Si l'argent n'y est pas, je saurai alors ce qui s'est passé et j'agirai en conséquence. J'emporte une copie de la cassette jointe dans ce sac. Les voix sur la bande sont la mienne et celle de Bertil Magnuson, le P-DG de MWM. Son contenu parle de lui-même. » C'est signé Dan Nilsson/Nils Wendt.

Mette posa la lettre. D'un seul coup, elle avait beaucoup de grain à moudre. Surtout à propos des brefs appels que Wendt avait passés à Bertil Magnuson. Ils devaient concerner l'argent disparu.

– Tu voudras peut-être également ça.

Abbas ouvrit sa veste et en sortit la photo empruntée au bar de Santa Teresa où figuraient Nils Wendt et Adelita Rivera.

– Je peux voir ?

Olivia tendit la main. Stilton se pencha sur elle. Tous deux observèrent le couple qui posait sur la photo. Stilton sursauta.

– Ils ont l'air heureux, commenta Olivia.

– Oui.

– Et maintenant, ils sont tous les deux morts. C'est triste...

Olivia secoua légèrement la tête et rendit la photo à Mette qui se leva. Elle prit le sac bleu contenant tout le matériel. En se dirigeant vers la porte, elle aperçut un petit jouet pour chat sur le rebord de la fenêtre. Le seul qu'Olivia avait conservé.

– Vous avez un chat ? s'enquit-elle.

– J'en avais un, il... a disparu.

– Ennuyeux.

Mette quitta la cuisine.

Elle émergea du porche d'Olivia, le sac bleu à la main, monta dans sa Volvo noire, démarra et s'éloigna. Un autre véhicule se mit en route derrière elle, dans la même direction.

*

Bertil Magnuson était près de la fenêtre de son bureau éteint. Il restait en contact permanent avec K. Sedovic. Bertil envisageait plusieurs scénarios. Le premier et le plus désespéré était tout simplement d'attaquer la voiture d'Olsäter et de récupérer le sac par la force, ce qui impliquait l'agression d'un officier de police en pleine rue et comportait des risques significatifs. Le deuxième était de voir où elle se rendait. Peut-être rentrait-elle chez elle ? Dans ce cas, on pourrait y entrer par effraction pour se saisir du matériel. En prenant beaucoup moins de risques. Le troisième était qu'elle se rende directement à la brigade criminelle.

Ce qui serait fatal.

Mais malheureusement le plus probable.

*

Le silence régnait dans la cuisine d'Olivia. La tête de Stilton avait été comme une roue de tombola pendant un moment. Les nouvelles informations étaient sidérantes. Après toutes ces années. Pour finir, Olivia posa les yeux sur Abbas.

– Nils Wendt était donc le père de l'enfant d'Adelita ?

– Oui.

– En avez-vous appris davantage à son sujet ? Auprès de ce Bosques ?

– Oui.

Abbas ouvrit à nouveau sa veste et en sortit un morceau de papier.

– J'ai mémorisé ce qu'il m'avait dit et je l'ai couché par écrit pendant le vol...

Abbas entreprit de lire ses notes.

– Très belle. Originaire de Playa del Carmen à Mexico. Lien de parenté avec un artiste célèbre. Se consacrait à...

Abbas se tut.

– À quoi ?

– Je ne comprends pas ce que j'ai écrit, il y a dû y avoir un trou d'air... Si ! Des tapisseries !... Elle tissait de magnifiques tapisseries. Elle était très appréciée à Mal Pais. Amoureuse de Dan Nilsson. C'est à peu près tout.

– Où se sont-ils rencontrés ?

– Je crois que c'était à Playa del Carmen, et ensuite ils

sont partis au Costa Rica pour commencer une nouvelle vie ensemble. Pour reprendre les termes de Bosques.

– Et c'était au milieu des années quatre-vingt ? le questionna Olivia.

– Oui, et ensuite elle s'est retrouvée enceinte.

– S'est rendue à Nordkoster et a été tuée, compléta Stilton.

– Par qui ? Et pourquoi ? interrogea Abbas.

– Peut-être par Bertil Magnuson, supputa Stilton. Après tout, Wendt a écrit qu'on entendait sa voix sur cette cassette. En outre, il avait lui aussi une résidence secondaire sur Nordkoster.

– L'avait-il déjà à l'époque ?

– Oui, confirma Olivia.

Elle se souvenait de ce que Betty Nordeman lui avait raconté.

– Dans ce cas, votre hypothèse Jackie ne tient plus, intervint Stilton.

– Pourquoi ? Il est tout à fait possible que Magnuson connaisse aussi Jackie. Il pourrait faire partie de ses clients. Elle le connaissait peut-être déjà. Ils peuvent très bien être impliqués tous les deux. Il y avait trois personnes sur la plage.

Stilton haussa légèrement les épaules. Il n'avait plus la force de cogiter sur le cas Jackie Berglund. Olivia changea de piste et se tourna vers Abbas.

– Ceux qui sont entrés par effraction dans la maison de Wendt, que leur est-il arrivé ?

– Ils l'ont regretté.

Stilton lui lança un coup d'œil. Il ignorait ce qui s'était produit, mais il devinait que cela comportait des détails qui risquaient d'effaroucher la jeune Rönning, ce qui était parfaitement clair pour Abbas.

– Mais ils devaient chercher à récupérer ce que Bosques vous a donné, non ?

– C'est probable.

– Et dans ce cas, on se demande qui leur avait confié cette mission ? Il devait s'agir de quelqu'un en Suède, non ?

– Oui.

– Elle ne va pas tarder à prononcer le nom de Jackie Berglund une nouvelle fois.

Mais Stilton avait un sourire aux lèvres en disant cela. Il avait assez de respect pour Olivia pour lui épargner les sarcasmes.

– Merci, Olivia, pour tout. Je crois qu'on pourrait se tutoyer. D'accord ?

Il se leva et regarda Abbas.

– Est-ce que ça te va si je…

– Le lit est prêt.

– Merci.

Olivia en déduisit que Stilton allait dormir chez Abbas cette nuit-là.

De fait, il n'avait plus de caravane à sa disposition.

*

Le scénario fatal, le troisième, était celui qui se jouait. Mette se rendit directement à la Crim et franchit les portes vitrées avec le sac bleu, ainsi que K. Sedovic le rapporta à Bertil Magnuson.

Bertil envisagea un moment de disparaître. De quitter le pays. De jouer les Nils Wendt. Mais il abandonna vite cette idée. Cela ne fonctionnerait jamais, il le savait.

Et il comprit à quoi tout cela se réduisait.

À une question de temps.

Il gara la Jaguar devant la villa et se rendit directement sur la terrasse. Il s'assit et alluma un cigarillo. Cette nuit d'été était claire et chaude, l'eau scintillait. Des voix chantantes s'élevaient de Bockholmen. Linn faisait œuvre de bon voisinage, pour reprendre ses termes, à une soirée sans aucun intérêt avec les Jupons de Stocksund, un groupe de femmes au foyer délaissées qui se consacraient à des œuvres caritatives et à une version plus élaborée des réunions Tupperware. Linn n'avait absolument rien en commun avec ces femmes à part son adresse, en fait. Mais comme Bertil lui avait dit qu'il aurait beaucoup de coups de fil professionnels à passer et qu'il rentrerait peut-être tard, elle s'était rendue à ce dîner, sur son trente et un.

Et si belle.

Bertil pensait à elle. À la manière dont elle allait réagir. À ses yeux. À la façon dont elle allait le regarder et comment il supporterait cette humiliation. Puis il songea à la cause de tout cela. Aux enquêteurs criminels qui en ce moment même écoutaient l'enregistrement où il admettait son implication dans un meurtre. Pas seulement son implication. Il en était l'instigateur.

Bertil Magnuson.

Mais quel choix avait-il eu ?

C'était l'existence de son entreprise qui était en jeu !

Il avait donc choisi une autre voie que celle suggérée par Nils Wendt.

Un choix absolument catastrophique à l'évidence.

En se dirigeant vers le bar et la bouteille de whisky, il visualisa toutes les légendes possibles sous sa photo et entendit chaque question enragée des journalistes dans le monde entier, et il sut qu'il n'aurait pas de réponse à leur apporter.

Pas une seule.

*

Un fin bras blanc dépassait de la couverture. Les lettres KF qu'on y avait tracées étaient presque effacées. Acke était étendu dans un lit d'hôpital, inconscient, sous somnifères et perfusions. Ovette pleurait en silence. Elle pleurait sur tout ce qui avait mal tourné, tout le temps, toute sa vie. Elle n'était même pas capable de prendre soin de son enfant. Son petit Acke. Il souffrait et elle ne pouvait rien faire. Elle ne savait même pas comment le consoler. Pourquoi les choses avaient-elles tourné ainsi ? Elle ne pouvait pas tout imputer à Jackie. Elle était quand même une adulte libre qui avait fait ses propres choix. Mais quel était son degré de liberté ? Dans les premiers temps après son éviction de Red Velvet, elle n'avait reçu aucune aide. Elle n'avait pas droit au chômage car elle avait travaillé au noir durant toutes ces années. Elle était en marge du système. Ensuite, elle avait fait des ménages pendant un certain temps, mais cela ne lui plaisait pas et elle n'était pas très douée pour ce travail. Au bout de quelques années, elle était retournée dans le domaine où elle se savait compétente.

La vente de prestations sexuelles.

Mais elle avait vieilli et n'était plus aussi attirante. Et comme, pour Acke, elle ne voulait pas recevoir de clients dans son appartement, il restait la rue.

Le tapin.

Les banquettes arrière, les cours intérieures et les garages. Tout en bas de l'échelle.

Elle considérait Acke sous l'éclairage blafard. Elle entendait le léger gargouillis des perfusions. Si seulement tu avais eu un père, pensa-t-elle. Un vrai père, comme tes copains. Un père qui puisse donner un coup de main. Mais ton père ignore ton existence.

Ovette ravala une grosse boule dans sa gorge et entendit la porte s'ouvrir derrière elle. Elle se retourna et vit le Vison sur le seuil, un ballon de foot dans les mains. Elle se leva et s'avança vers lui.

– Sortons, chuchota-t-elle.

Ovette entraîna le Vison un peu plus loin dans le couloir. Elle avait besoin de fumer et avait découvert un petit balcon derrière une porte vitrée. Elle regarda le ballon.

– Zlatan l'a signé.

Le Vison lui montra une signature qui, avec une certaine bonne volonté, pouvait être déchiffrée comme celle de Zlatan. Ovette sourit et lui donna une gentille tape sur la main.

– Merci de penser à nous, vous n'êtes pas nombreux, tu sais comment c'est...

Le Vison savait. Il connaissait les circonstances. Quand on était ce que Vettie était, il s'agissait de refouler pour avoir la force de supporter. Il n'y avait pas beaucoup de place pour se soucier des autres. Cela valait pour toutes les personnes de son entourage.

– J'arrête, déclara Ovette.

– Tu arrêtes ?

– Le tapin.

Le Vison la regarda et vit qu'elle pensait ce qu'elle disait. À cet instant précis et ici.

Une femme médecin et deux policiers apparurent au bout du couloir. Les deux responsables du groupe SAT. Les techniciens venaient de les informer : il n'y avait aucune trace d'un corps humain dans les décombres de la caravane. Au moins Stilton est en vie, pensait Forss. Il accueillit cette annonce avec un soulagement qui le surprit. Ils voulaient à présent parler à Acke Andersson. Stilton avait mentionné son nom en relation avec les combats en cage et sa propre agression. Ils voulaient savoir s'il pouvait leur livrer des informations sur les agresseurs. Il s'agissait peut-être des coupables du meurtre de Vera Larsson, ceux qui faisaient ces films sur Trashkick.

– Je ne pense pas qu'il soit en état de parler, déclara le médecin.

Il ne l'était pas. Klinga s'assit sur la chaise d'Ovette, près du lit. Forss se plaça de l'autre côté. Les yeux d'Acke étaient fermés.

– Acke, dit Klinga.

Acke ne bougea pas. Forss jeta un coup d'œil en direction

du médecin et désigna le bord du lit. Le médecin acquiesça. Forss s'y assit avec précaution et examina Acke. Les types du Nord agressés et les sans-abri tués n'entraient pas dans son registre d'empathie, mais là, c'était une autre histoire. Un petit garçon. Tabassé en bonne et due forme avant d'être balancé dans une benne. Forss s'aperçut qu'il avait posé une main sur la jambe d'Acke au-dessus de la couverture.

– Vraiment dégueulasse, déclara Forss à voix basse, surtout pour lui-même.

Forss et Klinga ressortirent dans le couloir. Le médecin resta auprès d'Acke.

Forss s'arrêta devant la porte, prit une profonde inspiration et se retourna dans la direction opposée. Vers un balcon derrière une porte vitrée. Ovette y fumait en regardant dans le couloir. Forss tressaillit ; un dixième de seconde, une image passa devant ses yeux. Puis il s'éloigna.

Pour Ovette, ce ne fut pas juste une image furtive. Elle le suivit des yeux, longtemps, jusqu'à ce qu'il disparaisse. Elle savait exactement qui il était.

*

Abbas et Stilton n'échangèrent pas beaucoup de mots. Que ce soit sur le trajet jusqu'à Dalagatan ou dans l'appartement. Ils n'étaient pas du genre à parler. Pas entre eux, pas de cette manière. Ils avaient des personnalités assez complexes, chacune avec sa problématique. Mais ils avaient un passé et un présent communs et l'équilibre entre eux avait toujours été précaire. C'était Abbas qui était debout quand Stilton était tombé et les rôles avaient été inversés. Un changement pas vraiment facile, ni pour l'un ni pour l'autre. Stilton avait évité Abbas dans la mesure du possible. L'une des rares personnes en qui il avait une confiance totale, du moins dans des circonstances normales. Quand elles avaient changé, au détriment de Stilton, il n'avait plus eu la force de rencontrer Abbas. Il savait ce qu'Abbas voyait et c'était humiliant pour lui.

Pas pour Abbas.

Sa solidarité à l'égard de Stilton était entière. Il avait eu un contrôle presque parfait de la situation pendant la traversée du désert de Stilton. Dans les pires moments, les quelques fois où Stilton avait été au bord du suicide, Abbas avait été là pour le rattraper, le conduire dans le centre de soins adapté, et s'était effacé ensuite pour ne pas le gêner.

Stilton en était parfaitement conscient.

C'est pourquoi ils n'avaient pas besoin de parler. Stilton s'installa dans l'un des fauteuils en bois d'Abbas. Ce dernier mit un CD et sortit un backgammon.

– Tu en as la force ?

– Non.

Abbas acquiesça et rangea le jeu. Il s'assit dans le fauteuil à côté de Stilton et laissa la musique le submerger. Ils l'écoutèrent ensemble. Un piano en solo, un alto, quelques strophes simples qui s'entremêlaient, se répétaient, avec des variations. Stilton se tourna vers Abbas.

– Qu'est-ce que c'est ?

– *Spiegel im Spiegel.*

– Mais encore ?

– Arvo Pärt.

Stilton lorgna du côté d'Abbas. Il lui avait vraiment manqué.

– As-tu eu besoin de tes couteaux au Costa Rica ?

– Oui.

Abbas scruta ses mains aux doigts fins. Stilton se redressa légèrement.

– Ronny m'a demandé de te donner un livre l'autre jour.

Stilton sortit de sa poche arrière de pantalon – une chance qu'il l'ait mis là puisque le pardessus avait brûlé avec la caravane – le petit livre du bouquiniste et le tendit à Abbas.

– Merci. Wouah !

– Qu'est-ce que c'est ?

– Cela fait très longtemps que je le cherche. *Le Mémorial des saints,* la traduction d'Hermelin.

Stilton vit Abbas passer la main avec délicatesse sur la couverture souple du mince volume, comme s'il caressait une femme endormie, puis il l'ouvrit.

– Quel genre de livre est-ce ? Quel en est le sujet ?

– Le monde soufique… l'au-delà.

Stilton observa Abbas dont le portable se mit à vibrer. C'était le Vison qui avait appelé Olivia parce qu'il avait besoin de joindre Stilton. Elle lui avait donné le numéro d'Abbas.

– Un instant.

Abbas tendit son appareil à Stilton.

– Je suis dans un couloir d'hôpital. Acke a été agressé, dit le Vison à voix basse.

Stilton ignorait ce qui était arrivé à Acke, il avait lui-même était trop occupé ces dernières vingt-quatre heures. Mais son cerveau fonctionnait : il établit immédiatement le lien entre l'agression d'Acke et l'incendie de la caravane de Vera. Les Kid Fighters.

– Les Kid Fighters ? s'étonna Abbas quand Stilton lui rendit son téléphone.

Stilton ramena très vite Abbas du monde soufique pour le plonger dans un univers beaucoup plus concret peuplé d'enfants agressés, de sans-abri tués et de caravanes incendiées. Et lui parla de sa propre chasse de ce que les médias appelaient les assassins au mobile.

– Si tu as besoin d'aide, dis-le-moi, fit l'homme aux couteaux en esquissant un sourire.

*

Bertil Magnuson ne souriait pas, lui. Dans son ébriété rapidement provoquée par le whisky, il s'efforçait d'analyser la situation. Mais il n'y parvenait pas. Ni à comprendre ce que Wendt voulait ou ce qu'il entendait par « vengeance ». Mais cela n'avait plus grande importance à présent, en ce qui le concernait.

En ce qui le concernait, c'était fini.

Comme il était président des Amis de la tour Cedergrenska, une association qui apportait son soutien économique à l'entretien de ce vieux monument, on lui en avait confié une clé, qu'il réussit, maladroitement, à extraire d'un des jolis pots en nacre de Linn disposés sur la console de l'entrée. Puis il ouvrit son coffre personnel.

*

Mette Olsäter et son cercle rapproché étaient installés dans leur salle d'enquête de la Crim. Il y régnait une extra-ordinaire concentration. Deux femmes et trois hommes autour d'un antique lecteur de cassettes qui diffusait un vieil enregistrement. Une conversation sortie du passé. Ils l'écoutaient pour la troisième fois.

– C'est la voix de Magnuson.

– Sans aucun doute.

– Qui est l'autre interlocuteur ?

– Nils Wendt, selon sa propre lettre.

Mette examina le tableau sur le mur. La photo de la scène de crime sur la plage de Kärsön. Le corps de Nils Wendt. Les cartes du Costa Rica et de Nordkoster et bien d'autres choses.

– Nous connaissons donc la teneur de ces brefs appels reçus par Magnuson.

– Le chantage, sans doute.

– À l'aide de cet enregistrement.

– Où Magnuson reconnaît avoir commandité un meurtre.

– La question est de savoir ce que Wendt voulait et quel était l'objet de ce chantage.

– De l'argent ?

– Peut-être. D'après la lettre qu'il a lui-même écrite à Mal Pais, il allait se rendre à Nordkoster pour y chercher l'argent qu'il y avait caché...

– ... et comme il a laissé une valise vide derrière lui, cela signifie qu'il ne l'a pas trouvé, si ?

– Non.

– Mais cela ne veut pas forcément dire que c'était de cela qu'il retournait, objecta Bosse Thyrén, le jeune policier consciencieux.

– Non.

– Il pourrait s'agir d'une forme de vengeance, à un autre niveau.

– Seul Bertil Magnuson peut nous le dire.

Mette se leva et leur donna l'ordre de se rendre chez Bertil Magnuson.

*

Il faisait très sombre dans la tour Cedergrenska. Il y régnait un silence et une atmosphère qui auraient donné des frissons à n'importe qui dans des circonstances normales. Ce n'était pas le cas de Bertil Magnuson. Il tenait une lampe de poche et rejoignait la pièce située au sommet. Une pièce nue aux briques apparentes, avec seulement quelques meurtrières donnant sur le monde.

Un monde qui lui appartenait jusqu'à il y a très peu de temps.

À lui, l'homme qui avait exploité le coltan – le précieux composant qui était à la base de l'expansion électronique.

Et se retrouvait aujourd'hui lié à un meurtre.

Mais ce n'était pas à ça que Bertil pensait tandis qu'il gravissait l'étroit escalier de pierre. Complètement ivre, il s'appuyait de temps à autre contre les murs de brique.

Il songeait à Linn.

À la honte.

Au moment où il regarderait sa femme dans les yeux et lui dirait : « C'est vrai. Chaque mot de cet enregistrement est vrai. »

Il n'y arriverait pas.

Voilà pourquoi il était là.

Quand il atteignit enfin la salle supérieure, il était à bout de forces. Il y régnait un froid et une obscurité déplaisants. Il se traîna jusqu'à la meurtrière la plus proche, sortit son pistolet de sa poche et se l'enfonça dans la bouche. Puis il regarda dehors, vers le bas.

Il n'aurait peut-être pas dû.

Loin, tout en bas, Bertil vit Linn apparaître sur la grande terrasse. Sa belle robe. Ses cheveux qui tombaient magnifiquement sur ses épaules. Ses bras fins et ses mains qui saisissaient la bouteille de whisky presque vide. Sa tête qui pivotait légèrement. Son attitude qui trahissait l'étonnement. Ses yeux levés vers la tour Cedergrenska.

Puis leurs regards s'étaient croisés, comme des regards peuvent se rencontrer à une grande distance, dans une tentative pour entrer en contact.

Mette et son groupe débarquèrent en trombe à l'adresse de Magnuson et se précipitèrent vers la villa éclairée. Comme personne n'ouvrait malgré leurs coups de sonnette répétés, ils firent le tour de l'habitation et montèrent sur la terrasse. La porte de la maison était grande ouverte et il y avait une bouteille d'alcool vide sur le sol.

Mette regarda autour d'elle.

Elle ignorait depuis combien de temps elle était là. Le temps n'avait plus aucune importance. Elle tenait la tête éclatée de son mari sur ses genoux. Une partie du cerveau avait giclé sur la cloison de brique.

Le premier choc, celui qu'elle avait ressenti quand elle avait entendu le coup de feu dans la tour et avait vu le visage de Bertil disparaître de la meurtrière, l'avait poussée à se précipiter dans le bâtiment dans un état de panique.

Le second, quand elle était arrivée en haut et l'avait vu, s'était dissipé. Elle était à présent vidée, dans un autre état, et s'approchait lentement du chagrin. Son mari s'était suicidé. Il était mort. Elle passa délicatement la main dans les cheveux courts de Bertil. Ses larmes tombaient sur sa veste sombre. Elle effleura sa chemise bleue à col blanc. Elle redressa la tête et regarda du côté de la villa par la meurtrière. Des voitures de police dans l'allée ? Des étrangers sur la terrasse ? Elle ne comprenait pas bien qui étaient ces personnes aux vêtements sombres qui se déplaçaient en bas. Sur leur terrasse. Elle vit une femme imposante qui sortait un portable. Le téléphone sonna alors dans la veste de Bertil. Linn glissa une main dans la poche et le prit. Elle écouta et répondit :

– Nous sommes dans la tour.

Mette et son groupe parvinrent rapidement au sommet du bâtiment. Ils constatèrent tout aussi vite que Bertil Magnuson était mort et que son épouse était en état de choc. Il était possible que Magnuson ait été tué par sa femme, mais vu le contexte, ce n'était pas très vraisemblable.

C'était tout simplement tragique.

Mette observa le couple Magnuson. Elle n'était pas du genre émotif lorsqu'il s'agissait de criminels et toute sa compassion alla à l'épouse. Elle n'éprouvait rien pour Bertil Magnuson.

Hormis une seconde de déception.

En tant que flic.

Plus tard, dans la villa, sa compassion la poussa à parler. On avait administré des calmants à Linn et elle les avait priés de lui dire la raison de leur présence et si elle avait un rapport avec la mort de son mari. Mette lui avait alors confié certains éléments. Avec autant de tact que possible. Elle considérait que la vérité est le meilleur des remèdes, même si elle est douloureuse quand on l'expose. Linn n'était pas en état de comprendre toutes les implications de la situation. Même Mette n'y voyait pas tout à fait clair. Pas encore. Mais une forme d'explication au suicide de l'époux figurait quand même sur l'enregistrement : cela concernait un meurtre.

*

Les médias ne tardèrent pas à divulguer la nouvelle du suicide de Bertil Magnuson.

Surtout sur la toile.

L'un des premiers à réagir fut Erik Grandén, qui, dans un accès de rage, envoya un tweet pour exprimer son émotion face à la campagne de persécution dont Bertil Magnuson avait été l'objet ces derniers temps. L'une des chasses à l'homme les plus effrontées qu'un individu ait eu à subir dans l'histoire moderne de la Suède. L'exemple le plus proche qui lui venait à l'esprit était le lynchage d'Axel von Fersen à Riddarholmen, en 1810. « Une lourde culpabilité pèse sur les épaules de cette meute ! Vous avez provoqué un suicide ! »

Environ une demi-heure après son accès de colère, la direction du parti l'appela pour le convoquer à une réunion.

– Maintenant ?

– Oui.

Grandén était partagé et troublé tandis qu'il se hâtait vers le siège du parti. D'un côté, il y avait l'horrible suicide de Bertil et ses pensées allaient à Linn. Il fallait qu'il lui téléphone. D'un autre côté, il éprouvait une certaine exaltation à l'approche de la réunion avec la direction. Il tenait pour acquis qu'elle concernait son imminente nomination à un poste européen, seule explication à une convocation aussi abrupte. Il était un peu contrarié de ne pas avoir eu le temps d'aller chez le coiffeur.

Les journalistes seraient évidemment présents et sur le pied de guerre.

*

Mette était dans son bureau. Un peu plus tard, elle passerait en revue les éléments dont ils disposaient avec son groupe d'enquête. Le suicide de Magnuson avait changé la donne. Leur rendant la tâche plus difficile. L'enregistrement aurait désormais un rôle décisif, sachant que ni l'un ni l'autre des interlocuteurs n'était encore en vie. La probabilité de confondre le meurtrier potentiel de Nils Wendt avait radicalement diminué.

Il était sans doute mort.

Ce dont ils disposaient étaient des preuves indirectes. Des chimères, comme s'empresserait de le dire l'avocat Leif Silbersky à la presse.

Mette abandonna donc le meurtre de Nils Wendt un instant et commença à étudier le rapport concernant les fichiers récupérés chez Jackie Berglund. L'un d'eux incluait un registre des clients. Un joyeux mélange de consommateurs connus et anonymes de prestations sexuelles. Mais certains noms la firent réagir.

Un en particulier.

*

Grandén s'installa à la table ovale. Normalement, le comité de direction comptait dix-huit membres. Aujourd'hui, le groupe était plus restreint. Il les connaissait tous bien. Il avait introduit certains en politique, il en avait forcé d'autres à accepter ses choix.

Ainsi étaient les règles du jeu politique.

Il se servit un verre d'eau, elle était tiède. Il attendait que quelqu'un prenne l'initiative. Les choses traînaient. Il balaya la table d'un regard que chacun s'appliqua à éviter.

– C'est un instant historique pour nous, tous, pas seulement pour moi, déclara-t-il.

Et il aspira sa lèvre inférieure, un tic caractéristique. Tous les regards étaient fixés sur lui.

– C'est tragique, ce qui est arrivé à Magnuson, déclara l'un des participants.

– Inouï, affirma Grandén. D'une manière ou d'une autre, nous devons prendre nos distances à l'égard de cette mentalité de fouilleurs de poubelles dont n'importe qui peut souffrir.

– Oui.

L'homme se pencha vers un lecteur de CD sur la table.

– On vient de nous envoyer cela, dit-il avant de presser une touche.

Les regards étaient braqués sur Grandén. Il était en train de passer une main dans ses cheveux pour vérifier qu'ils n'étaient pas ébouriffés.

– Ah bon ?

L'homme appuya sur la touche et les premiers mots d'une conversation enregistrée s'élevèrent. Grandén reconnut les voix sur-le-champ. Deux des trois mousquetaires, sachant qu'il était le troisième.

– Jan Nyström a été retrouvé dans sa voiture au fond d'un lac ce matin, mort.

– Je l'ai appris.

– Et ?

– Que suis-je censé dire ?

– Je sais que tu es prêt à aller loin, Bertil, mais quand même pas jusqu'au meurtre, si ?

– Personne ne pourra établir un lien avec nous.

– Mais nous, nous savons.

– Nous ne savons rien… si nous ne le voulons pas. Pourquoi te mets-tu dans un tel état ?

– Parce qu'un innocent a été tué !

– C'est ton interprétation.

– Et quelle est la tienne ?

– J'ai résolu un problème.

Arrivé à ce stade de la conversation, Grandén commença

à comprendre que cette réunion ne concernait pas son tremplin vers l'Europe, avec atterrissage dans les bras de Sarkozy et Merkel. Il chercha à gagner du temps.

– Pouvez-vous revenir un peu en arrière ?

L'homme repassa à nouveau la conversation. Grandén était tout ouïe.

– C'est ton interprétation.

– Et quelle est la tienne ?

– J'ai résolu un problème.

– En assassinant un journaliste ?

– En mettant un terme à la diffusion d'un tas de conneries douteuses sur nous.

– Qui l'a tué ?

– Je n'en sais rien.

– Tu as juste passé un coup de fil ?

– Oui.

– Du genre : Bonjour, c'est Bertil Magnuson. Je veux que vous me débarrassiez de Jan Nyström ?

– Plus ou moins.

– Et ensuite il a été tué.

– Il est mort dans un accident de voiture.

– Combien as-tu payé pour ça ?

– Cinquante mille.

– C'est le prix d'un meurtre au Zaïre ?

– Oui.

L'homme éteignit le lecteur et fixa Grandén qui affichait un calme surprenant. La fontaine à eau gargouillait légèrement à l'arrière-plan. Quelqu'un gribouillait sur son bloc-notes d'un geste machinal.

– Le journaliste Jan Nyström a été tué le 23 août 1984 au Zaïre. Ainsi que nous venons de l'entendre, ce meurtre a été commandité par Bertil Magnuson, le P-DG de la MWM de l'époque. À ce moment-là, vous siégiez au conseil d'administration de la société.

– C'est exact.

Sa lèvre inférieure avait retrouvé sa position naturelle.

– Que saviez-vous de cette affaire ?

– Du meurtre ?

– Oui.

– Rien. En revanche, je me souviens que Nils Wendt m'a appelé après le meurtre pour me dire que ce journaliste s'était présenté à leur bureau de Kinshasa avec un reportage très approfondi sur le projet de MWM et avait demandé un commentaire.

– L'a-t-il obtenu ?

– Magnuson et Wendt lui avaient promis un commentaire le lendemain matin, mais il n'est jamais venu.

– Il avait été tué.

– Manifestement.

Grandén lorgna du côté du lecteur de CD.

– Wendt vous a-t-il dit autre chose ? lui demanda l'homme.

– Il a affirmé que beaucoup d'éléments du reportage de ce journaliste étaient fondés, que lui-même en avait assez des méthodes de Magnuson et qu'il voulait se retirer.

– De MWM ?

– Oui. Il avait l'intention de quitter l'entreprise et de disparaître. « De s'enfoncer sous terre », pour reprendre ses termes. Mais il allait d'abord se procurer une assurance-vie.

L'homme désigna le lecteur.

– Il s'est muni d'un enregistreur caché et a poussé Bertil Magnuson à reconnaître qu'il avait commandité un meurtre.

– Il semblerait.

Grandén ne mentionna pas l'appel qu'il avait reçu de Bertil Magnuson, le lendemain. Celui où il lui apprenait que Wendt avait disparu et qu'il manquait presque deux millions de dollars sur un compte destiné aux dépenses diverses. Un compte que Grandén savait être invisible aux yeux des comptables et qui servait à acheter des services auprès de personnes pas trop regardantes lorsqu'un problème se posait.

Ce qui avait manifestement été le cas avec Jan Nyström.

– Qui vous a transmis cet enregistrement ? s'enquit-il.

– Mette Olsäter, de la Crim. Elle avait apparemment entendu parler d'un de vos tweets enflammés et s'est dit qu'il fallait nous laisser une chance d'écouter ça et d'en parler avec vous avant que cela ne sorte dans les médias.

Grandén hocha la tête. Son regard passa de l'un à l'autre, lentement ; personne ne le croisa. Puis il se leva et demanda, alors qu'il connaissait déjà la réponse :

– Suis-je un poids mort ?

Il pouvait dire adieu à tout poste prestigieux dans les instances européennes, sali comme il l'était par sa proximité avec Bertil Magnuson. Tant sur le plan privé qu'officiel. En outre, il siégeait au conseil d'administration de MWM à l'époque où ce meurtre avait été commandité.

Il quitta Rosenblad à longues enjambées et se dirigea vers la Vieille Ville. Il savait que sa carrière politique était finie. Bientôt, la chasse à l'homme serait lancée. Il serait la proie, lui qui vivait depuis si longtemps sur ses airs hautains et de ses tweets arrogants. Ils allaient l'écorcher vif, il le savait.

Sans but précis, il arpenta les venelles étroites. Le vent tiède soulevait ses cheveux. Il marchait penché en avant, vêtu de son costume bleu taillé sur mesure, seul, tel un mannequin fantomatique. Les maisons chargées d'histoire encadraient ce long corps svelte.

Sa carrière sur Twitter était derrière lui.

Il se retrouva devant le salon de coiffure qu'il fréquentait régulièrement, sur Köpmangatan. Il y entra et fit un signe de tête au coiffeur qui appliquait du gel sur les cheveux noirs d'un homme à moitié endormi.

– Salut, Erik, tu n'as sans doute pas le temps, hein ? lui lança le coiffeur.

– Non, je pensais juste t'emprunter un rasoir. J'ai quelques poils dans le cou dont j'aimerais me débarrasser.

– Bien sûr... tu peux prendre celui-là.

Le coiffeur désignait une étagère en verre sur laquelle

était posé un bon vieux coupe-choux au manche en bakélite marron. Grandén le prit et se dirigea vers les toilettes au fond du salon. Il s'enferma.

Un pour tous.

*

Mette fut la dernière à entrer dans la salle. Elle considéra son groupe. Ils étaient tous concentrés. Le suicide de la nuit précédente était bien sûr une douche froide.

Mette prit les choses en main.

– Je suggère que nous reprenions tout depuis le début. Thèses et hypothèses.

Elle se plaça à l'avant de la salle, près du tableau où la fausse lettre d'Adelita à Wendt était punaisée, à côté de la « lettre explicative » de Mal Pais. Juste en dessous, il y avait la photo de Wendt et d'Adelita qu'Abbas avait récupérée dans le bar de Santa Teresa.

– Commençons par la conversation enregistrée en 1984. Bertil Magnuson y reconnaît avoir commandité le meurtre du journaliste Jan Nyström. Comme Magnuson est mort, nous pouvons laisser ça de côté. Cela aura des répercussions sur d'autres plans. Par contre, nous savons que Nils Wendt a quitté Kinshasa peu après le meurtre et qu'il a disparu. Son ex-concubine a signalé sa disparition une semaine plus tard.

– S'est-il tout de suite rendu au Costa Rica ?

– Non, il est d'abord allé au Mexique, à Playa del Carmen, où il a rencontré Adelita Rivera. Nous ne savons pas exactement quand il est arrivé à Mal Pais, mais nous savons qu'il s'y trouvait en 1987.

– L'année où Adelita Rivera a effectué le voyage du Costa Rica à Nordkoster, intervint Lisa Hedqvist.

– Oui.

– Pour venir chercher l'argent que Nils Wendt avait caché dans sa résidence secondaire.

– Pourquoi n'est-il pas venu le récupérer lui-même ?

– Nous l'ignorons, répondit Mette. Dans la lettre, il dit qu'il ne le pouvait pas.

– C'était peut-être par rapport à Magnuson. Il avait peut-être peur de lui.

– Possible.

– D'où venait l'argent ? demanda Bosse.

– Nous ne le savons pas non plus.

– Il s'agissait peut-être d'une somme qu'il avait dérobée à leur entreprise avant de disparaître.

– Possible.

– Et toutes ces années avant qu'il ne refasse surface ici, est-il resté là-bas ? À Mal Pais ?

– Sans doute. Selon Ove Gardman, il y travaillait comme guide dans une réserve naturelle.

– Et il croyait que cette Adelita Rivera lui avait fauché son pognon ?

– C'est une possibilité. Après tout, il avait reçu une fausse lettre d'elle où elle prenait congé de lui de manière très abrupte. Une lettre écrite par ceux qui l'ont tuée sur Nordkoster en 1987. Le but de cette missive était sans doute de s'assurer que Wendt ne chercherait pas à savoir pourquoi elle n'était pas revenue.

– Une grande preuve de sang-froid de la part des meurtriers, commenta Bosse Thyrén.

– Oui, mais Gardman débarque à Mal Pais il y a trois semaines et lui raconte le meurtre dont il a été témoin quand il était enfant. Via internet, Wendt comprend que c'est Adelita Rivera qui a été tuée et il se rend en Suède.

– Et nous voilà revenus dans le présent.

– Exact. Et là, nous connaissons avec une assez grande précision la cartographie des déplacements de Wendt. Nous savons qu'il n'a pas retrouvé d'argent caché sur Nordkoster. Nous savons qu'il avait la conversation enregistrée à Kinshasa en 1984 sur lui et nous supposons qu'il en a passé des extraits à Bertil Magnuson lors des brefs appels que nous avons découverts.

– La question est de savoir ce qu'il voulait...

– Serait-ce lié au meurtre de Rivera ?

– Pensait-il que Magnuson était impliqué ?

– Je suppose.

– Nous pouvons peut-être le vérifier grâce à ça ?

Lisa Hedqvist désignait la vieille enveloppe sur le tableau.

– Cette lettre est signée « Adelita » et a été postée cinq jours après son meurtre, n'est-ce pas ?

– Oui.

– Nous devrions pouvoir prélever de l'ADN sur le timbre, non ? Et le comparer à celui de Magnuson. La salive est encore analysable après vingt-trois ans, il me semble ?

– Oui.

Lisa se dirigea vers le tableau, décrocha l'enveloppe et sortit.

– En attendant, nous pouvons constater que les appels de Wendt ont dû infliger une énorme pression à Magnuson, étant donné qu'il y avouait avoir commandité un meurtre. Celui d'un journaliste, déclara Mette. Les conséquences de la publication de cet enregistrement devaient être tout à fait claires pour lui.

– Il aurait donc essayé de s'emparer de l'enregistrement en tuant Nils Wendt.

– C'est un mobile tout à fait plausible.

– Mais Wendt avait laissé une copie de la cassette au Costa Rica.

– Magnuson le savait-il ?

– Nous l'ignorons, mais nous pouvons imaginer que Wendt l'avait mentionné en guise d'assurance-vie. Il était bien placé pour savoir ce dont Magnuson était capable.

– Magnuson aurait donc essayé de trouver l'enregistrement à Mal Pais, c'est ça ? De fait, Abbas el Fassi a été agressé là-bas, dans la maison de Wendt.

– Oui, confirma Mette. En réalité, nous ne savons pas

si c'était à l'initiative de Magnuson, mais c'est assez vraisemblable.

– Dans ce cas, il aura compris qu'il avait échoué et que l'enregistrement avait atterri ici. Chez nous.

– Et c'est alors qu'il s'est flingué.

– Ce qui implique que nous n'obtiendrons jamais d'aveu concernant le meurtre de Nils Wendt. Si toutefois c'était lui.

– Non.

– Ni pour celui d'Adelita Rivera, d'ailleurs.

– Non plus.

La conversation s'éteignit. Ils avaient abouti à une impasse. Ils ne disposaient d'aucune preuve matérielle qui rattache Magnuson au meurtre de Nils Wendt. Ils n'avaient que des présomptions, un mobile hypothétique et une enquête qui était en théorie close.

Sauf si ce n'était pas Magnuson qui avait léché le timbre.

*

Stilton supputait qu'ils l'avaient suivi des halles de Söder jusqu'à la caravane, avant d'y mettre le feu. Il supposait également que c'étaient les mêmes qui avaient agressé Acke. Ils les avaient peut-être repérés quand le Vison et lui avaient rencontré Acke à Flempan. Il partait du principe que, dans leur esprit, il était mort brûlé vif. S'ils l'apercevaient à nouveau, ils auraient sans doute sérieusement la trouille.

Il était passé par la rédaction et avait acheté une liasse de journaux. Tous étaient au courant pour la caravane et il avait eu droit à de chaleureuses accolades.

Il se tenait devant les halles avec ses journaux, en état d'alerte maximale.

Pour les consommateurs qui entraient et sortaient, il avait le même air que d'habitude. Un vendeur sans-abri de *Situation Stockholm*. Au même emplacement qu'il avait déjà occupé plusieurs fois ces derniers temps.

Lorsqu'il commença à pleuvoir à torrents et à tonner, il s'éloigna.

Les nuages avaient assombri le ciel, et les éclairs se déchaînaient au-dessus des toits. Liam et Isse furent trempés jusqu'aux os avant même d'avoir atteint le parc de Lilla Blecktorn. Ils n'avaient pas vraiment besoin de se faufiler entre les arbres en contrebas de Ringvägen. Et une fois sur place, il y avait pléthore de buissons et de troncs derrière lesquels se planquer. En plus, ils portaient leurs vestes à capuche.

– Là, chuchota Isse en pointant le doigt vers un banc près d'un arbre imposant.

Une longue silhouette maigre y était assise, une canette de bière à la main, l'échine légèrement courbée, la pluie dégoulinant sur lui.

– Mais putain, c'est bien lui !

Liam et Isse échangèrent un regard, encore abasourdis. Ils avaient repéré Stilton près des halles de Söder et avaient eu du mal à en croire leurs yeux. Comment avait-il survécu à l'incendie de la caravane ? Isse sortit une courte batte de base-ball. On la voyait à peine dans la pénombre. Liam savait ce dont Isse était capable quand il était dégoupillé. Ils avancèrent de quelques pas avec précaution en observant les alentours. Le parc était bien sûr vide ; personne ne s'aventurait dehors par un temps pareil !

Hormis l'épave sur le banc.

Stilton était plongé dans ses pensées. Il revoyait Vera, il l'entendait. Sa voix rauque, leur voluptueuse étreinte quelques instants avant qu'elle ne soit tuée. Ces souvenirs l'envahissaient. Si tragiques.

C'est alors qu'il les remarqua, du coin de l'œil. Ils étaient presque arrivés à hauteur du banc et l'un d'eux tenait une batte de base-ball.

Trouillards, pensa-t-il. Deux contre un. Et pourtant il leur faut quand même un truc comme ça. Il aurait bien aimé que son entraînement dans l'escalier ait commencé six ans plus tôt ou que ces six années n'aient pas existé. Mais elles étaient une réalité. Physiquement, il n'était encore que l'ombre de celui qu'il avait jadis été.

Il leva les yeux.

— Salut, lança-t-il. Vous voulez un coup à boire ?

Stilton leur tendit sa bière. Isse décrivit un swing léger avec sa batte et tapa pile dans la canette. Elle vola à plusieurs mètres de là. Stilton la suivit des yeux.

— *Home run,* commenta-t-il en souriant. Vous pourriez peut-être devenir…

— Ta gueule !

— Pardon.

— On a mis le feu à ta putain de caravane ! Qu'est-ce que tu fous ici ?

— Je bois une bière.

— Putain d'abruti ! Tu piges rien ? Il faut qu'on te tue !

— Comme vous avez tué Vera ?

— C'est qui, cette putain de Vera ? La salope dans la caravane ? C'était ta pute ?

Isse partit d'un rire gras et regarda Liam.

— T'entends ça ? C'est sa pute qu'on a pulvérisée !

Liam poussa un ricanement et sortit son portable. Stilton le vit allumer la caméra. Cela se précisait. Il ne savait pas vraiment comment il allait esquiver.

Droit au but, pensa-t-il.

— Vous êtes vraiment deux petits tas de merde, vous le savez ? déclara-t-il soudain.

Isse dévisagea Stilton. Il ne croyait pas ce qu'il venait d'entendre. Pour qui il se prenait, ce poivrot ! Liam lorgna en direction d'Isse. La goupille n'allait pas tarder à sauter.

— On devrait vous enfermer à vie et vous nourrir avec de la merde de chat moisie.

La goupille sauta. Isse poussa un hurlement, releva la

batte de base-ball derrière son épaule et amorça un violent swing. Droit vers la tête de Stilton.

Son swing n'atteignit pourtant pas son but. Il ne parcourut même pas la moitié de sa course. Isse avait à peine amorcé son geste qu'il reçut un long couteau noir dans l'avant-bras. Il ne comprit pas d'où il était venu, pas plus que Liam ne vit arriver le second. Par contre, il le sentit s'enfoncer dans le haut de sa main, faisant s'envoler le mobile en cloche par-dessus le banc.

Stilton fut sur ses pieds en un instant et ramassa la batte. Isse hurlait, accroupi, et fixait le couteau planté dans son avant-bras. La pluie dégoulinait sur son visage. Stilton suffoquait. Le souvenir de l'ignominie de la mort de Vera s'immisça en lui et guida ses gestes. Comme en transe, il leva la batte à la hauteur de la tête d'Isse et prit son élan.

– Tom !

Stilton baissa légèrement la batte. Il vit que Liam cherchait à s'échapper. Il enchaîna alors quelques pas rapides et abattit la batte au creux de son genou. Liam tomba. Abbas rattrapa Stilton et saisit la batte.

– Il y a de meilleurs moyens, déclara-t-il.

Stilton se calma presque aussitôt. Il regarda Abbas et s'efforça de reprendre le contrôle de sa respiration. Au bout de quelques secondes, il lâcha la batte. Abbas la prit et la jeta dans les buissons. Stilton baissa les yeux. Il avait frôlé la catastrophe. L'humiliation dans la grotte et toutes les saloperies d'après avaient failli le pousser à franchir la ligne jaune.

– Est-ce que tu peux me donner un coup de main ?

Stilton se retourna. Abbas avait retiré son couteau du bras d'Isse et avait hissé l'adolescent sur le banc mouillé. Stilton arracha Liam du sol et le flanqua sur le banc, à côté d'Isse.

– Qu'est-ce qu'on fait maintenant ? s'enquit Abbas.

– On les fout à poil.

Stilton dut le faire lui-même. Abbas essuyait le sang de

ses couteaux. Les deux jeunes sur le banc lui lançaient des regards épouvantés.

– Levez-vous !

Stilton força Isse à se mettre debout. Liam obtempéra de lui-même. Stilton leur arracha leurs vêtements aussi vite qu'il le put. Lorsqu'ils furent nus comme des vers, il les projeta à nouveau sur le banc. Abbas se planta devant eux avec son mobile. Il alluma la caméra, couvrant l'appareil de l'autre main pour le protéger de la pluie.

– Très bien, commenta-t-il. Et si nous discutions un peu ?

Le SMS que reçut Janne Klinga était aussi bref que spectaculaire : « Les assassins au mobile sont sur un banc dans le parc de Lilla Blecktorn. Leurs aveux sont sur Trashkick. »

Il provenait d'un numéro inconnu.

Klinga, supposant l'identité de son expéditeur, se rendit sur place aussi vite que sa voiture le lui permit. Avec trois agents. Ils se saisirent de deux types nus et trempés jusqu'aux os qui étaient attachés à un banc en bois.

Blessés et hagards.

Une heure plus tard, Klinga était avec son chef, Rune Forss, et tout le groupe SAT dans une salle du poste de police. Klinga se connecta au site Trashkick. Il y trouva un film tout juste mis en ligne où l'on voyait deux jeunes nus sur un banc, le regard fou de terreur, racontant qu'ils avaient tabassé une vieille dans une caravane ainsi qu'un type dans un parc près de Värtahamnen, qu'ils avaient incendié cette caravane et qu'ils s'étaient livrés à un paquet d'autres agressions violentes contre des SDF.

Un récit assez détaillé.

Tout à coup, Rune Forss se leva. Il était contrarié. D'une part, parce qu'on lui avait livré les deux personnes qu'il était censé essayer d'arrêter. D'autre part, parce que ceux qui avaient filmé et étaient manifestement derrière tout cela n'étaient pas identifiables.

Et surtout parce que les tatouages des deux garçons étaient on ne peut plus visibles : KF entouré d'un cercle.

Exactement comme Stilton l'avait dit.

*

Stilton passa d'abord chez Ronny Redlös pour s'excuser que le pardessus noir ait brûlé et repartit avec un livre. Puis il se mit en quête d'Arvo Pärt qu'il découvrit dans un sac de couchage sous un banc du parc de Fatbur, près de la gare du Sud. Pärt était aussi trempé que le duvet. Une heure plus tard, ils récupérèrent Muriel dans un parking à vélos, quelques secondes avant qu'elle ne s'injecte une dose d'évasion.

Ils étaient à présent tous les trois dans une salle de Håll-punkten, un centre médical à Mariatorget.

– Vous pouvez entrer maintenant.

Ils se dirigèrent tous les trois vers la chambre que l'infir-mière leur avait désignée. La porte était ouverte et Bense-man occupait le lit côté mur. Il était en piteux état, mais en vie. On lui avait trouvé une chambre ici, ce qui n'était absolument pas conforme aux règles, mais il est difficile de transférer un sans-abri victime d'une grave agression dans un local à ordures.

– Ils sont au trou, annonça Stilton.

– Merci, Jelle, répondit Benseman.

Muriel saisit l'une des mains de Benseman. Pärt se frotta un peu les yeux. Il avait la larme facile. Stilton tendit le livre à Benseman.

– Je suis passé chez Ronny Redlös. Il t'envoie ça.

Benseman prit l'ouvrage et sourit. Il s'agissait de *La Bête à deux ventres* d'Akbar Del Piombo. Une représentation pornographique complètement dingue de nonnes et d'hommes concupiscents.

— C'est quoi comme bouquin ? s'enquit Muriel.

— L'un de ceux que certains grands écrivains doivent écrire pour évacuer ce qu'ils ne peuvent pas publier sous leur vrai nom. Akbar del Piombo est un pseudonyme de William S. Burroughs.

Personne autour du lit ne connaissait ni l'un ni l'autre de ces auteurs, mais si Benseman était content, ils l'étaient aussi.

*

Dans la salle d'enquête, les membres du groupe rangeaient leurs documents. L'affaire du meurtre de Nils Wendt était au point mort. Lisa Hedqvist s'avança vers Mette qui était toujours devant le tableau.

— À quoi pensez-vous ?

Le regard de Mette s'attardait sur les photos du cadavre de Nils Wendt. Son corps nu. La grande marque de naissance sur sa cuisse gauche.

— Il y a quelque chose avec cette marque, sur sa cuisse…

Elle décrocha le cliché du tableau.

*

Olivia avait consacré la journée à des corvées en retard. Rangement, nettoyage. Et à discuter avec Lenni qui allait filer au Peace & Love sans Jakob.

— Pourquoi ?

— Son ex a refait surface. Je ne comprends pas ce qu'il lui trouve. Tout ce qu'elle lui a donné, ce sont des morpions.

— Répugnant !

— Sans blague !

— Tu y vas toute seule alors ?

— Non, je pars avec Erik.

– Erik ? Le copain de Jakob ?

– Oui ? Pourquoi ? Tu n'es quand même pas sur le coup ?

– Pas du tout, mais je pensais que lui et Lollo…

– Non, elle l'a largué et s'est cassée à Rhodos hier. Il faudrait que tu te tiennes un peu plus informée, Olie, tu rates plein de choses !

– Je vais me ressaisir, je te le promets !

– Dis, il faut que je fasse mes valises, je dois prendre le train dans pas longtemps. Je te rappelle plus tard ! Bisous !

– Bisous !

Et puis de nombreuses lessives. Plusieurs heures. En ramassant les vêtements pour la dernière machine, elle sentit le sachet en plastique dans une poche. La boucle d'oreille ! Elle l'avait oubliée. La boucle d'oreille de Nordkoster qu'elle avait empruntée à Stilton. Elle la sortit et l'examina. C'était bien dans la boutique de Jackie Berglund qu'elle en avait vu une semblable, non ? Elle alluma son ordinateur portable, fébrile, et se connecta au site du magasin. Sous la rubrique « Articles disponibles », elle trouva un nombre considérable d'objets proposés par Jackie. Y compris une collection de boucles d'oreilles. Mais rien qui ressemble à celle qu'Olivia avait devant elle. Ce n'est peut-être pas si bizarre que ça, pensa-t-elle. Après tout, le bijou de Nordkoster a au moins vingt-trois ans. Elle devait l'avoir vu ailleurs. Dans une autre boutique ? Ou sur quelqu'un ?

Soudain, ça lui revint.

Ce n'était absolument pas dans le magasin de Jackie Berglund.

*

Stilton marchait sur Vanadisvägen. L'orage s'était calmé et avait laissé place à un crachin tiède. Il se dirigeait vers le domicile d'Abbas. Il allait y dormir encore une nuit. Ensuite, il verrait. Cette situation le mettait mal à l'aise. Abbas non, il le savait. Mais le problème n'était pas là. Il était en lui. Il voulait être seul. Il savait qu'il faisait parfois de violents cauchemars et que les hurlements étaient toujours tapis dans l'ombre. Il ne voulait pas entraîner Abbas là-dedans.

Ils s'étaient séparés après l'épisode avec les types du parc de Blecktorn. Abbas lui avait demandé comment il avait su qu'ils s'y pointeraient.

– Je les ai repérés quand ils m'ont suivi à partir des halles de Söder et je t'ai appelé.

– Mais tu n'as plus de portable, si ?

– Il y a des buralistes.

Ensuite, chacun était parti de son côté. Abbas devait mettre la vidéo en ligne ; les garçons leur avaient fourni leur code d'accès à Trashkick. Stilton, lui, était allé acheter un nouveau téléphone. Abbas lui avait donné de l'argent pour cela. Soudain, il entendit un étrange sifflement juste à côté de lui. Il se retourna. Personne dans la rue. Encore un sifflement. Stilton sortit le nouvel appareil de sa poche. La sonnerie était programmée sur « Sifflet d'usine ».

Il répondit.

– C'est Olivia ! Je sais où j'ai vu cette boucle d'oreille !

Il suffit de quelques minutes à Stilton pour comprendre que, une fois de plus, Olivia devait appeler Mette.

– Maintenant ? Mais il est assez tard...

– Les policiers travaillent vingt-quatre heures sur vingt-quatre. On ne vous apprend pas ça, à l'école ?

Stilton raccrocha.

Mette ne travaillait pas vingt-quatre heures sur vingt-quatre. Elle était d'autant plus efficace et appréciée qu'elle savait déléguer les responsabilités. Tout le monde y gagnait. Quand Olivia appela, elle rentrait chez elle. Après une tonne d'heures sup. Elle arriva jusqu'à l'entrée de sa maison tout en continuant à parler, puis elle s'arrêta net. Les informations que venait de lui livrer Olivia sur la boucle d'oreille l'avaient soudain mise en alerte.

Après vingt-six ans.

Elle allait encore effectuer des heures sup.

Mette se hâta de regagner son bureau du bâtiment C. Elle ouvrit un placard et en sortit un carton sur lequel était inscrit NILS WENDT 1984. Mette n'était pas du genre à détruire des pièces. Tôt ou tard, ça pouvait être utile, on ne savait jamais. Elle sortit du carton une liasse de photos prises par des touristes au Mexique. Le paquet à la main, elle baissa les persiennes. Elle alluma sa lampe de bureau, s'installa et ouvrit un tiroir. Tout au fond dormait une loupe. Mette la saisit. Sur le plateau devant elle étaient posés les clichés du cadavre de Nils Wendt que lui avait transmis le service de médecine légale. Mette souleva l'une des photos de touristes et l'examina à la loupe. Elle avait été prise en 1985, de loin, et était assez floue. L'image représentait un homme en short. Il n'était pas vraiment possible de distinguer son visage, mais la marque sur sa cuisse était bien visible. Mette jeta un coup d'œil à la photo de la dépouille de Nils Wendt. La tache de naissance sur sa cuisse gauche y apparaissait nettement, identique à celle que l'on voyait sur la photo mexicaine. L'homme qui figurait sur celle-ci n'était autre que Nils Wendt.

Mette se cala contre son dossier.

Elle avait dirigé les recherches concernant Nils Wendt pendant un certain temps, au milieu des années quatre-vingt, et avait entre autres été contactée par quelques Suédois qui s'étaient rendus à Playa del Carmen en vacances. Ils avaient discrètement pris quelques photos d'un individu qu'ils croyaient être l'homme d'affaires recherché qui avait disparu dans des circonstances non élucidées depuis quelque temps déjà. Il n'avait pas été possible de confirmer la thèse selon laquelle il s'agissait bel et bien de Nils Wendt.

Bizarre, se dit Mette. Elle observa les deux photos. On pouvait quand même difficilement rater cette tache de naissance, si ?

Une heure plus tard, ils se rencontrèrent tous les trois. Mette, Stilton et Olivia. En pleine nuit. Mette vint les chercher dans le hall et leur évita les contrôles nécessaires. Ils entrèrent dans son bureau dont les persiennes étaient toujours baissées et la lampe allumée. Olivia se souvenait de cette pièce. Elle y était venue il y avait une éternité de cela. Quelques semaines, en réalité. Mette leur désigna deux chaises et s'installa derrière le bureau. Telle une institutrice. Elle considéra ses visiteurs. Un ancien inspecteur de la Crim, désormais sans-abri, et une jeune élève de l'école de police atteinte d'un léger strabisme. Elle espérait qu'Oskar Molin n'effectuait pas d'heures sup.

— Je peux vous offrir quelque chose ?
— Un nom, répondit Stilton.
— Eva Hansson.
— Qui est-ce ? demanda Olivia.
— La concubine de Nils Wendt dans les années quatre-vingt. Ils possédaient une résidence secondaire sur Nordkoster. Aujourd'hui, elle s'appelle Eva Carlsén.
— Quoi !
Olivia manqua tomber de son siège.
— Eva Carlsén était en couple avec Nils Wendt ?
— Oui. Comment êtes-vous entrée en contact avec elle ?
— C'était en relation avec mon devoir.
— Et c'est à son domicile que vous avez vu la photo dont vous m'avez parlé ?
— Oui.
— Avec les boucles d'oreilles ?
— Oui.
— Quand était-ce ?
— Il y a dix, douze jours.

– Que faisiez-vous là-bas ?

– Je devais lui rendre un dossier.

Stilton esquissa un sourire intérieur ; tout cela avait pris la tournure d'un interrogatoire. Il aimait ça. Il aimait quand Mette était en alerte.

– Comment saviez-vous qu'elle se trouvait sur Nordkoster au moment du meurtre ? demanda Mette.

– Elle me l'a raconté.

– Dans quel cadre ?

– C'était... oui, c'était... nous nous sommes vues à Skeppsholmen et...

– Quel degré d'intimité y a-t-il entre vous ?

– Aucun.

– Mais vous êtes allée à son domicile ?

– Oui.

Qu'est-ce que c'est que ça ? pensa Olivia. Un putain de contre-interrogatoire ? C'est moi qui lui ai parlé des boucles d'oreilles, non ?

Mette poursuivit.

– Y a-t-il autre chose, en dehors des boucles, qui ait attiré votre attention chez elle ?

– Non.

– Qu'avez-vous fait ?

– Nous avons bu du café. Elle m'a confié qu'elle était divorcée et que son frère était mort d'une overdose, ensuite nous avons discuté de...

– Comment s'appelait-il ? demanda soudain Stilton.

– Qui ? s'étonna Olivia.

– Le frère. Mort d'une overdose.

– Sverker, je crois. Pourquoi poses-tu la question ?

– Parce que deux camés figuraient dans le dossier d'enquête, sur Nordkoster, ils avaient...

– Ils logeaient dans un de ses chalets !

Olivia manqua à nouveau de bondir hors de son siège.

– Les chalets de qui ? lui demanda Mette.

– Ceux de Betty Nordeman ! Elle les a flanqués à la porte parce qu'ils se droguaient ! Mais elle affirme qu'ils ont quitté l'île le jour précédant le meurtre.

– J'en ai interrogé un, déclara Stilton. Il a prétendu la même chose, qu'ils s'étaient tirés avant le meurtre. Ils avaient fauché un bateau et s'étaient barrés sur le continent.

– Vous avez vérifié cette histoire de bateau ? s'enquit Mette.

– Oui, il avait été volé la nuit précédant le meurtre. Il appartenait à l'un des estivants.

– À qui ?

– Je ne m'en souviens pas.

– Peut-être celui d'Eva Hansson ?

– Possible.

Stilton se leva brusquement et commença à faire les cent pas. Magnifique, pensa Mette. Elle se rappela que beaucoup à la Crim le surnommaient l'ours polaire, car il se mettait à arpenter les pièces dès que son cerveau se mettait en branle.

Comme à cet instant.

– L'un des camés du chalet était peut-être ce Sverker, annonça-t-il. Le frangin d'Eva Hansson.

– Combien étaient-ils dans ce chalet ?

– Deux.

– Et ils étaient trois sur la plage, compléta Olivia. D'après Ove Gardman.

Un ange passa. Mette croisa les doigts et un craquement distinct vint rompre le silence. Stilton s'était immobilisé. Le regard d'Olivia allait de l'un à l'autre. Mette formula ce que cela impliquait :

– Il se pourrait donc que ç'ait été Eva Hansson, son frère et un de ses potes camés qui se trouvaient sur la plage.

Ils digérèrent cette hypothèse.

Deux d'entre eux savaient qu'ils étaient encore loin d'avoir l'ombre d'une chance de pouvoir prouver ce que Mette venait d'énoncer. La troisième, Olivia, était élève à l'école de police. Elle pensait que l'enquête était presque bouclée.

– Où est le dossier de Nordkoster ? s'enquit Stilton.

– Probablement à Göteborg, répondit Mette.

– Peux-tu les appeler et leur demander de vérifier les noms des camés que nous avons entendus dans les procès-verbaux d'interrogatoire ? Et celui du propriétaire du bateau qu'ils avaient fauché ?

– Bien sûr, mais cela va prendre du temps.

– Ce sera peut-être plus facile avec Betty Nordeman, suggéra Olivia.

– Comment ça ?

– Elle affirme qu'elle tenait une espèce de registre des locations. Elle l'a peut-être encore. Les Nordeman semblent avoir un grand sens de l'ordre.

– Appelez pour vérifier, lui dit Mette.

– Maintenant ?

Tout en parlant, Olivia lorgna du côté de Stilton. « Les policiers travaillent vingt-quatre heures sur vingt-quatre. » Mais réveiller de vieilles femmes dans l'archipel à cette heure ?

– À moins que vous ne vouliez que je m'en charge ? ajouta Mette.

– Non, je vais le faire.

Olivia sortit son portable et composa le numéro de Betty Nordeman.

– Bonjour, ici Olivia Rönning.

– La touriste du crime ?

– Euh, oui, tout à fait. Je suis affreusement désolée, car il est très tard, mais nous...

– Vous pensiez que je dormais ? s'exclama Betty.

– Peut-être, il est quand même...

– Nous jouons au bras de fer.

– Ah bon ?... Qui ça ?

– Les membres du club.

– Vraiment ? Je vois. Oui, euh, j'ai juste une petite question. Vous m'avez raconté que des toxicomanes occupaient l'un de vos chalets l'été où le meurtre a été perpétré, vous vous en souvenez ?

— Pensez-vous que je sois sénile ?

— Pas du tout. Vous rappelez-vous leurs noms ?

— Non, j'en suis quand même à ce degré de sénilité.

— Mais vous teniez bien un registre, il me semble que vous m'en avez parlé.

— Oui.

— Croyez-vous que vous pourriez…

— Un instant.

Le silence se fit à l'autre bout de la ligne et cela dura un assez long moment. Olivia entendit pas mal de rires et de voix à l'arrière-plan. Mette et Stilton la fixaient des yeux. Olivia essaya de leur faire comprendre que les habitants de l'île jouaient au bras de fer. Mette comme Stilton restèrent impassibles.

— Axel vous passe le bonjour, déclara soudain Betty dans le combiné.

— Merci.

— Alf Stein.

— Alf Stein ? Était-ce l'un des…

— C'est lui qui avait loué le chalet, l'un des camés, expliqua Betty.

— Vous ne savez donc pas comment s'appelait l'autre ?

— Non.

— Le nom Sverker Hansson ne vous évoque rien ?

— Non.

— Savez-vous si l'un des camés avait une sœur qui habitait sur l'île ?

— Non.

— D'accord. Merci infiniment. Et passez-lui le bonjour aussi ! À Axel !

Olivia raccrocha. Stilton la dévisageait.

— Axel ?

— Nordeman.

– Alf Stein ? lança Mette. C'est comme ça qu'il s'appelait ?

– Oui, confirma Olivia.

Mette tourna les yeux vers Stilton.

– C'est lui que tu as interrogé ?

– Possible. Peut-être. Ce nom me semble vaguement familier…

– Bon, je contacte Göteborg pour qu'ils vérifient. Pour l'instant, j'ai autre chose à faire.

– Comme ?

– De la paperasserie, qui inclut entre autres ton ex-femme au SKL. Bonne nuit.

Mette sortit son téléphone.

Olivia conduisait dans la tiède nuit d'été. Stilton était assis à côté d'elle. Silencieux. Ils étaient plongés dans leurs pensées.

Olivia songeait à l'étrange situation dans le bureau de Mette. Un ancien inspecteur de la Crim, un autre en activité et elle. Une élève de l'école de police. Qui avait eu l'occasion de discuter d'une enquête criminelle. Mais elle n'avait pas été inutile. Elle avait apporté plusieurs contributions.

Stilton pensait à Adelita Rivera. La femme enceinte sur la plage. Délicatement, il passa une main sur le tableau de bord usé de la Mustang.

– Elle appartenait à Arne, n'est-ce pas ?

– Oui, j'en ai hérité.

– Belle voiture.

Olivia ne répondit pas.

– Quel problème avait-elle ? Pourquoi ne voulais-tu plus l'utiliser ?

– Laisse tomber.

Elle avait appris. Même tarif, et le silence se fit à nouveau.

*

Le soleil matinal se déversait sur le pavillon jaune de Bromma révélant impitoyablement la saleté des fenêtres de la chambre. Je m'en occuperai en rentrant, se dit Eva Carlsén en refermant sa valise. On lui finançait un voyage au Brésil pour effectuer un reportage sur un programme de réinsertion destiné aux jeunes à la dérive qui rencontrait un grand succès. Cela lui convenait à merveille. Elle avait besoin de changer d'air. L'intrusion dans sa maison avait laissé des traces. Tout le tapage autour du meurtre de Nils aussi. Ça lui ferait du bien de prendre le large un temps. Elle devait aller chercher son visa une demi-heure plus tard, puis elle irait à Arlanda en taxi.

Elle descendit sa valise dans l'entrée, enfila sa veste et ouvrit la porte.

– Eva Carlsén ?

Lisa Hedqvist arrivait juste sur le perron du pavillon. Bosse Thyrén la suivait.

*

L'arrestation des deux personnes qui avaient tué une SDF dans une caravane avait suscité un certain intérêt dans les médias. Mais surtout s'étalaient, colonne après colonne, les spéculations relatives au suicide de Bertil Magnuson et aux étranges événements survenus autour du secrétaire de cabinet Erik Grandén.

La présence du nom de Grandén dans les révélations sensationnelles sur ce qui s'était produit au Zaïre en 1984 avait provoqué une activité fébrile dans les rédactions. Tout le monde voulait le contacter. Un photographe qui s'était trompé de route au niveau de Skeppsbron finit par le trouver. Il avait dû faire demi-tour et s'était finalement garé le long du quai. Grandén était assis là. L'enfant prodige de la politique. Derrière la statue de Gustav III, un rasoir ouvert à la main et le regard en totale perdition. Quand le photo-graphe lui avait adressé la parole, il avait fixé l'eau.

– Jussi.

Il n'avait rien dit d'autre.

Une équipe médicale était venue le chercher et l'avait emmené en douceur dans un centre de soins. Les modérés s'étaient fendus d'un bref communiqué expliquant qu'Erik Grandén rencontrait des problèmes personnels et qu'il allait s'absenter un certain temps de la scène publique.

Pour le reste, on n'avait pas de commentaire.

*

Par l'intermédiaire de Mette, Stilton avait pu entrer en contact avec les archives centrales à Göteborg. Ils avaient retrouvé ses anciens procès-verbaux d'interrogatoire avec le camé de Nordkoster, Alf Stein. Le bateau volé appar-tenait à Eva Hansson. Mette avait consulté le registre des condamnations pour vérifier ce qu'ils avaient sur Alf Stein.

Pas mal de choses. Notamment une adresse à Fittja.

Mette la communiqua à Stilton.

Ils prirent la voiture d'Olivia pour se rendre à Fittja et se garèrent près du centre-ville. Olivia attendrait dans la Mustang pendant que Stilton exercerait ses talents.

Stilton s'était fait une image assez précise de la situation d'Alf Stein aujourd'hui. Ce n'était pas très compliqué. Selon toute vraisemblance, il allait le trouver au milieu d'un paquet d'autres pochetrons dans le secteur du Monopole.

Cela ne manqua pas.

Stilton n'eut aucun mal à s'intégrer dans ce cercle.

Il s'installa sur le même banc qu'Alf Stein, sortit une petite bouteille d'Explorer, hocha la tête et lança :

– Jelle.

– Salut.

Alf lorgnait vers la bouteille. Stilton la lui tendit et le bras de l'homme fusa telle une attaque de cobra.

– Merci !... Affe Stein !

Stilton sursauta légèrement.

– Affe Stein ? s'étonna-t-il.

– Oui ?

– Mais putain, tu connaissais Sverre, non ?

– Quel Sverre, bordel ?

– Sverker Hansson. Un mec blond.

– Ah ouais, lui, ouais. Mais c'était il y a vachement longtemps.

Soudain, Alf eut l'air suspicieux.

– Pourquoi tu me poses des questions sur lui ? Il a bavé sur moi ?

– Non, non, pas du tout, il t'aimait bien, mais il a passé l'arme à gauche.

– Oh, merde !

– Overdose.

– Le pauvre. Mais bon, il prenait des trucs sacrément costauds.

Stilton acquiesça. Alf avala une grande gorgée de vodka sans broncher.

Stilton reprit la bouteille.

– Mais, putain, il t'a parlé de moi ?

– Oui.

– Il t'a dit un truc en particulier ?

Serait-il inquiet ? se demanda Stilton.

– Non, rien de spécial... Il m'a raconté que vous étiez potes quand vous étiez jeunes et que vous avez fait un tas de trucs ensemble.

– Quel genre de trucs ?

– Bourlingué. Pris du bon temps, tu sais...

Alf se détendit un peu. Stilton lui tendit à nouveau la bouteille dont il but un grand coup. Un pochard assoiffé, se dit Stilton. Le type s'essuya la bouche du revers de la main et lui rendit la bouteille.

– Ouais, putain, on s'est payé du bon temps, ça, c'est vrai. Et puis on a fait un paquet de conneries. Tu sais comment ça peut tourner...

Je sais, pensa Stilton.

– Il avait bien une frangine, non ? lança Stilton.

– Comment ça ? Pourquoi tu demandes ça ?

Stilton s'aperçut qu'il allait trop vite.

– Ben, c'est juste qu'il parlait beaucoup d'elle...

– Je ne veux pas parler de sa putain de frangine !

Alf bondit sur ses pieds et toisa Stilton.

– T'as pigé ?

– Calme-toi, mec ! s'exclama Stilton. Excuse-moi. Assieds-toi.

Stilton lui tendit la bouteille tentatrice en guise de calumet de la paix. Du coin de l'œil, il vit qu'Olivia, appuyée contre la voiture, les observait, une glace à la main. Alf hésita, puis il décida que s'asseoir à nouveau était ce qu'il avait de mieux à faire.

– On s'en branle de sa frangine si c'est un sujet si sensible que ça, dit Stilton.

Alf prit une nouvelle gorgée et fixa le sol.

– Une fois, elle nous a sacrément baisés. Tu piges ?

– Je comprends. Personne n'aime se faire baiser.

– Exactement.

Stilton décida alors de raconter une fable à son nouveau pote Affe. Il lui expliqua comment lui-même s'était fait piéger : un mec lui avait demandé de tabasser un autre type censé s'en être pris à sa gonzesse. Ils l'avaient sacrément amoché. Plus tard, Stilton avait par hasard croisé la nana du mec et elle lui avait dit que ce pauvre type n'avait jamais cherché à la toucher. C'était un bobard. Le mec lui devait du pognon et avait voulu se débarrasser de lui.

– Il m'a poussé à tabasser un mec à mort, tu te rends compte ?

Son voisin écoutait sans rien dire, plein de compassion. Deux frères dans le malheur, piégés tous les deux.

– Une histoire sacrément lourde à porter. Putain ! constata Alf, qui se tut.

Stilton attendait son heure. Au bout d'un moment, le gars ouvrit à nouveau la bouche.

– Il m'est arrivé un truc du même genre. Enfin, à Sverre et moi. On s'est laissé embarquer dans une embrouille par sa frangine…

Stilton était tout ouïe.

– Elle nous a poussés à… bordel, ce que j'aurais aimé oublier tout ça…

Il tendit la main vers la bouteille.

– C'est normal, intervint Stilton. Personne ne veut se souvenir de la merde.

– Non, mais ça vous colle quand même aux basques… Tu sais, Sverre et moi, on a perdu contact après ça, complètement. On n'arrivait plus à se regarder dans les yeux. C'était une gonzesse, putain !

– Une gonzesse ?

– Oui ! On s'en est pris à une gonzesse ! Enfin nous, elle nous a monté le bourrichon, sa salope de frangine. Juste parce qu'elle avait une connerie d'embrouille avec cette gonzesse. En plus, elle était en cloque !

– La frangine ?

– Non, la gonzesse !

Alf s'affaissa un peu. Ses yeux se remplirent de larmes.

– Où est-ce que ça s'est passé ?

Stilton savait qu'il lui mettait la pression, mais l'autre était plongé dans ses souvenirs chargés de vapeurs d'alcool et il ne réagit pas.

– Sur une putain d'île…

Brusquement, Alf se leva.

– Putain, il faut que j'y aille. Je supporte pas de parler de ça. Tout est tellement parti en couille !

Stilton lui tendit la bouteille.

— Emporte ça !

Alf prit la bouteille qui contenait encore une lampée, tituba et regarda Stilton.

— Et j'ai pompé du pognon à la frangine pendant des piges pour fermer ma gueule ! Tu captes ?

— Je comprends, c'est pénible.

Alf s'éloigna d'une démarche incertaine vers l'ombre d'un arbre. Stilton l'observa quand il s'y écroula pour noyer son angoisse dans le sommeil. Quand il eut sombré, Stilton se leva. Il tendit la main vers la poche intérieure de sa veste élimée et stoppa la fonction enregistrement du portable d'Olivia.

Il avait obtenu ce qu'il voulait.

*

Mette procéda à une perquisition au domicile d'Eva Carlsén à Bromma. La fouille prit du temps, car le pavillon était assez grand, mais elle donna pas mal de résultats. Entre autres, une enveloppe bien cachée derrière une étagère dans la cuisine. Il y était inscrit « Playa del Carmen, 1985 ».

*

La pièce n'était pas particulièrement grande et la décoration était minimaliste. Une table, trois chaises, un dictaphone. Une salle d'interrogatoire de Polhemsgatan, à Stockholm. Mette Olsäter et Tom Stilton étaient installés sur deux des chaises. Il avait emprunté une veste en cuir noir et un polo à Abbas. Eva Carlsén occupait la chaise d'en face. Ses cheveux étaient détachés et elle portait un fin chemisier bleu clair. Différents documents et objets étaient posés entre eux sur la table. Mette avait demandé à ce qu'on y installe une imposante lampe de bureau. Elle voulait créer une atmosphère intime. Elle alluma la lampe.

C'était elle qui dirigeait l'interrogatoire.

Quelques instants plus tôt, elle avait contacté Oskar Molin et lui avait expliqué la situation.

– Je veux que Tom Stilton participe à l'interrogatoire.

Molin avait compris pourquoi et lui avait donné son feu vert.

La majeure partie de l'équipe de Mette et une élève de l'école de police, Olivia Rönning, se trouvaient dans une salle attenante. Ils pouvaient suivre l'interrogatoire sur un écran. Plusieurs avaient un bloc-notes à la main.

Olivia leva les yeux vers l'écran.

Mette venait d'énoncer la date, l'heure et les noms pour l'enregistrement. Elle fixa Eva Carlsén.

– Vous ne souhaitez pas l'assistance d'un avocat ?

– Je n'y vois aucune raison.

– Très bien. En 1987, vous avez été entendue en tant que témoin dans le cadre d'un meurtre perpétré à Hasslevikarna sur Nordkoster, car vous vous trouviez sur l'île au moment des faits. Est-ce exact ?

– Oui.

– À cette époque, vous vous appeliez Eva Hansson. Est-ce également correct ?

– Vous le savez. Vous m'avez déjà entendue au sujet de la disparition de Nils.

Eva était sur la défensive et son ton, légèrement agressif. Mette sortit une vieille photo d'une pochette en plastique et la fit glisser de l'autre côté de la table.

– Reconnaissez-vous ce cliché ?

– Non.

– Il y a un homme sur l'image. On ne peut pas vraiment distinguer le visage, mais vous voyez cette tache de naissance ?

Mette désignait la tache de naissance très spécifique sur la cuisse gauche de l'homme. Eva acquiesça.

— J'apprécierais que vous répondiez au lieu de hocher la tête.

— Je vois cette tache.

— La photo a été prise à Mexico il y a presque vingt-six ans, par un touriste, qui pensait qu'il s'agissait de votre concubin de l'époque, Nils Wendt, qui avait disparu et était recherché à ce moment-là. Vous rappelez-vous que je vous ai montré ce cliché ?

— C'est possible, je ne m'en souviens pas.

— Je voulais voir si vous reconnaissiez l'homme qui figure sur cette photo comme étant votre concubin d'alors.

— Ah bon.

— Vous ne l'avez pas reconnu. Vous avez affirmé de manière assez déterminée que ce n'était pas Nils Wendt.

— Et où voulez-vous en venir avec ça ?

Mette posa une photo du cadavre de Nils Wendt.

— Voyez-vous la tache sur sa cuisse gauche ?

— Oui.

— La même que sur la photo prise par le touriste, non ?

— Oui.

— Quand Wendt a disparu, vous viviez ensemble depuis environ quatre ans. Comment avez-vous pu prétendre ne pas reconnaître cette tache de naissance très spécifique sur la cuisse gauche ?

— Que voulez-vous savoir ?

— Je veux savoir pourquoi vous avez menti.

— Je n'ai pas menti ! J'ai sans doute fait une erreur ! Il y a vingt-six ans ? Je me suis trompée ? Je n'en sais rien !

Eva repoussa une mèche de cheveux d'un geste nerveux. Mette la fixa du regard.

— Vous paraissez irritée.

— Et que seriez-vous dans ma situation ?

— Soucieuse de vérité.

Bosse Thyrén esquissa un sourire et nota. Olivia ne pouvait quitter l'écran des yeux. Elle avait rencontré Eva deux fois

439

et avait vu une femme forte, mais amicale. Là, elle voyait tout autre chose. Une femme manifestement tendue qui semblait fragile. Olivia commençait à être troublée. Elle s'était promis de se montrer professionnelle. D'essayer de se comporter en flic. D'être neutre, comme doit l'être une future enquêtrice de la Crim.

Mette posa une autre photo devant Eva. Celle qu'Abbas el Fassi avait rapportée de son voyage.

– Cette photo vient de Santa Teresa, au Costa Rica. L'homme qui figure dessus est Nils Wendt, non ?

– Oui.

– Reconnaissez-vous la femme qu'il tient par la taille ?

– Non.

– Vous ne l'avez jamais vue avant ?

– Non. Je ne suis jamais allée au Costa Rica.

– Mais vous auriez pu la voir sur des photos.

– Ce n'est pas le cas.

Mette sortit l'enveloppe qu'ils avaient découverte chez Eva. Elle en tira six photos et les étala devant Eva.

– En voilà six, qui montrent toutes Nils Wendt et la femme de la photo précédente, que vous n'avez pas reconnue. Vous voyez qu'il s'agit de la même femme ?

– Oui.

– Nous avons trouvé ces clichés dans votre cuisine à Bromma.

Eva regarda Mette, puis Stilton, avant de poser à nouveau les yeux sur Mette.

– Putain, ce que vous pouvez être mesquins…

Eva secoua la tête.

– Pourquoi avez-vous prétendu ne pas reconnaître cette femme ?

– Je n'ai pas vu que c'était la même.

– Que celle des photos retrouvées à votre domicile ?

– Oui.

– Comment sont-elles arrivées chez vous ?

— Je ne m'en souviens pas.

— Qui les a prises ?

— Aucune idée.

— Mais vous saviez qu'elles étaient chez vous ?

Eva ne répondit pas. Stilton remarqua les gouttes de sueur qui perlaient à son front.

— Voulez-vous quelque chose à boire ? proposa Mette.

— Non. En avons-nous bientôt fini ?

— Cela dépend de vous.

Mette montra une autre photo. Une vieille photo de famille où Eva posait, souriante, à côté de son frère cadet, Sverker. La réaction d'Eva fut assez marquée.

— Vous ne reculez devant rien, dit-elle, d'une voix nettement plus basse.

— Nous ne faisons que notre travail, Eva. Quand cette photo a-t-elle été prise ?

— Au milieu des années quatre-vingt.

— Avant le meurtre de Nordkoster, donc ?

— Oui ? Quel est le rapport avec...

— Vous portez une paire de boucles d'oreilles très particulière sur cette photo, n'est-ce pas ?

— Une de mes amies était orfèvre. Elle me les a offertes pour mes vingt-cinq ans.

— Elles ont donc été réalisées spécialement pour vous ?

— Oui.

— Et il n'en existait qu'un exemplaire ?

— Je le crois.

Mette attrapa une pochette en plastique contenant une boucle d'oreille.

— La reconnaissez-vous ?

Eva examina le bijou.

— On dirait l'une d'elles.

— Oui.

— D'où vient-elle ? s'enquit Eva.

– De la poche de la veste de la femme tuée à Hasslevi-karna en 1987. Comment a-t-elle atterri là ?

Olivia lâcha l'écran des yeux. La manière calme et insidieuse dont Mette harcelait sa proie commençait à lui être pénible.

Dans un seul but.

– Vous n'avez pas la moindre idée de la façon dont elle a fini là ? demanda Mette.

– Non.

Mette se tourna légèrement et croisa le regard de Stilton. Un truc d'interrogatoire. Il fallait donner à la personne interrogée le sentiment que les enquêteurs en savaient davantage qu'ils ne le disaient. Mette regarda à nouveau Eva, puis elle baissa les yeux vers la photo de famille.

– Est-ce votre frère qui est à côté de vous ?

– Oui.

– Est-il exact qu'il est mort d'une overdose il y a quatre ans ?

– Oui.

– Sverker Hansson. Venait-il parfois vous rendre visite à votre résidence secondaire ?

– Cela arrivait.

– S'y trouvait-il l'été où le meurtre a été perpétré ?

– Non.

– Pourquoi mentez-vous ?

– Y était-il ?

Eva parut étonnée. Feint-elle ? se demanda Stilton. Probablement.

– Nous savons qu'il était là, déclara Mette.

– Comment le savez-vous ?

– Il s'y trouvait en compagnie d'un homme qui s'appelle Alf Stein. Ils avaient loué un chalet sur l'île. Connaissez-vous cette personne ? Alf Stein ?

– Non.

– Nous disposons d'un enregistrement sur lequel il avoue qu'ils s'y trouvaient.

– Ah bon. C'est donc qu'ils y étaient.

– Mais vous ne vous en souvenez pas ?

– Non.

– Vous n'avez rencontré ni Alf Stein ni votre frère à ce moment-là ?

– C'est bien possible... maintenant que vous... je me rappelle qu'une fois Sverker avait amené un copain...

– Alf Stein.

– Je ne sais pas comment il s'appelait...

– Mais c'est vous qui leur avez fourni leur alibi pour le meurtre.

– Vraiment ?

– Vous avez prétendu que Sverker et son copain vous avaient volé votre bateau avant de disparaître, la veille du meurtre. Nous pensons que c'était la nuit suivante. Après le meurtre. N'était-ce pas le cas ?

Eva ne répondit pas. Mette poursuivit.

– Alf Stein prétend que vous lui avez versé de l'argent pendant des années. L'avez-vous fait ?

– Non.

– Il ment, donc.

Eva s'essuya le front du revers du poignet. Elle était à deux doigts de craquer. Mette et Stilton le remarquèrent tous les deux. Soudain, on frappa à la porte. Tous se retournèrent. Une femme en uniforme entra, une chemise en plastique à la main. Stilton se leva, saisit la chemise et la passa à Mette qui l'ouvrit, parcourut des yeux le document du dessus et la referma.

– Qu'est-ce que c'est ? demanda Eva.

Mette ne répondit pas. Lentement, elle se pencha pour se trouver sous le halo de lumière de la lampe.

– Eva, est-ce vous qui avez tué Adelita Rivera ?

– Qui est-ce ?

– C'est la femme qui apparaît avec Nils Wendt sur tous les clichés que vous avez vus. Était-ce vous ?

– Non.

– Dans ce cas, nous continuons.

Mette prit la fausse lettre d'Adelita.

– Cette lettre a été envoyée de Suède à Dan Nilsson au Costa Rica. Dan Nilsson était le pseudonyme de Nils Wendt là-bas. Je vais vous la lire. Elle est rédigée en espagnol, mais je traduis. « Dan ! Je suis désolée, mais je ne crois pas que nous soyons faits l'un pour l'autre et j'ai à présent une chance de recommencer une nouvelle vie. Je ne reviendrai pas. » Suivi d'une signature. Savez-vous qui l'a signée ?

Eva ne répondit pas. Ses yeux étaient rivés sur ses mains nouées sur ses genoux. Stilton l'observait, impassible. Mette poursuivit de la même voix implacable.

– Elle est signée « Adelita ». Elle s'appelait Adelita Rivera et a été noyée à Hasslevikarna cinq jours avant que cette missive ne soit postée. Savez-vous qui l'a écrite ?

Eva ne répondit pas. Elle ne releva même pas les yeux. Mette posa la lettre sur la table. Stilton ne détachait pas son regard d'Eva.

– L'autre jour, vous avez été agressée à votre domicile, reprit Mette. Nos techniciens ont prélevé des traces de sang sur votre paillasson pour vérifier si éventuellement il n'appartenait pas à vos assaillants. Dans ce cadre, on vous a demandé de nous fournir votre ADN, qui nous a permis de constater que ce sang était le vôtre.

– Oui.

Mette ouvrit la chemise verte qu'on venait de lui remettre.

– Nous avons également effectué un test ADN pour déterminer qui avait léché le timbre sur la lettre d'« Adelita » de 1987 et nous l'avons comparé au vôtre. Ils correspondent. C'est vous qui avez léché ce timbre. Avez-vous également écrit cette lettre ?

Tout être humain a une limite, et finit par craquer. Tôt ou tard, on s'en approche quand on est suffisamment sous pression. Eva Carlsén était arrivée à ce point. Au bord de l'abysse. Cela prit plusieurs dizaines de secondes, voire une minute, mais ensuite cela sortit. À voix basse.

– Pouvons-nous faire une pause ?

– Bientôt. Est-ce vous qui avez rédigé cette lettre ?

– Oui.

Stilton se carra dans son siège. C'était fini. Mette se pencha vers l'enregistreur.

– Nous marquons une courte pause.

*

Forss et Klinga avaient interrogé Liam et Isse pendant des heures. Klinga avait hérité de Liam. Il savait à peu près ce qu'il allait entendre avant même d'avoir cherché ce qu'ils avaient sur Liam dans leurs fichiers. Tout un tas de conneries de plus en plus graves au cours de son adolescence. Quand Liam conclut en racontant comment son père aidait sa grande sœur à se faire ses shoots à la table de la cuisine, l'image était assez claire.

Des enfants bafoués. N'était-ce pas ainsi que les avait qualifiés cette femme que Klinga avait vue dans une émission de débats ?

Liam était un enfant bafoué au plus haut point.

Forss avait plus ou moins découvert la même topographie sociale auprès d'Isse. Originaire d'Éthiopie, totalement laissé pour compte avant même d'avoir appris à parler. Bafoué et brisé. Gonflé à bloc d'agressivité sans objet.

Les questions concernaient à présent le *cagefighting*.

Il leur fallut un certain temps pour faire avouer aux deux garçons ce qu'ils savaient, mais peu à peu cela fit surface. Les noms de ceux qui participaient et organisaient, et surtout : la date du prochain combat.

Et l'endroit.

À Svartsjölandet, dans une ancienne usine de ciment désaffectée. Désormais vide et condamnée.

Sauf pour certains.

*

Forss avait placé les lieux sous surveillance plusieurs heures à l'avance. La stratégie était de déclencher l'opération avant le début des combats. Quand les premiers garçons furent enfermés dans les cages et que les cris d'encouragement retentirent, ce fut vite fini. La police avait bloqué toutes les issues et elle entra avec des hommes lourdement armés. Les fourgons cellulaires à l'extérieur ne tardèrent pas à être remplis à ras bord.

Lorsqu'ils sortirent de l'usine, Forss et Klinga furent accueillis par des journalistes et des photographes.

— Quand avez-vous appris l'existence de ces combats en cage ?

— Il y a quelque temps, via notre réseau de surveillance. C'était notre top priorité ces derniers temps, déclara Forss devant les objectifs.

— Pourquoi n'êtes-vous pas intervenus plus tôt ?

— Nous voulions être sûrs que les bonnes personnes se trouvaient sur place.

— Est-ce le cas ?

— Oui.

Quand une nouvelle caméra se présenta devant le visage de Forss, Klinga s'éloigna.

*

Certains membres du groupe avaient quitté la salle. Olivia était restée, avec Bosse Thyrén et Lisa Hedqvist. Tous éprouvaient sans doute la même chose. Une satisfaction diffuse de savoir un meurtre non élucidé sur le point d'être résolu, mélangée à diverses réflexions personnelles. Pour Olivia, elles tournaient surtout autour de la question du mobile.

Pourquoi ?

Même si elle avait ses soupçons.

On avait apporté du café au trio dans la salle d'interrogatoire. L'atmosphère était apaisée. Ils étaient soulagés. Mette remit le dictaphone en marche et fixa Eva Carlsén.

– Pourquoi ? Avez-vous la force de nous le dire ?

La voix de Mette avait changé. Son ton impersonnel d'interrogatoire avait disparu. Celui qui n'avait eu qu'un seul but : obtenir des aveux. Sa nouvelle voix était celle d'une personne qui s'adresse à une autre dans l'espoir de comprendre où s'enracinent les agissements humains.

Pour la connaissance.

– Pourquoi ? répéta Eva.

– Oui.

Eva redressa la tête de manière à peine perceptible. Si elle devait expliquer pourquoi, elle serait obligée de s'immerger dans trop de douleur. De la refouler. Mais elle sentait qu'elle devait au moins fournir une explication. Mettre des mots sur ce qu'elle avait consacré toute sa vie à essayer de réparer.

Le meurtre d'Adelita Rivera.

– Où dois-je commencer ?

– Où vous voulez.

– Cela a débuté par la disparition de Nils. En 1984, sans un mot. Il avait juste disparu. Je pensais qu'il avait été tué, que quelque chose s'était produit à Kinshasa. C'était ce que vous pensiez aussi, non ?

Eva fixa Mette.

– C'était l'une de nos hypothèses, oui…

Eva acquiesça et posa ses mains l'une sur l'autre. Elle parlait bas et d'une voix très frêle.

– Quoi qu'il en soit, il n'a jamais refait surface. J'étais désespérée. Je l'aimais et j'étais complètement anéantie. Et puis vous êtes arrivée et m'avez montré ces photos prises par des touristes à Mexico. J'ai bel et bien constaté qu'il s'agissait de Nils, qu'il était en vie, dans un lieu de villégiature à Mexico et j'étais totalement... Je ne sais pas... Je me sentais incroyablement flouée. Il ne m'avait pas passé un coup de fil, pas envoyé une carte postale, rien. Il était là-bas au soleil tandis que moi, je pleurais et me morfondais ici et... c'était très humiliant... comme s'il se foutait simplement de moi...

– Pourquoi ne m'avez-vous pas dit que c'était lui quand je vous ai montré la photo ? En 1985 ?

– Je ne sais pas. C'était comme si je... Je voulais lui mettre la main dessus, je voulais une explication, je voulais savoir pourquoi il m'avait fait ça. Si c'était un truc personnel entre nous, s'il voulait me blesser ou ce qu'il cherchait. Ensuite, j'ai compris le fin mot de l'histoire.

– Comment ça ?

– Lorsque j'ai reçu les autres photos.

– Celles que nous avons retrouvées chez vous ?

– Oui. J'ai confié l'affaire à une agence de détectives étrangère spécialisée dans la recherche des personnes disparues. Je leur ai expliqué où il avait été vu pour la dernière fois, à Playa del Carmen, à Mexico, après que vous m'aviez montré les photos prises là-bas. Ils ont cherché et l'ont trouvé...

– Là-bas ?

– Oui. Et puis ils m'ont envoyé un grand nombre de photos de lui et d'une jeune femme. Des clichés intimes, des scènes sexuelles, dans une chambre, un hamac, sur la plage et dans tous les lieux possibles... Vous les avez vues. C'était affreux. Cela paraît peut-être... mais je me sentais complètement bafouée... pas juste humiliée. Comme si je n'étais que du vent, pas une personne qui existait, juste quelqu'un qu'on pouvait traiter comme... Je ne sais pas... Et puis le jour est venu où cette...

– ... quand cette jeune femme a soudain débarqué à Nordkoster ?

– Oui. Enceinte. De lui. Elle a débarqué le ventre en avant sans se douter que je la reconnaissais d'après les photos et que je comprenais qu'elle était envoyée là.

– Par Nils ?

– Oui. Sinon, pourquoi aurait-elle débarqué là-bas ? Ensuite, je l'ai vue se faufiler un soir à l'arrière de notre résidence d'été. J'avais bu du vin et j'ai... Je ne sais pas, je me suis mise en rage. Que faisait-elle là ? Près de notre maison ! Cherchait-elle quelque chose ? Et ensuite...

Eva se tut.

– Où se trouvaient Sverker et Alf Stein à ce moment-là ? s'enquit Mette.

– Ils étaient dans la maison. En fait, je ne voulais pas qu'ils habitent chez moi, mais ils avaient été virés du chalet et avaient emménagé...

– Et que s'est-il passé après ?

– Nous nous sommes précipités dans le jardin et avons traîné cette femme dans la maison. Elle s'est mise à se débattre et à crier. Sverker a alors suggéré qu'on la calme un peu ; il était défoncé.

– Alors vous l'avez emmenée à Hasslevikarna ?

– Oui. Nous voulions nous isoler.

– Que s'est-il produit sur place ?

Eva triturait l'un de ses pouces. Il lui fallait creuser en profondeur pour trouver les mots et la forme.

– Il n'y avait pas d'eau quand nous sommes arrivés. C'était une grande marée et la mer était basse. La plage s'étendait à perte de vue. Et c'est alors que l'idée m'est venue...

– La marée ?

– J'avais essayé de lui faire dire ce qu'elle faisait là, ce qu'elle cherchait, où Nils se trouvait, mais elle ne pipait pas mot, elle se taisait, c'est tout.

Eva n'avait plus la force de lever les yeux. Sa voix n'était plus qu'un murmure.

– Les garçons sont allés chercher une pelle et ont creusé un trou… et l'y ont mise… Ensuite la marée est arrivée…

– Vous saviez qu'elle allait arriver à ce moment-là ?

– Cela faisait plusieurs années que je vivais sur l'île. Tous les habitants savent quand la marée est haute ou basse. Je voulais lui faire peur, la pousser à parler…

– L'a-t-elle fait ?

– Pas au début. Plus tard… quand l'eau est arrivée… à la fin…

Eva se tut. Mette dut compléter son récit.

– Elle vous a dit où Nils avait caché son argent ?

– Oui… et où il habitait.

Stilton se pencha légèrement en avant.

– Et ensuite vous l'avez abandonnée ?

C'était la première fois qu'il prenait la parole de tout l'interrogatoire. Eva sursauta. Elle avait eu un dialogue douloureux avec Mette ; l'homme à côté d'elle n'avait pas existé.

Soudain, il était là.

– Les garçons sont rentrés à la maison en courant. Je suis restée. Je savais que nous étions allés trop loin, que tout cela était de la pure folie. Mais je la détestais à un point effroyable, cette femme dans l'eau. Je voulais la torturer parce qu'elle m'avait pris Nils.

– La tuer.

Stilton était toujours penché en avant.

– Non, la torturer. Cela paraît peut-être bizarre, mais je ne pensais pas qu'elle allait mourir. Je ne sais pas ce que je pensais, c'était juste le noir complet dans ma tête. Je me suis éloignée.

– Mais vous saviez que c'était une grande marée ?

Eva hocha la tête sans rien dire. Elle se mit à pleurer, en silence. Stilton l'observa. Ils avaient à présent le mobile du meurtre d'Adelita Rivera. Il chercha à croiser le regard d'Eva.

– Nous pouvons peut-être passer à Nils Wendt ? suggéra-t-il. Comment est-il mort ?

Mette tressaillit. Elle s'était concentrée sur le lien entre Eva Carlsén et le meurtre de Nordkoster. Le meurtre de Nils Wendt ne figurait pas à son programme. Elle était persuadée que Bertil Magnuson en était responsable. Stupéfaite, elle s'aperçut que Stilton était en avance sur elle.

Comme au bon vieux temps.

— Avez-vous la force de nous le dire aussi ? demanda-t-il.

Elle l'avait. Ce qui était une chance pour Mette et Stilton, car ils ne disposaient d'aucun élément concret leur permettant de rattacher Eva Carlsén à ce qui était arrivé à son ex-concubin. Mais, à ce stade, Eva n'avait plus aucune raison de mentir. Elle avait déjà avoué un meurtre brutal et voulait se décharger du reste aussi. De surcroît, elle ignorait ce qu'ils savaient.

Elle ne supporterait pas un autre interrogatoire de la part de Mette.

— Il n'y a pas grand-chose à raconter, commença-t-elle. Un soir, il a sonné à la maison, et j'ai été très choquée. Pas qu'il soit en vie, ça, je le savais, mais qu'il débarque soudain, comme ça.

— Quel soir était-ce ?

— Je ne m'en souviens pas. La veille du jour où on a découvert son corps.

— Que voulait-il ?

— Je ne sais pas vraiment, il… C'était tellement étrange… tout cela…

Eva se tut et se laissa absorber par ses pensées. Lentement, elle cherchait à revenir à cette rencontre avec son ex-concubin. Quand la sonnette avait retenti à la porte de son pavillon de Bromma.

Eva avait ouvert. Nils se tenait dehors, dans le halo de la lampe du perron. Il portait une veste marron. Eva l'avait dévisagé. Interloquée.

— Bonjour, Eva.

— Bonjour.

– Tu me reconnais ?

– Oui.

Ils s'étaient observés.

– Est-ce que je peux entrer ?

– Non.

Un moment s'était écoulé.

Nils ? Après toutes ces années ? Que fichait-il là ? Eva essayait de se ressaisir.

– Peux-tu sortir alors ? avait demandé Nils en esquissant un sourire.

Comme s'il s'agissait de deux adolescents qui ne voulaient pas que leurs parents les voient. Est-ce qu'il est malade ? Que veut-il, bordel ? Eva s'était retournée et avait attrapé sa veste avant de le rejoindre.

– Que veux-tu ?

– Tu es encore mariée ?

– Divorcée. Pourquoi ? Comment as-tu su où j'habitais ?

– J'ai vu sur la toile que tu t'étais mariée, il y a très longtemps. Ton mari, Anders Carlsén, était un excellent perchiste. Tu as conservé son nom.

– Oui. Est-ce que tu m'as surveillée ?

– Non, c'était plutôt un hasard.

Nils se retourna légèrement, attendit qu'elle le suive, puis se dirigea vers la grille. Eva ne bougea pas.

– Nils.

Nils s'arrêta.

– Où étais-tu durant toutes ces années ?

Elle le savait fort bien, mais lui, il l'ignorait.

– À l'étranger, répondit-il.

– Et pourquoi débarques-tu ici ? Maintenant ?

Nils fixa Eva. Elle sentit qu'elle devrait se montrer plus proche, plus intime. Elle avança vers lui.

– Il faut que je fasse un peu de nettoyage dans le passé, répondit-il à voix basse.

– Ah bon, qu'est-ce que tu dois nettoyer ?

– Un vieux meurtre.

Eva regarda autour d'elle, instinctivement. Elle sentit sa nuque se crisper. Un vieux meurtre ? Celui de Nordkoster ? Mais il ne pouvait pas avoir la moindre idée du rôle qu'elle y avait joué, si ? Que voulait-il dire ?

– Cela semble assez déplaisant, commenta-t-elle.

– Effectivement, mais j'aurai bientôt fini et ensuite je rentrerai chez moi.

– À Mal Pais ?

Cela lui avait échappé et ce fut sa première erreur. Elle prit immédiatement la mesure de ce qu'elle venait de dire.

– Comment sais-tu que j'habite là-bas ? s'enquit Nils.

– Ce n'est pas le cas ?

– Si. On va faire un tour ?

Nils désignait une voiture grise garée devant le portail. Eva pesa le pour et le contre. Elle n'avait toujours pas la moindre idée de ce qu'il voulait. Parler ? Grotesque. Un vieux meurtre ? Que pouvait-il savoir à ce sujet ?

– Si tu veux.

Ils s'installèrent dans la voiture et s'éloignèrent. Au bout de quelques minutes, Eva demanda :

– C'est quoi, cette histoire de vieux meurtre ?

Nils hésita quelques secondes, puis il lui parla du meurtre du journaliste Jan Nyström que Bertil Magnuson avait commandité. Eva le dévisagea.

– Est-ce pour ça que tu es venu ?

– Oui.

– Pour t'en prendre à Bertil ?

– Oui.

Eva se détendit. Il ne s'agissait pas de Nordkoster.

– N'est-ce pas dangereux ?

– De s'en prendre à Bertil ?

– Oui. Il semblerait qu'il ait fait tuer un journaliste.

– Il n'osera pas m'assassiner.

– Pourquoi pas ?

Nils esquissa un sourire, mais ne dit rien. Ils traversèrent Drottningholmsbron jusqu'à Kärsön et gagnèrent l'autre côté de l'île. Nils s'arrêta près d'une pente au bord de l'eau. Ils descendirent de la voiture. Des étoiles illuminaient le ciel. Une demi-lune projetait sa clarté sur l'eau et les rochers. L'endroit était superbe. Ils y étaient venus plusieurs fois, tard le soir. Ils s'étaient baignés nus, loin de tout.

– C'est toujours aussi beau, commenta Nils.

– Oui.

Eva l'observa. Il paraissait calme, comme si rien n'était arrivé. Comme si tout était comme avant. Rien n'est plus comme avant, pensa-t-elle.

– Nils.

– Oui ?

– Je dois te poser une question…

– Oui ?

– Pourquoi ne m'as-tu jamais donné de tes nouvelles ?

– À toi ?

– Oui. À qui d'autre ? Nous nous aimions, tu t'en souviens ? Nous devions nous marier, avoir des enfants et passer notre vie ensemble. Est-ce que tu as oublié ? Je t'aimais.

Eva sentit soudain qu'elle était attirée dans la mauvaise direction par les mauvais sentiments. Mais cette situation avec Nils à cet endroit, vingt-sept ans après, était absurde. Le passé circulait en elle comme de la haine brûlante, sans qu'elle puisse l'empêcher.

– C'était stupide. J'aurais dû te contacter, c'est évident. Je te demande pardon.

Il demande pardon, pensa-t-elle.

– Après vingt-sept ans ? Tu demandes pardon ?

– Oui. Que veux-tu que je fasse ?

– As-tu jamais songé à ce que tu m'avais fait ? À ce que j'avais traversé ?

– Mais ce n'était pas mon intention de…

– Tu aurais quand même pu me contacter pour me

dire que tu en avais marre de moi et que tu voulais une nouvelle vie avec elle ! Je l'aurais accepté.

– Avec qui ?

Ce fut sa seconde erreur. Mais elle sentit qu'il n'y avait pas grand-chose à sauver. Il lui était de toute façon impossible de résister à son élan intérieur. Nils était sur le qui-vive.

– Avec qui aurais-je eu une nouvelle vie ?

– Tu le sais très bien ! Ne joue pas au plus stupide ! Jeune, belle et enceinte. Et tu l'envoies sur l'île pour récupérer l'argent que tu as caché et tu crois qu'elle...

– Putain, comment tu sais ça ?

Le regard de Nils devint glacial. Il se rapprocha d'un pas.

– Comment je sais quoi ? cria-t-elle. Pour l'argent ?

Nils la dévisagea assez longtemps pour comprendre à quel point il s'était trompé. Depuis le début. Il ne s'agissait pas du tout de Bertil. Ce n'était pas Bertil qui avait réussi à le localiser à Mexico puis à Mal Pais et avait suivi Adelita en Suède pour récupérer l'argent volé. Bertil n'était pas du tout impliqué dans ce meurtre. C'était Eva qui avait dérobé l'argent et...

– C'est toi qui as tué Adelita ?

– Elle s'appelait comme ça ?

Nils gifla violemment Eva. Il était fou de rage.

– Était-ce toi, espèce de salope ?

Il se jeta sur Eva, qui essaya d'esquiver le coup suivant. Eva faisait régulièrement du sport et Nils n'était pas au meilleur de sa forme. Ils se battirent, furieux, s'agrippant, se frappant, jusqu'à ce qu'Eva l'attrape par sa veste et le fasse basculer sur le côté. Nils tituba, trébucha sur une pierre et tomba sur l'arête d'un rocher. Eva entendit le bruit sourd quand son crâne se fractura sur le granit. Nils s'écroula sur le sol. Le sang giclait de la blessure à l'arrière de sa tête et se répandait autour de son cou. Eva ne pouvait détacher son regard de lui.

À ce point du récit, Mette se pencha vers Eva.

– Vous pensiez qu'il était mort ?

– Oui. D'abord, je n'ai pas osé le toucher. Il gisait là. Il saignait et ne bougeait pas. J'étais choquée, folle de rage...

– Mais vous n'avez pas appelé la police ?

– Non.

– Pourquoi ?

– Je ne sais pas. Je me suis laissée glisser à terre et je l'ai regardé. Nils Wendt. Qui avait totalement détruit ma vie à une époque. Et qui se pointait et demandait pardon. Puis commençait à me frapper. Il avait compris ce que j'avais fait sur Nordkoster. Alors je l'ai traîné jusqu'à sa voiture, je l'ai installé au volant. La voiture était juste au bord du lac, il suffisait de desserrer le frein à main.

– Mais vous vous doutiez quand même bien que nous allions le trouver ?

– Oui. Mais je croyais... Je ne sais pas... Il avait menacé Bertil Magnuson...

– Vous pensiez que cela retomberait sur Bertil Magnuson ?

– Peut-être. Est-ce que cela a été le cas ?

Mette et Stilton échangèrent un regard.

*

L'ambiance n'était pas exubérante dans la voiture de Mette plus tard ce soir-là, alors qu'ils roulaient vers son domicile de Kummelnäs. Ils avaient tous les trois matière à réflexion.

Stilton pensait à la résolution de l'affaire de la plage. À la manière dont un seul événement peut déclencher une réaction en chaîne si violente. Deux Suédois se rencontrent à l'autre bout de la terre. Ils partagent une bouteille de vin. L'un raconte à l'autre quelque chose qui fait soudain la lumière sur un point qui le taraudait depuis vingt-trois ans. Il se rend en Suède pour venger le meurtre de sa bien-aimée. Va voir son ex-concubine. Est assassiné. Est retrouvé par

Mette qui remarque la tache de naissance sur sa cuisse et la reconnaît en même temps qu'Olivia commence à fouiller dans l'affaire de la plage.

Étrange.

Puis ses pensées dérivèrent vers un sujet plus pénible. Vers ce qui allait inévitablement se produire dans un moment chez Mette et Mårten et à la manière dont il allait gérer la situation.

Mette songeait à la façon dont elle avait traqué Bertil Magnuson. À quel point elle s'était trompée. Mais il avait quand même commandité un meurtre. Il était coupable d'incitation au crime. Elle n'avait pas l'intention d'endosser la culpabilité de son suicide.

Olivia pensait à Jackie Berglund. Quelle erreur ! Si elle ne s'était pas focalisée sur Jackie, Elvis serait encore en vie. Une leçon apprise au prix fort.

– Ce devait être le cas.

Mette avait rompu le silence. Elle sentait qu'ils avaient besoin d'être arrachés à leurs réflexions. Ils allaient bientôt arriver dans la maison du bazar. Elle ne voulait pas que le silence et des pensées sombres en franchissent le seuil.

– Quoi donc ? s'enquit Stilton.

– Ceux qui se sont introduits chez Eva Carlsén et l'ont frappée devaient y avoir été envoyés par Bertil Magnuson.

– Pour quoi faire ?

– Chercher l'enregistrement. Magnuson avait sans doute, comme nous, vérifié tous les hôtels et constaté qu'aucun Wendt n'y était enregistré, puis il a songé à l'ex-concubine de Wendt. Il est raisonnable de penser qu'ils se fréquentaient à l'époque, car ils avaient tous les deux des résidences secondaires sur Nordkoster. Il s'est alors dit que Wendt s'y cachait peut-être et qu'il avait l'enregistrement avec lui.

– Cette hypothèse semble plausible, commenta Stilton.

– Et la boucle d'oreille, alors ? intervint Olivia. Comment a-t-elle atterri dans la poche de la veste d'Adelita ?

– Difficile à dire… répondit Mette. Peut-être quand elles se sont battues dans la maison, elle et Eva.

– Oui, peut-être.

Mette stoppa devant la vieille demeure.

Alors qu'elle se dirigeait vers la maison, Mette reçut un appel. Elle s'arrêta dans le jardin. C'était Oskar Molin. Il sortait d'une réunion avec Carin Götblad où ils avaient discuté d'un nom que lui avait communiqué Mette et qui apparaissait sur le registre des clients de Jackie Berglund.

– Quelle décision avez-vous prise ? s'enquit Mette.

– De ne pas intervenir pour le moment.

– Pourquoi ? Parce que c'est Jackie Berglund ?

– Non, parce que cela perturberait la réorganisation.

– D'accord. Mais il va en être informé ?

– Oui. Je m'en occupe.

– Bien.

Mette raccrocha. Elle nota que Stilton s'était arrêté à quelques mètres d'elle et avait entendu la conversation. Mette passa devant lui sans un mot et monta les marches du perron.

Abbas ouvrit, le bras autour des épaules de Jolene, qui gratifia Olivia d'une étreinte chaleureuse.

– Bon, maintenant, à table ! lança Mette.

Tous traversèrent les pièces jusqu'à la grande cuisine. Mårten s'y activait avec tous les ingrédients imaginables de ce qui, selon ses promesses, serait le point d'orgue gustatif de l'été.

Des spaghettis carbonara accompagnés d'une fricassée de chanterelles.

La majeure partie du clan familial avait déjà été sustentée et s'était dispersée dans différents secteurs de la demeure. Mårten avait expliqué que la maîtresse de maison voulait du calme afin que ses invités puissent dîner en paix. Ceux qui n'étaient pas d'accord seraient expédiés chez Ellen pour y compter les mailles à l'endroit et à l'envers.

Il régnait donc un silence relatif dans les parages.

— Asseyez-vous !

Mårten désignait la table dressée en grand. Des saladiers, des assiettes et des objets moins identifiables. Des tasses peut-être.

Ils s'attablèrent.

Mette leur servit du vin. Stilton déclina. La lueur chaude des candélabres se refléta sur les verres lorsqu'ils trinquèrent.

La journée avait été longue pour tout le monde.

Y compris pour Mårten, qui avait réfléchi toute la matinée à la manière de régler ce qui allait se produire d'un instant à l'autre. La situation pouvait prendre différentes tournures et aucune n'était facile.

Il ne parvenait pas à se décider.

Deux autres personnes n'y arrivaient pas non plus.

Olivia observait la tablée. Ils étaient de parfaits étrangers pour elle il y avait encore peu de temps.

Tom, le SDF. Avec un passé dont elle avait eu pas mal d'aperçus. Pas assez pour s'en faire une idée d'ensemble. Elle se rappela l'apparence qu'il avait la première fois qu'elle l'avait vu, à Nacka. Qu'il avait changé depuis... Un tout autre regard, notamment.

Mårten et Kerouac, son araignée. Le pédopsychologue qui l'avait amenée à se livrer d'une manière qui la fascinait. Comment s'y prenait-il ?

Mette, son épouse, qui l'avait presque terrorisée la première fois qu'elle l'avait rencontrée et qui gardait toujours ses distances. Mais qui la respectait. Elle avait quand même laissé Olivia entrer dans son bureau et participer à son enquête.

Et puis Abbas. L'homme aux membres graciles. Avec ses couteaux dissimulés sur son corps et son parfum étrange. Un homme aux pieds de velours, pensa-t-elle. Qui peut se faufiler sans qu'on le repère alors qu'on a les yeux ouverts. Qui est-il en réalité ?

Elle prit une autre gorgée de vin. C'est alors qu'elle la remarqua ou la sentit. Une espèce d'atmosphère en suspens. Pas de sourire ni de bavardage, juste une forme d'attente.

– Que se passe-t-il ? demanda-t-elle, un léger sourire aux lèvres. Pourquoi êtes-vous aussi silencieux ?

Les autres échangèrent plusieurs regards. Olivia essaya de suivre leur trajectoire jusqu'à ce qu'elle atterrisse sur Stilton. Il aurait aimé avoir son flacon de Valium sur lui.

– L'autre soir, dans ta cuisine, après l'incendie de la caravane, je t'ai demandé pourquoi tu avais choisi l'affaire de la plage plutôt qu'une autre. Tu te rappelles ? demanda-t-il.

La question surprit Olivia.

– Oui.

– Et tu m'as répondu que ton père avait participé à l'enquête.

– Oui.

– Rien d'autre ne t'a attirée ?

– Non… enfin si, dans un deuxième temps. Le meurtre s'est produit le jour où je suis née. Une coïncidence étonnante.

– Ce n'en était pas une.

– Que veux-tu dire ? Que ce n'était pas une coïncidence ?

Mette resservit du vin à Olivia. Stilton la regardait fixement.

– Sais-tu ce qui s'est passé ce soir-là quand Ove Gardman s'est précipité chez lui ?

– Oui, ils… Mais que veux-tu dire ? Juste après ?

– Dès qu'il est arrivé chez lui et qu'il a raconté ce qu'il avait vu, ses parents se sont rués sur la plage en même temps qu'ils prévenaient l'hélicoptère des secours d'urgence.

– Oui, je sais.

– Sa mère était infirmière. Lorsqu'ils ont accouru sur la plage, les assassins avaient disparu, mais ils ont réussi à sortir la femme du sable et de l'eau. Elle était inconsciente, mais son pouls battait faiblement. La mère de Gardman lui a fait du bouche-à-bouche, ce qui a maintenu la femme en vie un certain temps, mais elle est morte une minute après l'arrivée de l'hélicoptère.

– Oui, et alors ?

– L'enfant qu'elle portait était encore en vie. Le médecin de l'hélicoptère a procédé à une césarienne en urgence et sorti le bébé.

– Quoi ? L'enfant a survécu !

– Oui.

– Et pourquoi personne ne me l'a dit ? Qu'est devenu l'enfant ?

– Nous avons décidé de garder sa survie secrète pour des raisons de sécurité.

– Pourquoi ?

– Car nous ignorions tout du mobile du meurtre. Dans le pire des cas, il pouvait s'agir de l'enfant à naître. C'était peut-être lui qu'on avait voulu tuer.

– Mais qu'est-il devenu alors ?

Stilton chercha l'appui de Mette, mais elle baissa les yeux vers la table. Il dut continuer.

– Nous avons laissé l'un des enquêteurs prendre soin du bébé au début. Nous pensions que nous établirions l'identité de la femme ou que le père allait faire surface, mais ce ne fut pas le cas.

– Non. Et alors ?

– L'enquêteur qui s'occupait de l'enfant a demandé à l'adopter, lui et sa femme n'en avaient pas. Nous avons estimé avec les services sociaux que c'était une bonne solution.

– Qui était cet enquêteur ?

– Arne Rönning.

Olivia avait sans doute déjà deviné où Stilton voulait en venir, mais elle avait besoin de l'entendre. Même si c'était inenvisageable.

– Cet enfant, ce serait moi ? s'enquit-elle.

– Oui.

– Je serais… quoi donc ? La fille d'Adelita Rivera et de Nils Wendt ?

– Oui.

Mårten ne quittait pas Olivia des yeux. Mette déchiffrait son langage corporel. Abbas avait poussé sa chaise un peu à l'écart.

– Ce n'est pas vrai.

Le ton d'Olivia était encore maîtrisé. Elle était encore loin de réaliser.

– Malheureusement si, répondit Stilton.

– Malheureusement ?

– Tom veut dire que tu aurais peut-être dû apprendre ça d'une autre manière, à une autre occasion, dans d'autres circonstances.

Mårten essayait de maintenir Olivia dans son état actuel, encore sensé.

– Tu le savais donc depuis notre rencontre devant le supermarché ?

– Oui.

– Que j'étais l'enfant que portait la femme noyée ?

– Oui.

– Et tu ne m'en as pas dit un mot.

– J'ai essayé plusieurs fois, mais…

– Ma mère le sait-elle ?

– Elle ne connaît pas les circonstances exactes. Arne avait choisi de ne pas les lui raconter. J'ignore s'il lui a tout dit avant de mourir.

Olivia repoussa sa chaise, se leva et balaya la table des yeux. Son regard s'arrêta sur Mette.

– Depuis combien de temps le saviez-vous ?

Son timbre était légèrement plus aigu à présent. Mårten comprit que la crise approchait.

– Tom m'en a informée il y a quelques jours. Il ne savait pas comment s'y prendre, s'il devait vous le dire ou pas. Il avait besoin d'aide, il était très tourmenté par…

– Il était tourmenté.

– Oui.

Olivia dévisagea Stilton et secoua la tête. Puis elle partit en courant. Abbas, qui s'y attendait, essaya de l'attraper au passage, mais elle se dégagea et disparut. Stilton voulut se précipiter, mais Mårten l'arrêta.

– Je m'en occupe.

Mårten s'élança à la poursuite d'Olivia.

Il la rattrapa un peu plus loin dans la rue. Olivia s'était effondrée contre une clôture, le visage dans les mains. Mårten se pencha vers elle. Olivia se redressa à la vitesse de l'éclair et se remit à courir. Il la suivit et la rattrapa à nouveau. Cette fois-ci, il l'attira à lui, la retourna et l'immobilisa en l'étreignant comme un ours l'aurait fait. Elle finit par se calmer. Ses sanglots désespérés secouaient le torse de Mårten qui lui caressait le dos avec délicatesse. Si elle avait croisé son regard à cet instant, elle aurait compris qu'il partageait son désespoir.

Stilton s'était planté devant une fenêtre. La pièce était plongée dans l'obscurité et en écartant le rideau il voyait le couple isolé, là-bas, dans la rue.

Mette se glissa à côté de lui et regarda dehors.

– Avons-nous vraiment fait ce qu'il fallait ? s'interrogea-t-il.

– Je ne sais pas…

Stilton baissa les yeux. Il avait envisagé cent solutions différentes, depuis qu'il l'avait rencontrée et qu'elle lui avait dit s'appeler Olivia Rönning. L'enfant d'Arne. Mais aucune de ces solutions ne lui avait paru sensée. Au fur et à mesure, la situation l'avait mis de plus en plus mal à l'aise et il avait eu toujours plus de difficulté à la gérer. Faible, pensa-t-il. Je me suis montré trop faible. Je n'ai pas osé. J'ai trouvé mille excuses pour éviter de lui dire la vérité.

Pour finir, il s'était tourné vers les seuls en qui il avait confiance. Pour éviter d'avoir à le faire lui-même. Ou du moins pour le faire entouré de personnes qui pourraient peut-être prendre en charge ce dont lui n'avait aucune expérience.

Comme Mårten.

— Mais maintenant, c'est dit, intervint Mette.

— Oui.

— Pauvre gamine. Mais elle savait quand même qu'elle avait été adoptée, non ?

— Je n'en ai aucune idée.

Stilton releva les yeux. Ils ne pouvaient rien faire de plus pour le moment, se dit-il, et il considéra Mette.

— La conversation dans le jardin, c'était à propos de la liste des clients de Jackie ? s'enquit-il.

— Oui.

— Qui y as-tu découvert ?

— Un policier, entre autres.

— Rune Forss ?

Mette regagna la cuisine sans répondre. Si Tom se remet sur pied, alors nous nous occuperons ensemble de Jackie Berglund et de son cercle de clients, pensa-t-elle. Par la suite.

Stilton baissa les yeux et s'aperçut qu'Abbas l'avait rejoint. Tous deux se tournèrent vers la rue.

Olivia était toujours dans les bras de Mårten. Il inclinait la tête vers elle et ses lèvres remuaient. Ce qu'il lui disait resterait entre eux. Mais il savait que ce n'était, en ce qui la concernait, que le début d'un long voyage. Mélancolique et frustrant. Un voyage qu'elle devrait effectuer elle-même. Il serait là quand elle aurait besoin de lui, mais c'était son voyage à elle seule, de bout en bout.

À un moment de ce voyage, dans une gare ou une autre, il lui offrirait un chaton.

Épilogue

Elle était assise immobile dans la nuit d'été, une nuit qui n'en était pas une, qui n'était qu'un rendez-vous entre le crépuscule et l'aube, illuminée par la lumière enchanteresse sur laquelle les sudistes s'extasient si volontiers. Sensuelle et, pour Olivia, à peine perceptible.

Elle était assise dans les dunes, seule, et avait ramené ses genoux sous son menton. Elle considérait la baie depuis un long moment. La marée était basse, l'eau s'était retirée très loin, ce serait une grande marée cette nuit. Elle avait vu le soleil chaud se coucher et vu la lune prendre le relais, baignant la scène de rayons plus froids, plus bleus, et elle se sentit vraiment seule.

La première heure, elle était calme et avait essayé de rester cartésienne. Où exactement avait-on poussé Adelita sur la plage? Où se trouvait sa veste? Jusqu'où l'avait-on emmenée? Où avait-elle été enterrée? Là-bas? Ou bien là? C'était une manière de résister, de retarder ce qu'elle savait l'attendre.

Puis elle pensa à son père biologique. Nils Wendt. Qui était venu ici une nuit avec une valise à roulettes, avait traversé la longue grève et s'y était arrêté. Savait-il que c'était à cet endroit? Que celle qu'il aimait avait été noyée à cet endroit précis? Sans doute, car sinon que faisait-il ici? Olivia comprit que Nils était venu faire le deuil d'Adelita, qu'il était venu au dernier endroit de sa vie pour cela.

Ici précisément.

Et elle était cachée derrière des rochers et avait assisté à la scène.

Avait assisté à cet instant.

Elle prit une inspiration profonde.

Elle porta à nouveau le regard vers la mer. Beaucoup de choses déferlaient sur elle, de l'intérieur, et elle s'efforçait de les tenir à distance.

Le chalet. Il était venu au chalet. Pour lui emprunter son portable. Elle se souvint subitement d'un bref instant, juste quand elle s'était avancée sur le seuil. Nils s'était arrêté et une expression d'étonnement avait traversé son regard. Comme s'il avait vu une chose inattendue. Est-ce Adelita qu'il a vue en moi ? L'espace d'un dixième de seconde ?

Puis vinrent la deuxième heure et la troisième, quand le concret et le factuel ne suffirent plus à résister. Quand l'enfant en elle la submergea.

Longtemps.

Jusqu'à ce que ses larmes se tarissent, qu'elle ait à nouveau la force de regarder et de retrouver un équilibre. Je suis née sur cette plage, pensa-t-elle, arrachée au ventre de ma mère noyée, une nuit de grande marée et de pleine lune, exactement comme celle-ci.

À cet endroit précis.

Elle posa son visage sur ses rotules.

C'est dans cette position qu'il l'aperçut, tout là-bas. Il était derrière les rochers, au même endroit que ce jour-là. Il l'avait vue passer devant la maison plusieurs heures auparavant et elle n'était pas revenue. Il la voyait à présent, assise, presque au même emplacement que les autres, cette nuit-là.

Il entendait à nouveau la mer.

Olivia ne remarqua son arrivée que quand il s'accroupit à côté d'elle. Elle se tourna légèrement et croisa son regard. Le garçon qui avait tout vu. L'homme aux cheveux blondis par le soleil. Elle regarda à nouveau au loin. C'est avec mon père qu'il a discuté au Costa Rica, songea-t-elle, et c'est ma mère qu'il a vu assassiner ici, et il n'en a aucune idée.

Un jour, je le lui raconterai.

Ils regardèrent en direction de la mer. Vers la longue plage humide baignée de clarté lunaire. De petits crabes décrivaient des zigzags sur le sable, tels des reflets scintillants dans la lumière bleu acier. Les rayons luisaient dans les sillons de la grève. Les murex se cramponnaient de toutes leurs forces aux rochers.

Quand la grande marée arriva, ils s'éloignèrent.

Remerciements

Pour leurs informations précieuses, nous remercions l'agent de police Ulrika Engström, l'inspecteur Anders Claesson de la Rikskrim et Ulf Stolt, le rédacteur en chef de *Situation Stockholm*.

Pour leurs lectures méticuleuses et critiques, nous remercions Camilla Ahlgren et Estrid Bengtsdotter.

Pour leur enthousiasme sans réserve dès les premières secondes, nous remercions Lena Stjernström de Grand Agency, Susanna Romanus et Peter Karlsson, respectivement éditrice et rédacteur chez Norstedts.

RÉALISATION : NORD COMPO À VILLENEUVE-D'ASCQ
IMPRESSION : NORMANDIE ROTO IMPRESSION S.A.S À LONRAI
DÉPÔT LÉGAL : FÉVRIER 2014. N° 109391 (1400433)
IMPRIMÉ EN FRANCE

DANS LA MÊME COLLECTION

DERNIERS TITRES PARUS

Brigitte Aubert
La Ville des serpents d'eau

Lawrence Block
Heureux au jeu
Keller en cavale

C. J. Box
Zone de tir libre
Le Prédateur
Trois Semaines pour un adieu
Piégés dans le Yellowstone

Jane Bradley
Sept Pépins de grenade

David Carkeet
La Peau de l'autre

Gianrico Carofiglio
Les Raisons du doute
Le Silence pour preuve

Lee Child
Sans douceur excessive
La Faute à pas de chance
L'espoir fait vivre

Michael Connelly
Deuil interdit
La Défense Lincoln
Chroniques du crime
Echo Park
À genoux
Le Verdict du plomb
L'Épouvantail
Les Neuf Dragons

Thomas H. Cook
Les Leçons du Mal
Au lieu-dit Noir-Étang…
L'Étrange Destin de Katherine Carr

Arne Dahl
Misterioso
Qui sème le sang
Europa Blues

Torkil Damhaug
La Mort dans les yeux

Knut Faldbakken
L'Athlète
Frontière mouvante
Gel nocturne

Karin Fossum
L'enfer commence maintenant

William Gay
La Demeure éternelle

Sue Grafton
T… comme Traîtrise
Un cadavre pour un autre – U comme Usurpation

Oliver Harris
Sur le fil du rasoir

Veit Heinichen
À l'ombre de la mort
La Danse de la mort
La Raison du plus fort

Charlie Huston
Le Vampyre de New York
Pour la place du mort
Le Paradis (ou presque)

Viktor Arnar Ingólfsson
L'Énigme de Flatey

Thierry Jonquet
Mon vieux
400 Coups de ciseaux et Autres Histoires

Mons Kallentoft
5ᵉ Saison

Jonathan Kellerman
Meurtre et Obsession
Habillé pour tuer
Jeux de vilains
Double Meurtre à Borodi Lane
Les Tricheurs

Hesh Kestin
Mon parrain de Brooklyn

Natsuo Kirino
Out
Intrusion

Michael Koryta
La Nuit de Tomahawk
Une heure de silence

Volker Kutscher
Le Poisson mouillé
La Mort muette
Goldstein

Henning Mankell
L'Homme qui souriait
Avant le gel
Le Retour du professeur de danse
L'Homme inquiet
Le Chinois
Faille souterraine et Autres Enquêtes

Petros Markaris
Le Che s'est suicidé
Actionnaire principal
L'Empoisonneuse d'Istanbul

Liquidations à la grecque
Le Justicier d'Athènes

Deon Meyer
Jusqu'au dernier
Les Soldats de l'aube
L'Âme du chasseur
Le Pic du diable
Lemmer l'invisible
13 Heures
À la trace
7 Jours

Sam Millar
On the Brinks
Les Chiens de Belfast

Håkan Nesser
Le Mur du silence
Funestes Carambolages
Homme sans chien

George P. Pelecanos
Hard Revolution
Drama City
Les Jardins de la mort
Un jour en mai
Mauvais Fils

Louis Sanders
La Chute de M. Fernand

Ninni Schulman
La Fille qui avait de la neige dans les cheveux

Romain Slocombe
Première Station avant l'abattoir

Peter Spiegelman
À qui se fier ?

Carsten Stroud
Niceville

Joseph Wambaugh
Flic à Hollywood
Corbeau à Hollywood
L'Envers du décor

Don Winslow
Cool
Dernier Verre à Manhattan

Austin Wright
Tony et Susan